One

Jennifer Crusie

Pazza di te

romanzo

Traduzione dall'inglese di Valentina Pezzoni

one

Della stessa autrice abbiamo pubblicato:

Una scommessa per amore

Prima edizione: aprile 2015
Titolo originale: *Crazy for You*

via delle Fornaci, 66 – 00165 Roma
tel. 06.39366384
Originally published by St. Martin's Press

Stampato in Italia – Printed in Italy

Progetto grafico: Grafica Effe

Jennifer Crusie

Pazza di te

Per Lee K. Abbott,
un buono fra gli uomini.

1

In un grigio pomeriggio di marzo, seduta nella solita classe della scuola superiore in cui lavorava da tredici anni, mentre arrabbiata diceva al suo compagno per la settantaduesima volta da quando si erano conosciuti che sarebbe arrivata a casa alle sei, perché il mercoledì tornava sempre a casa alle sei, Quinn McKenzie alzò gli occhi dai fogli pastello sulla scrivania e si ritrovò faccia a faccia con il suo destino.

Il suo destino era un cagnetto nero dagli occhi disperati che al principio le fecero perdere l'equilibrio.

Ma fu l'unica cosa che perse. Il cane che le aveva dato la sua studentessa preferita era la bella copia di un nervo scoperto: corpo nero e snello, zampe bianche e magre, testa nera e sottile, il tutto tenuto insieme con tale tensione che il povero cucciolo tremava. Si dimenava infreddolito fra le braccia di Thea, spaventato, affamato e smarrito, e il cuore di Quinn si spezzò. Nessun animale avrebbe mai dovuto soffrire in quel modo.

«Oh.» Quinn si alzò e andò verso Thea mentre Bill fece una smorfia e disse: «Un altro, no.»

«L'ho trovato nel parcheggio.» Thea posò il cane a terra di fronte a Quinn. «Ero sicura che lei avrebbe saputo cosa fare.»

«Vieni, bello.» Quinn si accovacciò di fronte al cane, né troppo vicino né troppo lontano, e diede dei colpetti a terra con il palmo della mano. «Vieni, tesoro. Non aver paura. Va tutto bene, adesso. Mi prenderò io cura di te.»

Il cane cominciò a tremare ancora più forte, agitando la testa da una parte e dall'altra, poi con uno scatto corse verso la porta più vicina che, purtroppo per lui, era uno sgabuzzino.

«Be', adesso sarà più facile prenderlo» disse Bill con il suo solito tono, allegro e sicuro. Era sempre una bellissima giornata per l'uomo che era riuscito a portare la squadra di calcio del Tibbett High alla vittoria di cinque campionati consecutivi, la squadra di baseball a quattro, la quinta stava per arrivare. E c'era riuscito, semplicemente, Quinn ne era convinta, rifiutandosi di considerare la possibilità di perdere. «Decidi dove vuoi arrivare e punta dritto lì» diceva ai ragazzi, e loro obbedivano.

Quinn decise che voleva essere da un'altra parte con una pizza, ma avrebbe dovuto prima consolare quel cane e sbarazzarsi di Bill. Si accovacciò sul pavimento, reggendosi sulle mani e le ginocchia, nella speranza di sembrare innocua. «Guarda che i cani mi adorano» disse, sfoderando il suo miglior tono da 'vieni dalla mamma', ma il cane si rannicchiò contro uno scatolone di cartoncini in fondo allo sgabuzzino stretto. «Ti stai perdendo una bella occasione. Davvero, sono famosa per questo. Avanti.» Fece un passo verso il cane, sempre a quattro zampe, ma quello sgranò di nuovo gli occhi.

«Dovevi proprio, eh?» disse Bill a Thea senza astio, e Quinn si sentì allo stesso tempo irritata e in colpa nei suoi confronti per non aver mantenuto la promessa. «Basta cani» aveva detto Bill l'ultima volta che lei aveva salvato un randagio. «Non tocca a te salvarli tutti.» Quinn aveva fatto sì con la testa per fargli capire che lo aveva sentito e lui lo aveva preso come un impegno. Quinn aveva lasciato che lo prendesse in quel modo perché così era più facile, non c'era motivo di creare un problema che poi avrebbe dovuto risolvere.

E adesso, eccola lì con un bastardino.

Guardò di nuovo il cane negli occhi. *Andrà tutto bene. Non ascoltare quello che dice il ragazzone biondo.* Il cane si rilassò un po', si allontanò dallo scatolone e la guardò con circospezione, non più con terrore. Un progresso. Se avesse avuto a disposizione altre dieci ore e un panino al prosciutto, magari avrebbe finito per avvicinarsi a Quinn di sua spontanea volontà.

«Non vorrai mica portarlo a casa, vero?» La sagoma di Bill si profilò dietro di lei, oscurando la luce del pomeriggio che filtrava debolmente dalle finestre e gettando un'ombra su di lei che fece ritrarre di nuovo il cane, impaurito dal buio. Non era colpa di Bill se era enorme, ma almeno poteva tener presente che gettava ombre ovunque andasse.

«Perché non possiamo tenere cani nel nostro appartamento.» La voce di Bill era paziente, una voce da insegnante che le diceva quello che sapeva già, che la guidava verso la conclusione corretta.

La mia conclusione è che mi stai trattando con condiscendenza. «Qualcuno deve salvare i cani randagi e portarli a casa» disse Quinn senza voltarsi.

«Esatto» disse Bill. «È per questo che paghiamo le tasse per la Protezione animali. Potrei chiamarli e...»

«Il canile?» La voce di Thea era piena di orrore.

«Non li uccidono tutti» disse Bill. «Solo quelli malati.»

Quinn guardò dietro di sé e incontrò gli occhi increduli di Thea. Sì, avrebbe voluto dirle Quinn, dice davvero. Invece, diede un altro colpo sul pavimento. «Vieni qui, bello. Forza.»

«Amore.» Bill le appoggiò una mano sulla spalla. «Dài, alzati.»

Se avesse scrollato la spalla per allontanare la sua mano, Bill ci sarebbe rimasto male, e non era giusto. «Sto bene» disse Quinn.

Bill tolse la mano e Quinn lasciò andare un respiro che non si era resa conto di star trattenendo.

«Chiamo e...»

«Bill.» Quinn mantenne un tono di voce più amichevole possibile. «Vai a finire in sala pesi così io finisco qui. Sarò a casa alle sei.»

Bill annuì con tolleranza e comprensione, nonostante l'illogica reticenza di Quinn nei confronti della Protezione animali. «Certo. Ma prima vado a scaldarti la macchina e la porto all'entrata.» Le toccò la spalla e le disse di aspettarlo come se Quinn stesse pensando di seguirlo e, quando se ne fu andato, non le fu difficile immaginarlo mentre incedeva nel parcheggio ricoperto dal ghiaccio e produceva scricchiolii a ogni suo passo, avvicinandosi alla macchina come se il rischio di scivolare non fosse neanche da prendere in considerazione. E per lui, probabilmente, non lo era; i vichinghi adorano il ghiaccio e, con il suo metro e novantotto per centodieci chili di salute bionda, Bill era il vichingo perfetto. Tutti a Tibbett adoravano Bill, l'allenatore perfetto, ma Quinn cominciava a nutrire dei dubbi.

Ed era così ingiusto che nutrisse dei dubbi. Sapeva che le avrebbe scaldato la macchina; avrebbe aperto la portiera con una copia delle chiavi e non con quelle di Quinn, che era un'altra cosa di lui che la infastidiva: si era fatto fare quella copia senza chiederle il permesso due anni prima, quando avevano cominciato a uscire insieme. Ma, dato che aveva fatto la copia per assicurarsi che il suo serbatoio fosse sempre pieno, era del tutto illogico che lei se ne risentisse. Era sbagliato lamentarsi di un uomo che era costantemente profumato, generoso, premuroso, protettivo, comprensivo e di successo e che aveva sganciato centinaia di dollari in benzina per lei dal 1997. Quel cretino era davvero l'uomo perfetto.

Quinn guardò di nuovo il cane e disse: «Appena ti avrò portato fuori da questo sgabuzzino, farò una bella revisione della mia vita amorosa.»

Thea disse: «Cosa?» Ma ancor prima che finisse di articolare la parola, Quinn scrollò la testa.

«Lascia perdere. Non hai qualcosa da mangiare nella borsa, vero? So che potrei semplicemente andare lì e prenderlo, ma è così spaventato che preferirei decidesse da solo di avvicinarsi.»

«Aspetti.» Thea cominciò a frugare nell'enorme borsa che portava dappertutto e pescò una mezza barretta di müsli.

«Müsli» disse Quinn. «Cavolo.» La scartò, ne tagliò un pezzetto e lo fece scivolare sul pavimento verso il cane. Lui indietreggiò ma poi fece un passo avanti, il nasetto nero che tremava. «È buono» bisbigliò Quinn, e il cane lo mangiò con delicatezza.

«Che bel cagnolino» sussurrò Thea accanto a lei, Quinn annuì e posò un altro pezzo sul pavimento, questa volta più vicino a loro. Il cane si sporse in avanti per prenderlo, con gli occhi puntati su di loro, sempre allerta in caso avessero fatto qualche passo falso, scuri occhioni liquidi che dicevano a Quinn: Aiutami, salvami.

«Forza, tesoro» sussurrò Quinn e il cane si avvicinò per avere un altro pezzo.

«Ci siamo quasi» bisbigliò Thea e il cane si sedette di fronte a loro, ancora teso ma più calmo mentre sgranocchiava il müsli.

«Ciao» disse Quinn. «Benvenuto nel mio mondo.»

Il cane inclinò la testa, la piccola frusta nera della coda cominciò a sferzare il pavimento. Quinn notò che aveva un sopracciglio bianco, quattro zampine bianche e anche la punta della coda era bianca, come se l'avesse immersa nella pittura.

«Adesso ti prendo in braccio» gli disse Quinn. «Nessun movimento brusco.»

Si allungò e lo prese in braccio mentre l'animale indietreggiava leggermente, poi si sedette a terra, in modo da poterlo tenere in grembo.

Gli diede quel che rimaneva del müsli e lui si rilassò e lo masticò mentre Quinn gli accarezzava il dorso. «È proprio un cagnolino dolce» disse a Thea, e sorrise per la prima volta da quando Bill era entrato nella stanza. Un altro problema risolto.

«L'auto è qui» disse Bill dalla porta, e la sua voce fece trasalire il cane. «Adesso puoi portarlo alla Protezione animali, mentre vai a prendere la pizza.»

Quinn accarezzò il cane e fece una rapida stima delle sue benedizioni. Era fortunata ad avere Bill; dopotutto, avrebbe potuto finire con qualcuno con cui era difficile convivere, qualcuno come suo padre, che viveva per il canale sportivo, o il suo ex cognato, geneticamente incapace di impegnarsi. Nick l'avrebbe scaricata dopo un anno per la noia, una pessima ragione per lasciare qualcuno. Se non lo fosse stata, avrebbe già lasciato Bill da tanto.

«È lungo la vecchia autostrada» disse Bill. «Dopo il drive in.»

Quinn sorrise a Thea. «Sei stata brava, grazie per il müsli.» Si alzò in piedi senza smettere di coccolare il cane e Bill le prese il cappotto.

«Metti giù quel coso» disse mentre le reggeva il cappotto.

Quinn passò il cane a Thea e lasciò che Bill la aiutasse a infilarsi il soprabito.

«Non stare troppo da Darla» disse, e la baciò sulla guancia, poi lei gli passò davanti per recuperare il cane, voleva sentire il calore palpitante di quel corpicino fra le braccia. Il cucciolo la guardava preoccupato e lei disse: «Va tutto bene, tranquillo.»

Bill le accompagnò alla porta e poi fuori, nel freddo vento di marzo, tenendo aperta la portiera della macchina di Quinn mentre chiedeva a Thea: «Hai bisogno di un passaggio?»

Thea disse: «No. A domani.» Esitò, lanciando a Bill un'occhiata tesa e aggiunse: «Grazie, signorina McKenzie.»

«È stato un piacere» disse Quinn, e Thea attraversò il parcheggio ghiacciato fino agli alloggi degli studenti mentre Quinn scivolava sul sedile del conducente.

«Lo porterai al canile, vero?» disse Bill, tenendo aperta la portiera.

Quinn distolse lo sguardo. «Ci vediamo dopo.» Poi chiuse la porta con un tonfo e Bill sospirò, come se i suoi peggiori sospetti avessero trovato conferma. Quinn abbassò lo sguardo sul cane che adesso era in piedi sul suo grembo, e disse con il tono più amichevole che riuscisse a trovare: «Sai, mi stai incasinando la giornata.» *Va tutto bene, non c'è niente che non va, è tutto a posto, soprattutto se sei un cane.* «Ero d'accordo con Darla per mangiarci una pizza alle tre e mezza e sono in ritardo. Tu non facevi parte del piano.»

Gli occhi del cane erano brillanti, quasi interessati, e Quinn sorrise perché sembrava intelligente. «Scommetto che sei intelligente,» disse «scommetto che sei il cane più intelligente della zona.»

Il cane abbassò il culetto ossuto e glielo appoggiò in grembo, avvolgendo la coda dalla punta bianca mentre sollevava la testa verso di lei.

«Sei troppo carino.» Gli accarezzò il pelo liscio e lucido; era freddo, non c'era nulla che tenesse al caldo quel corpo, e il cane rabbrividì sotto le sue mani, un fascio di nervi, tendini e muscoli. Quinn si sbottonò il cappotto e lo avvolse attorno al corpicino tremante, poi il cane tirò fuori la testa, sospirò e si accoccolò contro il suo calore. Quel gesto fu immensamente gratificante, un solido, semplice, fisico grazie, senza implicazioni né obblighi, e Quinn si lasciò andare a godersi il piacere di quel momento anche se sapeva che non avrebbe dovuto. Bill si sarebbe arrabbiato se l'avesse vista, le avrebbe detto che poteva beccarsi un morso o le zecche o dio sa cosa, ma Quinn sapeva che quel cane non l'avrebbe morsa e che faceva troppo freddo per le zecche. Forse.

«Va tutto bene» disse, guardando gli occhi scuri e riconoscenti del cane, che nascose il muso sotto il cappotto in cerca di altro calore e riparo mentre Quinn si sentiva completamente rilassata per la prima volta quel giorno. Insegnare arte non era mai facile, le sue giornate erano piene di ferite da taglierino, schizzi di vernice, colleghi invadenti e frustrazione artistica, e ultimamente era stata più tesa del solito, un po' depressa, come se ci fosse qualcosa che non andava e lei non stesse facendo niente per rimediare. Ma ora che stringeva il cane a sé e che quello muoveva le sue zampette contro lo stomaco, si sentiva meglio.

«Ma quanto sei dolce?» sussurrò nel cappotto.

Bill bussò sul finestrino facendo sobbalzare il cane che tirò fuori la testa di scatto, mentre Quinn espirò fra i denti prima di abbassare il vetro. «Cosa c'è?»

«Stavo pensando» disse Bill, poi guardò in basso e vide il cane dentro il cappotto. «Ti sembra una buona idea?»

«Sì» disse Quinn. «Cosa stavi pensando?»

«Arriverai comunque tardi alla pizza con Darla,» disse Bill «quindi sarebbe meglio che lo portassi subito al canile, così lo vedranno più persone e avrà più possibilità di trovare presto una casa.»

Quinn immaginò il cane tremante su un freddo pavimento di calcestruzzo, in una gabbia, solo e impaurito dietro le sbarre di ferro, doppiamente ingannato perché gli aveva promesso calore. Quinn tornò a guardare in basso in quegli occhi scuri. Qualcuno aveva già abbandonato quel dolce cagnolino. Non sarebbe successo di nuovo. *Non ti tradirò.*

«Sii pratica, Quinn.» La voce di Bill era comprensiva ma ferma. «Il canile è un luogo pulito e caldo.»

Anche il suo cappotto era un luogo pulito e caldo, ma sarebbe stata una cosa troppo infantile da dire. Okay, non poteva tenere quel cane, non sarebbe stato pratico, doveva darlo a qualcuno, lasciarlo al canile era fuori discussione. Ma a chi?

Il cane la guardava con occhi fiduciosi. Occhi quasi adoranti, in verità. Quinn gli sorrise. Doveva trovare qualcuno gentile, calmo, qualcuno di cui si fidasse ciecamente. «Lo darò a Nick» disse a Bill.

«Nick non vuole un cane» disse Bill. «Il canile...»

«Non lo sappiamo.» Quinn strinse a sé il cane. «L'appartamento sopra la stazione di servizio è suo, quindi non avrà problemi con il padrone di casa. Scommetto che gli piacerà.»

«Nick non prenderà mai quel cane» disse Bill con decisione e Quinn sapeva che aveva ragione. Come aveva osservato una volta Darla, il modo migliore per descrivere Nick era: alto, bruno e distaccato dalla realtà. Si stava aggrappando a un filo particolarmente sottile se credeva che Nick si sarebbe preso il disturbo di un cane.

«Portalo al canile» disse Bill, e Quinn scosse la testa.

«Perché?» disse Bill e Quinn per poco non disse 'perché lo voglio tenere io'. Quel pensiero era talmente egoista e al tempo stesso le sembrava talmente giusto che Quinn guardò il cane con occhi nuovi.

Forse era destino che lo tenesse.

Il brivido che la percorse al pensiero di fare una cosa così poco pratica fu forte quasi come il desiderio sessuale, tanto fu intenso. Non me ne frega niente se non ha senso, avrebbe potuto dire. Lo voglio. Egoista. Eccitante. Il cuore di Quinn prese a battere forte a quel pensiero.

Solo un po' egoista. Un cane era una cosa così piccola da volere, non era un nuovo fidanzato o un cambiamento radicale. Solo un piccolo cambiamento. Solo un cagnolino. Qualcosa di nuovo nella sua vita. Qualcosa di diverso.

Strinse il cane più vicino.

La migliore amica di sua madre, Edie, le diceva da anni di smetterla di essere sempre così razionale, coi piedi per terra, di smettere di pensare a tutti e di iniziare a pensare a sé stessa. «Non ho niente che non va» aveva detto a Edie, ma forse Edie aveva ragione. Magari poteva cominciare poco a poco con un cane, con quel cane, con un piccolo cambiamento, un piccolo aggiustamento e poi poteva passare a cose più grandi. Forse il cane era un segno, il suo destino. E non si può discutere con il destino. Guarda cos'era successo agli eroi greci che ci avevano provato.

«Non puoi tenere quel cane» disse Bill. Quinn ribatté: «Fammi parlare con Edie.»

Bill sorrise, il bel volto inondato di sollievo e gratitudine.

Ecco un vichingo felice. «Ottima idea. Edie è sola. Un cane potrebbe farle compagnia. Ora sì che sei ragionevole.»

Non era quello che volevo, avrebbe voluto dire Quinn, ma non aveva senso cominciare una discussione, così disse semplicemente: «Grazie, ciao.» Rialzò il finestrino e guardò negli occhi scuri del cane. «Andrà tutto bene.» Il cane sospirò e posò la testa sul petto di Quinn, mantenendo gli occhi dentro i suoi, come se la sua vita dipendesse da quello, e tremando leggermente per l'intensità con cui lo faceva. Cane intelligente. Quinn lo accarezzò per attenuare i brividi e sorrise. «Hai proprio la faccia da Katie. Katie, proprio come la canzone. Una Katie carina e snella.» Quinn si chinò su di lei e bisbigliò: «La mia Katie.» Il cane sospirò per manifestare il suo assenso, indietreggiando per tornare a tremare nel calore buio del cappotto di Quinn.

Fuori dal finestrino, Bill la salutò con la mano, evidentemente compiaciuto che Quinn agisse in modo sensato, e lei ricambiò il saluto. Lo avrebbe affrontato più tardi, adesso era in ritardo per una pizza.

Con il suo cane.

Dall'altra parte della città, nell'area di sosta illuminata della stazione di servizio e officina dei fratelli Ziegler, Nick Ziegler era chino sotto il cofano della Camry di Barbara Niedemeyer e osservava il motore con sguardo torvo. Da quello che vedeva, non c'era niente che non andasse, il che significava che Barbara aveva un altro motivo per essere lì e Nick si era fatto un'idea di quale potesse essere, visto il gusto della donna per le tute blu con moglie. Doveva essere uscito il numero di suo fratello Max. Problema suo, non certo di Nick. La gente meritava di andare all'inferno come preferiva, aveva deciso tempo prima, quando era andato all'inferno nel modo che si era scelto lui stesso, e se aveva qualche cicatrice dai fallimenti passati, doveva ammettere che aveva anche dei ricordi. Non ci pensava neanche a intromettersi nei ricordi di Max.

Chiuse con un tonfo il cofano del cavallo di Troia di Barbara, estrasse uno straccio dalla tasca posteriore della tuta e si ripulì del grasso scintillante per assicurarsi di non lasciare impronte digitali. Poi andò nel terzo garage per dare un'occhiata al suo prossimo problema, il silenziatore di Bucky Manchester.

«Hai trovato una perdita nella Toyota?» chiese Max a Nick dalla porta dell'ufficio.

«Non ci sono perdite d'olio.» Nick si mise sotto la Chevrolet di Bucky, si pulì le mani con lo straccio e studiò il pezzo. Il tubo di scarico sembrava una corda marrone. Doveva chiamare Bucky e dirgli che avrebbe dovuto tirar fuori una bella cifra. Bucky non ne sarebbe stato felice, ma si fidava di lui.

«È quello che ho detto anch'io a Barbara» disse Max. «Ma lei mi ha detto: 'Controlla di nuovo, per favore.' Quella donna è troppo prudente.»

Nick valutò se dire a Max che Barbara non era interessata a una perdita d'olio fantasma, ma lasciò perdere. Max non era tipo da tradire la moglie e, anche se avesse perso la testa e avesse considerato davvero quell'opzione per un secondo, c'era Darla. Darla non era il tipo di donna con cui un uomo si permetteva di fare il furbo, anche perché non sarebbe rimasto in vita per raccontarlo. Barbara non era un problema.

«Non è mai stata così fissata con la macchina prima» brontolò Max uscendo dall'ufficio. «Mi viene da pensare che non si fidi più di noi.» Si fermò per sbirciare dal vetro di una delle porte dell'officina. «Bill ha messo incinta Quinn e non ce ne siamo accorti?»

Le mani di Nick si strinsero sullo straccio e fissò il tubo di scarico per qualche secondo prima di rispondere. «Non mi sembra una cosa che Bill farebbe.»

«Sta andando all'Upper Cut.» Max sbirciò dal vetro. «Sembra che si stia tenendo la pancia. Forse non sta bene.»

La porta dava proprio sulla strada, così Nick fece un passo avanti e abbassò la testa per guardare oltre Max.

Quinn sembrava strana effettivamente, stava armeggiando con la porta del salone di bellezza, il cappotto blu gonfio in modo evidente attorno alla pancia, le gambe lunghe e forti avvolte nei jeans che opponevano resistenza al vento, la cascata di capelli biondi dai riflessi ramati che dondolò in avanti quando si chinò. Poi si voltò per appoggiarsi alla porta e Nick vide un cane che faceva capolino dal collo della sua giacca. «Come non detto» disse Max. «È un cane.»

«Non prenderò un altro cane» disse Max. «Due sono più che sufficienti.»

Nick si fermò al lavandino per rimuovere il resto dell'olio dalle mani. «Forse lo vuole dare a Lois.»

«È mercoledì» disse Max, pensieroso. «Deve incontrare Darla per una pizza. Ne parlerà con lei e non ci resterà che abituarci a un altro cane.» Poi si illuminò. «A meno che Lois non la cacci per aver portato dentro un cane. È proprio strana quando si tratta del salone di bellezza.»

Nick aprì il rubinetto con il gomito. «Se Quinn vuole portare dentro il cane, Lois glielo lascerà fare.» L'acqua calda cadde sulle mani e Nick se le fregò con il sapone, con più enfasi del solito perché era irritato con Max. Poi chiuse il rubinetto, si asciugò le mani e sentì Max che finiva una frase di cui non aveva sentito l'inizio. «Cosa?»

«Ho detto che Lois deve essere proprio di buonumore per lasciarglielo fare.»

«Probabilmente lo è.» L'irritazione di Nick lo spinse ad aggiungere un po' di dolore alla vita di Max. «Probabilmente ha sentito dire che Barbara ha scaricato Matthew.»

Max sembrava sconvolto, per quanto potesse apparire sconvolto uno che aveva sempre un'espressione placida. «Cosa?»

«Barbara Niedemeyer ha mollato il marito di Lois» disse Nick. «Me l'ha detto stamattina Pete Cantor.»

Max puntò un dito contro Nick. «Qualsiasi altro controllo che Barbara voglia fare alla macchina, te ne occuperai tu.»

«Perché non fai subito un maledetto controllo generale della macchina, così non deve tornare?» Nick si diresse verso l'ufficio per chiamare Bucky. «Così risparmi a tutti e due un sacco di grane.»

«È una bella donna» disse Max. «Con un buon lavoro in banca. La macchina la controlli tu.»

«Non ho bisogno di una donna con un buon lavoro. La macchina di Barbara è tutta tua, e anche Barbara lo è.»

«Metà dell'officina è tua» disse Max. «Porca miseria, sei single. Perché non chiede a te di controllare la perdita d'olio?»

«Perché tu le piaci di più, grazie a dio.» Mentre Nick andava verso l'ufficio, sentì Max sospirare dietro di lui e poi, un paio di minuti dopo, mentre stava facendo il numero di Bucky, sentì il cofano della Toyota di Barbara che si sollevava.

«Nick?» disse Max da sotto il cofano.

«Sì?»

«Scusa per l'uscita su Quinn. Mi è venuta male.»

Nick ascoltò il segnale di occupato dei Manchester e pensò a Quinn, affettuosa, determinata e affidabile, tutto il contrario di sua sorella Zoë. Quinn nei guai non era un pensiero divertente. «Non importa.»

«So che tieni a lei.»

Nick riattaccò. «Non così tanto.»

Quando Max non ribatté, Nick tornò in officina e riportò la mente dove doveva stare, alla Chevrolet. Le macchine erano comprensibili. Ci volevano un po' di pazienza e molta competenza, ma funzionavano sempre allo stesso modo. Si potevano aggiustare. Non si poteva dire lo stesso delle persone. Anche un buon meccanico non avrebbe potuto fare niente per lui e Zoë, per esempio. Non pensava più molto a Zoë. La notizia che si era risposata dieci anni prima non aveva avuto conseguenze più gravi di una piccola crepa nella sua concentrazione. Niente in confronto alla crepa che aveva provocato Max poco prima con quell'uscita su Quinn.

«Nick?»

La voce di Max era ancora un po' preoccupata, così Nick disse: «Barbara non ha due macchine, vero? Potresti dover trascorrere un bel po' di tempo con lei.»

«Molto divertente» disse Max, ma poi si rimise al lavoro e lasciò che Nick tornasse a concentrarsi sul silenziatore. Quello era l'unico problema che avesse in quel momento, in realtà, perché sapeva che Max non avrebbe mai tradito Darla e Quinn salvava i randagi in continuazione per poi affidarli alle cure degli amici. Niente sarebbe cambiato.

A parte il tubo di scarico di Bucky Manchester.

Dall'altra parte della strada, Darla Ziegler si lasciò cadere sul consunto divano di tweed della minuscola sala relax dell'Upper Cut mentre Lois Ferguson si avvicinava con un'espressione corrucciata e la sua chioma incredibilmente arancione che la faceva somigliare a una piccola torcia. Lois aveva cercato di imporre la sua autorità su Darla fin da quando aveva rilevato l'Upper Cut, sei anni prima, ma Darla all'asilo l'aveva vista mangiare la colla. Da una cosa del genere non si torna indietro.

«Hai finito?» disse secca Lois. «Sono solo le quattro.»

«Oggi è giornata di pizza» disse Darla. «Ho finito.»

«Be', hai fatto proprio un bel lavoro con Ginny Spade, te lo concedo.» Lois incrociò le braccia così strette che la divisa grigia si tese al massimo sul suo petto minuscolo. «Erano anni che non era così bella.»

«Sì, magari finalmente incontra qualcuno e si sbarazza di quell'inutile e infedele di Roy» disse Darla, e poi si maledisse per aver dimenticato che era passato solo un anno da quando Lois aveva perso un inutile e infedele Matthew.

«Matthew vuole tornare con me» disse Lois, e Darla si sedette un po' più dritta per concentrarsi su quello che stava dicendo la collega, per una volta. Proprio in quel momento,

Quinn entrò baldanzosa dalla porta del negozio con i capelli ramati svolazzanti e un cane nel cappotto.

«Sono in ritardo, lo so» disse. «Mi dispiace.»

Darla sbatté le palpebre per la sorpresa vedendo il cane, poi sollevò una mano. «Aspetta un attimo.» Guardò Lois. «Stai scherzando. L'ha lasciata?»

«Chi ha lasciato chi?» Quinn si dimenava per riuscire a scrollarsi di dosso il cappotto, un braccio per volta. Il cane sembrava messo piuttosto male, notò Darla. Ma salvare i cani brutti era un'attività all'ordine del giorno per Quinn, neanche lontanamente interessante come la bomba che Lois aveva appena sganciato, così mantenne l'attenzione sulla collega.

«Quello è un cane» osservò Lois.

«Brillante intuizione.» Quinn appese il cappotto allo schienale di una delle poltrone color avocado. «La tengo in braccio, non toccherà mai il pavimento, giuro. Chi ha lasciato chi?»

«Ah.» Le labbra di Lois si incurvarono in un sorrisetto quando tornò al suo momento di gloria. «Barbara ha lasciato Matthew. La bancaria zoccola l'ha mollato ieri.»

«Wow.» Quinn sprofondò nella poltrona con il cane accoccolato tra le sue braccia.

«Dio.» Darla si lasciò cadere contro lo schienale e sospirò valutando gli sviluppi della storia. «Sono stati pappa e ciccia per un anno intero. Cosa è successo?»

«Deve essere successo qualcosa durante quel maledetto viaggio in Florida che hanno fatto.» Le labbra di Lois si serrarono con forza. «Non ha mai fatto nessun maledettissimo viaggio in Florida con me.»

Darla vagliò le possibilità nella sua testa. «Un altro uomo?»

«Se c'era un altro uomo, comunque, è già sparito. Adesso è in città e vive da sola nella sua casetta, e Matthew dorme all'Anchor.» Lois si sedette sull'altra poltrona dalle molle scoperte di fronte a Darla. «Vuole tornare da me.»

Darla si strinse nelle spalle. «Ci credo. Quale uomo vuole vivere in un motel?»

«Hai intenzione di riprendertelo?» chiese Quinn.

Lois scrollò le spalle. «Perché dovrei? Ho la mia casa e questo posto, a cosa mi serve lui?»

Darla pensò a Max. «Amicizia. Divertimento. Sesso. Ricordi. Qualcuno da baciare a Capodanno.»

«Mi ha lasciato per una bancaria zoccola» disse Lois. «Che amicizia vuoi che sia rimasta a questo punto?»

Qualcosa nel modo in cui Lois sciorinò le parole 'bancaria zoccola' non lasciò dubbi a Darla sul fatto che il rancore di Lois non fosse diretto verso Matthew. Forse il loro matrimonio poteva essere salvato. Sarebbe stato sicuramente più facile lavorare con Lois, se ci fossero riusciti. «L'hai sposato il giorno dopo il diploma. Sei stata con lui sedici anni. Ha passato solo un anno con Barbara Niedemeyer e ora è pentito. È già qualcosa.» O almeno, Darla supponeva si fosse pentito. Se voleva tornare con Lois sapendo quanto poteva essere stronza anche prima che la lasciasse per una donna più giovane, doveva essere pentito sul serio. «E poi guadagna un sacco di soldi.» Ripensò all'ultima volta che Matthew aveva aggiustato i rubinetti del salone. «Guadagna vagonate di soldi.»

«Anch'io guadagno un sacco di soldi» disse Lois. «Chi ha bisogno di lui?»

«Be', tu,» disse Quinn, pratica come sempre «altrimenti non ne staresti parlando.»

«È solo che mi fa arrabbiare, tutto qui.» La mandibola di Lois si serrò e lei continuò a parlare. «Andava così bene fra noi, poi arriva lei con lo scarico della vasca rotto e poi il lavandino otturato e poi il progetto di un secondo bagno al pianoterra... Come se le servisse un secondo bagno vivendo da sola. Se vuoi sapere la mia opinione, aveva architettato tutto...»

Darla attivò la modalità senza audio, aveva già sentito questa filippica varie volte da quando Barbara Niedemeyer era uscita allo scoperto con Matthew, l'aprile precedente. Per quanto riguardava la premeditazione di Barbara, be', Matthew non era stato il suo primo uomo sposato. In effetti, Lois avrebbe dovuto intuire qualcosa quando Barbara aveva cominciato a parlare del secondo bagno; Darla lo avrebbe intuito alla seconda chiamata. Quella donna aveva dei precedenti. Matthew era il numero tre, santo cielo.

«...e adesso crede di poter tornare a casa come se niente fosse» finì Lois. «Sai cosa? Se lo può scordare.»

«Io ci penserei un po' su» disse Darla. «Barbara è un po' come l'influenza. Gli uomini la prendono ma poi guariscono. Sembra che Gil e Louis non provino più niente per lei. Da quello che so, Louis sta per sposarsi di nuovo. Voglio dire, è ovvio che gli uomini di Barbara si riprendano. E Matthew guadagna vagonate di soldi, quindi non avrà problemi a trovare qualcun'altra se non te lo riprendi.»

Lois la fissava.

«Quello che dice ha senso» disse Quinn. «Sempre che tu lo rivoglia.»

Darla sollevò entrambe le mani e assunse un'espressione innocente. «Dico solo che se davvero non te ne fregasse niente, non ti arrabbieresti tanto. Riprenditelo. Fagliela pagare. Se te la giochi bene, ti porterà a fare un maledetto viaggio in Florida.»

«Non capisci» disse Lois. «E se si trattasse di Max?»

Il pensiero di Max che la tradiva era così ridicolo che a Darla quasi scappò una risatina. Max era bellissimo e si poteva dire che non avrebbe potuto essere più dolce, ma le donne non gli si avvicinavano neppure perché era troppo evidente che fosse felicemente sposato. O almeno, se doveva essere proprio sincera, Max era chiaramente disinteressato a introdurre il minimo cambiamento nella sua vita. Che non era esattamente la stessa cosa, in realtà. La voglia di Darla di ridacchiare svanì e si disse che era fortunata ad avere un uomo che fosse così soddisfatto. «Io gli direi: 'Max, stronzo, cosa diavolo stavi pensando?'» disse a Lois. «E poi me lo riprenderei. È tuo marito, Lois. Ha fatto una stronzata ed è giusto che paghi, ma non dovresti gettare la spugna con lui.»

Lois era ancora arrabbiata, ma la rabbia adesso era mitigata dalla riflessione.

«A meno che tu non lo ami più» disse Quinn. «A meno che tu non voglia essere completamente libera di fare quello che vuoi.»

«Scusa?» le disse Darla. Lei non era come Quinn, l'aggiustatutto. «Certo che lo rivuole.»

Lois si alzò in piedi. «È ridicolo» disse, e poi tornò nel negozio, sbattendo la porta dietro di sé.

«Sai, non capisco Barbara» disse Quinn aggrottando le sopracciglia mentre accarezzava il cane che aveva in grembo. «È una brava donna, perché continua a fregare i mariti alle altre?»

«Perché non è una brava donna» disse Darla con tono piatto. «Cos'è questa storia che hai detto a Lois di essere libera? Lei vuole essere libera quanto vuole essere vecchia.»

«Pensavo solo che avrebbe dovuto pensarci» disse Quinn, sistemandosi nella poltrona senza incrociare lo sguardo di Darla. «Non è scritto da nessuna parte che la vita è migliore se hai un uomo accanto.»

«È scritto in un sacco di canzoni» disse Darla. «Credi davvero che Lois voglia andare da Bo e abbordare ubriachi divorziati per passatempo?»

Quinn fece una smorfia. «Ti prego. Ci sarà una via di mezzo fra il matrimonio e Bo.»

«Certo. C'è la vita di Edie.» Darla si stese sul divano. «Lavoro a scuola tutta la settimana, saldi con mamma nel tempo libero, avanzi riscaldati in una casa vuota di sera.» Per Darla era l'inferno.

«Stare da sola non deve significare per forza sentirsi sola» disse Quinn. «Io credo che a Edie piaccia la solitudine, parla sempre di quanto sia bello arrivare in una casa silenziosa e starsene in santa pace. E poi puoi sentirti sola anche se stai con qualcuno.»

Per quel che riguardava Darla, sentirsi sola con qualcuno probabilmente era il modo in cui viveva la maggior parte delle persone. Non che si sentisse sola con Max.

Quinn strinse a sé il cagnetto debole e infreddolito, non sembrava felice. Darla strinse gli occhi. «C'è qualcosa che non va fra te e Bill?»

Quinn guardò in basso, negli occhi del cane. «No.»

«Okay» disse Darla. «Cambiamo discorso.»

Quinn cambiò di nuovo posizione nella poltrona mentre il cane guardava entrambe. «Ho intenzione di tenere questo cane.»

Hai la moquette grigia, voleva dire Darla, ma le sembrò che non fosse un commento di grande sostegno.

«Bill vuole che la porti al canile» continuò Quinn. «Ma la terrò, non mi interessa quello che dice.»

«Dio.» Darla sollevò il mento di Quinn con un dito e avvertì la prima fitta di allarme. Bill stava sottovalutando la situazione come uno stupido. «Ti conosce da due anni e non è ancora abbastanza per capire che è una stupidaggine consigliarti di portarla al canile?»

«È la cosa logica da fare» disse Quinn, con gli occhi ancora fissi sul cane. «Io sono una persona logica.»

«Sì, lo sei.» Darla si sentiva decisamente a disagio adesso. Tutto quello che aveva sempre desiderato per Quinn era un matrimonio felice quanto il suo. D'accordo, Bill era un po' noioso, ma lo era anche Max. Non si può avere tutto. Bisogna accontentarsi dei compromessi. I matrimoni sono così. «E se ti dice: o io o il cane? Dimmi che non metterai a rischio il vostro rapporto per un cane.»

Il cane le guardava mentre parlavano, sembrava quasi che strizzasse gli occhi verso di lei, e Darla notò per la prima volta quanto fosse inquietante. Seducente. Quasi diabolico. Be', non c'era da stupirsi. Se Quinn fosse stata in paradiso, Satana le si sarebbe presentato nella forma di un cocker.

«Bill non è così complicato.» Quinn si appoggiò allo schienale e nel suo tono di voce si notava uno sforzo di indifferenza che la fece sembrare solo più tesa. «Non abbiamo problemi. Lui vuole solo che tutti i giorni siano uguali e, dato che lo sono, è felice.»

Sembrava parlasse di Max. «Be', è l'uomo per te.»

«Il fatto è che credo non sia abbastanza per me.» Quinn accarezzò il cane, che si stese su di lei fissandola con quei suoi occhi ipnotici e scuri che la tentavano di mettere in discussione il suo rapporto perfetto. «Sto cominciando a rendermi conto che questa sarà la mia vita per sempre e non mi piace. Voglio dire, adoro insegnare e Bill è un bravo ragazzo...»

«Aspetta un minuto.» Darla si raddrizzò. «Bill è un ragazzo fantastico.»

Quinn si ritrasse leggermente. «Lo so.»

«Si fa un culo così per i ragazzini della squadra» disse Darla. «E si fermava dopo la scuola per aiutare Mark a superare i test di ammissione al college...»

«Lo so.»

«...ed è sempre in prima linea ogni volta che c'è qualche iniziativa di beneficenza...»

«Lo so.»

«...e l'anno scorso è stato eletto insegnante dell'anno, ed era ora che glielo concedessero...»

«Darla, lo so.»

«...e ti tratta come una regina» concluse Darla.

«Be', mi sono stufata» disse Quinn alzando di nuovo il mento. «Guarda, Bill è gentile... Okay, è fantastico» disse alzando una mano quando Darla fece per muovere un'altra obiezione. «Ma il nostro rapporto non è stimolante. Non ho mai avuto niente di stimolante. E, considerata la mania di programmare che ha Bill, non avrò mai niente di stimolante.»

Io ce l'avevo una volta, voleva dire Darla. Lei e Max prima erano pieni di passione. Ce l'aveva ancora davanti agli occhi quello sguardo che la fissava, il sorrisetto che sembrava dire 'so cosa farci con te', il modo in cui ridevano insieme, ma non ci si poteva certo aspettare che durasse per sempre. Erano sposati da diciassette anni. È impossibile rimanere stimolanti per diciassette anni.

«In realtà non è colpa di Bill» disse Quinn. «Voglio dire, non ho mai avuto niente di stimolante neanche prima che arrivasse Bill. Temo che non sia proprio nel mio destino. Non sono una persona stimolante.»

Darla aprì la bocca e poi la richiuse. Quinn era un tesoro, ma...

«Lo vedi?» Quinn riuscì finalmente a incrociare lo sguardo di Darla, sconfitta. «Vorresti dirmi che sono stimolante, ma non ci riesci. Zoë era stimolante, io ero noiosa. La mamma diceva sempre: 'Qualcuno è un quadro a olio, altri sono acquarelli.' Ma quello che intendeva era: 'Zoë è interessante e tu sei solo un po' slavata.'»

«Tu sei quella affidabile» disse Darla. «Sei quella su cui tutti contano. Se fossi quella stimolante, saremmo tutti fregati.»

Quinn si lasciò cadere all'indietro. «Be', sono stufa di questa storia. E non è che adesso me ne esca con il bungee jumping o qualche stupidaggine del genere. Voglio solo questo cane.» Il cane alzò di nuovo lo sguardo su di lei e il disagio di Darla si trasformò in vero e proprio terrore. «Che non è neanche così eccitante adottare un cane. E non è una richiesta così eccessiva, no?»

«Be', dipende.» Darla fissò il cane. *È tutta colpa tua.*

«Non ti capita mai di volere qualcosa di più?» Quinn si sporse in avanti, i suoi occhi nocciola adesso erano fissi in quelli di Darla con una passione che la fece sentire a disagio. «Non ti capita mai di guardare la tua vita e dire: 'È tutto qui?'»

«No» disse Darla. «No, no, non mi capita mai. Ascolta, a volte ti devi accontentare di un po' meno di quello che vorresti per far funzionare le cose.»

«Tu non ti sei mai accontentata con Max» disse Quinn, e Darla si morse il labbro. «Be', questa volta voglio fare come te. Solo per questa volta. Non ho nessuna intenzione di accontentarmi.»

Strinse a sé il cane e Darla. Tutti si accontentano, pensò. Il cane guardò Darla, sembrava volesse tentarla a dirlo a voce alta, la personificazione del diavolo. Scordatelo, disse dentro di sé Darla all'animale. Non riuscirai a mettermi nei casini.

«Allora, come la vuoi la pizza?» Darla si allungò sul tavolino e prese il telefono. «La solita?»

«No» disse Quinn. «Voglio cambiare.»

2

Bill era tornato alla sala pesi sentendosi leggermente arrabbiato ma soprattutto divertito; quando il suo capo, Robert Gloam, che sudava elegantemente nella tuta blu, intercettò il suo sguardo, smise di asciugarsi il viso con l'asciugamano di Ralph Lauren e disse: «Cosa c'è di così divertente, ragazzone?»

Di tutte le croci che Bill doveva portare nella sua vita – genitori e richiami dei vaccini, atleti adolescenti con ormoni impazziti, la lotta per rendere concreta un'idea come quella della Grande depressione per una generazione di piccoli fan della carta di credito –, la croce più fastidiosa di tutte era il suo più grande fan, Bobby Gloam, il baby capo. Bill cercava con tutte le sue forze di non pensare a Robert come Bobby o il baby capo, perché sarebbe stata una mancanza di rispetto, e Robert era un gran lavoratore, forse un po' ossessionato dallo sport, ma era così giovane e così sciocco che era troppo grande la tentazione di usare quei soprannomi.

«Divertente? Oh, Quinn ha trovato un altro cane» disse Bill, e Bobby alzò gli occhi al cielo per esprimere la sua solidarietà maschile.

«Ti ci vuole tanta pazienza, ragazzone» disse Bobby.

«È una persona razionale» disse Bill. «Farà la cosa giusta.»

Cominciò a fare gli ultimi controlli alla sala pesi, il che era piuttosto superfluo, dato che lui stesso aveva fatto allenare i ragazzi e il baby capo era stato con loro quando lui se ne era andato, assillandoli per ogni asciugamano abbandonato sul pavimento e ogni peso fuori posto. Il baby capo si sentiva padrone della stanza dato che l'avevano rinnovata solo un mese prima, e ora era quasi imbarazzante per quanto fosse lussuosa, una sinfonia di grigio e rosso. «Anche la sala professori dovrebbe essere così bella» aveva detto Quinn. Bill aveva risposto: «Ehi, gli atleti se lo meritano. Cosa hanno fatto gli insegnanti per gli altri?»

«Mi auguro che Greta faccia la cosa giusta» continuò Bobby. «Certo, la pensione dovrebbe arrivare il prossimo anno, ma significa far passare ancora un anno e mezzo, che è molto tempo se hai una segretaria rompipalle.»

Bill lo sentiva solo in sottofondo mentre si dirigeva verso l'interruttore della luce, pronto a chiudere tutto e andare a casa per preparare la cena a Quinn, proprio come ogni mercoledì. Quinn. Gli bastava pensare a lei per sentirsi bene.

«Voglio dire, a volte mi sembra che mi sfidi» stava dicendo Bobby.

«È solo che a volte le manca un po' di tatto» disse Bill. «È un'ottima insegnante di arte, e quella è la cosa importante.»

«Non Quinn, Greta» disse il baby capo. «Ma ho delle riserve anche su Quinn.»

«Cosa fa di male Greta, esattamente?» chiese Bill, e si sentì un po' in colpa per essersi estraniato dalla conversazione.

«Be', non mi porta il caffè» disse Bobby. «Le chiedo di farmi il caffè e lei lo versa e lo poggia in un angolo della sua scrivania. Così mi tocca chiederle di portarmelo.»

«Perché non te lo prendi da solo il caffè?» chiese Bill. «La caraffa è sul mobile proprio fuori dalla tua porta. Probabilmente sei più vicino di lei.»

«Catena di comando» disse Bobby. «Che razza di autorità posso avere se mi prendo da solo il caffè?»

Nessuna, che è poi quella che hai adesso.

«Tu cosa faresti?» chiese Bobby, e Bill si trattenne dal dire: «Io mi prenderei da solo il caffè.» Disse invece: «Credo che mi limiterei a esternare le mie aspettative, proprio come faccio con i ragazzi.»

Bobby sembrava confuso, così Bill continuò: «Metto in chiaro cosa mi aspetto da loro. Non mi arrabbio, mi aspetto solo che obbediscano. Aspettati da Greta che faccia quello che vuoi e vedrai che finirà per farlo.»

«Mi sembra una visione piuttosto ottimista» disse Bobby.

«No.» Bill spense la luce e si diresse verso la porta. «Prendi anche questa cosa di Quinn e il cane. Lei sa che non possiamo avere un cane, così mi sono limitato a ricordarglielo finché non è stata d'accordo di portarlo a Edie.»

«Anche Edie è un'altra che non mi convince» disse Bobby. «Queste donne mature non concepiscono l'autorità.»

«Guarda» disse Bill, quasi certo che stesse combattendo per una causa persa. «La gente vuole fare una bella impressione, tutti vogliono creare un'opinione positiva negli altri. Ti basterà far sapere alle persone cosa devono fare per guadagnarsi la tua approvazione e lo faranno, ammesso che rientri nelle loro capacità, ovvio. Non aspettarti mai qualcosa che non sono in grado di darti.»

«Greta è in grado di portarmi il caffè» disse Bobby.

«E Quinn è in grado di capire che deve dare il cane a una brava persona.» Bill aprì la porta quando gli ultimi raggi del sole pomeridiano filtrarono nella sala pesi. «Ci vuole solo pazienza.»

«Sei proprio un bel personaggio, ragazzone» disse il baby capo. «Un vero esperto della psiche della gente.»

Bill portò a casa un uomo soddisfatto. Dare il cane a Edie era una buona idea, lo pensava anche Quinn: si risolveva il problema della solitudine di Edie e si trovava una casa al cane; due buone azioni in un colpo solo. Bill aveva vissuto da solo un paio di volte fra una relazione e un'altra, e lo aveva odiato, quindi era certo che anche Edie dovesse odiarlo. Quando aveva incontrato Quinn, aveva saputo fin dal primo istante che era quella giusta, aveva quel modo di essere così razionale, di fare sempre la cosa giusta. Non c'erano onde anomale quando Quinn era nei paraggi, lei era capace di calmare le acque. Gli ci era voluto un anno per convincerla a trasferirsi nel meraviglioso appartamento che aveva trovato per loro, ma alla fine aveva capito, e ora la sua vita era perfetta.

A giugno si sarebbero fidanzati e a Natale si sarebbero sposati. Bill aveva programmato tutto per non compromettere gli impegni a scuola e la stagione atletica, e immaginava il loro futuro mentre parcheggiava davanti al loro appartamento. Avrebbero avuto dei bambini, certo. Quinn si sarebbe seduta sulle tribune mentre lui allenava i loro figli, avrebbe rimboccato loro le coperte la sera, avrebbe fatto tutte le cose che fanno le mamme. Ogni volta che vedeva delle madri che gridavano contro i figli nei negozi, pensava al viso di Quinn, tondo, sereno come quello della Madonna e sapeva che non avrebbe mai fatto niente del genere ai suoi figli. E ci sarebbe sempre stata anche per lui, comprensiva e affettuosa. Quinn era tutto quello di cui Bill aveva bisogno, il centro solido e sicuro della sua vita.

Così, quando Quinn si presentò nel loro appartamento alle sei e un quarto con un cane che gli rivolgeva un sorrisetto compiaciuto dalle sue braccia, Bill mantenne un tono di voce calmo, un tono di voce che metteva bene in chiaro che non c'erano discussioni. «Quinn, il cane va da Edie.»

Il mento di Quinn si sollevò, la mandibola le si serrò, e tutto a un tratto il suo viso non era più tanto tondo. I capelli caddero all'indietro e apparvero due macchie brillanti sui suoi zigomi. Aveva un aspetto terribile, e il cane era anche peggio, era quasi selvatico, come se l'avesse morsa e infettata.

«No» disse lei.

***

«Ehi» disse Darla quando Max apparve nell'ufficio ingombro e lurido della stazione di servizio, arredato secondo lo stile che Darla chiamava caos design. «Di chi è la Toyota là fuori?»

«Di Barbara Niedemeyer» disse Max senza alzare la testa dalla fattura che stava compilando. «E non prenderemo un altro cane, quindi scordatelo.»

Darla fece un sorrisetto e pensò a quanto fosse sexy la curva che faceva il suo collo prima di sparire nella maglietta nera. Max aveva messo su un po' di peso da quando si erano diplomati, diciassette anni prima, e i capelli erano un po' più radi, ma Darla vedeva ancora in lui il più bello dell'ultimo anno, che l'aveva scelta per essere la prima ragazza che avrebbe portato al drive in, nella macchina che era riuscito finalmente a far funzionare. Avevano visto *L'impero colpisce ancora*... quasi tutto. Guardandolo ora, Darla avrebbe voluto saltargli addosso di nuovo. Non male dopo diciassette anni, dopotutto.

Darla sbirciò nell'area di servizio. «Dov'è Nick?»

«Di sopra.» Max spinse indietro la sedia. «Dico sul serio, basta cani.»

Darla si sedette sul bordo della scrivania e strinse la coscia di Max fra le sue. «Neanche se chiedo per favore?»

«No, neanche se chiedi per favore» disse Max che, però, aveva afferrato il tono allusivo della sua voce; Darla lo aveva capito dal modo in cui gli erano brillati gli occhi. «Potresti provare a convincermi, però.»

Darla scivolò fino a posizionare le gambe all'esterno delle cosce di Max e appoggiò le mani sui braccioli della sedia.

«Be', voglio davvero quel cane. Cosa dovrei fare esattamente per averlo?»

«Vieni a casa e dammi una grattatina alla schiena» disse Max. «E qualche altra cosuccia. Non avrai comunque il cane, voglio essere sincero.»

Max cercò di sembrare severo e rigido, ma Darla rise e si chinò per sussurrargli: «Lascia perdere la casa, è piena di bambini. Proprio qui, tesoro.» Max cominciò ad aggrottare le sopracciglia e Darla lo baciò. Max ricambiò il bacio, uno dei loro baci solidi, belli, di quelli che volevano dire 'sono strafelice che tu sia qui', ma quella sera il sangue di Darla cominciò ad accelerare il passo perché non erano a casa, erano in un ufficio con parecchie vetrate, le luci accese, e si comportavano di nuovo come ragazzini stupidi. Il sesso con Max non era mai stato brutto, ma c'erano volte che non era da tachicardia e ultimamente non era stato neppure molto frequente.

In quel momento Darla aveva la tachicardia.

«Aspetta un attimo» disse Max, tirandosi su per prendere un po' d'aria, e Darla cercò di fare del suo meglio per scivolargli in grembo nonostante i braccioli in mezzo ai piedi, poi gli si mise a cavalcioni, ma non vicina quanto avrebbe desiderato.

«Vieni qui» disse lei; lui rispose: «Dio, possono vederci tutti.»

«Così imparano qualcosa» disse Darla, ma Max si stava già alzando, poi le scivolò addosso per un attimo meraviglioso prima di mettersi in piedi e appoggiarla sulla scrivania.

«Andiamo a casa» disse Max. «I ragazzi vanno a letto alle undici e poi avremo tutto il tempo per noi, amore.»

Darla sentì l'ondata di desiderio svanire dentro di lei. «Ma mancano cinque ore.»

Max sorrise. «Possiamo farcela. Forza, andiamocene di qui prima che qualcuno ci veda pomiciare.»

«Sì, non vorrei mai» disse Darla in tono piatto e lo seguì fuori dalla porta. La Toyota bianca scintillò sotto le luci del garage. «Di chi hai detto che è questa macchina?»

«Di Barbara Niedemeyer» disse Max.

«Ha appena lasciato Matthew» disse Darla e si fermò di colpo. «Oh, dio, ci prova con Nick.»

«Forse pensava semplicemente che la sua macchina avesse qualcosa che non andava» disse Max. «Non vuoi un altro cane, vero?»

«No, e comunque lo vuole Quinn.» La mente di Darla vagliò le possibilità, cercando di stare alla larga dal suo disappunto. «Te lo dico io, se quella Toyota è qui di nuovo in una settimana, sta puntando Nick.» Darla si voltò a guardare Max. «Dovremmo provare a salvarlo?»

«Nick non ha bisogno di essere salvato da nessuno» disse Max, e le sembrava così a disagio che Darla lasciò cadere l'argomento. Max e Nick erano molto legati ma non interferivano mai l'uno nella vita dell'altro, un tacito accordo che aveva fatto funzionare il loro rapporto tutti quegli anni. Non aveva senso che lei gli consigliasse di cambiare.

«Va bene» disse Darla. Il marito rispose: «Come sarebbe che Quinn vuole tenerlo? Non è da lei.»

Darla lo seguì fuori, nell'uggioso crepuscolo di marzo, camminando a fatica nel nevischio e pensando che Quinn avrebbe riso quando le avrebbe raccontato che Barbara dava la caccia a Nick, e cercando con tutte le forze di non pensare a quanto avrebbe voluto fare l'amore nell'ufficio, una cosa diversa per una volta, solo una volta dopo diciassette anni.

«Forse vuole qualcosa di diverso» disse Darla. Max disse: «Quinn? Mi sembra strano.» Poi spalancò la porta del furgone dal lato del conducente e salì. «Fa una bella vita e, se gioca bene le sue carte, può tenersela per sempre. Perché fare casino?»

Darla era in piedi nel parcheggio, con la neve che si accumulava attorno a lei, e improvvisamente sentì un freddo che le arrivò fino alle ossa. «Perché a volte hai bisogno di qualcosa di nuovo per sentirti ancora vivo, Max. A volte, quello che una volta andava bene non è più abbastanza.»

«Di cosa stai parlando?» Max si chinò e aprì la portiera del passeggero. «Questa è la cosa più stupida che abbia mai sentito. Sali prima di congelarti.»

Darla girò attorno al furgone e prese posto accanto a Max. Non era sicura di cosa stesse parlando, ma era abbastanza sicura di sapere come si sentiva.

E se Max credeva che avrebbero fatto sesso quella sera,

quando i bambini sarebbero stati a letto, non la conosceva bene.

Le accarezzò un ginocchio. «Dopo il telegiornale, tesoro» disse lui. «Solo io e te.»

Dire no, quel no senza mezzi termini, le diede alla testa come un vino da quattro soldi: Quinn si sentì stordita, con la testa leggera e un po' di nausea, mentre Bill le sorrideva con le labbra serrate.

«Non essere sciocca» disse lui. Il suo volto aveva assunto lo sguardo benevolo da signore dell'universo che gli aveva permesso di guadagnarsi il rispetto di tutti a Tibbett. Un vero uomo, le aveva detto suo padre quando lo aveva portato a casa la prima volta. Il che spiegava perché adesso non lo volesse più. Non voleva un vero uomo.

Quinn si chinò per lasciar scendere Katie sul pavimento. Quando si rialzò, spostò lo sguardo oltre Bill, verso le pentole sui fornelli, ed ebbe un impeto di nervosismo. «Hai cucinato di nuovo. Te l'ho già detto e ridetto, mercoledì mangio con Darla...»

«Mangi presto» disse Bill. «E la pizza non è un cibo sano. Hai bisogno di cibo sano.» Aprì uno sportello e prese un piatto.

Quinn valutò la possibilità di sminuire l'importanza delle sostanze nutritive che la pizza non conteneva, ma poi lasciò perdere. Era più facile mangiare che discutere. Attraversò la cucina per frugare nello sportello sotto il lavandino e Katie la seguì ansiosa in punta di piedi, le unghiette che tintinnavano contro le mattonelle del pavimento. «Dov'è il cibo per cani dell'altra volta?»

«In fondo.» La voce di Bill aveva un tono piatto, e Quinn tirò fuori la testa giusto in tempo per vederlo fissare Katie con sguardo truce.

Quinn ficcò di nuovo la testa nello sportello e pescò il cibo per cani. Quando si alzò in piedi, Bill era di spalle che riempiva i piatti di spaghetti e sugo.

«Il nostro contratto d'affitto dice che i cani non sono ammessi.» Bill posò il piatto sul tavolo e rimase in piedi, con le braccia incrociate, un gigante non verde e non buono.

Quinn versò il cibo per cani in una ciotola e lo posò sul pavimento. «Ecco qui, tesoro. La tua cena.»

Il cane annusò il cibo e cominciò a mangiare con cautela. Quinn riempì un'altra ciotola di acqua e la mise accanto alla prima. Katie si chinò a mangiare, ed era così tenera che Quinn la accarezzò sulla testa.

Katie si accovacciò e fece pipì.

«Quinn!» gridò Bill, e il cane si rannicchiò alla sua voce.

«Ho capito.» Quinn prese un pezzo di carta da cucina dal rotolo accanto al lavandino. Katie era desolata e sconvolta e Quinn le mormorò parole di consolazione mentre asciugava la pipì; poi prese una bottiglia di spray disinfettante dal mobiletto. «Fa pipì quando vuole esprimere sottomissione» disse a Bill mentre asciugava. «Non lo sapevo perché l'ho tenuta in braccio tutto il giorno. Si innervosisce quando le persone la accarezzano e...»

«Be', è ovvio che non può rimanere con noi» disse Bill, con voce trionfante. «Per stasera possiamo mettere dei giornali in bagno, ma domani se ne va.»

Quinn finì di asciugare il pavimento senza dire niente. Quando si fu lavata le mani, Bill fece un gesto di resa e disse: «I tuoi spaghetti si raffreddano.»

Quinn scivolò sulla sedia e prese la forchetta.

Bill le sorrise con approvazione. «Edie prenderà il cane...»

«Il cane lo tengo io.» Quinn mise giù la forchetta.

«Non puoi» disse Bill. «Rovinerà la moquette e ci saremo giocati la caparra. E poi tu sei a scuola tutto il giorno. Chi si occuperà di lei?» Scosse la testa, tranquillo della logica inespugnabile del suo discorso. «Dalla a Edie.»

«No.»

«Allora lo farò io» disse Bill, e poi cominciò a mangiare.

Quinn sentì un brivido di freddo. «Stai scherzando, vero?»

«Non stai ragionando razionalmente» disse Bill, quando ebbe masticato e inghiottito. «Questo cane ti farà impazzire in un attimo. Guarda. Non fa altro che tremare e fare pipì.»

«Ha freddo» disse Quinn e Bill scosse la testa e continuò a mangiare. «Mi stai ascoltando?» disse lei, mentre sentiva un calore che la pervadeva.

«Sì, ti sto ascoltando» disse Bill. «E la porterò da Edie per il tuo bene.»

Quinn per un attimo sentì le vertigini della rabbia che la stordivano, ma poi si trattenne perché urlare avrebbe solo creato un problema in più da risolvere.

«È la cosa giusta da fare» disse Bill. «E adesso mangia.»

Guardando il viso compiaciuto e sicuro di Bill, Quinn si rese conto di aver creato un mostro. Bill era sicuro che alla fine avrebbe ceduto perché lo aveva sempre fatto. Perché avrebbe dovuto aspettarsi una cosa diversa? Gli aveva insegnato lei a essere sempre soddisfatto. Quinn si guardò intorno. Quello non era neanche il suo appartamento. Era stato Bill a sceglierlo e a farli trasferire e, quando lei aveva detto: «È troppo beige», lui aveva risposto: «È a cinque minuti dalla scuola.» Ed era sembrato così ragionevole che si era arresa. Era stato sempre Bill a comprare i mobili, tutti in pino, minimalisti, e quando glieli avevano consegnati e lei aveva detto: «Non mi piace, è troppo freddo e moderno», lui aveva risposto: «Ormai ho pagato e ce li hanno consegnati. Dai una chance a questi mobili e, se fra due mesi continueranno a non piacerti, compreremo qualcosa che ti piace.» Quinn aveva detto che andava bene perché in fondo erano solo mobili, non valeva la pena di litigare.

Katie si appoggiò su una gamba mentre con il sederino rotolava sul tappeto. Per Katie valeva la pena litigare.

Forse, sarebbe valsa la pena litigare anche per i mobili. Tutto quel maledetto beige.

Bill le sorrise dall'altra parte del tavolo, la sua faccia era altrettanto beige.

A pensarci bene, in quel preciso istante, tutto ciò che la circondava era un ottimo motivo per litigare.

«Dài, adesso non startene lì seduta con il broncio» disse Bill. «Edie sarà una buona padrona.»

«Odio questi mobili.» Quinn si alzò di scatto da tavola e prese il cappotto.

«Quinn?» Bill era spiazzato. «Di cosa stai parlando?»

«Tutti.» Scrollò le spalle appena infilate nel cappotto. «Mi piace la roba antica. Roba accogliente. Odio questo appartamento. Odio la moquette beige.»

«Quinn.»

Gli voltò le spalle e prese in braccio Katie. «E in questo preciso istante, anche tu non è che mi faccia impazzire.»

L'ultima cosa che Quinn sentì quando uscì dalla porta fu Bill che diceva: «Quinn, ti stai comportando come una bambina.»

Nick stava per buttarsi nella lettura dell'ultimo libro di Carl Hiaasen quando qualcuno bussò alla porta. Era arrivato a casa da appena un'ora, i cubetti di ghiaccio nel suo secondo Chivas non avevano ancora cominciato a sciogliersi ed ecco arrivare compagnia. Uno dei tanti vantaggi di essere single era riuscire a starsene in santa pace per molto tempo, così lasciò cadere il libro sul pavimento e si alzò controvoglia dalla vecchia poltrona di pelle, deciso a sbarazzarsi di chiunque avesse bussato.

Ma quando spalancò la porta vide Quinn, avvolta fino al naso in una sciarpa blu spessa e ingombrante, con i capelli ramati che brillavano sotto la luce del portico; chiudere la porta in faccia a Quinn non era un'opzione da prendere in considerazione. Teneva in braccio un cane nero e mingherlino che lo guardava con occhioni imploranti da orfano. «Non voglio un cane» disse, ma si spostò per farla entrare.

Quinn gli passò accanto come un fulmine e mise a terra il cane mentre Nick chiudeva la porta. Spostò la sciarpa dalla bocca e disse: «Meno male, perché non puoi tenerla.» Quinn sorrise al cane che stava studiando l'appartamento con circospezione e poi si voltò verso di lui, capelli lucidi e occhi scintillanti, e guance di un bel rosso brillante. «La tengo io.»

«Pessima idea» disse lui, ma senza aggressività, sorridendole per abitudine e perché gli faceva piacere che fosse lì. «Qualcosa da bere?»

«Sì, grazie.» Quinn srotolò la sciarpa e la lasciò cadere sul pavimento di legno, accanto al tappeto antico della madre di Nick, e il cane ci si acciambellò immediatamente sopra, guardando Nick come se si aspettasse di rimanere lì per sempre. *Non pensarci neppure, cane.*

«Ragazzi, che giornatina» disse Quinn.

«Raccontami.» Nick si diresse verso la minuscola cucina e Quinn lo seguì, prese un bicchiere dalla mensola di pino sopra il lavandino e tirò fuori del ghiaccio da un vassoio nel vecchio frigo.

«Non so da dove cominciare» disse lei.

La cucina era troppo piccola per due, ma era Quinn e non aveva importanza. Lei teneva il bicchiere davanti al petto perché erano troppo vicini per tenerlo più distante, lui ci fece cadere il ghiaccio e poi si allungò oltre Quinn per prendere il Chivas sulla mensola, godendo distrattamente della sua vicinanza. «Comincia dal peggio» le disse Nick, mentre versava il Chivas nel bicchiere. Non troppo, perché avrebbe dovuto guidare per tornare a casa. «Così non potremo che migliorare.»

Quinn gli rivolse un ampio sorriso e disse: «Grazie. Posso averne ancora un po'?»

«No.» La spinse verso il salotto con il fianco e allontanò il Chivas. «Sei comunque troppo giovane per bere.»

«Ho trentacinque anni.» Quinn si lasciò cadere sul tappeto accanto al cane, tutta gambe lunghe e capelli lucidi nel maglione dai colori pastello. «Posso fare quello che voglio.» Si fermò, come se si fosse appena ascoltata fare una dichiarazione radicale e non sarcastica; poi si strinse nelle spalle. «Okay, il peggio è che ho litigato con Bill.»

Nick si fermò per un attimo a guardare quella scena che gli sembrava un quadro: il rame dei capelli, il miele del pavimento di quercia, il blu chiaro del maglione, i verdi smorzati del tappeto e, soprattutto, Quinn, tutto quello che era, il modo in cui brillava in mezzo a tutto quel calore. Solo dopo prestò attenzione a quello che aveva detto. «Cosa?»

«Ho litigato con Bill. Almeno, credo fosse un litigio. Difficile dirlo, dato che lui non si arrabbia mai. Gli ho detto che avrei tenuto il cane e lui mi ha detto che non potevo. Come se fossi una bambina.»

Quinn era molto tesa, gli occhi nocciola erano spalancati verso di lui e Nick sorrise. «Be', sembri un po' una bambina a volte. Vivete in un appartamento, dove lo metti un cane?»

Quinn scosse la testa e i suoi capelli dondolarono come seta color rame. «Non è questo il punto. Il punto è che io lo voglio e lui non ha saputo far altro che dire no.»

«Be', lui non lo vuole.» Nick si mise comodo nella sua poltrona, deciso a non lasciarsi coinvolgere dal litigio di Quinn e, allo stesso tempo, per niente preoccupato. Riusciva a non entrare nella vita di Quinn. Quello a cui non sapeva resistere era la sua compagnia. «Non dovrebbe essere obbligato a vivere con un animale se non vuole.» Il cane lo guardò con riprovazione, ma Nick lo ignorò.

Quinn scosse la testa. «E io non dovrei essere obbligata a vivere senza.»

«Allora uno dei due dovrà cedere» disse Nick. «Ti passerà.» La guardò alzare di scatto il mento e pensò: Bill, stai per diventare un accanito cinofilo. Conosceva Quinn da quando aveva quindici anni e quando si impuntava in quel modo, era impossibile smuoverla.

«Non avrò bisogno di farmela passare» disse Quinn. «Terrò Katie.»

«Chi?»

«Katie. Si chiama così.»

Quinn strinse a sé il cane e l'accarezzò sulla testa; Nick la studiò, cercando di vederci quello che ci vedeva anche Quinn. Con quel pelo e ossuta com'era sembrava un topo sui trampoli, e quei suoi occhioni scuri lo innervosivano. *Salvami. Prenditi cura di me. Occupati di me per sempre.* Nick fece segno di no con la testa. «Non potevi scegliere un nome un po' meno sdolcinato?»

«Se vuoi prenderti un cane e chiamarlo Killer, fai pure» disse Quinn. «Ma questo è il mio cane e si chiama Katie.» Quinn lo guardò e all'improvviso si rabbuiò. «Sai, un cane ti farebbe bene.»

«No.» Nick sprofondò ancora di più nella poltrona. «Un appartamento è un pessimo posto per un cane. E poi, non mi serve un'altra responsabilità.»

Quinn gli rivolse uno sguardo di affettuoso rimprovero. «Un cane non sarebbe un'altra responsabilità, dal momento che non ne hai altre. Sarebbe un segno che stai maturando.»

«Ho già abbastanza segni della mia maturità» borbottò Nick. «Mi stanno venendo i capelli bianchi.»

«Lo so.» Quinn aveva un tono compiaciuto. «Solo alle tempie. Ti danno fascino, ma probabilmente non faranno un bell'effetto sulle marmocchie con cui esci ultimamente.»

«Non esco con le ragazzine.» Nick la fissava. Non usciva con le ragazzine. Aveva una morale, per l'amor di dio.

«Dài, per favore. Quanti anni ha Lisa? Dodici?»

«Ventidue» disse Nick. «Credo.»

«Un misero ventidue» disse Quinn. «Mentre tu ti stai avvicinando ai quaranta.»

«Trentotto.» Nick valutò l'ipotesi di dirle che non vedeva Lisa da Natale e poi decise di non farlo. Avrebbe iniziato una conversazione completamente diversa che non aveva voglia di affrontare, una conversazione che avevano già avuto varie volte e che riguardava la sua abitudine di uscire con ragazze molto più giovani, così non doveva impegnarsi. Era vero, ma era un metodo che funzionava, quindi perché discuterne? Era ora di cambiare argomento. «Che novità ci sono? Ho lavorato fino alle sei e non ho visto nessuno. La Chevrolet di Bucky Manchester aveva il silenziatore andato.»

«Per lui non sarà certo un problema» disse Quinn. «Mia mamma dice che Bucky sta facendo soldi a palate con l'agenzia immobiliare.» Bevve il primo sorso di Chivas e si scolò metà bicchiere in un colpo solo.

«Molto bene, perché io e Max dovremo scucirgliene un po'.» Nick puntò un dito verso di lei. «Non scolartelo. Devi guidare.»

«Devo solo andare a casa da Bill.» Quinn sorseggiò il suo drink, era di nuovo tesa. «Sai, se non cede sulla storia del cane, questa volta me ne vado.»

«Be', pensaci bene» disse Nick che non aveva proprio nessuna voglia di contraddire Bill. «Come va a scuola?»

«Scuola?» Quinn sbatté le palpebre verso di lui e si adeguò al cambio di argomento. «Il solito. A Edie è toccata di nuovo la recita scolastica e Bobby non le dà tregua. Tutto ciò che non è atletica non gli interessa. Edie vuole che mi occupi dei costumi e delle scenografie, ma le ho detto di no. Non ho bisogno di altre seccature. E Bobby sta facendo impazzire anche Greta, ma siamo tutti dalla sua parte, dato che fa la segretaria da sempre, mentre lui è appena arrivato. Non è in grado di mandare avanti la scuola senza di lei.»

«E lo chiami Bobby?»

«No, non lo chiamiamo Bobby neanche in sala insegnanti. Edie ha cominciato a chiamarlo baby capo quando si è insediato a novembre e adesso lo chiamiamo tutti baby capo. Credo che sia una delle ragioni per cui ce l'ha tanto con Edie.»

«Non mi stupisce» disse Nick, per fare in modo che continuasse a parlare.

Quinn parlava con tutto il corpo: braccia, occhi, spalle, bocca. Era come un'installazione d'arte contemporanea, così viva che a volte Nick si metteva a discutere con lei solo per avere la possibilità di vederla accalorarsi e gesticolare.

La voce di Quinn conteneva un enorme sorriso quando disse: «Sì, quello è un motivo e poi credo che un giorno, dopo una delle sue sfuriate, l'abbia sentita dire: 'Bisogna dirlo, è molto più facile farsi piacere Robert quando non è a scuola.'» Quinn cambiò tono per imitare la voce acuta da soprano di Edie, la sua cadenza quasi del Sud unita a un pizzico pungente da scorpione. Nick rise e Quinn finì: «Sì, be', al baby capo non è sembrato divertente.»

«Zero senso dell'umorismo» disse Nick.

«Zero cervello» disse Quinn. «Crede di sapere tutto lui, quello sbruffone saccente. E io che credevo fosse complicato con Harvey, ma ora che se ne è andato e che ci tocca il baby capo, mi rendo conto di quanto fossimo fortunati ad avere qualcuno che lasciasse tutto in mano a Greta. Bobby si è fissato che vuole cambiare tutto e sta facendo cazzate a destra e a manca. Non ci ascolta neanche quando gli diciamo che sta facendo un errore. L'unica persona che ascolta è Bill, crede che sia dio in Terra. Tutti quei campionati. Se Bill vince anche il campionato di baseball questa primavera, il baby capo probabilmente gli chiederà di adottarlo. E, per quanto mi riguarda, sono fatti l'uno per l'altro.»

Ecco di nuovo un'ombra sul suo viso, e Nick si sentì a disagio. «Senti, Bill non può essere così cretino da rischiare di perderti per un cane» disse infine, intenzionato a non infilarsi nei loro casini ma volendo comunque consolarla. «Quando vedrà quanto tieni a lei, cederà.»

«Non lo so» disse Quinn. «A volte mi sembra proprio che non mi veda. Mi sembra che veda solo la persona che vorrebbe io fossi. Sai, la persona a cui riesce a tenere testa. Perché la vera me è troppo incasinata e complicata.»

Nick scosse la testa. Non era possibile che Bill fosse talmente stupido da perdersi chi era Quinn e quello che significava per lui. Quinn si sporse in avanti per attirare a sé il cane e i suoi capelli dondolarono come seta, il riflesso della luce li faceva risaltare contro la sfumatura dorata della pelle.

Bisognava essere proprio dei cretini per farsi scappare Quinn.

«Allora, raccontami come hai fatto a trovare questo topo» disse, solo per vedere i suoi occhi animarsi. Quando alzò di scatto la testa verso di lui e lo guardò, Nick rise.

Cara, vecchia, solita Quinn.

Quando Bill si rigirò nel letto quella mattina, Katie era fra lui e Quinn sul copriletto, un maledetto cane in mezzo a loro, altro che un giornale e il bagno. Quinn si era limitata a dire no e aveva messo una coperta piegata accanto al letto. Ovviamente, durante la notte il cane era saltato su. Era un miracolo che non avesse pisciato tra le lenzuola. Sentì salirgli la rabbia, ma si calmò come sempre, con profondi respiri e pensieri razionali. Quinn era solo confusa. Era rientrata tardi la sera prima e non aveva fatto altro che scrollare la testa quando Bill aveva cercato di parlare con lei, si era rifiutata di mangiare gli spaghetti che le aveva scaldato e aveva portato il cane in camera da letto. Si stava comportando come una bambina, ma lui era abituato ad avere a che fare con i bambini. Era un insegnante. La pazienza era tutto.

Inoltre la sera prima, quando era uscita di casa come una furia, Bill aveva cercato di capire quale fosse il problema, ed era giunto alla conclusione che probabilmente era solo tesa perché anche Quinn voleva sposarsi e avere figli proprio come lui. Certo, lui aveva ancora un sacco di tempo per avere dei bambini, ma lei aveva trentacinque anni e non diventava più giovane con il passare del tempo. E lui se ne stava lì senza dirle niente del matrimonio perché era troppo concentrato sulla stagione sportiva. Non doveva far altro, allora, che sbarazzarsi del cane e chiederle di sposarlo prima possibile, poi si sarebbero sposati e avrebbero avuto i bambini che Quinn voleva, e al suo risveglio avrebbe trovato Bill junior accoccolato fra loro. Quel pensiero gli scaldò il cuore. Un bambino con la sua forza, la sua onestà e intelligenza, e la dolcezza di Quinn. Doveva solo essere paziente e togliersi dai piedi il cane e poi le cose sarebbero andate bene.

Il cane stiracchiò sulle zampette il corpo ossuto e poi si rannicchiò più vicino alla schiena di Quinn.

Il cane aprì gli occhi e lo guardò.

Bill colpì il sedere del cane con una mano. «Giù.»

Katie incurvò un angolo della bocca ed emise un ringhio basso dal fondo della gola, piantando il dorso contro Quinn, e Bill ritrasse la mano.

«Cosa fai?» borbottò Quinn mezza addormentata sopra la sua spalla.

«Quel cane mi ha ringhiato.»

«Probabilmente l'hai svegliata.» Quinn sbadigliò e picchiettò con la mano sulla porzione di letto di fronte a lei. «Vieni qui, Katie.»

Katie si alzò lentamente, si stiracchiò indolente e poi si arrampicò sul fianco di Quinn per accoccolarsi, vittoriosa, davanti alla sua pancia. Quinn lasciò cadere con noncuranza la mano sulla schiena del cane e la accarezzò un po' finché non si addormentò di nuovo.

Bill fece qualche altro respiro profondo e poi starnutì, probabilmente era allergico al pelo del cane.

Quel cane era già storia vecchia.

«C'è Max?» Nick si raddrizzò da sotto il cofano della vecchia Civic di Mary Galbraith e disse: «Prego?» Aveva riconosciuto la voce prima di vedere la bionda snella nel completo blu polvere. La Barbie della First National Bank, come la chiamava Darla, un soprannome molto più gentile di quello che le aveva affibbiato Lois Ferguson. La donna aveva uno sguardo sfuggente che rendeva difficile credere che stesse puntando Max, ma eccola lì. «Ciao Barbara. No, non c'è in questo momento. Spero che non ci siano problemi con la macchina.»

«Oh, ha fatto uno splendido lavoro.» Barbara sembrava perplessa, fuori posto in quel garage lercio, d'altronde sembrava fuori posto ovunque tranne in banca. A Nick faceva venire i brividi, ma sapeva anche lui che non era corretto. Doveva ammettere che nel suo lavoro era molto brava. Se se ne occupava Barbara, i tuoi soldi non correvano nessun pericolo.

«Non so quando tornerà» disse Nick, quando si accorse che Barbara sembrava non sapere cos'altro dire.

«Sono passata solo per portargli questi.» Barbara gli porse una lattina colorata e Nick provò pena per lei e si insospettì per Max. La lattina era dipinta come se fosse coperta da una stoffa tartan verde e c'era un biglietto bianco con scritto 'Grazie!'. «Sono biscotti» disse Barbara. «Perché è stato così bravo con la macchina.»

«Oh.» E cosa diavolo poteva farsene dei biscotti? «Perché non li metti in ufficio? Dirò a Max che li hai portati tu.»

«Grazie, sei molto gentile.» Barbara se ne stava in piedi, vestita in modo impeccabile e di nuovo indecisa su cosa dire.

«L'ufficio è proprio lì» disse Nick, cercando di essere disinvolto.

Barbara fece un respiro profondo. «È davvero bravo con le macchine, vero?»

«Il migliore» disse Nick. «L'ufficio è dietro quella porta.»

«La mia macchina funziona molto meglio. Ha riparato anche il riscaldamento.»

«Era solo un contatto che non funzionava bene» disse Nick, senza specificare che era stato lui ad aggiustarlo. «Max è bravo a trovare quel tipo di guasti.»

«Sì, è quello che ho pensato anch'io.» Barbara fece un passo verso di lui e Nick si accorse che aveva qualcosa di diverso. Per qualche ragione, non era appariscente come al solito. E i capelli sembravano più scuri. «Credo che l'attenzione per i dettagli sia molto importante, no?»

«Sì.» Nick smise di provare a ricordare di che colore fossero prima i suoi capelli, perché non gli importava. «Be', puoi lasciare i biscotti in ufficio.»

«È bravo anche con i lavori di casa?» chiese Barbara, e Nick decise che quella donna era strana.

«Non è male» disse Nick. «Darla non si lamenta mai.» Valutò se aggiungere qualcosa ma poi decise di evitare. Non c'era bisogno di intromettersi.

«Lo so. È un'ottima parrucchiera.» Barbara sembrava in buona fede. «È fortunata ad avere Max.»

«Sì, l'ufficio è proprio il posto giusto in cui lasciare i biscotti» disse Nick.

«Hai da fare.» Barbara indietreggiò di un passo. «Deve essere meraviglioso lavorare con Max.»

«Senza dubbio» disse Nick.

«Sono sicura che anche tu sei bravo» disse Barbara gentilmente.

«Non molto» disse Nick.

«Okay, metto questi in ufficio.»

«È il posto migliore.» Nick tornò a ficcare la testa sotto il cofano della Honda e pensò: Max, avrai il tuo da fare.

E poi si concentrò sulla Honda perché Max e Barbara non erano affari suoi.

Quinn tornò a casa poco dopo le tre, prima del solito, perché era impaziente di vedere Katie. Avrebbe dovuto portarla subito fuori e l'avrebbe portata nel vicolo dietro l'appartamento, come la mattina. L'aveva guardata saltare e correre nel cortile gelato e poi tornare da lei in tutta fretta, e avrebbe provato l'euforia di quel momento, il brivido di avere qualcuno che la amava senza aspettarsi niente in cambio. Avrebbe preso in braccio Katie quando il cane avesse appoggiato le zampine sul suo cappotto, tutta un tremito di entusiasmo ed emozione, l'avrebbe stretta per scaldarla e avrebbe sentito la testina di Katie posarsi sulla sua spalla. Era una cosa così eccezionale avere un cane tutto per sé che Quinn sorrise aprendo la porta dell'appartamento e chiamò: «Katie!» Poi rimase in attesa di sentire il nuovo e meraviglioso ticchettio delle unghie sulle piastrelle della cucina.

Nell'appartamento regnava il silenzio.

«Katie?»

Nessun ticchettio. Quinn chiuse la porta dietro di sé e cominciò a cercarla con il cuore che le batteva forte in petto, controllò che non fosse rimasta chiusa in bagno o addormentata sul letto a baldacchino. L'appartamento era piccolo e le bastarono un paio di minuti per ispezionarlo da cima a fondo. Nessuna traccia di Katie.

Si torturò con il pensiero che il cane potesse essere uscito in qualche modo, ma quando andò a vedere quanto cibo fosse rimasto nella ciotola, per calcolare da quanto poteva essere uscita, non trovò nessuna ciotola. Le trovò entrambe nella lavastoviglie.

Bill era sempre stato ordinato.

Quinn sentì il sangue invaderle il viso e tutta l'irritazione e la frustrazione che aveva sentito fino a quel momento si fusero e diventarono rabbia.

Aveva preso il cane.

Aveva rubato il cane.

Ci mise un secondo a percorrere il chilometro che la divideva dalla scuola.

3

Dall'altra parte della città, all'Upper Cut, Darla stava cotonando i capelli a Susan Bridges e parlava a ruota libera nel tentativo di farsi passare la rabbia. Non aveva motivo di essere arrabbiata. Max aveva ragione. Fare sesso mentre tutta Tibbett poteva vederli non era una mossa astuta per gli affari dell'officina. E poi, aveva avuto la sua vendetta quando aveva lasciato Max a bocca asciutta alle undici. L'aveva abbracciata nella cucina vuota, dopo che Mitch e Mark finalmente se ne erano andati a letto e lei aveva detto: «Mi è passata la voglia.» Max aveva lasciato cadere le braccia e aveva detto: «Oookay.» Poi si era trascinato a letto senza rivolgerle una parola in più. Non un'altra parola.

«Ahi!» disse Susan e Darla si scusò e tornò a focalizzare l'attenzione sui capelli della cliente.

«Hai mai pensato di cambiare pettinatura?» chiese a Susan, guardandola da sopra la spalla nello specchio con la cornice grigia e rossa. «Li facciamo così da... un bel po' di tempo, ormai.» Almeno trent'anni, pensò Darla. «Staresti bene con un taglio più corto e scalato. Metterebbe in risalto i tuoi zigomi.»

Susan fece rientrare le guance e si studiò nello specchio. «Darryl non mi riconoscerebbe neppure.»

«Be', potrebbe essere positivo» disse Darla. «Dagli qualche novità, fatti guardare. Fagli credere di andare a letto con una donna diversa.»

«Non mi sembra che tu abbia cambiato taglio» disse Susan.

Darla guardò nello specchio il suo french twist castano chiaro. «A Max piacciono lunghi e questo è l'unico modo in cui posso tenerli in ordine durante il giorno.»

«Allora tagliali» disse Susan. «Fagli credere che ti stia tradendo con un'altra.»

«Non era questo che intendevo» disse Darla. In effetti, tagliarsi i capelli corti era un'idea che la stuzzicava. A parte che a Max corti non piacevano. Sarebbe stato un pessimo modo di fargliela pagare per qualcosa che non sapeva neanche di aver fatto, qualcosa che non avrebbe saputo neppure spiegargli. Voglio qualcosa di diverso, voleva dirgli. Voglio che torniamo a essere sposini. E il povero Max se ne sarebbe stato lì senza la minima idea di come fare a darle quello che voleva. Non era colpa sua. «Non potrei fare una cosa del genere a Max.»

«Vedi, allora» disse Susan.

Quando Susan se ne andò, la sorella di Darla, Debbie, tornò dalla saletta relax e si lasciò cadere sulla poltroncina rossa della postazione accanto.

«La mamma dice che non l'hai chiamata.» Debbie guardò i suoi impossibili capelli biondi nello specchio. «Ha detto che ti ha educata meglio di così. Ti sembra che assomigli a Lady D con questi capelli? A me sembravano troppo lunghi, ma Ronnie dice di no. Era Susan Bridges quella che è appena uscita? Quella donna non cambia acconciatura da quando i Doobie Brothers si sono sciolti.»

«Ciao, Deb.» Darla spazzò il pavimento di piastrelle grigie per eliminare i capelli di Susan attorno alla postazione e si trattenne dal sottolineare che, dal momento che la principessa Diana non lanciava più le mode da tempo, era piuttosto patetico cercare di assomigliarle.

Debbie si aggiustò il grembiule dell'Upper Cut e continuò a blaterare: «Sai cosa ho sentito dire?» Allungò il collo per controllare che non ci fosse nessuno che potesse sentirla, le uniche tre persone che stavano ancora lavorando erano dall'altra parte della stanza. «Barbara Niedemeyer si è mollata con Matthew Ferguson. L'ha piantato come un cretino.» Debbie fece un cenno di assenso con la testa, un cenno che voleva dire: 'Finalmente.'

Arrivi in ritardo, Deb, pensò Darla, ma tenne chiusa la bocca mentre puliva la postazione. Lasciamo che Deb si diverta. Probabilmente non aveva mai voluto niente di diverso nella sua vita: Ronnie, l'Upper Cut, e la possibilità di essere la prima a sapere un bel gossip.

«E sai cosa significa? Che arriverà qui per farsi un taglio nuovo uno di questi giorni. E quando lo farà, sapremo chi sarà il prossimo.»

Darla smise di pulire. «Di cosa stai parlando?»

«Be'.» Debbie si chinò in avanti e attese che Darla facesse lo stesso. Darla controllò l'orologio. Erano le quattro. «Ho Marty Jacobsen adesso.»

Debbie fece un gesto con la mano. «Marty è sempre in ritardo. Probabilmente è alla ricerca di qualche gossip interessante.»

«Giusto» disse Darla, e si sedette. «Okay, ti ascolto.»

«Allora, ti ricordi che poco prima di cominciare a corteggiare Matthew, Barbara venne qui per fare uno shampoo all'henné? Quando avevo appena finito di metterlo su, mi disse: 'Fammelo di un bel colore deciso, Debbie, e morbidi come quelli di Ivana.' E lì per lì mi sembrò divertente, ma poi quando Ronnie mi ha detto che aveva lasciato Matthew, ho pensato: 'Vediamo se torna per un nuovo taglio di capelli', e mi si è accesa la lampadina.»

«Falla accendere anche a me,» disse Darla «mi sono persa.»

Debbie si avvicinò ancora di più, spingendo la pancia contro il bracciolo della sedia. «Stava cercando di assomigliare a Lois.»

Darla aggrottò le sopracciglia. «Cosa stava facendo?»

Debbie tornò ad appoggiarsi allo schienale, soddisfatta. «Sì. Mi sono ricordata che quando andava dietro a Gil di Janice, portava la coda di cavallo proprio come Janice, con la sola differenza che lasciava fuori qualche ciocca e che mi faceva intrecciare i capelli davanti per dare all'acconciatura un tocco di classe. E poi, con Louis di Bea, li raccoglieva in alto lasciando però qualche ciocca ai lati che le davano un'aria sexy, ti ricordi? Povera Bea, sembrava avere un bagel sulla testa, e invece Barbara stava benissimo. E poi si fece bionda rossiccia per Matthew, infatti Lois ha quel color arancione arnia che non si decide a cambiare anche se gestisce un salone di bellezza, per l'amor di dio, quindi» Debbie si chinò in avanti di nuovo «immagino che prima o poi questo mese verrà a farsi qualcosa ai capelli. E noi sapremo a chi sta correndo dietro questa volta, basterà vedere chi ci ricorda il nuovo taglio. Non è una figata?»

«Corre dietro a Nick» disse Darla. «Gli ha portato la macchina ieri e non c'era nessun guasto.»

«Nick.» Debbie tornò a sedersi comoda e non aggrottò le sopracciglia solo perché quell'espressione le faceva venire le rughe, ma era comunque molto stupita. «Dio, potrebbe essere chiunque. Con chi esce adesso? Con Lisa, quella ragazzina?»

«No.» Darla si alzò e ricominciò a pulire. «Non la vede da un po'. Lei voleva un anello per Natale e lui le ha regalato un'antologia di Dusty Springfield. Non sapeva neanche chi fosse Dusty Springfield. Non credo stia uscendo con qualcuno.»

«Be', non che nessuna duri poi molto. Massimo un anno.» Debbie scosse la testa. «C'è qualcosa che non va se un uomo non è riuscito a superare un divorzio dopo vent'anni.»

«Ha superato il divorzio venti minuti dopo aver firmato le carte» disse Darla, cercando di non far trasparire acidità dalla sua voce. Nick poteva anche non essere molto affidabile con le donne, ma era un bravissimo cognato, un uomo perbene. E non era schiavo della routine, come succedeva a tanta gente. «Semplicemente non gli piace impegnarsi.»

«Un uomo dovrebbe sposarsi.»

«Perché?»

Si fissarono, infastidita ognuna dallo sguardo penetrante, il solito sguardo che si rivolgevano da quando Darla aveva guardato la prima volta oltre il bordo della culla della sua sorellina appena nata e non era rimasta piacevolmente colpita da quello che aveva visto. Non c'era nessuna ragione per cui tutti gli uomini avrebbero dovuto sposarsi. O tutte le donne. Non importava quanto fosse soddisfatta Debbie del suo matrimonio con quello scemo di Ronnie.

O quanto fosse soddisfatta lei con quel vecchio pantofolaio di Max, dannazione.

C'era qualcosa di storto nei suoi pensieri. Non avrebbe dovuto essere così nervosa al riguardo. E, soprattutto, non avrebbe dovuto essere così nervosa con Max, che non aveva fatto niente di sbagliato e che valeva almeno venti volte quel testone di Ronnie. Non avrebbe dovuto sentirsi stanca di lui e si vergognò di quel sentimento, era sbagliato.

Ma continuò a provarlo.

«Perché improvvisamente sei così suscettibile?» disse Debbie, e Darla si sentì di nuovo in colpa. Debbie non era un mostro di sapienza, ma era una brava sorella. A Darla sarebbe potuta toccare Zoë la fantastica che faceva sentire Quinn grigia e scialba. Deb era solo Deb.

«Niente» disse, e Debbie riprese: «Ricordati le mie parole, Barbara arriverà tra poco. E se vuole assomigliare a Lisa, dovrà farsi crescere i capelli perché l'ultima volta che l'ho vista quella ragazza li aveva lunghi fino al sedere.»

«Non sta uscendo con Lisa.» Darla si alzò quando Marty Jacobsen entrò trafelata e in ritardo. «Magari Barbara è maturata e comincia a interessarsi a uomini liberi.»

«Sarebbe ora» disse Debbie. «Ma le persone non cambiano.

Continuerà a uscire con uomini sposati per sempre. E te lo dico subito, se mai dovesse cominciare a farsi vedere al negozio di ferramenta di Ronnie, non avrebbe più capelli da tagliare perché glieli strapperei io a mani nude.»

«Le persone cambiano» disse Darla. «Se hanno un buon motivo...»

Marty si buttò di peso sulla poltrona davanti a Darla e disse: «Ciao. Non sono in ritardo, vero? Stavate parlando di Barbara? Perché è proprio finita con Matthew. Ho sentito...»

Alle quattro del pomeriggio, Bill poteva dire di aver avuto una lunga giornata, resa ancora più lunga dall'insistenza con cui il baby capo si ostinava a voler aiutare i ragazzi con i pesi, anche se ne sapevano più loro di quanto avesse mai potuto saperne lui. «Ehi, coach, pensi che Corey abbia bisogno di altri pesi?» gli disse Bobby, mentre Corey Mossert, il più massiccio dei suoi atleti, alzava gli occhi al cielo.

«Credo che sia a posto» disse Bill e poi passò al pesista seguente con Bobby che lo seguiva a breve distanza.

«Quella Greta mi sta facendo impazzire. È vecchia, sai.» Bobby scosse la testa e Bill per poco non disse: «Ha cinquant'anni, non è vecchia.» Ma, dato che il baby capo aveva appena compiuto ventotto anni, probabilmente non aveva senso sottolineare la relativa giovinezza della segretaria.

«È convinta che si debba fare tutto come faceva Harvey» continuò Bobby. «Ti immagini?»

«Veramente, Harvey faceva quello che voleva lei» disse Bill mentre controllava il pesista seguente. «Si può dire che l'abbia sempre diretta lei la scuola.» Non aveva avuto altra scelta, dal momento che Harvey era stato mentalmente morto negli ultimi vent'anni e si era rifiutato di andare in pensione finché un attacco di cuore non l'aveva ridotto in ginocchio quattro mesi prima, ed era morto del tutto. Anche se, come aveva detto Quinn, era difficile dirlo perché il suo aspetto non era molto diverso da quello che aveva sempre alle riunioni.

«Ecco, vedi?» disse Bill. «Ecco perché la scuola sta andando a rotoli: non c'è stata nessuna guida. Finora.»

Bill controllò la catasta di pesi di Jason Barnes, esattamente la quantità di pesi che gli servivano. Su Jason poteva contare. Fece un gesto di assenso verso l'alto ragazzo biondo dell'ultimo anno che Quinn chiamava 'il Bill delle nuove generazioni'. I loro figli sarebbero diventati proprio come Jason: alti, forti e affidabili.

«Sai cosa mi ha detto Carl Brookner?» stava dicendo Bobby.

«Cosa?» rispose Bill, più che altro per assecondarlo.

«Ha detto che il finanziamento quest'anno sarà confermato.» Gli occhi di Bobby scintillavano mentre guardava lontano. «Ha detto che ha notato i murales e ha pensato che una nuova sala pesi non era abbastanza per quello che stai facendo con i ragazzi.»

«Be', è un po' che aspettiamo quel finanziamento» disse Bill pacatamente. «Nuovi libri di testo, aumenti per gli insegnanti, toccava anche a noi, finalmente.» I murales erano un argomento delicato perché aveva chiesto di realizzarli a Quinn e al dipartimento di arte, ma lei era contraria. «Dimmi di nuovo perché i ragazzi di storia dell'arte dovrebbero abbellire il dipartimento di atletica?» aveva detto, ma era stato paziente e lei alla fine aveva ceduto.

«Sì, ma c'è di più» disse Bobby. «Ha detto che dovremmo puntare in alto. Ha detto che dovrebbe essere stanziato del denaro per la costruzione di nuovi edifici il prossimo autunno.» Bobby abbassò la voce al ricordo di quelle parole. «Uno stadio e un palazzetto nuovo.»

Bill a quelle parole si drizzò in piedi. «Stai scherzando?»

«No.» Bobby fece no con la testa, lo sguardo sognante verso il futuro. «Bill Hilliard Stadium.» Non aggiunse Palazzetto Robert Gloam ma Bill sapeva che era sottinteso.

«Non mi importa come lo chiameranno,» disse Bill «ma uno stadio ci servirebbe.»

«Lo so, lo so, ragazzone» disse il baby capo, impaziente di ricominciare. «E lo avremo. Vinci quel trofeo e sarà nostro.»

Bill avrebbe vinto quel trofeo. Aveva trascorso gli ultimi cinque anni a costruire un'eccellente squadra di baseball e avrebbe vinto senza dubbio quel trofeo.

E poi lo stadio. Bill sorrise al pensiero.

«È un futuro radioso quello che si prospetta davanti a noi» disse il baby capo.

Prima che Bill potesse rispondere, sentì la porta sbattere e la voce di Quinn dietro di lui. «Devo parlarti.»

Bill si voltò e la vide; aveva il respiro affannato e lo sguardo fisso su di lui. Alcuni ragazzi smisero di sollevare i pesi per guardarla finché il coach aggrottò le sopracciglia e ripresero tutti ad allenarsi tranne Jason Barnes, che appoggiò i pesi per riposarsi.

«Jason» disse Bill, e aspettò finché Jason si arrese e il rumore dei pesi tornò a essere ritmico. Poi si rivolse al baby capo che stava guardando Quinn in cagnesco e disse: «Continua tu, Robert.»

Quinn tornò verso la porta a grandi passi e Bill la seguì, immaginando che fosse solo un po' nervosa per la storia del cane. Niente su cui non potesse farla ragionare.

«Dov'è?» chiese Quinn appena furono fuori, accanto alla macchina. Piantò gli occhi nocciola dritti nei suoi e le guance le si arrossarono. Era bellissima.

«Al sicuro.» Bill le accarezzò il braccio. «Sta bene. Calmati.»

Quinn si scrollò di dosso la sua mano e si avvicinò di un passo. «No, non mi calmo. Rivoglio il cane. Non mi importa dove l'hai portata, ora saliamo in macchina e andiamo a riprendercela. E sarà meglio che non sia al canile, o non ti parlerò mai più.»

«Stai esagerando.» Bill parlava con calma, ma era basito. Le cose non si mettevano bene. Non avrebbe dovuto essere così arrabbiata.

«Il cane sta bene. Ho dato disposizioni perché non la sopprimessero. E ho lasciato detto di chiamarci se...»

«L'hai portata al canile.» A Quinn tremava la voce. «Portamici subito.»

«Quinn, ragiona...»

«Sto ragionando.» La voce di Quinn era piatta, estremamente seria, il suo viso tondo era più pallido del solito. «Ma non mi hai mai visto incazzata. Ora, portami a riprendere il mio maledetto cane!»

Bill la fece accomodare sul sedile del passeggero e si mise alla guida, pensando che avrebbe dovuto proprio comprarle dei coprisedili nuovi perché i suoi erano un disastro. Quando si fosse calmata, avrebbero potuto fermarsi da Target e comprarne di nuovi.

«Mi dispiace se ti sei arrabbiata.»

«Se?» La voce di Quinn aumentò di intensità fino a diventare un grido. «Non ne sei ancora sicuro? Ma mi ascolti? Be', stai sicuro, sono arrabbiata!»

«Ma non possiamo comunque tenerlo, il cane» continuò Bill, mantenendo la voce calma mentre metteva in moto e usciva dal parcheggio. «Ho parlato con il padrone di casa e ha detto che non si può assolutamente.»

«Allora mi trasferisco.» Quinn incrociò le braccia sul petto. Bill fece un respiro profondo. Quinn era arrabbiata, ma si sarebbe calmata. «Non possiamo lasciare l'appartamento. È troppo conveniente, e poi è vicino alla scuola. È...»

«Ho detto che io mi trasferisco» disse Quinn. «Tu puoi rimanere se vuoi.»

«Quinn...»

«In ogni caso, non stava funzionando» disse lei con voce inespressiva. «E adesso che mi hai rubato il cane, non c'è speranza che le cose cambino.»

Bill voleva urlare, ma non lo fece. Non sarebbe stato di nessuna utilità se avessero iniziato a litigare. «Non essere ridicola. Non puoi trasferirti.»

Allora Quinn lo guardò e Bill avrebbe voluto che non lo facesse. «Vedremo» disse lei. «Vedrai se non me ne vado.»

Bill smise di rispondere. Non serviva a niente continuare finché Quinn fosse stata così alterata. Si sarebbe calmata e avrebbe ragionato. Tornò a pensare alla sala pesi: chi stava battendo la fiacca, chi avrebbe dovuto mettere su un po' di massa e chi invece si stava irrobustendo troppo a discapito dell'agilità. Era così perso nei suoi pensieri che per poco non perse lo svincolo per il canile.

Una volta arrivati, Quinn era ancora più arrabbiata, praticamente saltò sul bancone per prendere alla gola la povera donna in uniforme marrone. Era anche una donna gentile, una vera fan dei Tiger, disse, quando portò fuori il cane. «Sta facendo un gran bel lavoro, coach» aveva detto, e lui l'aveva ringraziata perché il sostegno della comunità era fondamentale per una buona squadra di atletica. Si chiamava Betty, si ricordò. Bill si vergognò un po' quando li portò alle gabbie e Quinn si lasciò cadere sulle ginocchia, infilò una mano fra le sbarre e gridò il nome del cane come se fosse stata lontana dal bastardino per anni anziché qualche ora. Il cane le andò incontro camminando sulle punte e completamente scosso da un tremito. Stava recitando, Bill lo sapeva. I cani erano dei manipolatori, ti guardavano sempre con quegli occhi imploranti, e quel piccolo topo subdolo e intrigante non era da meno, anzi. La gabbia era enorme e calda, c'era una ciotola di cibo e una di acqua: era evidente che il cane non stava soffrendo.

«Tirala fuori» gli disse Quinn senza guardarlo.

Accarezzava il cane attraverso le sbarre tutta concentrata sull'animale. «Tirala fuori adesso.»

Qualcosa nella sua voce, qualcosa di strano e leggermente spaventoso fece capire a Bill che non era il momento di discutere. «Ho portato il cane qui questa mattina» disse a Betty. «Vorrei riaverla indietro.»

«Mi dispiace, ma le costerà trenta dollari più il diritto di concessione.» Betty era visibilmente dispiaciuta. «È la legge.»

Bill voleva controbattere che, dato che aveva portato lui il cane, avrebbe avuto il diritto di riprendderselo gratis, ma era più facile pagare e basta. Non c'era nessun bisogno di recare disturbo a una fan dei Tiger, e poi, prima usciva di lì e prima poteva far ragionare Quinn e sbarazzarsi di quel cane una volta per tutte. Avrebbe dovuto trovargli una casa, comunque. Il canile, ovviamente, non sarebbe andato bene per Quinn.

Non era da lei essere così irragionevole. Forse era sindrome premestruale.

Una volta in macchina, Quinn fece accoccolare il cane contro di lei senza parlare, mentre l'animale guardava Bill da sopra la sua spalla con un sorrisetto compiaciuto. Bill la ignorò. Avrebbe dovuto sopportare quel coso ancora per un po', ma non per molto. Lui e Quinn avevano un futuro, e quel futuro non prevedeva nessun cane, non importava quanto lei fosse arrabbiata in quel momento.

«Allora, quali sono i tuoi piani per il pomeriggio?» disse con entusiasmo, cercando di riportare le cose alla normalità.

«Mi trasferisco» disse Quinn con lo stesso tono che avrebbe potuto usare per dire che andava a mangiare la pizza con Darla.

«Oh, per favore Quinn.» Bill prese una curva un po' troppo bruscamente a causa della sua irritazione. «Smettila di fare la bambina. Non ti trasferirai. Ne parleremo quando tornerò a casa.»

Quando lei non disse niente, Bill pensò di aver vinto e concesse alla sua mente di tornare ai ragazzi. Qualcuno non si comportava bene, Corey Mossert era uno di questi. Peccato che Corey non assomigliasse a Jason Barnes. Eppure Corey e Jason erano migliori amici. Magari avrebbe potuto fare due chiacchiere con Jason al riguardo.

Quinn se ne stava in silenzio mentre il cane lo guardava oltre la spalla.

«Okay, prima che mi incazzi, cerchiamo di stare calmi»

disse Nick oltre una Blazer, chiedendosi perché quel giorno toccasse a lui sopportare tutte le donne schizzate.

Quinn lo fissava dal lato opposto, come se sapesse cosa stava pensando. «Non è il momento per stare calmi.»

Teneva Katie fra le braccia e il cane posò il mento sul braccio di Quinn mentre guardava Nick con riprovazione. Erano belle da vedere, ma Nick decise di non lasciarsi coinvolgere troppo dalle belle immagini. «Finché non so cosa sta succedendo non posso aiutarti. E non posso sapere cosa sta succedendo finché non me lo dici.»

Quinn fece un respiro profondo. «Ho solo bisogno che mi aiuti a prendere le mie cose dall'appartamento e a portarle da mia madre mentre Bill è a scuola. Ecco tutto.»

Nick si appoggiò alla macchina e avrebbe voluto essere altrove. Giocava a poker con Bill. «Magari se parli con Bill...»

«Ha portato il mio cane al canile e l'ha lasciato in quella cella fredda tutto il giorno. Poteva morire.» Quinn strinse Katie e gliela avvicinò; mentre parlava sembrava impazzita. «Quelli che sembrano malati li uccidono, e lei trema in continuazione. Avrebbero potuto ucciderla.»

Nick scosse la testa. «Bill è un bravo ragazzo. Magari...»

«Hai sentito quello che ho appena detto?» chiese Quinn. «Ha portato Katie al canile.»

«Sì, lo so.» Nick cercò di pensare alla cosa giusta da dire, la cosa che avrebbe fatto calmare Quinn e che lo avrebbe tirato fuori da quel casino. «Ma non è cattivo, Quinn. E lo sai. Prima di fare qualcosa di cui ti pentirai, devi calmarti.»

«No.» Quinn cominciò a camminare avanti e indietro nel garage, senza appoggiare a terra Katie. «Non mi calmerò più. È sempre stato il mio problema. Zoë era quella che infrangeva le regole, mia madre quella che fingeva che tutto andava bene, mio padre era quello che guardava la tv finché il casino non era passato e Darla quella che insulta le persone. Tu sei quello che riesce a essere sempre distaccato e io sono sempre stata quella calma, quella che aggiusta le cose.»

«Be', sei brava a farlo» disse Nick, sperando che la smettesse di camminare come una pazza.

«Ma io non sono calma, è una bugia.» Quinn strinse Katie a sé, respirando affannosamente. «È solo che quando tutti gli altri urlano, qualcuno deve essere maturo e razionale e così ho questi momenti di morte cerebrale in cui non reagisco come farebbero tutti gli esseri umani normali. Rimango totalmente calma, ignoro i miei sentimenti e scendo a compromessi finché tutto si aggiusta. E non ho intenzione di farlo mai più. D'ora in avanti, sarò Zoë. Fanculo la calma. Tocca a qualcun altro adesso fare il maturo perché io ho intenzione di essere egoista e prendermi quello che voglio.»

Nick la sentiva dire quelle cose senza senso, leggermente spaventato per lo sguardo nei suoi occhi. Sentire Quinn che diceva che non sarebbe più stata calma era come sentirla dire che avrebbe smesso di respirare. Quando la madre era uscita di strada alla curva vicino allo stand della birra andando a sbattere contro la grande quercia, era stata Quinn a usare i suoi calzini di spugna per fermare l'emorragia di Meggy mentre Zoë gridava come una sirena. Quando Zoë si era fatta prendere dal panico a metà navata, il giorno del suo matrimonio, era stata Quinn a farla ragionare e a farla tornare in chiesa. Quando Max era stato bocciato agli esami finali di storia, era stata Quinn ad aiutarlo a preparare l'esame di riparazione dopo aver parlato con il professore per convincerlo a dargli una seconda possibilità. Nick conosceva Quinn da vent'anni, e per tutto quel tempo era stata quella che aggiustava le cose, che non si arrabbiava mai e faceva sempre la cosa giusta.

Ora che ci pensava, forse stava solo invecchiando.

Tutto quello che voleva era un cane.

E Quinn meritava di avere tutto quello che voleva.

Quinn interruppe la sua invettiva per riprendere fiato e Nick disse: «Okay.»

Quinn sbatté le palpebre. «Tutto qui? Okay?»

«Cosa dobbiamo portare via?»

«Mi aiuterai?»

Lo sconcerto nella sua voce lo fece rimanere male. «Quand'è che non ho fatto quello che volevi?»

«Mai» rispose Quinn, con tale velocità che il risentimento di Nick passò subito.

«Volevo solo assicurarmi che sia quello che vuoi davvero.»

Quinn annuì. «È quello che voglio davvero.»

«Non parlo del cane. Parlo di lasciare Bill.»

«È quello che voglio davvero» ripeté Quinn, e la sua voce era ferma.

«Okay.» Nick girò attorno all'auto e raggiunse l'attaccapanni. «Vuoi dirmi perché dobbiamo farlo proprio mentre Bill è a scuola?»

«Non voglio vederlo» spiegò Quinn. «In macchina gli ho detto che me ne sarei andata e non ha saputo fare altro che sorridere.»

Nick si fermò quando stava per afferrare il cappotto. «Cosa ha fatto?»

«Ha sorriso e basta.» Quinn scosse la testa. «Vuole parlarne quando torna a casa, ma non mi ascolterà, e non voglio più parlare al muro.»

«Ha sorriso e basta? Sei sicura di avergli detto proprio così?»

«Ho detto: 'Me ne vado.' Ho detto: 'Vedrai se non me ne vado.'»

«E lui ha sorriso.» Nick prese il cappotto. «Ragazzi, avete un problema.»

«Ed è per questo che mi trasferisco.» Quinn spostò il peso da un piede all'altro, impaziente come una bambina. «Puoi fare più in fretta? Stasera arriva più tardi perché ha una riunione della squadra di baseball, ma non durerà per sempre.»

«Sono pronto. Cosa dobbiamo portare via?»

Quinn cominciò a pensare. «Una vetrina e la toletta di mio nonno e l'argenteria di mia nonna. E i miei libri, le mie coperte, i miei quadri e i miei vestiti. Mi fai un enorme favore, Nick.»

«Hai delle scatole per i libri?»

«No.» La voce di Quinn si incrinò.

«Okay, ti troverò qualche scatola domani.» Nick le voltò le spalle per prendere i guanti in tasca, così non fu costretto a guardare il mento di Quinn che tremava. «Nel frattempo, possiamo prendere i mobili e il resto, così ti sembrerà di esserti trasferita. Poi torneremo a prendere i libri e tutto il resto.»

«Grazie» disse Quinn dietro di lui.

«Non mi devi ringraziare.» Nick si voltò e vide Quinn che stringeva il cane, i suoi occhioni nocciola, riconoscenti e vivi, più intensi di come li avesse mai visti.

«Sì, invece» disse lei. «So cosa significa per te, so quanto sia difficile per te lasciarti coinvolgere. So quanto lo odi e quanto odierai dover affrontare Bill.»

«Non fa niente» disse Nick e poi, orrore, Quinn gli si avvicinò e lo abbracciò, schiacciando il cane fra loro; i capelli della ragazza erano soffici e lisci sulla sua mascella. Lei era tiepida contro di lui e sapeva di sapone. Il cuore di Nick cominciò a battere più veloce e, d'un tratto, lui fu perfettamente consapevole di ogni curva del corpo di Quinn, di ogni respiro che faceva, ma non la cinse con le braccia.

«Non è vero che non fa niente» gli sussurrò contro il collo. «È proprio quello di cui ho bisogno e tu odi farlo. Sei il migliore.» Poi lo lasciò andare e si diresse verso la porta.

Nick ricominciò a respirare. «Bene. Ricordatelo.» La seguì fuori ancora un po' frastornato dal suo calore e chiese a Max di dare un'occhiata alle pompe, determinato a non fare mai più niente che la facesse avvicinare così tanto a lui.

Il breve tragitto fino all'appartamento di Quinn sembrò più lungo del solito, e la cabina del furgone sembrò più piccola. Nick si sentiva triste perché lei era arrabbiata, e in colpa perché stava tradendo Bill ma, soprattutto, si sentiva teso. Lei era accanto a lui con in braccio quel maledetto cane e il desiderio folle di essere di nuovo vicino al suo calore diventava sempre più intenso. Ecco perché era meglio quando Quinn aveva una storia con qualcuno. Fin quando Quinn era occupata, era solo Quinn, e non pensava così spesso a lei. Erano i periodi fra un fidanzato e l'altro che lo mettevano a disagio, il che non succedeva spesso, grazie a dio, perché Quinn non era una tipa superficiale, ma...

«Perché sei così silenzioso?» disse Quinn. «È perché non ti va di accompagnarmi, vero?»

«Io voglio che tu sia felice» disse, sincero. «Non voglio che tu sia sola.»

«Non sarò sola» disse con un tono di sorpresa, eppure con la voce leggermente tremolante per l'emozione. «Non sono mai sola. Ci sono migliaia di persone nella mia vita.»

«Intendo un ragazzo.»

«Non ho bisogno di un ragazzo.» Quinn si voltò per guardare fuori dal finestrino. «Soprattutto non di uno che mi ruba il cane.»

«Giusto.»

Nick imboccò il vialetto che conduceva all'appartamento di Quinn. «Il cane rimane nel furgone» disse lui e Quinn abbracciò il bastardino un'ultima volta e poi aiutò Nick a chiuderlo dietro. Gli occhi del cane sembravano accusarli mentre si allontanavano a piedi. *E io? Chi si prenderà cura di me?*

Nick la ignorò.

Quando arrivarono al piano di sopra, Nick si accorse che Quinn aveva ragione, non c'era molto là dentro che lei volesse portare via, e in mezz'ora riuscirono a caricare tutto nel furgone tranne i vestiti.

«Finito?» le chiese Nick. «Non prendi nient'altro?»

«Mi sento già abbastanza in colpa per il fatto che me ne sto andando» disse Quinn. «Voglio dire, mi ha rubato il cane e io non posso più rimanere, ma non ho intenzione di lasciarlo senza mobili. Ho preso solo le cose importanti per la mia famiglia. Il resto è solo roba che abbiamo preso in saldo ai grandi magazzini o che ha comprato lui e io odiavo comunque. Metto i vestiti nei sacchi dell'immondizia e possiamo andare. Starà abbastanza al caldo?»

Nick guardò Katie che li fissava con apprensione attraverso il finestrino posteriore del furgone, le zampe contro il vetro. Per essere una specie di topo, era abbastanza carina. Abbastanza. «Sta bene. Prendiamo i vestiti.»

«Non so davvero come ringraziarti, Nick.»

Nick mantenne lo sguardo fisso su Katie. «Prendiamo i vestiti.»

La seguì di sopra per darle una mano, ma fu un errore. Guardarla sistemare i vestiti nei sacchi non fu un problema, ma quando Quinn aprì i cassetti e cominciò a infilare manciate di biancheria di seta in un sacco – indumenti dei colori più accesi: blu elettrico, fucsia, dorato, fantasie scozzesi, pois, leopardate e zebrate – Nick non poté evitare di immaginare come dovessero stare quei colori con la sua pelle chiara color miele; tutta quella seta riempita dalla sua pelle e dal suo calore, come quando lo aveva abbracciato.

«Io porto giù questi» disse, afferrando i due sacchi più vicini mentre lei tirava fuori le camicie da notte. «Torno subito.» Corse giù dalle scale e buttò i sacchi nel retro del furgone, poi si fermò in piedi nell'aria gelida, cercando di riprendere il controllo in modo da capire cosa diavolo gli stesse succedendo, mentre Katie lo fissava corrucciata dal finestrino.

Quinn era un'amica e basta.

Okay, era la sua migliore amica insieme a Max, e le voleva bene, un bene da amico, tutto lì. Non avrebbe fantasticato su Quinn. Sarebbe stata una follia.

Non è la prima volta, si disse, e ripensò a diciannove anni prima, all'agosto in cui lui e Zoë erano tornati ciascuno a casa propria perché le cose tra loro stavano andando molto male. Nei tre mesi successivi al loro matrimonio, avevano scoperto che l'unica cosa che avevano in comune era un brutto carattere. E durante quei tre mesi, Quinn era cambiata. Quando l'aveva salutata, era una ragazzina di sedici anni con un vestito da damigella di chiffon blu che aveva cercato di rimettere insieme il suo matrimonio quando la sorella si era bloccata a metà navata. «Ci penso io» gli aveva detto, e aveva mantenuto la parola, mentre lui era seduto a fumare e a chiedersi se volesse davvero sposare Zoë, dopotutto. Ma quando erano tornati, tre mesi dopo, Quinn era corsa fuori verso la macchina in shorts e canottiera per abbracciare sua sorella, e Zoë aveva ricambiato l'abbraccio con molto più trasporto di quanto avesse mai fatto con lui. Nick si era ritrovato ad avere un sussulto di sorpresa misto a vergogna mentre guardava Quinn ridere e dondolare con Zoë avanti e indietro, sicura di sé e formosa, felice e all'improvviso sexy. Merda, ho scelto la sorella sbagliata, aveva pensato allora, con tutta la maturità di un diciannovenne.

Era stato allora che Zoë si era voltata a cercarlo con lo sguardo e poi lo aveva fissato, e lui si era diretto verso la macchina per prendere le loro cose prima che lei gli gridasse dietro. Più tardi quella sera, Zoë lo aveva sbattuto contro il mobiletto di metallo bianco della cucina di sua madre con un coltello sotto il mento e aveva detto: «Ha sedici anni, stronzo.»

Nick ebbe un brivido a quei ricordi. Dio, sedici anni e l'aveva radiografata da cima a fondo. Certo, aveva solo sedici anni, quindi non era come adesso.

Pensò a Quinn con uno di quei reggiseni dorati e leopardati che aveva buttato nei sacchi. Sì, era cresciuto.

«Se ti azzardi a tradirmi, Nick Ziegler,» aveva detto Zoë «ti lascio senza pensarci un attimo. Ma se provi a toccare mia sorella, ti strappo il fegato con le forbici da manicure e poi ti lascio senza pensarci un attimo.» Dato che Zoë non parlava mai tanto per parlare, Nick aveva smesso del tutto di guardare Quinn.

Il suo matrimonio era già abbastanza incasinato anche senza Quinn e le forbici da manicure. Per sua sorpresa e grande sollievo, Zoë era esplosa tre mesi dopo, e lui aveva dimenticato lei e Quinn e Tibbett e finito i quattro anni con lo zio Sam, poi si era fatto aiutare da Bill per prendere una laurea in economia e una specializzazione in poesia inglese. La poesia era perfetta per conquistare le ragazze, quelle ragazze che erano state fondamentali per spingere in fondo alla sua mente le sorelle McKenzie. Quando era tornato, Quinn insegnava storia dell'arte ed era impegnata con Greg qualcosa, un bravo ragazzo, e quello era sufficiente per tenerla al sicuro mentre lui recitava Donne e Marvell alle sorprese ma colpite ragazze di Tibbett, e le forbici da manicure sfumavano in un ricordo.

La sua mente tornò a Quinn con il reggiseno leopardato. Per qualche ragione, non credeva che Bill avrebbe provato lo stesso sollievo che aveva provato lui quando Zoë aveva dato di matto.

No, decisamente no.

Al piano di sopra, Quinn prese un blocco per gli appunti dalla scrivania e si sedette al tavolo di pino della sala da pranzo.

'Caro Bill' scrisse.

E poi? Okay, era furiosa con lui per la storia del cane, ma si meritava un biglietto. Dopo due anni, si meritava decisamente un biglietto.

'Mi trasferisco.'

Sì, andava bene. Dritta al punto.

'Non è solo per Katie.'

Anche se in buona parte era per quello. Aveva portato via il suo cane come se quello che voleva lei non avesse la minima importanza. Pensava che le sarebbe passata. Non la conosceva per niente.

'Ma quello che è successo con Katie, mi ha fatto capire che non ci conosciamo per niente.'

Quello, probabilmente, era colpa sua. Non aveva mai fatto in modo che lui la guardasse davvero, non aveva mai detto 'non sono d'accordo', non aveva mai detto 'voglio davvero un cane' quando dava via quelli che trovava. Era proprio colpa sua. Non poteva più stare con lui, non ci riusciva proprio più dopo la storia del canile, ma non c'era bisogno di essere cattiva, di creare rancori e rendere le cose difficili per tutti.

'È stata tutta colpa mia perché non sono stata sincera con te, ma adesso ho capito che siamo troppo diversi e non potrebbe mai funzionare fra noi.'

Le sembrava che suonasse bene, che fosse un discorso ragionevole. In effetti, non aveva molto altro da dire, così scarabocchiò la conclusione. 'Torno dai miei finché non troverò una sistemazione migliore. Tornerò a prendere i libri e ti lascerò la mia copia delle chiavi.' Stava per firmare 'Con amore, Quinn', come faceva sempre, ma si fermò. Non lo amava. Non lo aveva mai amato. Stava con lui perché non la faceva arrabbiare abbastanza da decidere di andarsene. Che tristezza.

Così, firmò solo 'Quinn' e scese da Nick e Katie sentendosi un po' in colpa, ma soprattutto sollevata perché quella parte della sua vita era finita per sempre.

Nick aiutò Quinn a scaricare i mobili nel garage dei McKenzie e poi, contro ogni logica, si fermò per una birra per farle compagnia finché i suoi non fossero tornati a casa. «Saranno qui da un momento all'altro» aveva detto Quinn quando gli aveva chiesto se poteva rimanere. «Non vedo l'ora di spiegare tutto anche a loro.»

«Si arrabbieranno?» La seguì in cucina, cercando di non guardarle il sedere. I jeans erano troppo stretti. Non lo aveva mai notato prima, ma quei jeans erano decisamente troppo stretti. Era un miracolo che non le sbavassero dietro per strada.

«Be', si erano abituati a vedermi con Bill.» Quinn lasciò cadere l'ultimo sacco di vestiti sul pavimento della cucina, e

Katie si mise ad annusarlo, proprio come aveva fatto con gli altri otto, evidentemente temeva ci fosse qualcosa di sospetto nascosto dentro. «Non sono sicura che riusciranno a vedermi senza di lui. Dopo due anni, credo che nessuno riesca a vedermici più, almeno non a vedermi per quello che sono veramente. Voglio dire, guardati.»

Nick si bloccò per un attimo mentre tirava fuori una birra dal frigo. «Lasciami fuori da questa storia.» Svitò il tappo e chiuse lo sportello con un colpo della spalla.

Quinn si chinò sul bancone della cucina, e quando incrociò le braccia al petto, il maglione rosa si tese sul seno e lei fece una smorfia di esasperazione verso di lui. «Scommetto che per tutta la vita non mi hai considerato altro che la sorella di Zoë o la fidanzata di qualcuno.»

Nick scosse la testa. «Sai che non è così.» Lui sapeva che non era così, anche se non ci voleva pensare. «Quando c'era Zoë era diverso.» Quinn gli passò accanto per andare verso il frigo. «Capisco, quando c'era Zoë nessuno mi vedeva.»

Un signore le avrebbe detto che non era vero, ma purtroppo era la verità. Zoë era perfetta, aveva lineamenti insoliti, il suo visino da furbetta era incorniciato da capelli selvaggi e mossi che le ricadevano in modo sensuale sulle spalle, ed erano di un colore rosso così intenso che sembrava quasi nero alla luce del sole.

«Mi ci sono abituata.» Quinn prese una birra dal frigo. «Ma si direbbe che la gente comincia a notarmi solo quando sono al fianco di un ragazzo.»

Svitò il tappo della sua bottiglia e bevve, e Nick si fermò a guardare la curva del suo collo quando gettava indietro la testa per bere e i movimenti dei muscoli nella gola, sperando che i suoi occhi non cadessero più in basso sulla curva di quel maledetto maglione rosa. I capelli le caddero indietro nello stesso semplice taglio a caschetto che portava da quando aveva quindici anni. Nessuna sensualità nei capelli di Quinn, proprio nessuna, pensò cercando di distrarre la mente dalle sue curve. Solo capelli setosi di un rosso dorato che davano l'impressione che sarebbero scivolati come acqua fra le dita.

«Io ti vedevo.» Nick mise giù la birra. «Senti, devo andare.»

«Ma non hai finito la birra» disse Quinn. «Ho capito, smetto di commiserarmi.»

Quinn uscì dalla cucina e si diresse verso il piccolo salotto buio con Katie che zampettava nervosa dietro di lei, e girò attorno al grande divano di pelle rossa che si trovava di fronte all'arco di ingresso da sempre, per quello che ricordava Nick.

«Ci credi?» aveva detto Zoë quando erano all'ultimo anno. «Mia madre ha comprato un divano rosso fuoco. Non ti fa venire voglia di scopare ogni volta che lo guardi?» Dato che aveva diciotto anni e voleva scoparsi chiunque, la domanda era irrilevante, ma gli tornò alla mente in quel momento perché Quinn si era lasciata cadere proprio al centro del divano. Maglione rosa, capelli rossi, divano rosso fuoco: riusciva a sentire la sensualità che emanava.

Va' fuori di qui, si disse, ma Quinn si voltò per sorridergli da sopra lo schienale del divano. «Giuro, la smetto di commiserarmi. Ti sono davvero riconoscente perché mi hai aiutato a fare il trasloco e mi dispiace essere stata così di cattivo umore.»

La luce della cucina si rifletteva sui suoi capelli.

«Tua madre dovrebbe rinnovare l'arredamento» disse, e girò attorno al divano per sedersi accanto a lei.

«Ci sono molte cose che mia madre dovrebbe fare.» Quinn si spostò per fargli posto mentre Katie si sedeva ai suoi piedi. «Come per esempio farsi una vita. Credo che sia una delle ragioni per cui ho deciso che volevo Katie.» Quinn sorrise al cagnetto. Poi il suo sorriso svanì. «E che dovevo lasciare Bill. Non voglio finire come mia madre, a caccia di saldi nei grandi magazzini con la mia migliore amica mentre mio marito guarda la tv invece di guardare me, e con Bill stava proprio diventando così. Voglio tutto. Entusiasmo. Passione.»

Nick si appoggiò ai cuscini, posò un braccio sullo schienale del divano ma non la toccò, sarebbe stata una pessima idea toccarla; *lascia perdere*. Guardava le sue labbra morbide aprirsi e chiudersi mentre parlava, avvertì che il ritmo del suo respiro si faceva più rapido. Non fare lo stupido, vattene, si disse, e distolse i pensieri dalla sua bocca giusto in tempo per sentirla dire: «Voglio essere un'altra, diversa, interessante, voglio essere Zoë.»

«Quella parte puoi saltarla, se vuoi» disse Nick.

«Credo che forse Katie era un segno. Sai, come se il mio destino mi stesse suggerendo di farmi una vita.» Quinn gli sorrise e disse: «Non si può ignorare il destino.» Nick perse di nuovo il filo del discorso. Tutto in Quinn era sensuale e Nick lo aveva sempre saputo, ma si era ripetuto per vent'anni che era un calore da cucciolo, carino e innocuo. E invece adesso aveva notato la sua bocca, accattivante e sorridente...

«Nick?» Quinn si chinò leggermente in avanti e i suoi capelli sfiorarono lo schienale del divano. «Stai bene?»

La voce arrivò all'orecchio di Nick come se fosse lontanissima. Doveva solo alzare un dito per toccarle i capelli. Solo un dito. Sarebbe stato così facile, e le ciocche sarebbero scivolate come seta, proprio come aveva immaginato: gli si fermò il respiro in gola.

Lo sguardo di Quinn si allargò e catturò quello di Nick, si catturarono a vicenda e rimasero a guardarsi negli occhi per lunghi secondi, più lunghi, decisamente troppo lunghi, troppo lunghi di ore, immobili uno nello sguardo dell'altra, e più la guardava, più vedeva Quinn, i suoi occhioni stupiti, Quinn e le sue labbra dischiuse, Quinn più sexy di quanto avesse mai immaginato, Quinn. Nick cominciò a sporgersi in avanti, come attratto da quel calore e un po' stordito dal desiderio di possedere la sua bocca. Lei chiuse gli occhi e si sporse in avanti, vicina e accessibile, troppo accessibile, *non farlo*, ma Nick si chinò ancora per assorbire tutto quel calore, poi una portiera si chiuse con un tonfo fuori, Katie abbaiò e Nick si ritrasse di scatto.

«Oh, cazzo.» Nick si alzò in piedi e Quinn cadde quasi in avanti, e Katie si nascose terrorizzata sotto il tavolo.

Ma cosa cazzo ti dice la testa, si disse. «Okay» le disse brusco, tradito solo dal fiato corto. «Non è successo niente. Questa non sei tu. Tu non fai queste cose. Mi dispiace. È il divano. Devo andare.»

Quinn fece un respiro profondo e Nick cercò di non guardare il maglione che si sollevava e riabbassava. Forbici da manicure, si disse. Cognata. Migliore amica. Ragazza di Bill.

Ma non servì a niente.

«Forse invece sono io» disse Quinn con un filo di voce. «Forse le faccio queste cose. Ha cominciato a cambiare qualcosa oggi.» Quinn deglutì e il movimento della sua gola fece impazzire Nick un'altra volta.

«No, invece» disse Nick. «Me ne vado.» Passò dietro al divano proprio nel momento in cui la madre di Quinn entrò dalla porta sul retro e gridò.

4

Ci vollero un paio di minuti per capire cosa stava succedendo, soprattutto perché il senso di colpa di Nick gli fece balbettare: «Non è successo niente» mentre Quinn si alzava in piedi e diceva: «Mamma, va tutto bene. Siamo solo noi.»

«Noi?» disse sua madre. Nick aggiunse: «No, non c'è nessun noi, solo Quinn. E io. Non insieme.»

Poi arrivò il padre di Quinn dal garage e disse: «Ma che diavolo...?» Nick pensò: Bella domanda.

«Cosa ci fate voi qui?» Meggy McKenzie guardò loro e poi guardò i sacchi dell'immondizia in cucina; la luce fioca che si rifletteva sui suoi capelli castani, ricci e corti, gettava un improbabile alone rosso dorato sul suo visino perplesso. «Cos'è questa roba? Perché le luci sono spente?»

«Ciao, Nick» disse suo marito strizzando gli occhi nel salotto con la voce bassa per il sospetto. Joe era un omone, si stava stempiando, stava mettendo su pancia, ma la sua stazza solida da elettricista era ancora lì e trasudava senza alcun dubbio disapprovazione nei confronti di Nick.

Nick non lo biasimava. Lui stesso non era molto fiero della sua posizione in quel momento. «Ciao, Joe. Be', devo andare. Buona serata. Quinn vi spiegherà tutto.» Superò Meggy e uscì dalla porta sul retro prima che la donna potesse chiedergli qualcos'altro, come per esempio: «Cosa stavi facendo sul mio divano con mia figlia?» La seconda delle sue figlie con cui era stato sul divano. *Non pensarci neanche.*

Quando fu di nuovo nel furgone, si rese conto che aveva lasciato dentro la giacca, ma non gli importava. Il freddo magari gli avrebbe fatto tornare la ragione, o almeno un po' del sangue di cui aveva bisogno per far funzionare il cervello. Stette seduto lì qualche minuto cercando di non pensare a quanto fosse stato stupido a gettare al vento vent'anni di autocontrollo.

«Non è mai successo» disse e mise in moto.

Era tutta colpa di quello stupido cane. Se non fosse stato per quel cane, Quinn non avrebbe mai lasciato Bill. Finché Quinn era stata con Bill, Nick aveva saputo come funzionava il mondo. E prima di Bill c'era stato Alex e prima Greg e prima ancora... Perché diavolo non aveva sposato uno di quei tipi? Non che fossero abbastanza per lei, ma perché se ne andava ancora in giro libera, con una bocca da far impazzire gli uomini?

E perché gli interessava?

Ingranò la prima e uscì dal vialetto per allontanarsi da Quinn, dalla confusione e dai guai. Più lontano se ne andava, più facile sarebbe stato negare quello che era successo o che fosse cambiato qualcosa.

Perché niente era veramente cambiato.

Quinn si buttò sul grande divano rosso mentre sua madre fissava i sacchi dell'immondizia in cucina e suo padre le girava intorno per accendere il televisore. Si sintonizzò sul canale sportivo, c'era un tizio in giacca e cravatta con una brutta acconciatura che parlava della perdita di una qualche squadra come se si trattasse di una tragedia colossale.

«Ciao, papà.» Quinn si spostò per fargli posto, cercando di riprendersi dall'eccitazione e dalla sorpresa di poco prima. Nick ci aveva quasi provato con lei. E lei ci era stata. Incredibile.

«Come stai?» le chiese suo padre mentre si sedeva, senza togliere gli occhi dallo schermo. La domanda di Joe era di cortesia, non una reale richiesta di informazioni. Quinn era abbastanza sicura che qualsiasi cosa stesse succedendo con Nick, suo padre non avrebbe voluto saperla.

«Ho lasciato Bill» disse Quinn per tastare il terreno.

«Bene» disse suo padre, gli occhi ancora sulla tv, ma poi doveva aver captato l'informazione.

«Cosa?» Aggrottò leggermente le sopracciglia ma Quinn sapeva che stava bleffando.

«Lascia stare» disse Quinn, e quando le diede una pacca sul ginocchio e tornò a concentrarsi sulla televisione, Quinn tornò a concentrarsi sulla sua vita che, all'improvviso, era diventata interessante.

Nick ci aveva quasi provato con lei e lei ci era stata. Neanche un'ora dopo che aveva lasciato l'appartamento che divideva con un altro uomo, stava flirtando con un altro, si era sentita sexy come non le era mai successo in vita sua e, cosa ancora più strana, ci si era sentita con Nick; e adesso più ci pensava, più aveva le vertigini. *Da quanto tempo va avanti questa storia*?

«Cosa sta succedendo?» disse Meggy dalla cucina. «Ci sono nove sacchi dell'immondizia qui. Nove.»

«Già.» Quinn si alzò dal divano su cui aveva quasi baciato Nick e andò nella piccola e scialba cucina della sua infanzia. «Sto da voi per un po', se non vi dispiace.»

«Ma c'è un cane qui» disse il padre dal salotto.

«Non accarezzarla» disse Quinn proprio quando Katie arrivò zampettando al divano, gettando sguardi preoccupati in direzione di Joe.

«Morde?» chiese Meggy.

«No, fa pipì.» Quinn la prese in braccio. «Si chiama Katie e voglio tenerla. Ho un cane.»

Come suonava bene. *Ho un cane.* E poi c'era Nick. Come stava diventando interessante la sua vita. Finalmente.

«Nel tuo appartamento?» Meggy aggrottò le sopracciglia smarrita, accartocciando il visetto scialbo. «È per questo che hai lasciato Bill? Non puoi essere così superficiale...»

«Certo che posso.» Quinn strinse Katie. «Me ne sono andata. È finita.»

L'espressione corrucciata di Meggy svanì per lasciare posto a semplice preoccupazione. «Oh, cara, credo sia proprio un errore. Le relazioni richiedono compromessi. Forse se torni a casa...»

«Ha portato il mio cane al canile» disse Quinn. «Gli ho detto che lo volevo tenere e lui l'ha portato via mentre ero a scuola.»

Meggy sembrava combattuta fra il desiderio di scappare e di salvare la figlia da un destino che non prevedeva un uomo. «Quinn, tesoro, stiamo parlando di un cane. Non è da te. Tu sei...»

«No, non lo sono» disse Quinn. «Non lo sono più. Sono stufa di essere ragionevole e accomodante. Ho trentacinque anni. Se non mi prendo quello che voglio adesso, non lo farò più.» Come Nick. Finché Nick non l'aveva guardata in quel modo non se n'era accorta, ma lo desiderava. Lui era l'eccitazione fatta persona, la persona peggiore per lei. *Perfetto.*

Certo, visto con quanta velocità era fuggito da casa sua, si sarebbe dovuta dar da fare per convincerlo. Forse avrebbe dovuto cominciare con qualcosa di più facile e rimandare Nick.

«La vita non finisce a trentacinque anni» disse Meggy. «Io ne ho cinquantotto e sto ancora bene. Bisogna solo smettere di correre dietro alle possibilità per non rischiare di perdere tutto.»

Quinn si chiese se sua madre avesse mai desiderato davvero qualcosa, se avesse mai sentito la scossa e l'attrazione che lei aveva appena provato per Nick. *Smetterla di correre dietro alle possibilità?* Era il consiglio che dava Meggy da tutta la vita e, all'improvviso, quel consiglio la faceva arrabbiare. «Io non voglio essere te» disse a sua madre. «Tu stai facendo esattamente quello che hai sempre fatto. Ti svegli la mattina, vai a rispondere al telefono per Bucky all'agenzia immobiliare, poi vai al centro commerciale con Edie dopo la scuola, torni a casa, prepari la cena per papà e lo guardi mentre guarda la tv.» Quinn esitò quando l'espressione di Meggy si fece cupa. «Guarda, se è quello che ti rende felice benissimo, ma per me non è abbastanza. Se rimango con Bill faccio la fine che hai fatto tu, zero passione, zero entusiasmo e nessuna vera ragione per alzarmi al mattino. Non ho intenzione di vivere così.»

Le parole di Meggy erano fredde e scostanti: «E questo cane ti darà tutto questo.»

«No, questo cane è solo l'inizio.» Quinn mise giù Katie che ricominciò a esplorare la cucina. «Katie è stata solo il campanello d'allarme. Non mi rendevo conto di quanto fosse opprimente la mia vita finché Bill mi ha proibito di tenerla.» Quinn prese un respiro profondo. «Non mi voglio più adattare, mamma. D'ora in avanti saranno le persone a doversi adattare a me. Ho intenzione di prendermi quello che voglio.» Era una cosa così piacevole ed egoista da dire che Quinn per un attimo si sentì leggera. Avrebbe voluto avere una musichetta di sottofondo. Delle trombe. Nick.

«Ci vuole una birra qui» urlò Joe dal soggiorno, e Meggy in automatico andò al frigorifero e la prese, aggrottando le sopracciglia mentre lo faceva. Quando tornò dal soggiorno, incrociò le braccia, era evidente che non fosse ancora del tutto convinta, e il che era strano, considerato che la risposta che dava di solito a qualunque cosa la infastidisse era 'va bene, come vuoi'. «Ha a che fare con Nick, vero?»

Quinn si sentì avvampare. «No. Ha a che fare con me stessa.»

«Perché tu e Nick insieme sareste un disastro» disse Meggy. «Bill...» Suonò il telefono e Meggy si voltò per rispondere. «Pronto? Un attimo solo.» Passò la cornetta a Quinn. «È Bill.» Il suo tono lasciava intendere: 'Stai attenta, tesoro.'

«Oh, accidenti.» Quinn sentì lo stomaco caderle ai piedi quando afferrò il telefono. «Ciao, Bill.»

«Cosa sta succedendo?» chiese. «I tuoi vestiti sono spariti.»

«Lo so. Me ne sono andata. Ti ho lasciato un biglietto.» Quinn chiuse gli occhi e si appoggiò all'armadietto del telefono. «Ripasso a prendere i libri, il resto della roba è tuo.»

«Il tuo biglietto non ha senso» disse Bill. «Ed è sparita anche l'argenteria.»

«Lo so.» Quinn provò di nuovo a spiegare. «L'ho presa io, me ne sono andata. Dovrai comprarne altra.»

«Ma poi avremo due servizi» disse Bill, e Quinn non si sentì più in colpa.

«Bill, me ne sono andata. Non c'è più nessun 'noi'. Mi sono trasferita qui, è finita.»

«Non dire stupidaggini.» La certezza pacata della sua voce rinvigorì la rabbia di Quinn.

«Non sto dicendo stupidaggini. Me ne sono andata.» *Me la faccio con altri uomini*. Più o meno. «Non stava più funzionando per me, Bill.»

«Certo che sì, invece. Ora vengo a prenderti e tu torni a casa e domani, dopo la scuola, ne parliamo.»

«No.» Meggy si voltò sbalordita e Quinn scosse la testa. «No, non verrai a prendermi» disse a Bill con brutale fermezza. «Ti ho lasciato. È finita.»

«Sono lì fra cinque minuti» disse Bill, e riattaccò.

«Non ci credo.» Quinn mise giù la cornetta. «Sta venendo qui. Gli ho detto che è finita e mi ha risposto che stavo dicendo stupidaggini. Crede che tornerò sui miei passi.» Si voltò e vide Meggy che lanciava occhiate ai sacchi che ingombravano la cucina, come se avesse potuto farli evaporare con la forza del pensiero. «Lascia perdere. Posso andare in un motel se vuoi, ma non tornerò con lui.»

«Lo vuoi davvero?» Meggy sembrava infelice.

«Voglio davvero essere libera» disse Quinn. «Sto benissimo lontana da lui.»

«Devo parlarne con Edie» disse Meggy. «Sei precipitosa. Vorrei che tu...»

«Mamma» disse Quinn. «È finita. Domani mi troverò un appartamento, ma se potessi stare qui stanotte...»

«Certo che puoi stare qui» disse Meggy. «Sei mia figlia, potrai sempre stare qui, anche se stai facendo un grosso errore.»

«Mamma...»

«Ti farò avere una lista di appartamenti domani. Fermati in ufficio dopo la scuola e te la stampo, se non sei rinsavita nel frattempo.» Meggy la accarezzò sulle spalle e guardò ancora dubbiosa Katie, che rispose con uno sguardo altrettanto dubbioso.

«Appartamenti in cui siano ammessi cani» disse Quinn.

Meggy osservò con malcelata disapprovazione Katie che tornava dal suo giro di ricognizione dei sacchi. «Quel cane ha in mente qualcosa. È infido.»

Katie la guardò con gli occhioni scuri e spalancati e un'espressione di ansiosa innocenza.

«Non è vero» disse Quinn. «Guarda che musino simpatico.»

«Quel cane nasconde un segreto» disse Meggy.

«Mamma...»

«Va bene, appartamenti in cui sono ammessi cani. Hai detto che Bill sta venendo qui?»

«Sì» disse Quinn. «Crede di venire a prendermi.»

«Be', adesso non tagliare i ponti» disse Meggy. «Bill è un bravo ragazzo con un buon lavoro e un buon futuro. Sono sicura che si aggiusterà tutto.»

«Il futuro con Bill è fatto di trent'anni di mobili di pino, atletica e programmi di sport in tv» disse Quinn, e Meggy lanciò un'occhiata verso l'arco del salotto. La stanza era illuminata dal fioco bagliore blu del televisore e si sentivano le grida smorzate di una folla di tifosi di qualche sport.

«Patatine ce ne sono?» gridò Joe, e Quinn andò a prenderle senza dire niente e sentendosi in colpa per il dolore che aveva già dato a sua madre. A sua madre piaceva quella vita noiosa. La passione, probabilmente, l'avrebbe solo fatta innervosire.

«Mi dispiace, mamma» disse Quinn ritornando dal salotto. «Non avrei dovuto dire quelle cose. Tu vivi la vita come ti pare. Cosa ne so di te?»

«Niente» tagliò corto Meggy, ma quando Bill suonò il campanello mentre Quinn stava trascinando di sopra i sacchi con vestiti, Meggy aprì la porta e disse: «Si ferma da noi per un po' Bill, va' a casa.» E gliela sbatté in faccia.

«Ben fatto, mamma» disse Quinn dalle scale.

«Era Bill?» disse Joe.

«Continua a guardare la tv» disse Meggy. «Tanto non ti interessa nient'altro, non vorrei che ti perdessi qualche passaggio fondamentale.»

«Cosa ho fatto?» chiese Joe, ma Meggy lo ignorò e salì di sopra.

Quando Meggy se ne fu andata, Quinn andò in cucina e premette il tasto di scelta rapida e poi l'uno, e attese che Zoë rispondesse.

Quinn era il due nella scelta rapida.

Rispose il marito di Zoë. «Ciao» disse Ben e Quinn lo immaginò appoggiarsi al loro frigorifero, alto e inespugnabile, l'unico uomo che avesse mai amato Zoë invece di impazzire per lei.

«Sono tua cognata» disse Quinn. «Come stanno i ragazzi?»

«Ehi, Q» disse Ben. «Stanno bene. Harry ha preso una A alla prova di lettura e Jeannie va avanti senza intoppi alla scuola per infermiere. Che mi racconti?»

«Ho lasciato Bill» disse Quinn.

«Oh. Be', vorrai parlare con Zoë allora.» Mise la mano sul ricevitore e gridò: «Zo, è Quinn.»

«Immagino che significhi che non ti va di parlare della mia vita privata, vero?» disse Quinn.

«Accidenti, no» disse Ben. «Comunque, ho sempre pensato che non fosse abbastanza per te.»

«Oh, grazie» disse Quinn. «E non potevi dirmelo due anni fa?»

«No, cavolo» disse Ben. «Zo sta arrivando, resta in linea.»

«Cosa c'è?» disse Zoë. Quinn rispose: «Ho lasciato Bill.» Stava diventando quasi un mantra; ogni volta che lo diceva, era più felice. «Me ne sono andata. Sto da mamma e papà.»

«Stai scherzando» disse Zoë. «Vivrai con loro adesso?»

«Solo per un po'.» Quinn si appoggiò al bancone e cominciò a far dondolare un piede e a sbatterlo contro il mobiletto di metallo. Che bel déjà-vu, parlare con Zoë e sbattere contro i mobiletti. «Sono appena arrivata. Nick mi ha aiutato a portare via un po' della mia roba e tornerà lunedì per il resto. Spero di capire dove andrò a finire nel frattempo.» Attese che Zoë dicesse qualcosa di Nick, che le chiedesse di lui, ma niente.

«Allora, cosa è successo fra te e Bill?»

«Mi ha rubato il cane» rispose Quinn.

«Quale cane?» chiese Zoë, e Quinn le raccontò tutta la storia.

«Mi venisse un colpo» disse Zoë quando la sorella ebbe finito.

«Cosa pensi?» Quinn picchiettò appena sul mobiletto. «La mamma dice che è un errore.»

«Sì, guarda la vita della mamma.» Il tono duro di Zoë si percepì perfettamente all'altro capo del filo. «Si fa quel che si può, tesoro.»

«La mamma dice che sono matta a fare tutte queste storie per un cane.»

«Non si tratta del cane» riprese Zoë e poi coprì il ricevitore per dire: «Dopo, ti dispiace? Devo ancora capire del tutto anch'io.» Tornò al ricevitore e la sua voce era di nuovo chiara quando aggiunse: «Ben dice che a Tibbett sembra di essere in una soap opera. Aspetta da un momento all'altro di sentire che qualcuno ha sposato il cugino e ha avuto un figlio da suo zio. Vuole i dettagli piccanti.»

Mi sono appena eccitata guardando il tuo ex marito, pensò Quinn ma invece disse: «Barbara Niedemeyer ha mollato

Matthew Ferguson.» Aprì il mobiletto di fianco a lei e cominciò a frugare con una mano in cerca dei cracker integrali.

«Oh, grandi novità» disse Zoë. «Certo, è noiosa, continua a fare sempre le stesse cose. Dimmi qualcosa di più succoso.»

«Nick e Lisa non si vedono più» disse Quinn, tentando la fortuna con i cracker.

«Chi è Lisa?»

«Lo sai, Lisa Webster.»

«Una volta facevo da baby-sitter a una tale Lisa Webster» disse Zoë.

«È proprio lei.»

«Usciva con una a cui facevo la baby-sitter?»

«Ha ventidue anni» disse Quinn con la bocca piena di cracker integrali e cercando di essere sincera.

«E lui ne ha dodici» disse Zoë. «Quell'uomo non crescerà mai.»

«Direi che è piuttosto affidabile» disse Quinn. «Lui e Max stanno facendo un ottimo lavoro con l'officina.»

«Parlo della sua vita sentimentale» puntualizzò Zoë. «Si comporta ancora come se fosse al liceo. Ma non è più un problema mio, grazie al cielo.»

«Con me è buono.»

«Lo è sempre stato» disse Zoë. «Credo tu fossi l'unica cosa che era capace di tenere fuori dal nostro matrimonio. Ha sempre detto che tu eri la parte migliore del matrimonio.»

Quinn deglutì. «Davvero?»

«Sì. Diceva che avrebbe sempre voluto una sorellina e che ne aveva trovata una perfetta in te. Pensava che non potessi fare niente di sbagliato. Come tutti, d'altronde.»

«E pensava che tu fossi eccitante» disse Quinn. «Come tutti, d'altronde.»

«Non ti sento molto serena» disse Zoë. «Stai bene?»

«Sono solo stufa di essere quella razionale» disse Quinn. «Non voglio più essere affidabile, voglio essere eccitante.»

«Mollare Bill è stato un buon inizio, allora» disse Zoë. «Mi ha sempre annoiato a morte. Adesso vai e fai qualcosa che sciocchi tutti e sii libera per una volta. Eri tu l'unica a pensare di dover fare sempre la brava.»

«Anche la mamma lo pensava» precisò Quinn. «Diceva sempre che ero quella calma, come lei, ti ricordi?»

«Lei non è calma, lei è catatonica.» La voce di Zoë si abbassò di nuovo. «Un attimo» disse a Ben e poi tornò a Quinn. «Devo andare prima di impazzire. Ascolta, ti voglio bene, Q. Non farti stressare da mamma e papà. Se hai bisogno di stare in pace, vieni da noi per un po'.»

«Anch'io ti voglio bene, Zo. Mi dispiace per i pidocchi.»

«Un giorno o l'altro li porterò da mamma e papà» disse Zoë. «Trova un appartamento prima possibile.»

Quando riattaccarono, Quinn si sedette sul bancone e mangiucchiò un cracker, fissò il vuoto e cercò di districare le nuove pieghe della sua già stropicciata vita. Non si sentiva in colpa per Bill, per niente; be', si sentiva un po' in colpa, ma non abbastanza da tornare sui suoi passi, non sarebbe mai più tornata sui suoi passi. No, avrebbe trovato un appartamento il giorno dopo, un posto tutto per sé, il suo cuore accelerò al pensiero, dove lei e Katie avrebbero potuto trasferirsi. Guardò in basso e vide Katie che aspettava ansiosa ai suoi piedi e le diede un cracker. La guardò prenderlo delicatamente dalle sue mani, senza strapparlo via; si sarebbe comprata dei mobili suoi e magari Nick poteva aiutarla a montarli...

Fai qualcosa che sciocchi tutti, aveva detto Zoë.

Uscire con l'ex marito di sua sorella avrebbe potuto essere sufficiente. Rabbrividì al pensiero. Nick era l'unica cosa eccitante di tutta la sua vita, come aveva potuto non notarlo fino a quel momento? Era sempre stato il fratello scapestrato fra i due Ziegler, ma Quinn non lo aveva mai veramente capito perché si era sempre sentita al sicuro con lui. Finché non l'aveva guardata in quel modo. Finché anche lei non lo aveva guardato e lo aveva visto davvero, oscuro, pericoloso e pieno di possibilità infinitamente scomode. Era proprio il ragazzo perfetto in quel momento: un cattivo che però non le avrebbe mai fatto del male. Brivido senza rischio. Più ci pensava, più le sembrava perfetto, e meglio si sentiva.

Ora non le restava che fare in modo che Nick la smettesse di gridare e fuggire a gambe levate ogni volta che la vedeva e poi anche lei sarebbe stata eccitante.

Proprio come Zoë.

Bill rimase nel cortile posteriore della piccola casa di legno dei McKenzie, imprecando contro la madre di Quinn e dandole della pazza. Probabilmente non aveva neppure detto a Quinn che era lì, altrimenti Quinn sarebbe tornata alla porta a parlare con lui e poi sarebbe andata a casa. Bill alzò lo sguardo sul quadrato di luce gialla che proveniva dalla camera da letto di Quinn. Riusciva a vedere benissimo le luci sulla parete e sul soffitto. Le tende non erano tirate. Era pericoloso, non lo sapeva che era pericoloso? Qualche uomo poteva cercare di spiare lì dentro. Dovette pensarci un attimo, cercando di ricordare come fosse organizzato il piano di sopra, ma era sicuro che si trattasse della camera di Quinn, che ora era nuda e vulnerabile e chiunque poteva vederla dalla finestra; era davvero pericoloso.

E poi eccola in piedi alla finestra, il corpo morbido avvolto dal maglione rosa, ben definito contro la luce gialla della stanza. Si allungò per afferrare un lembo della tenda e Bill riuscì a vedere la curva sporgente del seno e quella della vita e di nuovo quella sporgente del fianco, e sentì il cuore contrarsi, sentì il dolore della perdita in ogni osso e in ogni muscolo. Poi rifiutò di credere a quel pensiero, non l'aveva persa, avrebbero parlato e tutto si sarebbe risolto e sarebbero stati insieme per sempre, avrebbero avuto bambini, cene e la vita che lui aveva programmato; non l'aveva persa.

Quinn cominciò a chiudere le tende che alla fine formarono uno scudo davanti alla finestra e Bill si ritrovò solo.

Rimase a guardare per un'altra mezz'ora circa, noncurante

del freddo, poi la luce dietro la tenda si spense rendendo completamente buia la finestra e Bill seppe che lei era scesa al piano di sotto o forse era andata a letto e che, ovunque si trovasse, non c'era più niente per lui. Andò alla macchina e poi a casa, sicuro che l'indomani Quinn sarebbe tornata a casa.

«Allora te ne sei andata» disse Darla per la quarantesima volta il giorno seguente, dopo la scuola, e Quinn dovette far ricorso a tutta la sua pazienza. C'era qualcosa che non andava in Darla e questo qualcosa stava peggiorando sempre di più, così risponderle seccamente non era una possibilità da prendere in considerazione, soprattutto dal momento che Darla aveva passato l'ultima mezz'ora ad aiutarla a impacchettare libri.

Quinn spostò l'ultima scatola verso la porta dell'appartamento e Katie dovette spostarsi per evitare di rimanere schiacciata. «Sì, è finita. Quando Nick verrà a prendere queste scatole lunedì, sarò del tutto fuori.» Diede un'occhiata all'orologio.

«Andiamo. A Bill rimane solo un quarto d'ora di sollevamento pesi ormai.» Si infilò nel cappotto e prese in braccio Katie che guardava da sopra la sua spalla, più sospettosa che mai.

«Okay, so che sono ottusa,» disse Darla quando furono in macchina, in attesa che il riscaldamento scongelasse loro il sangue «ma puoi spiegarmi come si fa ad andarsene così all'improvviso dopo che sei stata con qualcuno per due anni?»

«Non stavo esattamente con lui.» Quinn reggeva Katie che aveva appoggiato le zampe al finestrino per ispezionare il vialetto in cerca di nemici. «Diciamo che stavo più che altro vicino a lui. Mi aveva chiesto di accompagnarlo alla festa per il terzo campionato di baseball, era dolce e abbiamo iniziato a uscire, poi lui ha cominciato a lasciare le sue cose nel mio appartamento, un po' per volta, finché si è trasferito del tutto da me, poi ha trovato questo appartamento e abbiamo spostato tutto qui, ma non ho mai veramente detto sì a niente di tutto questo.

Lui è solo paziente, non si dà mai per vinto, e alla fine eccolo lì, proprio dove voleva arrivare. Ma io lì non ci volevo arrivare. Non me ne ero resa conto finché non ha portato Katie al canile; io non voglio essere dove c'è anche lui.» Quinn fu scossa da un piccolo brivido e Katie spostò su di lei la sua attenzione, percependo chiaramente che il pericolo era dentro la macchina e non fuori. «È venuto nell'aula di arte oggi, come se niente fosse, come se fossi andata solo a trovare i miei, come se desse per scontato che tornerò a casa da un momento all'altro. Mi fa venire la pelle d'oca.» Quinn accarezzò Katie per trovare un po' di conforto e il cane le si rannicchiò in grembo, senza distogliere da lei gli occhi nervosi. «Per favore, possiamo andare da un'altra parte? Devo passare all'ufficio di mia madre per farmi dare una lista di appartamenti da affittare. Andiamo.»

Darla mise in moto l'auto. «Be', una volta che Nick sarà venuto a prendere i libri sarai del tutto fuori dall'appartamento, e anche Bill dovrà arrendersi al fatto che non tornerai. Come hai fatto a coinvolgere Nick, a proposito? Avrei detto che si sarebbe dato alla macchia pur di evitare tutto questo.»

Quinn ripensò a Nick la sera prima, solido e affettuoso accanto a lei nel furgone, solido e sexy accanto a lei sul divano. «È un bravo ragazzo» disse, cercando di sembrare indifferente.

Darla rallentò per svoltare in Main Street. «Mi sono persa qualcosa?»

«Credo che Nick mi abbia quasi baciata ieri sera» disse Quinn tutto d'un fiato, e si sentì stupida e sollevata allo stesso tempo.

Darla si fermò e parcheggiò.

«L'agenzia immobiliare è due isolati più avanti» disse Quinn.

«Sì, ma la roba interessante sta succedendo qui.» Darla sembrava più sconvolta che interessata. «Ti ha baciata?»

«Ho detto quasi.» Quinn si agitò un po' sul sedile, con disapprovazione di Katie. «Eravamo sul divano e stavamo parlando e poi lui si è fermato e ci siamo guardati a lungo, hai presente?»

«Credo di sì» disse Darla. «Uno di quegli sguardi lunghi che cominciano con un ciao e finiscono con *ciao*.»

Quinn annuì, accarezzando piano il cane. «Ma poi si è alzato e ha detto: 'Tu non sei così.' E se ne è andato.»

Darla si accasciò sul sedile. «Oh signore, non lo so. Tu e Nick?»

«Non c'è nessun 'tu e Nick'.» *Ma potrebbe esserci.* «C'è stato solo un brividino nel nanosecondo fra il momento in cui mi sono accorta che mi stava guardando come se mi desiderasse e il momento in cui si è alzato ed è corso via. Ma comunque si è alzato ed è corso via.»

Darla fissava fuori dal parabrezza. «Brividino, eh?»

Quinn annuì. «C'è stato più brivido con lui senza che mi baciasse che nei due anni in cui Bill mi ha baciato. Un brivido ben percepibile.»

«Il brivido non dura» disse Darla, e Quinn si voltò di scatto quando avvertì il tono piatto nella sua voce. «Non dura. Quindi, se stai lasciando Bill per mancanza di brivido...» Scosse la testa. «Un bravo ragazzo, fedele e che ti ama? Batte il brivido uno a zero.»

«No, invece.» Quinn lanciò un'occhiata prudente a Darla. La sua amica parlava dei suoi problemi solo quando era pronta. Era pronta?

«Non puoi sperare che l'eccitazione duri per sempre» disse Darla. «Quella se ne va. Devi accontentarti di quello che hai, e se hai un bravo ragazzo è sufficiente, più che sufficiente, va bene. Magari Bill non ha capito quanto volessi il cane. Forse se gli dessi un'altra possibilità potrebbe darti una vita stabile e...»

«Ma non è quello che voglio» disse Quinn. «Sono trentacinque anni che ho una vita stabile e sono stufa. Voglio svegliarmi ogni mattina sapendo che succederà qualcosa di bello, che ho una ragione per alzarmi dal letto. Le stesse maledette cose tutti i giorni non sono una buona ragione.»

Gli occhi di Darla diventarono due fessure e la mascella le si contrasse. «Allora fai un cambiamento piccolo, parti da qualcosa che non sia così enorme.»

«È quello che ho fatto» disse Quinn. «Ho adottato Katie.» Katie alzò lo sguardo su di lei e Quinn la accarezzò sulla testa per calmarla. «Era una cosa minuscola, ora è grossa perché Bill non è in grado di vedermi in nessun altro modo che non sia come mi vuole lui. Nick almeno mi vede.» Ripensò al divano e si sentì di nuovo eccitata. «Ieri sera mi vedeva davvero.»

«Ti lascerà nel giro di un anno» disse Darla con voce di nuovo piatta. «Oppure ti farà impazzire al punto che sarai tu a lasciarlo, ma questa volta lo perderai anche come amico e io e lui siamo i tuoi migliori amici. Se stai con Bill, potrai avere entrambi, se fai qualcosa di diverso, perderai anche Nick. È davvero questo che vuoi?»

«Voglio provare di nuovo quella sensazione» disse Quinn, testarda. «Sono quasi certa che Nick non lo voglia, ma io sì. Quello che succederà il prossimo anno, sarà il prossimo anno. Voglio pensare a adesso, non voglio più accontentarmi.»

Darla scosse la testa, sembrava sul punto di piangere. «Quinn...»

«Le cose con Max vanno così male?» disse Quinn, e si pentì subito quando vide il viso di Darla cambiare espressione. «Okay, mi dispiace. Ne parliamo un'altra volta.»

«Io amo Max» disse Darla.

«Lo so» rispose Quinn.

«Ho tutto sotto controllo» riprese Darla. «Sono felice.»

«Certo» annuì Quinn.

«Mi piace la mia vita» continuò Darla. «Ho dei ragazzi meravigliosi, una bella casa, mi piace il mio lavoro, mio marito è un gran lavoratore e mi è fedele.»

«Queste sono tutte cose meravigliose» disse Quinn.

«Sono così stufa che potrei mettermi a urlare» disse Darla.

«Okay» aggiunse Quinn, sollevata che lo avesse confessato. «E cosa hai intenzione di fare?»

«Niente.» Darla si voltò a guardarla e nei suoi occhi si leggeva chiaramente un'accusa. «Non manderò a puttane una splendida storia solo perché mi annoio.»

«Io non avevo una splendida storia» precisò Quinn. «Bill non è Max.»

«Assomiglia a Max» disse Darla cupa. «Oh, al diavolo. Dimentica quello che ho detto e andiamo a cercarti un appartamento.»

«Forse hai bisogno solo di un piccolo cambiamento» disse Quinn. «Niente di grosso, solo un cambiamento superficiale per smuovere un po' le cose, per dare un aspetto nuovo a tutto.» Guardò Katie sulle sue gambe. «Lascia stare, fai come se non avessi detto niente.»

«Un piccolo cambiamento» rifletté Darla.

«I piccoli cambiamenti hanno il potere di moltiplicarsi» disse Quinn. «Forse...»

«No, mi piace.» Darla afferrò con più forza il volante. «Un piccolo cambiamento. Solo qualcosa per fare in modo che mi guardi di nuovo, come hai detto tu.» Darla si voltò per incontrare lo sguardo di Quinn. «Credo che non mi guardi da anni. Ci sono sempre e questo basta, sai? E anch'io non lo guardo da tempo, non come dovrei. E poi l'altra sera in officina volevo fare l'amore in ufficio...»

«Con tutte quelle vetrate?» Quinn si sentì scandalizzata e intrigata. Fare l'amore davanti a una vetrata sembrava una cosa che Nick avrebbe fatto.

«...ma lui non ci pensava neanche. E non ha detto neanche: 'Andiamo in bagno, piuttosto.' Ha detto: 'Quando i ragazzi saranno andati a dormire.' Che tristezza.»

Quinn accennò: «Be'...»

«Una volta non riusciva a togliermi le mani di dosso e adesso vuole aspettare?» Il tono di voce di Darla cresceva di intensità mentre il suo viso si deformava. «Non mi vede neanche più.»

«Okay, okay.» Quinn si avvicinò e accarezzò il braccio di Darla. «Possiamo risolvere tutto. Dobbiamo solo attirare la sua attenzione. Cioè, tu devi solo attirare la sua attenzione.»

«Come?» Darla praticamente ringhiò quella parola. «L'ho quasi violentato nell'ufficio e lui mi ha detto di no. Cos'altro...»

«Forse sei stata troppo delicata.» Quinn cominciò a pensare velocemente. «Devi scioccarlo. Aprirgli la porta avvolta nella pellicola trasparente o qualcosa del genere.» Provò una punta di invidia per Darla, che aveva una storia con un uomo che avrebbe apprezzato la pellicola trasparente. Bill sarebbe morto per la volgarità della scena e Nick si sarebbe tenuto la pellicola per usarla con qualche altra donna.

«Pellicola» rimuginò Darla.

«O una camicia da notte molto sexy» suggerì Quinn. «O biancheria intima di pizzo nero...»

«Ho un impermeabile di plastica trasparente» disse Darla, e la sua voce era di nuovo calma. «Me l'ha dato la mamma di Max dicendo che si poteva abbinare con tutto.»

«Potrebbe essere un'idea» disse Quinn.

«I ragazzi tornano a casa tardi il venerdì» continuò Darla. «Max sarà a casa da solo stasera alle cinque e mezza.»

«Questa sera?» Quinn era un po' sorpresa dalla velocità con cui Darla voleva agire, le cose dovevano andare proprio male, ma si limitò ad annuire. «Buona idea.»

«Mi piace» disse Darla. «Del buon sesso in salotto in pieno giorno.»

«Sono invidiosa» disse Quinn, in parte per incoraggiare l'amica e in parte perché era vero.

«Ho un piano.» Darla annuì, tornando alla consueta positività. «È solo un piccolo piano, non cambierà niente di importante, riporterà solo le cose com'erano prima.» Rivolse a Quinn un sorriso raggiante. «È un'ottima idea. Grazie.»

Quinn guardò Katie e si sentì a disagio. «Figurati.»

Darla avviò l'auto. «Andiamo a cercarti un appartamento e facciamo presto. Devo essere a casa per le cinque.»

«Senti, non farti illusioni» disse Quinn. «Un piccolo cambiamento va bene, ma sii pratica. Non aspettarti miracoli o rivoluzioni.»

«Come tu e Nick?» disse Darla.

Quinn chiuse gli occhi e pensò a Nick. Tutti quei brividi. «Okay, hai ragione. Ci meritiamo miracoli e rivoluzioni. Andiamo a prenderceli.»

«Giusto, cazzo» disse Darla. «Sarà una figata.»

«Giusto, cazzo» disse Quinn e pensò: Oh, signore.

5

Meggy aveva trovato solo un appartamento a Tibbett. «In nessuno degli altri accettano gli animali» le aveva detto, e quell'unico disponibile non era granché. «Non puoi vivere qui» le aveva sussurrato Darla, fissando inorridita le pareti macchiate di umidità, e Quinn stava dicendo: «Posso, se significa che posso tenermi il cane» quando il padrone di casa si chinò per accarezzare Katie.

Un attimo dopo erano di nuovo in strada, strette nei loro cappotti contro le raffiche del vento marzolino. «Ho detto solo animali abituati a vivere negli appartamenti» disse l'uomo prima di sbattere la porta.

«Lei lo è» controbatté Quinn, rivolgendo pensieri maligni al padrone di casa che, evidentemente, non sapeva nulla di cani, e Darla sembrò stare dalla parte di Katie per la prima volta.

«Aveva capito che era un posto orribile in cui vivere» disse. «Bravo cagnolino.»

«Sì, ma l'alternativa qual è?» disse Quinn, guardando entrambe con espressione di rimprovero. «Ora mi tocca vivere con i miei genitori.»

«Deve esserci un'alternativa» disse Darla. «Se sei sicura di non voler tornare con Bill.»

«Non voglio, okay?» disse Quinn. «Possiamo darlo per assodato? Mi ha rubato il cane. Chiuso.»

«Giusto.» Darla annuì. «Va bene, dimenticalo. Non lo nominerò più. E se comprassi un appartamento? Se puoi permetterti un anticipo, le rate del mutuo dovrebbero essere più economiche di un affitto.»

«Comprare una casa?» Quinn pensò ai nuclei residenziali in stile Tara che circondavano Tibbett. Comprare una casa era una faccenda seria. «E cosa me ne faccio di una casa intera?»

«Non tutte le case sono enormi» spiegò Darla paziente. «Cerca un'occasione con due camere da letto. Tua madre lavora per un agente immobiliare, cristo santo. Andiamo a chiedere.»

«Comprare una casa.» Quinn si sedette sul sedile del passeggero e lasciò che Katie scodinzolasse fino al sedile posteriore mentre lei pensava a quel nuovo sviluppo. Una casa. Una casa sua. Indipendenza. Maturità. Privacy. Provò di nuovo la stessa ondata di entusiasmo che l'aveva attraversata quando aveva deciso di adottare Katie e di baciare Nick.

«Sai, potrei proprio farlo. Comprare una casa. Solo per me.» Una casa sua. Con un cortile recintato sul retro per Katie. E un divano in salotto per Nick. «Potrei farlo. Forse. Mi piace.»

«Perché hai quello sguardo negli occhi?» disse Darla. «Stiamo parlando di mercato immobiliare, non di sesso.»

«Entrambi sono molto eccitanti» rispose Quinn. «Stasera parlo con mia madre e vedo cosa mi posso permettere e domani possiamo dare un'occhiata. Hai da fare domani?»

«Solo la mattina in negozio.» Darla sorrise. «E stasera. Stasera sarò molto impegnata.»

Quando Max tornò a casa alle cinque e mezza, quella sera, Darla lo aspettava sulla porta, nuda sotto l'impermeabile trasparente.

«Ehi tesoro» disse lui, e la baciò sulla guancia prima di procedere verso il salotto. «Abbiamo solo...»

«Ehi, tu» disse lei. «Dio, non mi guardi proprio più.»

Max si voltò e lei aprì l'impermeabile. «Cosa...»

«Ho qualcosa per te.» Lasciò cadere l'impermeabile proprio quando la porta dietro di lei si aprì di nuovo.

«Ho portato...» sentì dire da Nick e si sentì gelare, il che non era difficile dato che era nuda e sentiva il vento gelido di marzo che le sferzava la schiena. Chinarsi a raccogliere l'impermeabile non era una soluzione dato che era comunque trasparente. Prima che potesse pensare qualsiasi cosa, sentì Nick dire: «Forse è meglio di no.» E la porta si richiuse.

«Cosa stai facendo?» Max era basito e inorridito, due emozioni ben lontane da quella che avrebbe voluto suscitare in lui. «I ragazzi saranno a casa da un momento all'altro.»

«Io...» Darla era impietrita. «Al diavolo.» Superò Max, troppo imbarazzata per fermarsi a raccogliere l'impermeabile. Troppo imbarazzata per fare qualsiasi cosa non fosse correre in camera, chiudere a chiave la porta e sedersi sul letto con le braccia strette attorno al corpo a pensare un modo per uccidersi.

«Darla» disse Max dall'altra parte della porta.

«Vattene» gli disse, poi sentì qualcuno bussare alla porta d'ingresso, Max che apriva, poi le voci dei suoi figli e uno dei due che diceva: «Perché non possiamo entrare?»

«Oh, dio» esclamò lei e si lasciò cadere all'indietro. Dopo dieci minuti di autoflagellazione, si mise una maglietta e un paio di jeans e si concentrò per capire con chi fosse più arrabbiata, se con Max o con Nick. Il fatto che nessuno dei due avesse fatto niente di male e che fosse lei la stupida non rendeva più facile perdonarli.

Un'ora dopo, era abbastanza calma da scendere in cucina a preparare hot dog per i quattro uomini accampati davanti alla tv a guardare la registrazione dell'ultima partita di football, mandando indietro le parti in cui Mark aveva fatto un touchdown.

«La cassetta è arrivata solo questa sera» le disse Max mentre andava in cucina a prendere da mangiare. «Bill ha chiamato dalla scuola. Non ho avuto modo di dirtelo...»

«Non è un problema» disse Darla, passandogli una ciotola di pop-corn. «Portala di là per favore. Grazie.»

Max se ne andò senza una parola di più.

Mezz'ora dopo arrivò Nick per prendere una birra.

«Mi dispiace per prima» disse Darla, desiderando che Max fosse figlio unico.

«Per cosa?» rispose Nick. «Hai delle patatine?»

«Certo.» Darla aprì uno sportello della cucina, grata di potersi voltare e nascondere il viso in fiamme. Gli passò il sacchetto dall'altra parte della cucina e aggiunse: «Grazie.»

«Per cosa?» chiese Nick.

Darla fece un respiro profondo. «Per far finta che non sia successo niente, in modo da non farmi star male. Non funziona, ma te ne sono grata.»

«In tal caso mi fa piacere» disse Nick. «Hai un bel sedere.»

«Ehi» disse Darla mentre il viso le andava sempre più in fiamme, ma sorrise nonostante l'imbarazzo.

«Non che lo vedrò ancora» disse Nick, poi tornò nel soggiorno.

Okay, avrebbe perdonato Nick. Ma Max...

Quando furono tutti sazi, preparò qualcosa anche per sé e andò a chiudersi in camera da letto.

Poche delle cose che aveva tentato di fare nella sua vita erano fallite così miseramente. E Max... era sembrato inorridito vedendola nuda. Avrebbe potuto essere felice anche solo per un secondo...

Okay, sapere che Nick era proprio dietro di lui poteva avere qualcosa a che fare con la sua reazione, ma era comunque un gran bel gesto, accidenti. Ripensò con malinconia a quanto avrebbe potuto essere eccitante, nudi in salotto in piena luce del sole. Avrebbero potuto...

Vide di nuovo la faccia incredula di Max.

Accidenti. Diede un morso al suo hot dog e rivolse pensieri acidi al marito mentre masticava.

Alle undici di quella sera, Max entrò in punta di piedi nella loro camera da letto completamente buia, si rannicchiò nel letto accanto a lei e sussurrò: «Allora, parliamo di quello spogliarello davanti alla porta...»

«Toccami e sei morto» disse Darla con voce plumbea.

«Buonanotte» rispose Max, e rotolò lontano da lei.

Quello che poteva permettersi Quinn, le comunicò sua madre sabato mattina, non era niente in cui si potesse vivere. «Settantacinquemila dollari» le disse Meggy. «Non c'è molto a quella cifra. Forse sarebbe meglio che rimanessi con noi finché le cose con Bill non si aggiusteranno.»

«Dammi la lista» disse Quinn, e a mezzogiorno passò a prendere Darla, decisa a trovarsi un posto tutto per lei. Ci aveva pensato tutta la notte: un posticino accogliente dove avrebbe potuto invitare le persone senza che i vicini stessero a origliare dai muri. Fino a quel momento, non aveva fatto niente che valesse la pena origliare ma, adesso che andava a vivere da sola, le cose potevano cambiare. C'erano ragioni sufficienti per comprarsi subito una casa.

«Allora, l'impermeabile di plastica ha fatto impazzire Max di desiderio?» chiese a Darla mentre si immetteva in strada.

«No.» La voce di Darla era di nuovo piatta e, quando Quinn azzardò uno sguardo, vide che il viso della sua amica era teso.

«Vuoi parlarne?»

«L'ho aspettato nuda sulla porta. C'era Nick. Direi che ha spezzato l'incantesimo.»

«Oh.» Quinn sprofondò nel sedile. «Be', avresti potuto mandare Nick da me.»

«Non l'hai più sentito?» domandò Darla, tirandosi un po' su di morale nel constatare che condividevano le pene d'amore. «Che stronzo.»

Quinn la guardò di sfuggita. «Significa che adesso la faccenda di me e Nick ti va bene?»

«No.» Darla si sistemò sul sedile e incrociò le braccia sul petto. «Ma se è quello che vuoi, io sono con te.»

«Grazie.» Quinn si sentì pronunciare quella parola con una voce piatta almeno quanto quella di Darla. Quella storia della depressione era contagiosa. «Qualche idea?»

«Non ancora» disse Darla. «Devo ancora riprendermi da ieri notte, ma non ho intenzione di arrendermi.»

«Bene» disse Quinn. «Andiamo a comprare la casa e poi penseremo a un piano B per te e uno A per me.»

Ma dopo che ebbero trascorso il pomeriggio a vedere case, Quinn dovette ammettere che sua madre aveva ragione. «Sono brutte. Anche facendo dei lavori, rimarrebbero comunque casette anguste e brutte. Volevo un posto accogliente e carino e queste sono tutte...»

«Molto, molto brutte» disse Darla. «È per questo che costano poco. Ce ne sono altre due in questo quartiere...»

«No» disse Quinn. «Sono tutte uguali, le odio.»

«...e poi ce n'è una dall'altra parte della città, costa ottantacinquemila, ma tua madre ha aggiunto un appunto dicendo che è tanto che è in vendita e potrebbero voler trattare sul prezzo.»

«Dall'altra parte della città.» Quinn sospirò e mise in moto. «A venti minuti da scuola e da tutto il resto, e poi quanto può essere bella se è in vendita da tanto tempo?»

Quindici minuti dopo, Darla disse: «Non devi comprarla per forza.»

La casa era alta e stretta, aveva i muri ricoperti di amianto grigio scrostato decorati da legno marcio di un grigio più scuro. Aveva un piccolo portico su un lato, ma buona parte della ringhiera era caduta a pezzi. Le persiane alle finestre erano rotte e le grondaie pendevano dal tetto come ubriachi. Il piccolo cortile di fronte all'entrata era decorato con due alberi dal tronco contorto, uno dei quali completamente secco. Da un lato c'era un'altra casa in condizioni ancora peggiori; dall'altro un lotto vuoto invaso da erbacce. Il tocco finale era il cartello caduto con scritto VENDESI.

«Abbiamo le chiavi, possiamo anche entrare» disse Quinn. «Diamo un'occhiata. Se dentro non c'è niente, dovrei fare un affare.»

«Fai presto, prima che crolli» disse Darla, ma si ammutolì quando entrarono.

Il piano di sotto era composto da tre stanze in fila e il porticato laterale le condusse nella prima. Il pavimento di legno massiccio scintillava per la luce proveniente da due alte finestre incorniciate da un'intelaiatura di legno chiaro scrostato. Un arco conduceva nella parte anteriore della casa, un soggiorno con un camino di mattoni affiancato da una libreria, le cui ante avevano perso gran parte dei vetri. Due alte finestre guardavano fuori, verso la strada deserta e gli alberi morti.

«La luce non manca» disse Darla. «Certo, quegli alberi ti faranno fare degli incubi.»

Quinn si voltò, immaginando dei mobili caldi che non sarebbero stati di pino. Un grande divano, senza dubbio. «Credo che mi piaccia.»

L'altra porta conduceva alla cucina sul retro, una stanzetta brutta con pensili e ripiani grigi e altra luce che proveniva dall'ennesima finestra alta, più una porta con il passaggio per il cane che si apriva su un grande cortile che, miracolo dei miracoli, era recintato.

«Forse con una bella mano di vernice.» Darla guardò i mobili dubbiosa. «Doveva essere molto depresso chi viveva qui prima.»

Quinn sollevò lo sportello che chiudeva il passaggio per il cane e Katie lo annusò come se fosse la porta per l'inferno, poi saltò dall'altra parte. Dopo una perlustrazione prudente del cortile che non era altro che una massa di erbacce con chiazze di terra nuda, Katie scattò in una corsa liberatoria, la versione canina di *Born Free*. «Mi piace, mi piace davvero tanto.»

«Per il cortile sul retro?»

«È grande» disse Quinn. «Se il piano di sopra non è un disastro, la compro.»

Il piano di sopra non era un disastro. Due camere da letto piccole e una più grande con un altro camino di mattoni, un bagno con una vasca che in passato era bianca, e tanta altra meravigliosa luce.

«Qualcuno ha buttato giù questa porta» disse Darla, chinandosi per ammirare da vicino il lavoro di falegnameria.

«Darla, posso aggiustare tutto.» Quinn si voltò per ammirare il piano di sopra dal pianerottolo, e sentì lo stesso calore che aveva avvertito quando aveva guardato Katie in macchina il primo giorno, più o meno la stessa sensazione che aveva provato quando Nick l'aveva quasi baciata. «La compro.» Sorrise, improvvisamente euforica. «Sai, tre giorni fa la mia vita era grigia come la cucina qui sotto e oggi è piena di infinite possibilità. Pensa a come potrebbe essere domani!»

«Sì» rispose Darla, guardandosi attorno.

Entro la serata di domenica, Meggy non solo aveva fatto da intermediario con Bucky per portare il prezzo a settantamila, ma era anche riuscita a convincere il venditore ad affittare la casa a Quinn in attesa di chiudere la compravendita. «Puoi trasferirti venerdì» disse a Quinn. Lo sguardo che Meggy rivolse a Katie, seduta paziente ma un po' nervosa sul pavimento della cucina, diceva: E non un minuto più tardi.

«Grazie.» Quinn abbracciò la madre. «Ti sono davvero grata. So che credi che dovrei tornare da Bill...»

«Be', adesso può trasferirsi da te» disse. «È una bella casa. L'ho fatta controllare stamattina. Ci sono da fare molti lavori, ma le fondamenta sono buone. Bill può darti una mano.»

Col cavolo, pensò Quinn, ma tenne la bocca chiusa.

«Dovrai versare settemila dollari per l'anticipo» continuò Meggy.

«Okay» disse Quinn. «Ho più di undicimila dollari di risparmi. Me ne avanzeranno un po' per i mobili.» *Un letto nuovo. E Nick può aiutarmi con il trasloco.*

«Mobili nuovi.» Sua madre si diresse verso l'arco e diede un'occhiata al salotto, illuminato solo dalla tv. «Sono anni che devo cambiarli anch'io.» I suoi occhi caddero sul divano che in quel momento era occupato da suo marito, il quale non le rivolse la minima attenzione. «Potrei comprare un divano nuovo e darti questo.»

Nick aveva dato la colpa al divano, ricordò Quinn. *È questo divano.* «Mi piacerebbe molto avere il divano» disse. «Papà, però, te lo puoi tenere.»

«Mmm» mormorò sua madre e si voltò per ispezionare il resto della stanza. «Questo posto avrebbe bisogno di qualche cambiamento.»

«Piccoli cambiamenti» disse Quinn, all'improvviso nervosa.

Gli occhi della madre tornarono al divano. «Certo.»

Joe alzò lo sguardo e le sorprese a fissarlo. «Birra ce n'è?»

Quinn tornò in cucina per prenderne una. «Piccoli cambiamenti, mamma. Solo piccoli cambiamenti.»

Lunedì Quinn era ancora sicura che comprare la casa fosse stata una decisione positiva, ma l'ottimismo si intiepidì nel corso della giornata, perché a scuola non andò affatto bene.

Cominciò con la prima ora, quando alcuni degli alunni che facevano atletica la guardarono in cagnesco, e altri sembrarono assecondarli. La voce che Quinn aveva mollato il loro coach aveva cominciato a circolare. Se ne sarebbero fatti una ragione, ma quel risentimento nei suoi confronti le provocava una sensazione sconcertante, perché era abituata ad andare d'accordo con tutti.

Poi il baby capo la fermò nell'atrio mentre stava raggiungendo la sala insegnanti durante la pausa e disse: «Non posso credere che tu faccia tutte queste storie per un cane. Non capisci cosa stai facendo a Bill? Alla scuola? Abbiamo un finanziamento da ottenere, Quinn.» Quinn lo aveva guardato male e lui se ne era andato scocciato, ma se fosse andato storto qualcosa in quel decimo campionato o nel finanziamento, Quinn sapeva che ci sarebbero stati un sacco di soldi da pagare e che sarebbe toccato a lei.

Poi, a pranzo, aveva dovuto affrontare Edie e il resto del corpo docenti.

«Tua madre mi ha detto che hai lasciato Bill» disse Edie, gli occhi azzurri fissavano Quinn dall'altra parte del consunto tavolo di plastica dell'aula insegnanti. «È un po' preoccupata.»

«Sì.» Quinn aprì la linguetta della sua Diet Coke, ignorando l'interesse morboso che percepiva in tutti, soprattutto nelle donne sedute accanto a loro. Marjorie Cantor, la più pettegola della scuola, probabilmente era dilaniata dal dubbio: fare la leccapiedi con Quinn per ottenere informazioni di prima mano o staccarle la testa per aver lasciato quel bocconcino di Hilliard. La piccola e ordinata Petra Howard sembrava solo confusa. Petra, costantemente distratta, aveva deciso il mese precedente che gli studenti stavano complottando contro di lei e, considerando i suoi metodi di insegnamento, poteva non essere solo una paranoia. Per questo, nell'ultimo periodo trascorreva tutto il tempo che poteva nella sala insegnanti per nascondersi e intrattenersi con le vite degli altri.

«Che bello il tuo maglione, Quinn» disse Petra. «Un colore proprio carino.»

«Grazie» rispose Quinn, prima di tornare a Edie. «La mamma si preoccupa ogni volta che c'è un cambiamento.»

«Ha paura che tu stia gettando via la tua stabilità.» Le labbra di Edie si contrassero leggermente. «Tua madre è una specialista della stabilità.»

«Proprio un maglione carino» riprese Petra.

«Posso provvedere da sola alla mia stabilità» disse Quinn.

«Ehi, io ti appoggio» disse Edie. «È tua madre che è preoccupata.»

«Dove lo hai preso quel maglione?» chiese Petra, e Marjorie alzò gli occhi al cielo. Quelle chiacchiere sui maglioni non l'avrebbero condotta dove voleva arrivare, e cioè ai dettagli succulenti della separazione più sensazionale che la Tibbett High avesse conosciuto da quando un coach aveva lasciato la moglie per una cameriera della caffetteria.

Quinn sorrise gentilmente a Petra per fare un dispetto a Marjorie e disse: «È vintage. L'ho trovato in un negozio a Columbus l'ultima volta che sono andata a trovare mia sorella.»

«Credo che tu le stia facendo mettere in discussione tutta la sua vita» disse Edie.

«E perché mai?» chiese Quinn, realmente incredula. «Non capisco cosa possa avere a che fare lei con quello che faccio io.»

«C'era anche in altri colori?» chiese Petra. «Io non posso mettermi niente color lavanda, sono troppo pallida.» Petra sembrava uno zombi, ma non era colpa dei vestiti.

«Sono sicura che negli anni Sessanta ci fosse anche in altri colori» rispose Quinn, cercando di non sembrare spazientita. «È vintage. Non ce n'erano altri.» Le era costato solo cinque dollari, ma Quinn non aveva nessuna intenzione di risollevare la giornata di Marjorie rivelando pubblicamente quanto fosse a buon mercato il suo maglione.

«Probabilmente non c'entra niente» disse Edie, accomodante. «Allora adesso che hai più tempo libero puoi partecipare all'organizzazione della recita. Le scenografie e i costumi. Pagano un migliaio di dollari, che non è male, e poi se non lo fai, finirò a farlo con un genitore. Ti ricordi *Tutti insieme appassionatamente*?»

Quinn fece un ampio sorriso. Non aveva mai visto Alpi tanto brutte. «Sarebbe tutte le sere per dieci settimane. Non è neanche il minimo sindacale.»

«Magari un bel blu» aggiunse Petra. «È lana?»

«Per favore, non dirmi no.» Edie tentò di sembrare affranta dalla decisione di Quinn ma non faceva parte della sua personalità. Le biondine cotonate non erano mai affrante.

«Sto per cominciare una vita nuova» disse Quinn. «Voglio

essere egoista.» Con la coda dell'occhio vide Marjorie che si chinava in avanti.

«Non hai paura delle tarme?» continuò Petra; Marjorie disse: «Petra, per l'amor di dio, piantala.»

«Be', ti appoggio totalmente per quanto riguarda l'egoismo» disse Edie. «Spero solo che per me farai un'eccezione.»

«Si tratta di un egoismo totale» spiegò Quinn. «Quindi, no.»

«Ma è *Into the Woods*» disse Edie. «Favole, alberi e torri. Pensa che divertente.»

«No» disse Quinn, cercando di non immaginare alberi e torri.

«Puoi usare quelle palline contro le tarme» disse Petra. «Ma poi i maglioni puzzano.»

«Pensa come sarebbe brutto se non partecipassi» insisté Edie. «Salveresti davvero la recita se ci aiutassi.»

«Insomma, hai mollato il coach, vero?» chiese Marjorie che, evidentemente, ormai non resisteva più.

«Devo andare» disse Quinn, e fuggì.

Poi Bill capitò nell'aula di arte. «Solo per vedere come stai.» E ci rimase. «Devi essere piuttosto stufa ormai di vivere con i tuoi» scherzò. Quinn rispose: «No.» Non sentì la minima tentazione di parlargli della sua nuova casa, di parlargli di niente che potesse innescare una conversazione. «Ho molto da fare, Bill» disse, ma lui si trattenne ancora, sotto gli occhi affascinati degli alunni che si gustavano quella soap opera che si svolgeva proprio davanti a loro; alcuni erano apertamente ostili verso Quinn perché stava offendendo il loro coach.

«È un brav'uomo» le aveva detto Corey Mossert quando Bill finalmente si era arreso e se ne era andato. Quinn aveva ribattuto: «Corey, io mi intrometto nella tua vita privata? No, e allora stai fuori dalla mia.» Quando Jason Barnes vide il risultato del suo compito si limitò a scuotere la testa, ma Thea, che non era distratta dalle opere d'arte visto che era lì solo per dare una mano, era più difficile da evitare. «Cosa ha fatto?» chiese.

Quinn rispose: «Non era quello giusto. E io non volevo sistemarmi, quindi non andava bene.»

«Cosa significa che non voleva sistemarsi?» Thea si chinò sulla scrivania per controllare gli studenti che, sporadicamente, sfilavano davanti alla cattedra. «È il coach, santo cielo. Praticamente, il re della scuola.»

«Esiste una vita fuori dalla scuola» le disse Quinn. «E non voglio svegliarmi un giorno pensando che avrei voluto inseguire quello che desideravo invece di accontentarmi di quello che avevo già. Il che, in questo caso, era quello che volevano gli altri per me.» Esitò un attimo, pensando che Thea aveva dei genitori che l'avevano spinta a fare cose che a lei non piacevano. Non aveva senso destabilizzare Thea a tre mesi dal diploma. «Guarda, semplicemente non era quello giusto.»

«Okay» disse Thea. «E come fa a saperlo?»

«Ha portato il mio cane al canile.»

Thea strabuzzò gli occhi. «Non era quello giusto. Ma allora come si riconosce quello giusto?»

Quinn pensò a Nick. «Vorrei saperlo anch'io. Conosco uno che mi fa venire da vomitare tutte le volte che lo vedo, ma forse è influenza.»

«No, conosco quella sensazione» disse Thea. «Allora ha intenzione di uscire con questo nuovo ragazzo?»

«Non sembra interessato» disse Quinn. «Ma credo che farò comunque un tentativo.» Quel pensiero era terrificante, ma l'alternativa non era migliore. «Altrimenti, non mi resta che starmene seduta e invecchiare aspettando che si faccia vivo lui.»

«E quest'opzione non va bene» disse Thea; quando Jason si avvicinò alla cattedra qualche minuto dopo per prendere un taglierino, Thea glielo passò e disse: «Vuoi venire con me a vedere un film stasera?»

Jason ritrasse la mano e Quinn pensò: Oh, cacchio.

«No» rispose lui.

«Okay» disse Thea e poi andò nel magazzino dietro la cattedra e chiuse la porta.

«Hai saputo gestire la situazione davvero bene» disse Quinn, combattuta fra il desiderio di spaccargli la faccia e la tentazione di provare pena per lui.

«Be', mi ha preso alla sprovvista.» Jason fece una smorfia verso la porta del magazzino. «Ma poi, comunque, che significava quell'uscita?»

«Credo che volesse vedere un film con te» spiegò Quinn. «Ma è solo una supposizione, chiaramente.»

«Cosa mi consiglia? Cosa dovevo dirle?»

«Niente» rispose Quinn. «Avresti potuto dire no un po' meno in fretta, magari.»

«Mi ha sorpreso.» Jason scosse la testa. «Donne.»

Quando Jason fu di nuovo al suo banco, Quinn raggiunse Thea in magazzino, dove stava mettendo a posto dei barattoli di pittura.

«Stai bene?»

«Sì.» Thea le passò il cartone vuoto della vernice. «Ora comincio con l'inchiostro.»

«Thea...»

«Va tutto bene.» Thea prese il cartone dal pavimento. «Ho solo pensato che potevo fare un tentativo, come ha detto lei. Non ho niente da perdere.»

Quinn rimase colpita dalla praticità determinata nella sua voce. «Thea, era solo sorpreso. Magari quando...»

«Signorina McKenzie» disse Thea. «Mi conosce dall'asilo. Non mi dica: 'Forse se ti conoscesse meglio...' Mi conosce benissimo.» Squarciò lo scatolone con molta più ferocia del necessario. I flaconi di plastica caddero sul pavimento di calcestruzzo ma non si ruppero. «Merda.» Si chinò e poi si fermò, alzando lo sguardo verso Quinn. «Mia mamma vuole che faccia il discorso di commiato il giorno del diploma, mio padre vuole che riesca a vincere borse di studio per il college, e la mia vita si riduce praticamente a studiare e aiutare lei. Non penso ad altro che ai voti e alla scuola. Quando guardo Jason, penso a una vita vera; è un ragazzo che fa delle cose e vede il mondo, capisce?»

Dato che Quinn era piuttosto sicura che i posti in cui era stato Jason erano soprattutto campi di atletica e sedili posteriori delle auto, non sapeva bene cosa rispondere, ma i posti in cui era stata Thea erano ancora meno. «Più o meno.» Come Nick, pensò. Diverso da me.

Thea continuò: «Mi ha detto: 'Non ti accontentare', e io ho pensato...» Si strinse nelle spalle. «Sono stata stupida.»

«Non sei stata stupida.» Quinn si chinò per aiutarla a raccogliere i contenitori di inchiostro. «Agli uomini non piacciono le sorprese. Io provo le stesse cose per uno e neanche lui vuole saperne niente.»

«Gli uomini sono stupidi» disse Thea, e cominciò a sistemare l'inchiostro sugli scaffali.

«Abbastanza» disse Quinn, poi tornò in classe e fissò Jason finché lui disse: «Cosa?» Dovette ammettere che il ragazzo non aveva fatto niente di male. Povera Thea.

La solidarietà femminile con Thea aumentò ulteriormente quando Quinn andò all'officina dopo la scuola per recuperare i libri e restituire a Nick la giacca. Il cuore le martellava nel petto all'impazzata.

Bussò alla porta sul retro ed entrò dicendo: «C'è nessuno? Nick?»

«Sono qui.»

Stava stringendo i bulloni delle ruote di una Escort e Quinn si fermò un istante ad ammirare i muscoli delle sue braccia, soprattutto dell'avambraccio, ma anche i bicipiti sotto la maglietta. Nick non era palestrato, era troppo magro, ma il lavoro nel garage lo aveva reso forte e ben piazzato, e le sue braccia erano bellissime. Anche il resto, probabilmente, era bellissimo. Non hai speranze, si disse, ma era comunque un bello spettacolo. Guardare non era vietato. Finché non lo invitava al cinema, non correva rischi.

Nick si fermò e si allungò per guardarla da sopra la spalla, era bellissimo. Quinn non ci aveva mai pensato, per lei era sempre stato solo Nick, e tutti sapevano che quello bello dei fratelli Ziegler era Max. Adesso, però, vedeva Nick sotto un'altra luce, vedeva quanto erano sexy i suoi occhi scuri, quanto erano ribelli i suoi capelli neri e folti, spettinati come se si fosse appena alzato dal letto. Sembrava sempre che Nick avesse appena finito di fare l'amore, rifletté Quinn, o che stesse per farlo. Ecco un'idea.

Più di tutto, comunque, aveva l'aria sempre tesa e Quinn sapeva che se avesse provato a parlare di quanto era successo sul divano, lui avrebbe svicolato, ma doveva dire qualcosa, così ricorse alla scusa per cui era andata a trovarlo.

«Ti ho riportato la giacca» disse, appoggiandola sul tavolo da lavoro. «L'hai lasciata da me giovedì sera.» *La notte in cui mi hai guardato negli occhi.*

Nick annuì. «Grazie.»

Okay. «E sono venuta per sapere se hai avuto problemi con i libri. Ce n'erano un sacco.»

«Non ce n'erano.» Andò verso il muro per appendere la giacca. Aveva delle spalle splendide. Perché non aveva mai notato quelle spalle prima? Dove aveva la testa? Nick si pulì le mani su uno straccio e si voltò verso di lei. «Tu e Darla li avete impacchettati venerdì, vero?»

«Sì.»

Nick scosse la testa. «Erano tutti sugli scaffali. In ordine alfabetico. Nessuna scatola. Come se non fossi mai stata lì con Darla.»

Quinn si appoggiò al tavolo da lavoro, le ginocchia all'improvviso non la reggevano più.

Bill aveva rimesso a posto tutti i libri. Lo immaginò arrivare a casa, vedere le scatole, aprirle, risistemare i libri con cura sugli scaffali in base al nome dell'autore, buttare le scatole nella spazzatura, rimettere le cose come le voleva lui. Era pronta a scommettere che non si era neanche arrabbiato. Li aveva semplicemente rimessi dove credeva che dovessero stare.

«Gli hai parlato?» chiese Nick. «Perché pare che non abbia afferrato l'idea.»

«Gli ho lasciato un biglietto» disse Quinn e Nick fece una smorfia. «Credimi, un messaggio molto chiaro. Poi mi ha chiamato dai miei e gliel'ho detto di nuovo. E lui mi fa: 'Non c'è più l'argenteria.' E io: 'Era di mia nonna, dovrai comprare un servizio nuovo.' Lui ha detto: 'Ma poi ne avremo due.'»

Nick allora la guardò negli occhi. «Niente di buono.»

«Poi gliel'ho detto di nuovo venerdì a scuola, prima di impacchettare tutti i libri. E oggi, sempre a scuola, gliel'ho ripetuto.»

Nick buttò lo straccio sul tavolo. «Be' dovrai essere molto più chiara.»

«E come?» chiese Quinn. «Cosa c'è di più chiaro di 'ti ho lasciato e non tornerò indietro'?»

«Gli hai spiegato perché?»

«No.» Quinn abbassò lo sguardo. «È difficile da spiegare.» Nick si appoggiò al muro e incrociò le braccia, mettendo in mostra i suoi fantastici avambracci. «È più facile accettare di essere mollati se ti spiegano perché.»

Quinn scrollò le spalle. «È solo che mi sono resa conto che non c'era più niente da parte mia.» *E dopo mi sono resa conto che invece c'era qualcosa fra te e me.*

Nick stava annuendo quando disse: «Sì, so cosa vuoi dire. Il brivido se n'è andato e non tornerà.»

«Non c'è mai stato nessun brivido.» Quinn si allontanò dal tavolo, seccata senza alcun motivo razionale al pensiero che Nick avesse provato brividi che poi si erano spenti. «Mi conosci. Non sono tipo da brividi.»

Nick aprì le braccia e si voltò per prendere di nuovo lo straccio.

«Non era solo la mancanza di brivido il problema.» Quinn

lo guardò accovacciarsi sul pavimento per lucidare i cerchioni della Escort. «Ha rapito Katie e ho capito che non voglio vivere con uno che fa una cosa del genere perché è convinto di sapere quale sia la cosa giusta per me e invece non sa un bel niente.» Le ultime parole uscirono a una velocità esagerata. «Posso anche essere il tipo di donna che non prova brividi, ma non ho intenzione di vivere in quel modo. E poi è stato così piacevole andarmene che sono sicura sia stata la decisione migliore.»

Quinn fece un passo verso di lui per cercare di fargli capire perché per lei fosse così importante che Nick stesse dalla sua parte e non da quella di Bill, che non lo appoggiasse solo perché era un uomo, ma che la complicità fosse fra loro due. «Ma non posso dirglielo. 'Scusa Bill, mi sono appena resa conto che non solo sei stupido ma non hai la minima idea di quello che voglio. Ci vediamo.' Sarebbe crudele.» Cercò di immaginare Bill mentre glielo diceva. «E poi lui mi direbbe: 'Imparerò a capire cosa vuoi.' E io dovrei rispondere: 'Non lo capiresti neanche in un milione di anni.' E la stronza sarei io.»

Nick non aveva la minima intenzione di guardarla negli occhi. Doveva pensarci prima. Odiava farsi coinvolgere. «Quindi, continuerò con la versione 'siamo cambiati con il tempo'» concluse lei. «Il che non implica che non siamo mai stati bene.» Poi Quinn si strinse nelle spalle nel tentativo di alleggerire quel silenzio pesante. «Mi dispiace per i libri. Mi inventerò qualcosa.» Nick continuava a non dire niente, così Quinn si voltò verso la porta. «Ti sono veramente grata per il tuo aiuto.»

Ancora silenzio.

Lasciò che la porta sbattesse dietro di lei, sentendosi tristissima e furiosa allo stesso tempo. Una donna razionale avrebbe analizzato i suoi sentimenti e riordinato i pensieri. Quinn voleva solo che tutti gli uomini morissero.

Quando la porta sbatté, Nick smise di lucidare la ruota che non aveva bisogno di essere lucidata e posò la fronte contro la fiancata della macchina.

Così Quinn pensava di non essere una donna da brivido. Ma lui aveva visto uno scintillio nei suoi occhi quando le si era avvicinato quella sera, aveva sentito il lieve ansimare del suo respiro, aveva avvertito un calore quando il sangue le aveva irrorato il viso e provava il desiderio di avere tutte quelle cose, di toccarla e accelerare il ritmo del suo respiro, di far scorrere più velocemente il suo sangue, di prendere la bocca di Quinn nella sua, di trascinarle la mano lungo la gola, sul seno. *Ci penso io a farti diventare un tipo da brivido*. Nick cercò immediatamente di ricacciare quel pensiero nel buco nero da cui doveva essere spuntato.

Accidenti. Si sedette sul freddo calcestruzzo del pavimento: quanto avrebbe desiderato cancellare quell'ultima mezz'ora. A pensarci bene, se avesse potuto modificare il passato avrebbe fatto a meno anche degli ultimi cinque giorni.

Quinn era un elemento costante della sua vita. Maledizione, non poteva andare a letto con lei, le voleva bene e 'sesso' e 'costante' erano due parole che non voleva vedere vicine, almeno non nella sua vita. La sua vita doveva essere libera, mai noiosa, nessuna responsabilità, tutto facile, e non aveva la minima intenzione di rovinarsela perché sentiva attrazione per la sua migliore amica.

Lascia perdere, si disse, e tornò all'altro problema, quello meno pericoloso, il problema Bill.

Bill era un bravissimo ragazzo, non era un genio ma era onesto, lavoratore, gentile... Dio, che noia! Cosa ci aveva trovato Quinn? Ma allora perché si comportava come se non lo avesse lasciato?

Nick si chinò verso il cerchione e cercò di mettersi nei panni di Bill, cosa che non sapeva fare molto bene visto che di solito non era interessato a quello che facevano gli altri. Okay, pensiamo come Bill. Aveva vissuto con Quinn – e qui la sua mente ebbe un piccolo cedimento e cercò di dirigersi nell'angolino che ospitava il ricordo della biancheria – e ora lei lo aveva lasciato. Non dovrebbe essere difficile da capire, le donne si erano stancate di Nick e lo avevano lasciato molte volte negli ultimi anni, e lui non era rimasto sconvolto più di tanto.

Ma mettiamo che fosse Quinn. Mettiamo che fosse abituato ad arrivare a casa ogni sera e a trovarla sul divano a leggere o al telefono con Darla o a fare la doccia, non pensarci!, e poi un giorno fosse arrivato a casa e avesse trovato un biglietto.

La parte della doccia lo stava distraendo, c'era un sacco di schiuma in quell'immagine, ma cercò di pensare a un biglietto che diceva: 'Caro Nick, me ne vado', e si innervosì molto più di quanto avesse immaginato. Non ci sarebbe più stata Quinn nella sua vita, basta risate e capelli color rame, basta discussioni e giochi, basta sorprese come cagnetti rachitici con manie di persecuzione.

E, se fosse stato Bill, basta coccole a letto di notte, non avrebbe più potuto passare la mano lungo il suo corpo, non avrebbe più potuto toccare quella bocca sensuale e calda, né sentire i suoi capelli che scivolavano fra le dita come seta, non sarebbe più scivolato dentro di lei...

«Okay» disse a voce alta e si alzò.

Quinn aveva un problema. Bill non si sarebbe arreso facilmente. Nick lo capiva, perché neanche lui lo avrebbe fatto, ma Bill avrebbe dovuto rassegnarsi perché Quinn voleva darci un taglio.

«Ma poi avremo due servizi» aveva detto Bill. E aveva sorriso quando Quinn gli aveva detto che se ne andava.

Forse sarebbe stata una buona idea tenere d'occhio Quinn. Niente di asfissiante, solo un'occhiata da fratello maggiore, perché Bill aveva bisogno solo di abituarsi all'idea che Quinn se ne era andata, e le cose si sarebbero sistemate.

Nick si sbarazzò di tutti i pensieri che riguardavano Bill, Quinn, le docce e i letti e tornò alla Escort.

Poi si chiese di che colore fosse la biancheria sotto il maglione.

6

Bill aveva fatto trovare a Quinn due dozzine di rose rosse quando era tornata a casa il giovedì sera successivo. La chiamò per essere ringraziato e lei disse: «Bill, è finita. Non mandarmi più fiori.» Poi aveva riattaccato e chiamato Darla.

«Rose rosse» disse, una volta finito il racconto all'amica. «È proprio da lui, il regalo più banale d'America.»

«Sta solo cercando di essere gentile» disse Darla.

«No, non è vero» disse Quinn. «Sta cercando di ignorare la realtà.»

«Probabilmente pensa che, se la ignora, cambierà» disse Darla. «Agli uomini non piacciono i cambiamenti.» Sembrava triste mentre lo diceva.

«Be', non cambierà proprio niente» disse Quinn. «Domani ho un appuntamento in banca per chiedere un prestito per la casa, dopodiché sarà tutto finito. Dopo, anche Bill dovrà accettare che me ne sono andata.»

«Non ci conterei» disse Darla. Il giorno dopo Quinn varcò l'atrio di bronzo e marmo della First National Bank di Tibbett piena di entusiasmo, e si sentì come se stesse dichiarando la sua indipendenza.

Dall'altra parte dell'atrio, Barbara, con un elegante completo

Chanel rosa antico, calze velate, scarpe rosa con il tacco e capelli illuminati da nuove mèches castane raccolti in un'acconciatura morbida, conversava con grande e matura serietà con un tizio pienotto in completo grigio. Quinn ravviò il cappotto, a disagio per i jeans e le scarpe da ginnastica di tela che indossava. Si era messa la camicia blu elegante per concludere l'affare, anche se significava che alla fine della giornata sarebbe stata distrutta dal gesso e dai colori, ma non le sembrò importante in quel momento. Avrebbe dovuto vestirsi meglio per andare a chiedere un mutuo di quelle dimensioni.

Barbara la vide e la salutò con la mano. Quinn le si avvicinò e le disse: «Mia madre ha chiamato per fissarmi un appuntamento per un prestito.» Questo la fece sentire stupida oltre che in colpa. Aveva trentacinque anni ed era sua madre che chiamava per lei?

Barbara annuì. «Vuoi comprare la vecchia casa di Apple Street, vero?» Non sembrava entusiasta.

«Be', sai, è ora di smetterla di pagare l'affitto» disse Quinn, chiedendosi se fosse vero. L'idea di essere padrona di casa sua, libera, adulta e indipendente era stata esaltante, ma trovarsi in banca le ricordava all'improvviso che possedere una casa in effetti significava possedere un sacco di soldi. Sorrise a Barbara, cercando di calmarsi. «A te piace essere proprietaria di casa tua, no?»

«No» rispose Barbara.

«Oh.» *Oh, signore.*

«Prendo i documenti.» Barbara indicò un punto dietro di lei. «Siediti alla seconda scrivania.»

Quinn annuì e andò a sedersi sul bordo dell'enorme sedia di pelle verde accanto all'enorme scrivania di mogano. Si sentiva come una dodicenne obbediente e dovette resistere alla tentazione di stravaccarsi e dare colpetti alle gambe della sedia. Perché comprare una casa la stava facendo regredire?

Quando Barbara tornò con un fascio di moduli, Quinn disse: «Perché non ti piace la tua casa? Forse è un passo che non dovrei fare.»

Barbara appoggiò i fogli e disse: «Comprare una casa è un investimento eccellente che apprezzerai nel corso del tempo. L'affitto è una spesa, il mutuo è un investimento. Inoltre gli interessi sono deducibili dalle tasse, quindi è una mossa finanziaria molto sicura.»

Quinn la guardò dubbiosa. Barbie bancaria. «Allora perché la odi?»

Barbara si sistemò sulla sedia. «Una casa ha bisogno di un uomo» disse, infine. «Le cose si rompono e devi pagare qualcuno per aggiustarle, molte volte non sono in gamba e diventa difficile perché non ne sai niente. Gli uomini, invece, lo sanno. Almeno, quelli in gamba. Dovrebbe proprio esserci un uomo in casa.»

Ma senti Barbara, la femminista della finanza.

Barbara sorrise a Quinn. «Ma quello non sarà un problema per te, dato che hai il coach Hilliard. Sembra molto in gamba.»

«Non ce l'ho più» rispose Quinn. «L'ho riportato indietro. La casa è solo per me.»

Il viso di Barbara si distese in un'espressione comprensiva. Barbie bancaria sparì. «Mi dispiace tanto Quinn, deve essere orribile. Odio quando ti lasciano così.»

Quinn voleva dire 'così come?', ma avrebbe significato parlare di uomini con Barbara, e tutto quello che voleva era un prestito. Più o meno.

«Credi di poter contare su di loro» continuò Barbara «e poi succede qualcosa e non ci sono più, e pensi 'perché mi sono permessa di disturbare? Sono più indifesa senza di te che con te', ma non lo capiscono.»

Non capisco neanch'io, pensò Quinn, ma annuì.

«Tu sei molto amica di Darla Ziegler, vero?» Barbara questa volta sorrise con tutto il viso. «Suo marito è molto in gamba.»

«Sì, è...» Cominciò Quinn, e poi pensò: Oh, no.

«Ho sentito dire che fa anche da idraulico in casa sua.» Barbara assunse un'espressione assente. «Il tipo d'uomo su cui puoi contare. Darla è molto fortunata.» Poi si ricompose. «Sono sicura che potrai chiamare lui. Saprà cosa fare.»

«Barbara, se odi tanto possedere una casa, puoi venderla» suggerì Quinn. *E smetterla di sedurre idraulici ed elettricisti sposati. E, possibilmente, anche meccanici.*

«Non posso» rispose Barbara. «Era dei miei genitori ed è un investimento eccezionale.»

«Forse potresti fare un corso serale di idraulica» disse Quinn.

Barbara si irrigidì di nuovo. «Faccio lezioni serali di finanza. Ora, dovrai compilare questi moduli e allegare la documentazione richiesta...»

Quinn la ascoltò con una sola parte del cervello, il resto era impegnato a capire se valeva la pena parlare con Darla dell'interesse di Barbara per Max. Probabilmente no, dato che non stava succedendo niente, non si faceva vedere all'officina.

La vita era molto più semplice una settimana prima. Il suo lavoro di insegnante, il suo appartamento, l'amicizia con Nick: per un attimo si sentì smarrita, le mancava Nick e lui la evitava come evitava ogni impegno. Ma certo, una settimana prima c'era anche Bill e non aveva Katie.

Barbara indicava un modulo con l'unghia curatissima e laccata di rosa. «...inserisci questi dati e firma qui. Hai domande?»

Domande. Se avesse firmato lì, avrebbe avuto un debito di sessantatremila dollari e buona parte dei suoi risparmi se ne sarebbero andati.

Ma sarebbe anche stata libera. Una donna adulta con una casa sua e un divano.

«Nessuna domanda» rispose Quinn. «Sono sicura che sia la cosa giusta da fare.»

Sulla via del ritorno verso la scuola, Quinn si fermò nell'unico negozio di mobili di Tibbett e comprò un enorme letto a baldacchino di quercia dorata per festeggiare. Dopo il lettino di casa dei suoi e il matrimoniale che aveva condiviso con Bill, le sembrava un campo da football. Dodicimila dollari erano molti soldi da spendere per un capriccio, ma le sembrò così giusto che non esitò un momento.

Aveva dei progetti per quel letto.

Quel pomeriggio, dopo la scuola, Bill era seduto sul bordo di una panca della sala pesi mentre Bobby finiva dei sollevamenti; cercava di far pace con il pensiero che aveva provato a rimuovere per tutto il giorno: Quinn stava comprando una casa.

Era corso da lei... Be', l'aveva aspettata nell'aula di arte e, quando era tornata da ovunque fosse andata durante la sua ora buca, le aveva detto: «Dove sei stata, tesoro?» Poi l'aveva guardata come se fossero ancora insieme, perché erano ancora insieme, era solo una rottura temporanea, e Quinn aveva risposto allo sguardo senza sorridere e aveva detto: «In banca. Compro una casa.»

Una casa. Solo a pensarci, gli veniva da vomitare. E poi aveva scoperto che si trattava di quella vecchia catapecchia in Apple Street. Una vecchia casa in un vecchio quartiere troppo lontano da scuola perché i loro figli potessero andarci a piedi. Cosa stava pensando?

«Non sembri felice, ragazzone.» Il baby capo arrivò e si fermò accanto a lui con i suoi pantaloni della tuta verde militare. Bill chiuse gli occhi e pensò, va' via, Bobby, prima che ti pigli a pugni. Quinn lo diceva sempre: «È un verme e ti viene solo voglia di pestarlo.» Una volta aveva detto: «Non ti viene voglia di prenderlo a schiaffi quando ti chiama 'ragazzone'?» Lui aveva risposto: «No, certo che no. Lui è più minuto di me.» E poi, povero piccolo Bobby, non aveva una bella vita. Bill capì all'improvviso come sarebbe stata la sua senza Quinn, sarebbe stata come quella di Bobby, ma cancellò immediatamente quel pensiero. Non c'era pericolo.

Bobby si sedette accanto a lui, aveva un asciugamano attorno al collo e gli occhi guardavano la spalla di Bill. «Ancora problemi di donne, vero?» disse, e Bill pensò a come sarebbe stato piantargli un gomito nel naso. Solo un pensiero, non lo avrebbe mai fatto. «Non si può vivere con le donne, ma neanche senza.»

E quello cosa voleva dire? Non aveva mai avuto problemi a vivere con Quinn. E, certo, non avrebbe saputo vivere senza di lei.

«Ma non puoi lasciare che si ripercuota sulla squadra» continuò Bobby. «Devi stare in forma per i ragazzi, sai?»

Bill lo guardò. «Mi stai dicendo che il mio modo di allenare non va bene?»

«Ehi!» Bobby si alzò in piedi. «No, tu sei il migliore, lo sappiamo tutti.» Sembrava pensieroso. «Anche se stasera abbiamo perso. Non che mi lamenti.»

«Che idiota» diceva sempre Quinn. Aveva ragione.

«Ma l'atteggiamento è tutto, non è vero ragazzone? E, diciamoci la verità, il tuo atteggiamento non è più quello di una volta.» Bobby si sedette sulla panca rossa imbottita, il sollevatore dei pesi del mondo. «Ora, non voglio farti pressioni, ma il finanziamento...»

«Lo so» disse Bill. «La squadra non fallirà. Tutti perdono qualche volta.»

«Non è solo per il finanziamento» disse Bobby, la boria nella sua voce era sparita. «È il mio lavoro.»

Sembrò così vulnerabile che Bill lo ascoltò davvero, con attenzione. «Cosa?»

«Sarò preside solo fino alla fine dell'anno» disse Bobby. «Mi hanno affidato l'incarico solo perché ero vicepreside e non volevano cercare un altro candidato fino a primavera. Dannazione, non devono neanche cercarlo, Dennis Rule, di Celina, vuole il posto ed è preside là da dieci anni. Esperienza.» Bobby pronunciò quella parola come se fosse una bestemmia.

«Be',» disse Bill con calma «stai facendo un buon lavoro...»

«Non è abbastanza.» Il tono di Bobby era grave. «Ma se riesco a ottenere il finanziamento, dovranno confermarmi. E poi cominceremo i lavori per lo stadio e il palazzetto dello sport e organizzeremo nuovi tornei...» I suoi occhi fissavano il vuoto e vedevano un brillante futuro. Poi tornò con i piedi per terra. «Ma solo se quest'anno vinciamo il campionato e otteniamo il finanziamento. Ho bisogno di te per questo, ragazzone. Quindi, cosa posso fare per te? Chiedi e ti sarà dato.»

«Non puoi fare niente» disse Bill, pensando a Quinn in una casa senza di lui. Se fosse rimasta dai suoi, alla fine sarebbe tornata, ma se si comprava una casa...

«Ti sorprenderesti dei miei poteri» disse Bobby.

«Okay!» Bill si alzò. «Impedisci a Quinn di comprare una casa in una brutta zona. Mi tirerebbe su il morale.»

«Compra una casa?» Bobby aggrottò le sopracciglia.

«Lascia perdere.» Bill cominciò l'ultimo controllo della sala pesi. Non aveva senso trascorrere il resto della serata con Bobby. «Quello che volevo dire è che non c'è niente che tu possa fare.»

«Oh, non lo so.» Bobby assunse l'espressione intensa di quando stava pensando. «Si rivolgerà alla First National?»

«Cosa?»

«Per il prestito. Va alla First?»

Bill si fermò. «Non lo so. Ma è la nostra banca, sì.»

Bobby sorrise, soddisfatto. «Allora andrà lì. Non è un problema.»

«Di cosa diavolo stai parlando?»

Bobby incrociò le braccia, tronfio come non mai. «Carl Brokner ne è il vicepresidente.»

Bingo. Il presidente dei Boosters era vice in banca.

«Quindi potrei suggerirgli che Quinn non è la candidata migliore per un prestito, visto che si è comportata in modo così strano da piantarti da un giorno all'altro. Lui rivedrà la richiesta di prestito e non la accetterà.»

Bill voleva dire: 'No, non è giusto, non farlo.' Ma non lo fece. Qualsiasi cosa avesse potuto impedire a Quinn di trasferirsi in quella casa le avrebbe fatto bene nel lungo periodo. Non sopportava l'idea di saperla lì sola per sempre, non sarebbe stata al sicuro, sarebbe stato un posto squallido per i loro figli, non la avevano comprata insieme, non poteva rimanere lì, non poteva, sarebbe stato brutto per lei.

«Cosa dici?» disse Bobby.

«Fallo» rispose Bill.

«Ehi, ho sentito che sei andata al cinema» disse Darla quando Lois entrò nella sala relax quel pomeriggio.

Lois scrollò le spalle. «Mi piace Tom Cruise e pagava Matthew. Non è una grande notizia.»

«Mi sembra una notizia piuttosto interessante, invece. Sei andata al cinema con il tuo ex marito» disse Darla, e guardò Lois scrollare le spalle di nuovo. «Senza contare il fatto che gliel'hai fatta pagare. Letteralmente.»

«Non proprio ex marito» disse Lois. «Non ho ancora firmato i documenti.»

«Bene» disse Darla. «Io non firmo mai niente. Le firme portano guai.»

Le labbra di Lois si tesero. «Sono le bancarie zoccole che portano guai.»

«Giusto.» Darla rifletté un attimo sulla possibilità di dire a Lois che nessuna bancaria zoccola avrebbe potuto rovinare un matrimonio solido ma decise di non farlo. Meglio lasciare che Lois desse tutta la colpa a Barbara se serviva a rimettere in piedi il suo rapporto con il marito.

«Starà appresso a qualcun altro adesso» continuò Lois, con il viso scuro.

«Come ha i capelli?» chiese Darla, ricordando la teoria di Debbie.

Lois fece una smorfia. «E come faccio a saperlo? Non è mica venuta a farseli qui.»

Quinn inspirò, raggiante al pensiero della sua nuova casa. «È così carina, Lois» disse, lasciandosi cadere in una delle poltrone color avocado. «Ho compilato i documenti per il prestito stamattina, sta succedendo davvero.»

«Ho visto la casa» disse Lois. «Carina non direi.»

Lasciò la stanza e Quinn disse: «Ma cos'ha?»

«È uscita con il suo ex marito» disse Darla. «Dovrebbe essere contenta, ma è ancora ossessionata da Barbara.»

«Esce con il marito?» Quinn aggrottò le sopracciglia. «E perché dovrebbe essere contenta?»

«Sai, un cambiamento.» Darla lasciò che la sua mente rimuovesse il pensiero del cambiamento che aveva provato a introdurre nel suo matrimonio.

«E cosa c'è di diverso? Matthew era un fallimento anche prima che se lo prendesse Barbara. Ora capisco perché Lois è depressa al pensiero di uscire di nuovo con lui.»

«È suo marito» disse Darla senza entusiasmo.

«Giusto» rispose Quinn riempiendo gli spazi lasciati in sospeso. «Cosa farai con Max?»

«Qualcosa farò» rispose Darla. «Qualcosa mi verrà in mente. Ma non adesso. Dimmi un po' di gossip. Sei riuscita a ottenere il prestito con Barbara? Dimmi come aveva i capelli.»

«Che ne so dei suoi capelli?» disse Quinn. «Ha cambiato colore. Mi piace, ha delle mèches castane. È sempre stata bionda, adesso è castana chiara.»

Darla sentì una fitta. C'era qualcosa che non andava. Se Barbara stava puntando Nick adesso, doveva scurirsi i capelli come Lisa. «Castano chiaro?»

Come i tuoi.

«Darla?»

«Come i miei?»

«Più morbidi dei tuoi. Più vaporosi, direi.» Quinn gesticolava. «Simili ma non uguali. Con delle ciocche attorno al viso.»

«Li raccoglieva in alto lasciando però qualche ciocca ai lati che le davano un'aria sexy, ti ricordi?» aveva detto Debbie. «Povera Bea, sembrava avere un bagel sulla testa, e invece Barbara stava benissimo.»

Darla si toccò i capelli raccolti, la stessa acconciatura dal liceo.

Noiosa.

Max.

«Stai bene?» chiese Quinn.

«Sì» rispose Darla. «Sto bene.»

«Non è vero» disse Quinn. «Parla.»

«Sì, è proprio quello che voglio fare.» Darla prese la borsa. «Con Max.»

Max era chino su una Sunbird quando Darla entrò e notò con il più totale distacco che il marito aveva ancora un bel culo. Una cosa bisognava riconoscerla ai fratelli Ziegler: erano rimasti in forma.

E lei si era presa il bello dei due. Nick era quello meno raffinato, aveva il viso troppo sottile e ossuto che lo faceva sembrare più vecchio. Max era quello bello, quello carino con il viso più allegro. Sua madre aveva detto: «Be', ti sei presa quello buono, non ti darà mai problemi.» Le persone erano un po' a disagio con Nick, ma Max piaceva a tutti.

E piaceva ancora, evidentemente.

Alzò la testa e quando la vide disse: «Ehi, non ti ho sentita arrivare. Cosa succede?»

«Perché non mi hai detto che Barbara fa la scema con te e non con Nick?» La voce di Darla era chiara, ma le sue parole sembravano molto lontane da lei, come se le stesse pronunciando qualcun altro.

Max chiuse il cofano della Sunbird, controllando con più cura del necessario che si fosse chiuso bene.

«Non ce n'era bisogno.»

«Una nota rovinafamiglie fa la scema con mio marito e non ti sembrava il caso di dirmelo?» Era davvero incredibile la calma nella sua voce.

Max non sembrava turbato. «Dal momento che il marito sono io e non ho intenzione di tradirti, no. Non mi sembrava il caso.» Incrociò le braccia sulla tuta da lavoro e si appoggiò all'auto, che per il placido Max era una posizione di attacco. Durante ogni litigata che avessero mai avuto, lui era stato in quella posizione.

«Mi hai fatto credere che fosse Nick» disse Darla.

«Non ho fatto del male a nessuno.»

«Mi hai fatto passare da scema.»

Max scosse la testa, chiaramente disgustato. «Tutta la città sa che non ti tradirei mai.»

Darla capì senza ombra di dubbio che non lo avrebbe mai fatto.

Si era innamorato di lei quando aveva diciotto anni, l'aveva sposata, ci aveva fatto due figli, aveva costruito una casa con lei e adesso aveva tutte le intenzioni di morire con lei. Non avrebbe mai fatto niente per rovinare quei piani.

«Tu hai tutto quello che hai sempre voluto, non è vero?» disse Darla, inorridita, e fu ancora più inorridita quando si rese conto che non riusciva a pensare a qualcos'altro che desiderasse di più anche lei. Le loro vite erano finite. Avevano cominciato la parabola discendente. «Per questo eri così arrabbiato per la storia dell'impermeabile, l'altra sera. Stavo sconvolgendo la tua routine.»

«Ero sorpreso, non arrabbiato» disse Max, e sembrava arrabbiato. «E non voglio Barbara.»

«Vorrei quasi che la volessi» disse Darla e lui fece una smorfia verso di lei.

«Be', questa è proprio da stronza.»

Darla avvertì la rabbia salire come un'onda calda.

«Non dirmi che sono una stronza...»

«Non ti ho detto che sei stronza.» Max strinse le braccia ancora di più. «Ho detto che quello che hai detto è da stronzi, ma se continui così...»

«Ehi, ragazzi» disse Nick, arrivando dal garage sul retro. Poi diede un'occhiata a entrambi e aggiunse: «Oh, cazzo.» E tornò verso la porta.

«Bene» disse Darla. «Ma sarei molto contenta se la prossima volta non mi mentissi.»

«Non ti ho mentito.»

«Non mi hai detto la verità.»

«Non è mentire.» Max sciolse le braccia e si avvicinò al lavandino dove cominciò a lavarsi le mani. «Non sono attratto da lei. Per niente. E, anche se lo fossi, non ti tradirei. Ho una famiglia.»

«Oh, che gesto nobile da parte tua, Max» disse Darla. «Io e la famiglia lo apprezziamo molto.»

«E ti amo» continuò Max. «Anche se in questo preciso istante mi chiedo perché.»

«Anch'io ti amo» disse Darla. «E anch'io mi sto facendo delle domande.» Andò alla porta e la aprì. «Vieni dentro prima di congelare» gridò a Nick, che stava togliendo il ghiaccio dal canestro. «Abbiamo finito.»

Ma non era vero e lei lo sapeva. Non sarebbe finita finché lei non avesse capito perché diavolo stavano litigando.

Era abbastanza sicura che non fosse per Barbara.

Quinn cominciò il trasloco venerdì dopo la scuola, caricando una nervosa Katie, l'argenteria di sua nonna e nove sacchi dell'immondizia pieni di vestiti nella macchina e avviandosi verso la sua nuova casa. Edie e Meggy la aspettavano lì e cominciarono a lucidare i pavimenti per poi passare alle finestre mentre Quinn spolverava le mensole, appendeva i vestiti e metteva via l'argenteria.

«Questo posto è proprio bello, Quinn» disse Edie quando ebbero finito. «Molta pace e tranquillità.»

«È pericoloso» disse sua madre. «Non so cosa penserà la gente, vivere qui da sola. E la tua vicina è Patsy Brady, cristo santo, sai qual è la sua reputazione.»

Edie alzò gli occhi al cielo e Quinn disse: «Mamma, piantala. Non mi interessa cosa pensano gli altri. Non posso vivere la mia vita per gli altri, devo viverla per me.»

«Oh, be' certo, a parole...» cominciò Meggy.

«Perché è giusto.» Quinn era in piedi al centro di casa sua e si sentiva invincibile. «Sono più felice di quanto sia mai stata. Gli ultimi eventi della mia vita, come tenere Katie e comprare questa casa» e desiderare Nick, pensò «mi fanno sentire viva.» Si guardò intorno, i pavimenti ora brillanti, le alte finestre con la luce che filtrava. «Come fai a guardare tutto questo e non pensare a quanto è meraviglioso? Non puoi essere felice per me?»

«Ma sono felice per te» disse Meggy. «È solo che tutti questi cambiamenti...» Prese la borsa e sospirò. «Non ci pensare, probabilmente sono solo gelosa.»

«Vuoi una casa nuova?» chiese Quinn, confusa, ma Meggy fece no con la testa e uscì dalla porta.

«È bellissima, Quinn» disse Edie. «Invitaci tutti a pranzo quando arrivano i mobili.»

«Per ora ho una dispensa, un lavello, il divano rosso della mamma, una poltrona e i nostri lettini» disse Quinn. «E poi ho ordinato quel fantastico letto per me, me lo merito.»

«Senza dubbio.» Edie le diede un bacio sulla guancia e Meggy suonò il clacson in giardino. «Goditi la tua vita qui, Quinn.»

«Farò del mio meglio» disse Quinn, e poi andò a prendere Darla all'Upper Cut per andare a svaligiare il reparto casalinghi del Target insieme. Katie era rimasta a esplorare la sua nuova casa e il cortile con la solita circospezione e il solito timore.

«È divertente» disse Darla due ore dopo, piegando l'ultimo asciugamano verde menta e riponendolo nell'antico mobiletto a muro che avevano sistemato nel bagno di Quinn. «Potrei usare i miei risparmi e comprare tutto nuovo.» Spostò una pila di camicie da notte per fare spazio ai nuovi asciugamani e disse: «Cos'è questo?»

Tirò fuori un mucchietto di chiffon bianco e lo scosse per aprirlo, mentre Quinn faceva una smorfia. «È una camicia da notte che mi ha regalato Bill. Non è orribile? Mi faceva sentire una vergine sacrificale. E poi quando me la sono messa si è accorto che era trasparente e non gli piaceva più.»

«Trasparente?» Darla la tenne sospesa davanti a sé e guardò Quinn dall'altra parte del tessuto sottile. «Oh. E non gli piaceva più?»

«Bill non è molto amante delle cose sexy» disse Quinn.

«Max sì» disse Darla. «O almeno lo era.»

«Allora è tua.» Quinn fece un gesto con la mano. «Usala con la mia benedizione.»

«Buona idea.» Darla sollevò di nuovo la camicia da notte e la infilò nella borsa che Katie stava annusando per poi sospirare perché non c'era cibo dentro. Darla si diresse verso il lavandino e aprì il mobiletto per sistemare il sapone e il dentifricio sulla mensola. «Hai comprato due spazzolini?»

Quinn guardò il soffitto. «Ho comprato anche un letto. Non puoi mai sapere quando avrai ospiti.»

Darla scosse la testa. «Se stai parlando di Nick, non succederà mai. È allergico ai letti degli altri. Lisa era così provata da questa storia che quando è arrivata la vigilia di Natale gli ha detto che si sarebbe fermata da noi così potevano svegliarsi insieme la mattina dopo.»

Dato che Lisa era un capitolo chiuso, Quinn non aveva motivo di essere gelosa, soprattutto non aveva motivo di essere gelosa perché non stava con Nick, però lo era. Era davvero senza speranza. «Almeno Lisa si è presa quello che voleva.»

Darla fece una smorfia. «Sì, ma non è riuscita a tenerselo. Quando arrivarono per la cena lei era furiosa. Disse che quando si era svegliata, Nick stava dormendo su una poltrona in salotto. E poi si aspettava un anello e invece aveva ricevuto un cd.» Darla chiuse lo sportello e buttò la borsa del Target ormai vuota nell'immondizia. «E così per Lisa era finita.»

«Nick era dispiaciuto quando se n'è andata?» Quinn odiava quel tono ansioso nella sua voce.

«Era sollevato.» Il tono di Darla era comprensivo. «Lo è sempre. Quando sta per scattare l'anno, comincia ad avere dei pruriti.»

«Con me ha cominciato allo scattare della mezz'ora» disse Quinn.

«Be', dovrà resistere di più stasera. Ha molti mobili da scaricare.» Controllò l'orologio. «Dovrebbero essere arrivati da tua madre proprio adesso. Andiamo.»

Quinn pensò che avrebbe rivisto Nick di lì a poco e sentì come un senso di nausea. «Bene.»

Bill guardò Quinn e Darla allontanarsi e fece una smorfia verso la casa vuota. Era brutta, sporca, grigia, stretta, fatiscente e isolata, e lui odiava il pensiero che Quinn avrebbe vissuto lì, soprattutto che ci avrebbe vissuto con quel maledetto cane, soprattutto che ci avrebbe vissuto senza di lui.

Scese dalla macchina e fece un giro dell'edificio, scuotendo la testa alla visione del pavimento irregolare, pieno di erbacce e pietre, e quando entrò nel cortile sul retro fu anche peggio. Poi il cane arrivò come un fulmine passando da uno sportello nella porta sul retro, abbaiando contro di lui isterico, cercando di spaventarlo e Nick retrocedette fino al cancello prima che qualcuno lo vedesse e giungesse a una conclusione sbagliata. Era lì solo per proteggere Quinn, per capire in che condizioni fosse quel posto e, dato che le condizioni erano pessime, doveva portarla via di lì in qualche modo.

«Cosa sta facendo?» gridò una donna; lui si voltò e vide una brunetta trasandata che si era appoggiata allo steccato.

«Lettura del contatore» disse con entusiasmo, cercando di nascondere il volto con un braccio mentre la salutava con la mano e si dirigeva verso il cancello. Il cane lo seguì continuando ad abbaiare.

Se non ci fosse stato quel cane di mezzo, Quinn non avrebbe avuto bisogno di una casa.

Sbatté il cancello in modo che il cane rimanesse nel vialetto, magari si sarebbe fatto investire, era abbastanza stupido, poi salì in macchina e si mise in cerca di una cabina telefonica. Avrebbe chiamato il canile per avvertire che un cane aggressivo era in giro a piede libero. Quinn non poteva dare la colpa a lui se il cane era uscito, la colpa era del cane. E il canile avrebbe chiamato lui perché era stato lui a pagare la cauzione. «Abbattetelo» avrebbe detto Bill. «È pericoloso.» E anche quella era la sacrosanta verità. Era pericoloso.

Mentre si allontanava in macchina, vide il cane nello specchietto retrovisore che annusava i bidoni dell'immondizia senza provare neppure a scappare.

Stupido sacco di pulci. Meritava di morire.

Scaricarono tutti i mobili da casa di Meggy e li portarono nel nuovo appartamento sotto gli occhi entusiasti di Patsy Brady che li salutò dal portico mentre Max passava con una poltrona.

«Tutte le donne sexy te le becchi tu» disse Nick; Max rispose: «Vado di sopra a cercare di mettere insieme questo letto. Va' a parlarci tu.»

«No» disse Nick. «Me ne accorgo quando perdo. Quando vedono te, io sono fregato.»

«Questo coso è gigantesco» disse Max mezz'ora dopo, stringendo l'ultima vite. «Quinn ha dei programmi che non conosciamo?»

«Non ne ho idea» disse Nick, ma era dura guardare il letto che brillava anche al tramonto come i pavimenti e non pensare a Quinn sopra il materasso, sotto di lui. Dacci un taglio, si disse, e poi pensò di nuovo a lei.

«Abbiamo un problema» disse Darla dietro di lui, facendolo sobbalzare come colto in flagrante. «Pare che abbiamo perso quel maledetto cane.»

«Non si trova da nessuna parte né in casa né qui intorno» disse Quinn dietro di lei, con voce tremante. «Non capisco. Il cancello è ancora chiuso e non ci sono buchi sotto la staccionata. Comunque, ho guardato anche nel vialetto per sicurezza e non c'è. I vicini mi hanno detto che c'era un tizio a leggere il contatore, forse l'ha fatta uscire lui.»

«È un cagnetto nero rachitico e malmesso?» disse Max guardando fuori dalla finestra della camera da letto. «Perché ce n'è uno così per strada e c'è un furgone del canile che va verso di lui.»

Quinn arrivò in fondo alle scale prima che Nick si rendesse conto che si era mossa; la seguì in salotto e poi fuori dalla porta principale proprio mentre Katie si avviava verso il cortile di fronte annusando il suolo.

Il furgone del canile rallentò.

«Io vado ad annullare la chiamata» disse Quinn a Nick. «Tu prendi Katie.»

Katie saltellava attorno al cortile in cerca di guai e lo guardava con occhi scintillanti. Nick fece un passo verso il cane e quella si accovacciò, il sederino ossuto per aria, pronta a giocare.

«Non voglio giocare, bastardino» le disse, e lei piegò la testa di lato guardandolo, chiaramente pronta a scattare se Nick si fosse avvicinato.

«Senti, carina. Se corri in strada, diventi un hamburger» disse, sapendo che finché le avesse parlato, avrebbe ascoltato. «Quindi, perché non ci diamo un taglio?»

Fece un passo verso di lei e la cagnetta ricominciò a saltellare, senza staccargli gli occhi di dosso un attimo.

Okay. Una parte di lui voleva semplicemente lasciarla correre dove voleva, in fondo era lei la causa di tutto quel pasticcio, era lei che aveva fatto litigare Quinn e Bill e che gli aveva incasinato la vita, ma glielo aveva chiesto Quinn e non voleva che il cane si facesse male, anche se era poco più che un topo coi trampoli e c'era il furgone del canile.

Ma allora cos'è che poteva volere da lui il cane?

Forse aveva una borsa del Burger King nel furgone. «Cosa ne dici di un po' di patatine vecchie?» gridò al cane che si avvicinò scodinzolando, due passi avanti e uno indietro. Aprì la portiera del passeggero e si chinò per entrare, tastando sotto il sedile in cerca di immondizia; Katie saltò dentro l'auto, scattando oltre la sua schiena e raggiungendo il sedile del conducente.

Nick entrò e chiuse la portiera, intrappolandola dentro con lui. «Presa.»

Katie appoggiò le zampette sul finestrino del conducente e guardò fuori ansiosa, probabilmente chiedendosi perché la macchina non si stesse muovendo. Guardò Nick oltre la sua spalla ed emise un guaito.

«Non andiamo a fare un giro» le disse, e lei abbaiò.

Ma, in effetti, non era una brutta idea. Finché Katie pensava che ogni volta che salivano in macchina andavano a fare un giro, sarebbe stato un gioco da ragazzi prenderla, così se ora l'avesse portata a fare un giro dell'isolato avrebbe risparmiato un sacco di problemi a Quinn in futuro.

E poi avrebbe potuto rimandare di altri quindici minuti il ritorno in quella casa piena di Quinn e di letti. Scivolò sul sedile per prendere Katie e mettersi al suo posto, fece marcia indietro e partì salutando Quinn con la mano.

Katie gli saltò subito in braccio per spiaccicare il naso contro il finestrino.

«Ce n'è uno anche dalla tua parte» le disse, ma era leggera e non si agitava; dopo un attimo la cagnetta sospirò, si sedette e si appoggiò a lui senza tremare mentre guidava, guardando fuori dal finestrino con il muso contro la spalla di Nick e il mondo che le passava davanti.

Era una brava cagnolina, pensò Nick. Aveva ancora un aspetto orribile, certo, ma era un cane simpatico. La grattò dietro l'orecchio e Katie si chinò leggermente verso la sua mano, proprio come aveva fatto Quinn quella sera.

Quinn sembrava così seducente quella sera, così disponibile.

Ed era anche così fuori dalla sua portata che non sapeva perché ci stesse anche solo pensando.

Nick concluse il suo giro e imboccò di nuovo il vialetto. Quinn si avvicinò al furgone incrociando le braccia sul maglione viola per scaldarsi. Era bellissima. Nick aprì la porta e le passò Katie dicendo: «Le piace girare in macchina, quindi sarà un metodo efficace per prenderla.»

«Grazie» fece Quinn, sorridendogli con la sua bocca invitante, tutta occhioni e curve sexy. Nick tagliò corto dicendo: «Di niente, sono felice di aiutarti. Be', direi che il trasloco è finito, io devo andare.» Chiuse la portiera con forza e salutò con la mano, poi fece retromarcia e se ne andò, mentre Quinn lo guardava a bocca aperta.

Solo una volta arrivato alla stazione di servizio, Nick si rese conto di aver lasciato a piedi Max.

Bill attese in fondo alla strada che Darla e Max se ne andassero, poi parcheggiò la sua auto nel vialetto e bussò all'orribile porta nera, una porta fatta di troppo vetro per essere sicura, l'ennesima ragione per portare Quinn via di lì. Quando aprì la porta, Quinn era così bella che Bill si fermò a guardarla un mi nuto. Disse: «Bill?» Lui sorrise e disse: «Ho la macchina piena dei tuoi libri. Dove li metto?»

Quinn esitò un momento e poi uscì con lui sul portico. «Possiamo portarli in soggiorno, per il momento.»

Quinn lo aiutò a portare in casa i libri; era bellissimo perché significava passare un po' di tempo con lei, ma anche un po' meno bello perché significava che ci avrebbe messo metà del tempo, che avrebbe avuto metà del tempo per parlarle, per assicurarsi che stesse bene, per convincerla a parlargli di nuovo come faceva prima. Aveva bisogno di vederla di più, così durante uno dei viaggi in casa, mentre lei era ancora alla macchina, Bill aprì la persiana della finestra per averla a portata di occhi in caso di necessità. Solo per assicurarsi che stesse bene. Era la finestra dietro la staccionata, sul lato del lotto libero, così nessuno lo avrebbe visto né lo avrebbe interrotto mentre la guardava.

Quel maledetto cane gli ringhiava e dovette trattenersi dal dargli un calcio. Secondo i suoi piani, doveva già essere sparito, scappato, o al canile, non lì. Dargli un calcio, però, sarebbe stato stupido. Quinn avrebbe potuto vederlo e capire che era stato lui a farla uscire.

Quando rientrò in casa dopo due viaggi, Quinn aveva richiuso la persiana, forse aveva capito cosa stava facendo Bill, così quando Quinn uscì per prendere l'ultima scatola, lui spostò una delle asticelle in basso, in modo da non farla più chiudere. Non era un grosso cambiamento, forse non sarebbe neppure riuscito a vedere dentro, ma era qualcosa.

Andava bene qualunque cosa pur di vederla, vedere cosa stava facendo, stare con lei finché fosse tornata in sé.

«Ecco fatto» disse Quinn, entrando con l'ultima scatola. Aveva il fiatone e le guance arrossate per il freddo, ed era così bella che Bill non resistette e le si avvicinò per baciarla.

Quinn scosse la testa e fece un passo indietro, mentre il cane ringhiava. «No» disse. «Mi dispiace, ma no. Adesso sono felice e non voglio tornare indietro. Questa è la mia casa e voglio rimanere qui.»

A Bill non rimase che annuire e sorridere e augurarle buona fortuna, anche se dentro stava malissimo, anche se avrebbe voluto gridarle contro, afferrarla e obbligarla a starlo a sentire.

Per fortuna, Bobby le aveva fatto revocare il prestito e se ne sarebbe andata a breve. E, una volta fuori di lì, avrebbe dovuto liberarsi del cane e così le cose sarebbero tornate alla normalità. Se non ci fosse stato Bobby non avrebbe proprio saputo come fare.

Darla lasciò Max all'officina e lui la richiamò poco dopo per avvisare che, dato che il trasloco di Quinn li aveva fatti rimanere indietro con alcuni lavori, lui e Nick si sarebbero fermati fino a tardi per recuperare. Darla sentì una minuscola fitta: È con Barbara? Ma poi la soffocò perché sapeva che Max non le avrebbe mai mentito. «Non c'è problema» disse lei, sfoderando la sua migliore voce da moglie comprensiva. «Ti tengo in caldo la cena.»

«Non ti preoccupare» disse lui.

Non ti preoccupare? «Be', ti aspetto sveglia» cinguettò, decisa a non litigare.

«Bene» disse Max che sembrava un po' confuso. «Non mi aspettavo niente di diverso.»

Darla aveva fatto cenare i ragazzi, aveva discusso con loro per i compiti e li stava spedendo a letto quando, finalmente, Max arrivò a casa coperto di grasso ed esausto. Quando uscì dalla doccia, i ragazzi erano già addormentati, così si spaparanzò nel soggiorno buio per guardare il telegiornale, nella strana luce blu della televisione, rifiutando l'offerta di Darla di una cena in ritardo.

«Ti ringrazio,» disse «ma sono stanco morto.»

«Non c'è problema» rispose lei con entusiasmo e andò a chiudersi in bagno.

Sciolse i capelli alla luce delle lampadine che circondavano l'enorme specchio e li spazzolò finché tutte le pieghe causate dalle forcine che li tenevano stretti se ne furono andate, e i capelli le ricaddero setosi ben oltre le spalle.

A Max piacevano sciolti. Se li spuntava appena per togliere le doppie punte, solo mezzo centimetro, e lui diceva: «Hai tagliato i capelli.»

«Solo un po'» rispondeva, poi li faceva cadere su di lui, facendogli il solletico sul mento e lui l'attirava a sé...

Quanto era passato dall'ultima volta che era successo?

Darla si lasciò trascinare dai pensieri negativi. Ma non importava. Quella sera sarebbero tornati a essere quello che erano una volta. Si spostò i capelli dietro le spalle. Stava cominciando a stancarsi di portare i capelli così lunghi. Se fosse stata una sua cliente, avrebbe detto: «Tagliali, scegli un taglio più sbarazzino, più sofisticato.» Capelli così lunghi andavano bene solo per le donne un po' freak, oppure per le ragazzine, le eterne Alice.

E per le donne con un marito come Max.

Ignorò la lunga camicia da notte di flanella bianca appesa dietro alla porta, ne aveva almeno una dozzina come quella, tutte regali di sua madre per Natale. Si tolse i vestiti e fece scivolare la sottoveste di chiffon bianco dalla testa. Le sembrò crema sulla pelle, fredda, liscia e liquida; fluttuò attorno a lei come acqua corrente. La lisciò per togliere le pieghe e la guardò prendere le sue forme. Era trasparente, si vedevano i cerchi scuri dei capezzoli e più in basso...

Se Max l'avesse guardata con orrore anche questa volta, avrebbe divorziato all'istante e Barbara avrebbe potuto prenderselo.

Fece qualche passo in bagno per sentire il fruscio della stoffa e guardare lo chiffon che si appoggiava e scivolava mentre i capelli le svolazzavano sulle spalle. Si sentì eccitata per quanto le stava bene, per la bella sensazione dello chiffon sulla pelle e al pensiero di quanto sarebbe impazzito Max vedendola.

Lo sentì entrare in camera e aprì la porta del bagno, aspettando che entrasse per prepararsi prima di andare a dormire. Magari non lo avrebbero neanche fatto in camera. Magari l'avrebbe sollevata e presa contro il mobile del bagno. Una volta lo avevano fatto così nel bagno dell'officina, potevano farlo anche a casa loro, non poteva certo dire no a casa sua. Certo, non aveva detto no all'officina. Darla sentì un brivido a quel ricordo.

Lo avevano fatto anche in altri posti. Come per esempio in camera sua mentre sua madre dormiva nella stanza accanto; Debbie era andata a un pigiama party e lei gli aveva sussurrato: «Voglio anch'io la mia festa.» Max si era arrampicato su un albero e si era quasi ammazzato entrando dalla finestra. Lo avevano fatto sul sedile posteriore del catorcio di Max almeno un centinaio di volte, le pareva, anche se non potevano essere più di un paio di dozzine, in realtà. Una volta, addirittura, sul sedile anteriore del furgone. Erano andati con quello al drive in perché il sedile era più alto e ci vedevano meglio, ma avevano visto solo la prima metà del primo film. Ore, pensò. Ci siamo toccati per ore. Era stata la prima volta che era venuta, la prima volta che aveva pensato 'Ci sono', la prima volta che aveva capito perché le ragazze erano tanto stupide da rimanere incinte, perché erano pronte a correre dei rischi per quel tipo di gioia.

In quel momento riusciva a vedere i capezzoli, facevano capolino sotto lo chiffon e desiderava Max così tanto che aveva il fiato corto per quel pensiero.

E fu in quel momento che si rese conto che suo marito non era entrato in bagno.

Aprì la porta nella camera nera come la pece. «Max?» disse e si avvicinò furtiva al letto seguendo la luce che filtrava dal bagno, cercando di non inciampare in niente. «Max?»

Si voltò verso l'abat-jour. Era stravaccato sul copriletto, il bel viso rilassato e totalmente privo di sensi.

«Max?» Si arrampicò sul letto e lo scrollò appena. «Tesoro?»

Max fece un respiro profondo, quasi un sospiro, e Darla, forte di diciassette anni di condivisione del letto, capì che era stecchito. Anche se fosse riuscita a svegliarlo, avrebbe solo sbattuto le palpebre verso di lei, ma in realtà sarebbe stato ancora addormentato.

Ecco cosa aveva ottenuto aspettando fino all'ora di andare a letto.

Certo, quando non aveva aspettato lui era inorridito. Proprio come quell'imbecille di Bill.

Era così arrabbiata che gli diede un pugno sulla spalla e lui aggrottò le sopracciglia ma non si svegliò.

Darla si lasciò cadere sulla schiena accanto a lui con un gemito di frustrazione, ma neanche quello lo svegliò.

Niente avrebbe potuto svegliarlo. Neanche una tromba da stadio ci sarebbe riuscita.

Solo pensare a una tromba la fece incazzare ancora di più e lo colpì di nuovo, poi strisciò sotto le coperte e si mise a dormire.

Sabato mattina, Darla si alzò e Max la guardò di sfuggita mentre andava in bagno.

«Cos'hai addosso?» chiese, ancora mezzo addormentato, vagamente interessato.

«Roba che non vedrai mai più» disse, e sbatté la porta del bagno.

7

Quando Carl Brookner chiamò Quinn dalla banca più tardi quel sabato mattina, lei era seduta alla penisola della sua nuova cucina, su uno dei suoi nuovi sgabelli bianchi e stava facendo colazione con i pancake nella sua nuova casa, la sua casa, mentre il suo cane se ne stava seduto accanto a lei paziente, in attesa di qualche briciola, e Quinn si crogiolava in quell'esperienza meravigliosa. Era tutto suo, tutto quel sole che filtrava dalle finestre, quel senso di benessere, la libertà e il legno lucido, un luogo in cui fare progetti e cominciare nuove avventure. Come Nick. Avrebbe dovuto avere un approccio molto più aggressivo con Nick...

Poi il telefono squillò e quando rispose Carl Brookner disse: «Signorina McKenzie? C'è un problema con il suo prestito, avremmo bisogno di un anticipo del venti percento e non del dieci.»

Quinn rimase attonita per un momento. «Ma significa altri settemila dollari. Perché...»

«Esatto» disse Brookner. «Terremo il suo primo assegno da settemila dollari fino al 15 aprile, ovviamente, quindi può portare il resto entro quella data. Sa com'è, è una donna single, ci serve solo qualche garanzia in più.»

Ma io non ce l'ho. Quinn riattaccò, sentendosi in ansia e colpevole. Ecco cosa succede ad avere a che fare con le banche: ti fanno sentire inadeguata e povera. Si guardò intorno nella cucina illuminata dal sole. Vulnerabile. La settimana scorsa a quest'ora non sapeva neanche di volere quella casa. Ora era terrorizzata all'idea di perderla.

Prese il telefono e chiamò Darla, pronta a scaricare su di lei i suoi problemi, ma l'amica la precedette.

«Posso restituirti la camicia da notte» le disse, appena riconobbe la voce di Quinn.

«Stai scherzando.»

«Era così stanco che è crollato subito.» Darla era abbattuta. «Non l'ha neanche vista.»

«È colpa mia.» Quinn si diede dei colpetti sul grembo e Katie saltò su, per educazione non le fregò niente dal piatto, anche se lo fissava con un'intensità che la fece rabbrividire. «Forse...»

«No» disse Darla. «Non aveva niente che non andasse, è il nostro matrimonio. Non funziona, sono fregata.»

«No che non lo sei.» Quinn prese un pezzo di pancake e lo diede a Katie, che fece un sospiro di gratitudine e sollievo prima di mangiarlo. «Dobbiamo solo calcolare meglio i tempi. Manda i ragazzi a dormire da qualche parte, così potete farlo prima, nel pomeriggio, quando non è così stanco.»

«E pensare che una volta dovevo mandarlo via a calci» disse Darla. «Adesso devo adeguarmi ai suoi ritmi.»

«Sì, be', anche suo fratello non è esattamente una palla di fuoco» disse Quinn.

«Forse è genetico.»

«No, è la routine» rispose Quinn. «Entrambi sono abituati che le cose vadano in un certo modo e non vogliono cambiarle. Dobbiamo solo dare loro una scrollatina per mostrargli che le cose sono diverse. Dobbiamo tirarli fuori dalla routine.»

«Tirarli fuori» ripeté Darla.

«Sì» acconsentì Quinn. «Ci ho pensato e credo che dovremmo essere entrambe molto più aggressive.» Katie strusciò il muso contro il braccio di Quinn e lei le diede un altro pezzo di pancake.

«Aggressive.» Darla fece un respiro profondo.

«Finora abbiamo fatto solo dei giri di prova» disse Quinn. «Il prossimo tentativo funzionerà.»

«Forse.» Darla sembrava dubbiosa. «Adesso basta con questi discorsi, dimmi qualcosa di divertente. Come va la vita da padrona di casa?»

«Il mio prestito è stato revocato» disse Quinn.

«Cosa?» Darla sembrava indignata e Quinn fu felice di sentirlo.

Quinn le raccontò tutta la storia concludendo con: «Ho qualcosa da parte, ma mi mancano comunque cinquemila dollari.»

«Te li do io» disse Darla. «Abbiamo dei soldi nei fondi per il college...»

«No. Ma potrei accettare un altro tipo di aiuto.»

«Tutto quello che vuoi.»

Quinn deglutì. «Probabilmente, posso prendere tremila dollari dall'anticipo in contanti della mia Visa.»

«Oh signore, e gli interessi?» disse Darla.

«Non posso permettermi di fare la difficile. Ma me ne mancano ancora duemila. E se accetto la direzione della recita scolastica me ne danno mille.»

«Allora accetta.»

«Sì, peccato che ci sia bisogno di scenografie e costumi e io non so niente di cucito né di capelli.»

«Lo faccio io» disse Darla.

«Ti ridarò i soldi» disse Quinn. «Appena mi sarò rimessa in piedi, ti darò metà della paga.»

«Ma smettila» disse Darla. «Consideralo un regalo per la casa. Anzi, consideralo un anticipo dell'affitto perché, se Max non si sveglia, mi trasferisco da te. Tu almeno mi dai retta.»

Finita la telefonata con Darla, Quinn fece scendere Katie e chiamò Edie. «È ancora valida l'offerta per la recita?»

«Sì» disse immediatamente Edie. «Cominciamo lunedì alle sei. Il posto è tuo, sono così sollevata. Temevo che toccasse anche quest'anno a un genitore.»

«E se ti viene in mente qualcos'altro, mi servono duemila dollari entro il 15 aprile.»

«Non li avrai per quella data» disse Edie. «Entro il 15 avrai la metà, meno le trattenute, e il resto alla fine di maggio. Cosa ne dici delle luci? Sono altri settecentocinquanta.»

«Ma non so niente di luci di scena.»

«Neanch'io, eppure l'ho fatto» disse Edie. «Accetta.»

«D'accordo» disse Quinn. «Lo faccio io.» Posò il ricevitore e fece due rapidi calcoli. Se le avessero dato metà della paga di entrambi gli incarichi entro il 15 e se avesse usato la Visa e non avesse mangiato per il mese successivo...

Non sarebbe stato comunque sufficiente.

«Dovevo risparmiarmi quei due dollari e ventinove per lo spazzolino in più» disse a Katie, che sembrava preoccupata. «Basta buttare via i soldi per progetti a lungo termine.»

Katie sospirò e si accucciò ai piedi di Quinn con la testa appoggiata alle zampine.

«Ci sentiamo allo stesso modo, allora» disse Quinn.

Bill provò a parlare con Quinn a scuola la settimana successiva, per il suo bene. «Quella casa è una pessima idea» le disse. «Cade a pezzi e non sai aggiustarla. Se noi...»

«Bill, non c'è nessun noi» disse Quinn. «La casa va bene, e se ho bisogno di qualche lavoretto c'è Nick, mio padre o Max. O io stessa. Posso imparare ad aggiustare le cose. Rimarrò nella mia casa. E ora vai, devo cominciare la lezione.»

«Nick.» Scosse la testa. «Ma anche Max. Non è una buona idea. La gente parla.»

«Bill» disse lei chiudendo gli occhi per farlo sparire dalla sua vista. «Vattene.»

Era una situazione frustrante perché incontrarla era molto

difficile adesso che dedicava tutto il suo tempo a quella maledetta recita organizzata da Edie e che ci aveva tirato dentro anche Jason e Corey con la promessa di qualche credito in più; la bella notizia era che così avrebbe avuto una scusa per fermarsi dopo la scuola. «Le prove della recita non cominciano fino alle sei» gli aveva spiegato Edie, quando aveva obiettato sull'impegno dei ragazzi. «E se intralcia i loro allenamenti, possono mollare quando vogliono.» Quando si era fermato da lei un giorno, Quinn gli aveva detto: «Bill, non abbiamo più niente di cui parlare, vattene per favore.» Così era obbligato a fare qualcosa per riprendersela. La pazienza andava bene, ma adesso aveva bisogno di un'offensiva più efficace e sapeva cosa doveva fare: sbarazzarsi di quel maledetto cane e di quella maledetta casa.

Il giorno dopo, chiese un permesso per uscire durante l'ora buca e andò alla casa. Era un posto orribile, doveva esserci qualcosa che non funzionava, qualcosa di pericoloso, qualcosa che poteva usare per tirarla fuori di lì. Avrebbe fatto un giro nei dintorni ma, sapendo che quella puttana della vicina stava sempre a guardare, parcheggiò l'auto in una via laterale ed entrò nel cortile sul retro senza fare rumore, passando dal cancello del vialetto.

Una volta dentro, si rese conto che un giro del cortile non era sufficiente. Doveva proprio dare un'occhiata all'interno, doveva vedere con i suoi occhi gli orrori che la aspettavano lì per capire come convincerla ad andarsene. Provò ad aprire la porta, ma era chiusa a chiave; anche scuotendo la maniglia e spingendo, non si muoveva; il solo effetto che ottenne fu che quel maledetto cane cominciò ad abbaiargli contro tirando addirittura indietro un labbro per ringhiare. Quel coso maledetto era pericoloso, avrebbe potuto mordere Quinn, aveva fatto bene a tentare di farlo abbattere. Guardò nella casa accanto per controllare se la vicina lo stesse osservando e poi andò dall'altro lato della casa. Lì c'era solo uno spazio vuoto. Era più sicuro.

Fece un tentativo con la porta sul lato ma era chiusa a chiave, poi provò con le finestre del seminterrato: avrebbe dovuto quasi contorcersi per passare, poi sarebbe potuto uscire dalla porta; ma anche quelle erano tutte chiuse a chiave. Appoggiandosi a una delle finestre, però, sentì uno scricchiolio e il vetro si ruppe, così riuscì a infilare dentro un braccio e ad aprire la finestra, dopodiché scivolare dentro fu piuttosto facile.

Quando salì le scale del pianoterra, il cane sembrava impazzito, ringhiava contro di lui e saliva le scale furioso. Bill diede un'occhiata alla cucina bella, accogliente, dipinta di fresco in bianco e blu con la stampa di *Night Kitchen* di Quinn appesa alla parete accanto allo scolapasta rosso, proprio come era nel loro appartamento, e cercò di ignorare quello stramaledetto abbaiare, ma alla fine non ce la fece più e diede un calcio a Katie buttandola fuori in cortile. Se anche quella rompicoglioni della vicina fosse stata in perlustrazione, avrebbe visto solo quell'odioso cane. Era al sicuro.

Passò al soggiorno e si ritrovò immerso in un mare di luce: una parte filtrava dalle alte finestre alla sua destra, la mia finestra, pensò guardando con affetto la persiana manomessa; altra luce entrava dalle finestre corrispondenti del salotto sulla parte anteriore della casa, attraverso un arco. Ma quel posto era squallido e freddo, l'intonaco era vecchio e pieno di crepe, il legno scrostato e la luce del sole da sola non riusciva a migliorare la situazione.

Purtroppo però, neanche le crepe del muro e il legno scrostato erano sufficienti a tirare Quinn fuori di lì. Avrebbe dovuto trovare qualcosa di molto più efficace.

Entrò nel salotto e si fermò al centro, girando lentamente su sé stesso. Accanto a una finestra c'era una poltrona rossa con un tavolino ottagonale su un lato. Accanto alla poltrona c'era un cesto marrone fatto di larghe strisce di legno. Bill si sedette e lo aprì. Fili e arnesi, l'uncinetto di Quinn.

Stava facendo una coperta per un bambino. Quando fosse

tornata al loro appartamento, si sarebbero seduti davanti alla tv e Quinn avrebbe fatto una coperta all'uncinetto per il loro bambino.

Il filo era leggero e morbido nella sua mano, di un colore blu chiaro, Quinn sapeva che avrebbero avuto un maschio. Come Jason Barnes. Lo avrebbero chiamato Bill junior, ma anche Quinn avrebbe dovuto far parte del nome e, dato che Quinn andava bene sia per un maschio che per una femmina, sarebbe stato William Quinn Hilliard. Un gran bel nome. Chiuse la mano sul filo e la mano diventò un pugno. *Davvero un gran bel nome.*

Lasciò cadere il filo e si alzò.

Attorno al camino c'era una libreria piena dei libri di arte di Quinn: Bill si irrigidì pensando che quei libri avrebbero dovuto essere nel loro appartamento, poi passò una mano sulla superficie liscia delle mensole e del camino, toccò un assurdo orologio dorato appoggiato lì sopra, indugiò sul dorso dei libri, sfiorò il ripiano lucido del tavolino ottagonale. Toccare tutte quelle cose le avrebbe rese anche un po' sue.

Dall'altro lato della stanza, il vecchio divano rosso di sua madre occupava troppo spazio. Quell'arnese era enorme, lungo quasi due metri, quasi un letto. Il pensiero gli fece stringere i pugni di nuovo, ma non c'era alcun motivo reale per farlo. Se Quinn voleva davvero quel divano, potevano metterlo nel loro appartamento. Con un bel copridivano beige. La sera, lui e Quinn potevano distendersi sul divano per guardare insieme il telegiornale, il meteo, lo sport, potevano fare zapping fra i programmi in seconda serata e farsi due risate. Poi avrebbe potuto spegnere la tv con il telecomando e avvicinarsi al suo...

Bill sentì il respiro aumentare di intensità e cercò di pensare a qualcos'altro. Non era una questione di sesso, per loro non lo era mai stato, per loro si era sempre trattato di qualcosa di meglio come la famiglia e la scuola. Guardò di nuovo la poltrona, era meno rischiosa, e notò di nuovo il filo da uncinetto.

Si chinò e raccolse un gomitolo, uno piccolo di cui Quinn non avrebbe mai notato la mancanza e se lo fece scivolare nella tasca della giacca. Lo conservò come promemoria del fatto che Quinn presto sarebbe tornata da lui e avrebbe fatto una copertina per Bill junior.

Gli cadde l'occhio sull'orologio sulla mensola del camino e si scrollò di dosso quei pensieri. Stava finendo il tempo a sua disposizione.

Si diresse verso la porta d'ingresso ma poi si ricordò che quella sul retro era più sicura, e la macchina era parcheggiata da quella parte. Mentre si voltava, vide una chiave sulla libreria accanto alla porta. La provò nella porta d'ingresso. Funzionava.

Era ovvio che Quinn tenesse una chiave accanto alla porta. Le porte erano di vetro, quindi dovevano avere una serratura su entrambi i lati, ma teneva una chiave vicino per comodità, in caso di incendio. Aveva senso.

Soppesò la chiave nella mano.

Se aveva una copia della chiave, poteva entrare quando voleva, dare un'occhiata in giro, organizzare il loro futuro.

L'unica complicazione era che Quinn si sarebbe accorta che mancava la chiave.

E lui doveva tornare a scuola, ci aveva messo troppo a entrare, doveva sbrigarsi.

Uscì e andò alla macchina, tenendo aperto il cancello giusto il tempo necessario perché quello stupido cane uscisse fuori di corsa, abbaiando. Poi richiuse il cancello, chiudendo fuori l'animale per la seconda volta e partì. Tornando a scuola si fermò alla ferramenta di Ronnie Headapohl e gli chiese di fargli un duplicato. Quando arrivò di nuovo a scuola, usò il telefono nell'atrio per segnalare che c'era un cane pericoloso a piede libero in Apple Street che lo aveva morso. Sì, lo aveva ferito, doveva essere abbattuto. Diede il nome di Harvey Roberts e si inventò un indirizzo per dare più credibilità alla denuncia, poi riattaccò con la sensazione di aver fatto enormi progressi anche se in realtà non aveva trovato niente che non andasse in casa.

Due ore dopo, firmò di nuovo per uscire durante la pausa pranzo, passò a ritirare la chiave e tornò a casa di Quinn. Il cane non si vedeva in giro e la nuova chiave funzionava perfettamente. Ripose l'originale sulla mensola e tornò a scuola sollevato. Gli fu recapitato un messaggio di Betty, dal canile: avevano segnalato il suo cane per aver morso qualcuno e quindi erano andati a prenderlo.

«Ha dato problemi anche a noi» le aveva detto Bill quando l'aveva richiamata dopo la scuola. «Odio doverlo dire, ma fatelo fuori. Sarà più facile per tutti. Passerò domani a pagare.»

Non aveva mentito, pensò riagganciando. Quando le cose fossero tornate come dovevano essere, la vita sarebbe tornata facile per tutti.

«Allora, Lois esce ancora con Matthew?» chiese Quinn a Darla mentre mangiavano la pizza dopo la scuola.

«Sì, ma lei non ne sembra troppo felice» disse Darla. «Sembra quasi che senza Barbara tra i piedi, non abbia una vita. Continua a stuzzicarmi insinuandomi dubbi su di lei, come se sperasse che ci alleiamo per formare un club contro la bancaria zoccola.»

«Prospettiva allettante» disse Quinn.

«Non troppo.» Darla ripose il suo pezzo di pizza mezzo mangiato nel cartone. «Max non mi tradirebbe mai. Che cavolo, non ha nemmeno le energie per scopare me, figuriamoci Barbara.»

«Ci stavo pensando anch'io» disse Quinn. «Mi è venuto in mente che una camicia da notte che piaceva a Bill probabilmente non poteva essere qualcosa che piacesse anche a Max. Magari dovresti provare qualcosa di davvero esplicito.»

«Cosa ne dici se lo prendo alla gola e gli dico: Scopami o sei morto?» disse Darla.

«Pensavo più al pizzo nero» rispose Quinn. «Sai, una cosa

proprio pacchiana. Quelle cose che piacciono agli uomini e che a noi fanno solo ridere.»

«Non saprei...»

«Senti, hai imparato tante cose: non chiedergli di farlo davanti a una vetrata o davanti ad altre persone, non aspettare che sia troppo stanco. Direi che ci sei quasi. Non arrenderti adesso.»

«Lo pensi davvero?» Darla scosse la testa.

Quinn si chinò in avanti e chiuse la scatola della pizza. «Ne sono sicura. Dài, fermiamoci al centro commerciale. Non posso stare molto perché Katie è a casa da sola, ma posso sacrificare un'altra ora per salvare il tuo matrimonio.»

«Ci riuscirò?» chiese Darla.

«Ehi» rispose Quinn. «Niente disfattismo. Andiamo a comprare qualcosa di mozzafiato per tuo marito.»

«Ce l'ha già. Ha me.»

Nei cinque giorni che erano passati da quando Nick aveva aiutato Quinn a traslocare, era riuscito a ficcare il pensiero di lei in fondo alla sua mente, ma non se ne andava da lì e lo faceva sentire a disagio. Ecco i casini per i cambiamenti, si disse. Non ti fanno mai stare tranquillo. La cosa migliore che potesse fare era ignorare la sua esistenza, cosa difficile che diventò del tutto impossibile quando Bill si fermò all'officina dopo gli allenamenti.

«Posso parlarti un attimo, Nick?» disse Bill. Nick si alzò dalla jeep di Pete Cantor e rispose: «Certo. Che succede?»

«Si tratta di Quinn» riprese Bill. Nick pensò: Oh, cazzo, non l'ho mai toccata.

«So che l'hai aiutata» disse Bill «e te ne sono grato, ma non credo che questo trasloco le farà bene.»

Nick si sbarazzò del senso di colpa con una specie di gratitudine e si ricompose. «Cosa?»

«Quella casa» disse Bill, che sembrava un saggio ma rammaricato vichingo. «Non è una buona idea. Vivrà lì completamente sola e quel posto rischia di caderle in testa da un momento all'altro.»

«Meggy ha detto che è a posto.» Nick si rimise al lavoro. «Io non mi preoccuperei, guarda.»

«E Meggy cosa ne sa?» Bill scosse la testa. «Dobbiamo proprio tirarla fuori di lì.»

Nick si fermò. «Bill, a lei piace quel posto. Credo che rimarrà dove si trova.»

«Se non l'avessi aiutata a traslocare...» cominciò Bill, e il suo tono di voce era diventato teso, quasi arrabbiato.

«Certo che l'ho aiutata a traslocare.» Nick lo guardò corrucciato. «L'abbiamo aiutata tutti.»

«Be', smettetela» disse Bill. «Non le fa bene. E la gente comincerà a parlare. La gente non lo sa che voi siete fratello e sorella. Vuoi rovinarle la reputazione?»

Nick cercò di pensare a qualcosa da dire, ma non gli veniva in mente nient'altro se non: 'Cosa diavolo stai dicendo?'

«Visto che l'hai aiutata a traslocare, la gente comincerà a pensare che lei sia solo una delle tue...» La voce di Bill si affievolì mentre cercava la parola giusta.

«Una delle mie cosa?» chiese Nick minaccioso.

«Ragazze» disse Bill. «Sai, il tipo di ragazze con cui esci tu.»

Nick cercò di controllare la rabbia. «Bill, non me ne frega niente di quello che pensa la gente, e se interessa a Quinn, sarà lei a dirmi di togliermi di torno. Non la vedo da quando si è trasferita e non ho in programma di andare a trovarla a breve, quindi, se è questo che ti preoccupa, puoi stare tranquillo.»

Il viso di Bill si distese. «Grazie, Nick. Sapevo che avresti capito.»

Allora mi conosci meglio di quanto mi conosca io, pensò Nick, ma guardò Bill allontanarsi senza dire una parola. Aveva parlato fin troppo con Bill Hilliard quel pomeriggio. A pensarci bene, vista la conversazione, era sufficiente anche per tutta una vita.

Dieci minuti dopo, quando qualcuno bussò alla porta sul

retro, pensò: Oh cristo, basta. Ma quando aprì, c'era Quinn in piedi pallida per il freddo e, nonostante tutti i ragionamenti e le promesse fatte a Bill, fu così felice di vederla che quasi le saltò al collo.

«Cosa succede?» le chiese, cercando di mantenere una certa distanza e leggerezza, perché abbracciarla sarebbe stato un errore, e lei gli passò accanto per entrare nel garage. Indossava una giacca a vento blu che la faceva sembrare enorme, jeans e stivali di gomma neri con le fibbie. Sembrava un clown e Nick avrebbe dovuto esserle grato per questo, ma il suo primo pensiero fu chiedersi cosa indossasse sotto. Poi vide il suo viso e gli passarono i pensieri osceni.

«Katie è al canile» disse lei con la voce al limite del panico. «Ho chiamato per denunciare la sua scomparsa e mi hanno detto che l'hanno presa loro e che non posso riaverla perché non è mio il nome sull'autorizzazione. Hanno detto che ha morso qualcuno e che dovranno sopprimerla...»

«Aspetta, aspetta» disse Nick, che avrebbe voluto abbracciarla ma si trattenne. «Ricomincia daccapo. Come ha fatto a finire al canile?»

«Non lo so» disse Quinn. «Il cancello era chiuso ma è riuscita a uscire lo stesso e adesso la uccideranno.»

La paura sul viso di Quinn lo fece star male. «Stasera?»

Quinn scosse la testa. «Non ne sono sicura. Sono andata al canile ma mi hanno detto che c'è bisogno dell'autorizzazione e Bill ha detto loro di procedere perché, se ha morso qualcuno, è pericolosa. Non vogliono ridarmela perché l'autorizzazione è a nome di Bill e lui non risponde al telefono, quindi potrebbe anche essere lì a firmare perché la uccidano visto che la odia...»

«Chi ha morso?» chiese Nick, cercando di capirci qualcosa. Katie non era un cane feroce.

«Non lo so. Mi hanno detto che qualcuno ha chiamato dicendo che era stato morso da un cane e quando sono andati a controllare, hanno trovato Katie.» Quinn deglutì, nel patetico tentativo di sembrare calma. «Adesso ce l'hanno loro...»

«Oh, cavolo» esclamò Nick. «Andiamo a parlarci.» Prese la giacca, consapevole di stare facendo un errore enorme ma anche felice perché avrebbe passato del tempo con lei.

«Mi hanno detto no» disse Quinn con voce tremante. «Ci sono già andata e mi hanno detto no. Non ho potuto neppure vederla.»

«Be', ci parleremo finché non diranno sì» le disse Nick, senza avere la minima idea di cosa avrebbe fatto. Sembrava la cosa giusta, comunque, e Quinn provò a sorridere.

«Grazie» disse. «Lo so che sono una rompipalle, ma ho davvero bisogno di te questa volta.»

«Non sei una rompipalle» mentì. «Forza, c'è un cane da salvare.»

Il furgone macinò i chilometri fino al canile senza problemi e Nick ebbe abbastanza tempo per pensare che Quinn era accanto a lui. Era davvero eccitante starle accanto nella penombra, ma sapeva che sarebbe stato eccitante stare con lei ovunque, ed era proprio per quello che lo aveva sempre evitato con tanta cura. Certo, i pensieri che aveva fatto su di lei di recente non avevano aiutato, pieni com'erano di biancheria colorata, piena a sua volta di Quinn finché lui non gliela toglieva e non la lanciava sull'enorme letto...

Piantala, si disse. Il cane di Quinn era in pericolo, cristo santo. Lei era sconvolta. Quale bastardo avrebbe pensato di farsela in un momento del genere?

Un bastardo come lui.

Quinn pulì il finestrino e Nick si sforzò di guardarla come l'aveva sempre guardata prima che iniziasse a occupare stabilmente i suoi pensieri. È Quinn, continuava a dirsi, ma era un avvertimento che cominciava a perdere efficacia. Era Quinn che voleva.

«Ecco il drive in, il canile è proprio lì dietro» disse Quinn, e quando sentì la sua voce soffice e concitata, pensò: Certo che la vuoi. Prenditela.

«Dovremmo svoltare qui... Eccolo!»

Quinn lo prese per un braccio e lui cercò di non pensare a quanto fossero vicini mentre si fermava e parcheggiava davanti al canile. Il posto era deserto, non c'era neanche una macchina e lui ebbe il brutto presentimento che non ci sarebbe stato nessuno con cui parlare. Diede un'occhiata all'orologio sul cruscotto. Sei e un quarto. Niente di buono. «Tu resta qui.»

«No» disse Quinn, e mentre bussava alla porta, Nick la sentiva vicina dietro di sé e gli ci volle tutta la sua forza per resistere alla tentazione di appoggiarsi contro di lei. «C'è nessuno?» gridò, e prese a pugni la porta.

«Se ne sono andati, è chiuso» gli disse Quinn all'orecchio e lui rabbrividì al calore del suo respiro.

Nick provò ad aprire la porta, ma era chiusa a chiave. «Non si apre» disse Nick; lei rispose: «Buttala giù, hanno il mio cane.»

Si voltò verso di lei e disse: «Quinn, non butto giù nessuna porta, soprattutto una di proprietà del governo. Torna in te.» Ma lo guardava con quegli occhioni nocciola nella luce del tramonto e Nick dovette pensare in fretta a qualcosa da fare o avrebbe finito per abbracciarla.

«Il mio cane è lì dentro» disse Quinn. «Oh, accidenti» disse lui. Girò sui tacchi e fece il giro dell'edificio fino a raggiungere il retro, dove c'erano le gabbie. Uscirono almeno una dozzina di cani per vedere cosa stessero facendo, abbaiavano come pazzi e l'ultimo cane nell'ultimo recinto era Katie.

«Oh no.» Quinn corse al recinto e si lasciò cadere sulle ginocchia. «Oh tesoro, mi dispiace così tanto, così tanto.»

La piccola bestiola aveva un'aria proprio patetica, tremava per il freddo, il corpicino schiacciato disperatamente contro la rete nell'inutile tentativo di andare da Quinn.

«Okay,» disse Nick «torneremo qui domattina presto e...»

«La uccideranno» disse Quinn.

«Verremo molto presto...»

«No» disse Quinn. «Non la lascio qui.»

«Quinn, sii ragionevole...» cominciò Nick; lei alzò di scatto la testa e disse: «Ecco, Bill direbbe proprio così. Non è il momento di essere ragionevole. È il momento della lealtà, dell'amore, della fiducia o del tradimento, e non ho intenzione di lasciare qui il mio cane. La uccideranno.»

«Certo» disse Nick. «E allora te ne starai qui seduta a congelare.»

«C'è una coperta nel tuo furgone» disse Quinn. «Lasciamela.»

«Non ti lascio qui» disse Nick offeso. «Che tipo di persona credi che sia?»

«Be', non lascerò qui Katie» disse Quinn. «Quindi, qualunque tipo di persona tu sia, siamo in due.»

«Oh, porca miseria.» Nick guardò Quinn, irremovibile e irresistibile e poi guardò Katie che tremava contro i fili d'acciaio della gabbia.

Contro la sua volontà, Nick cominciò a fare piani. La rete era alta solo un paio di metri e non c'era filo spinato. Purtroppo, scavalcarla era una cosa fattibile. Del tutto illegale, ma fattibile.

«Lascia stare» disse Quinn. «Dammi solo la coperta e vai a casa. Lo so che non c'è niente che tu possa fare.»

E pensare che una volta lei era la parte tranquilla della sua vita. «Okay» disse Nick. «Vado al furgone, tu allontanati dalla rete.»

«Te l'ho detto, non la lascio» disse Quinn; lui aggiunse: «Neanch'io, ma se vogliamo tirarla fuori, devo portare qui il furgone in retromarcia.»

A Quinn cadde la mascella. «La tirerai fuori?»

«Le opzioni sono due: tirarla fuori o rimanere qui a congelarmi il culo con te» disse Nick. «Mi piaci, ma c'è un limite a quello che sono disposto a fare per stare con te.» *Un limite piuttosto ampio, comunque.*

Quinn si alzò lentamente. «Sei l'uomo più fantastico dell'universo» disse, guardandolo negli occhi con una tale venerazione che lui si sentì avvampare nonostante il freddo. «Non ti criticherò mai più, giuro.»

«Bene» rispose Nick. «Per quello vale quasi la pena andare in prigione. Ora togli di mezzo il tuo culone che vado a prendere il furgone.»

Una volta avvicinato il furgone, non fu difficile scavalcare la recinzione. La parte difficile fu convincere Katie ad andare da lui visto che aveva cominciato a correre appena era saltato sul cemento accanto a lei. Quinn la chiamò e cercò di convincerla finché non si avvicinò e si appiattì contro il marciapiede con aria sottomessa e, quando Nick la afferrò, gli fece la pipì addosso mentre la sollevava.

«Mi dispiace tanto» disse Quinn mentre Nick le passava il cane. Quinn la prese fra le braccia e disse: «Oh, Katie.» Strinse a sé il cane coccolandolo e Nick non poté fare a meno di pensare quanto fosse ironico che il cane si prendesse le carezze e i baci mentre lui doveva starsene lì a tremare nella gabbia di un canile con la giacca bagnata di pipì.

«Hai un grosso debito con me per questo» le disse, e si aggrappò alla rete per uscire.

«Tutto quello che vuoi» gli rispose Quinn, e lui pensò varie cose ancor prima di cominciare ad arrampicarsi.

Era appena rientrato nel furgone quando una volante della polizia sbucò dall'angolo dell'edificio.

Darla fissava incredula lo specchio del bagno. *Lascia perdere il fatto che il coso che stai indossando si chiami 'Vedova allegra', non esattamente il migliore degli auspici, date le circostanze. Lascia perdere che sia tutto di pizzo nero e che ti stia prudendo da morire; che sia così stretto che ti stringe i seni verso l'alto come se fossero in bella mostra su una mensola, lascia perdere che lo slip sia così sgambato, così sgambato che non è stata sufficiente tutta la ceretta del mondo.*

Concentrati sul fatto che sembri una subdola dominatrice.

Si mise le mani sui fianchi, il che non aiutò, e poi studiò la sua immagine. Aggressiva, abrasiva, dominante...

Se Max non aveva uno spiccato amore per la sottomissione era fregata.

O forse no.

Lasciò cadere le mani e cercò di sembrare meno arrabbiata. Era la rabbia che le dava quell'aria, decise. La rabbia che provava per essere costretta a sforzarsi tanto per sedurre suo marito, perché doveva indossare quello stupido completo di pizzo nero che Quinn le aveva assicurato essere sexy. «Gli verrà un infarto» le aveva detto Quinn. «Me lo presti, dovessi mai riuscire a provarci con Nick?» La rabbia che provava per essere costretta a organizzare quello che una volta era lui a organizzare, a volere e a cercare in tutti i modi di ottenere.

Era così bravo a sedurla prima. «Non scendere sotto la vita» gli aveva detto quella volta, intenzionata davvero a fare la brava, non voleva che sua madre scoprisse in che guai si stava cacciando. «Dico davvero, Max.» Lui aveva detto: «Certo.» Poi l'aveva baciata e le sue mani erano così calde che lei si era sentita sciogliere, e ben presto si erano ritrovati a respirarsi in bocca, con le mani che si muovevano impazzite. Lui aveva detto: «Sarebbe così bello...» E lei moriva dalla voglia...

«Max!» disse Darla, e aprì la porta del bagno per andare in camera. «Puoi venire un attimo?»

No, non era esattamente così che lo aveva programmato, ma tutto quello che voleva era ricordare la sensazione delle sue mani sulla pelle.

«Che c'è?» chiese Max.

Si fermò sulla porta della camera, in mano teneva una copia di *Sport* e ci mise mezzo secondo per passare da vagamente indispettito a basito.

«Cristo dio» disse.

«No» disse Darla. «Cristo non c'entra niente. Noi andiamo all'inferno. Diamoci da fare.»

Si diresse verso di lui e Max lasciò cadere automaticamente la rivista per toccarla, passarle le mani attorno alla vita più stretta del solito, cosa che la faceva sentire ancora più sexy. Darla premette i fianchi contro quelli di lui e lo baciò.

Lui rispose immediatamente al suo bacio con forza, proprio come ai vecchi tempi, un bacio spontaneo e urgente, lei lo desiderava così tanto...

Poi Max interruppe il bacio ed esclamò: «Cosa significa?»

Darla si gelò, impietrita da quel rifiuto. «Cosa?»

«È per Barbara?» Lasciò cadere le mani dalla sua vita. «Perché siamo sposati da un casino di tempo e non ti sei mai messa questa roba.»

Darla sentì il cuore accelerare, e non per il desiderio. «Non ci posso credere.»

«Te l'ho detto, non devi preoccuparti di Barbara.» La voce di Max era pungente di rabbia. «Te l'ho detto ma non mi credi. Il nostro matrimonio non ha problemi.»

«Un corno!» disse Darla, e corse come una furia in bagno sbattendo la porta dietro di sé. Si tolse il completo e lo lasciò sul pavimento mentre si infilava la camicia da notte lunga di flanella. Evidentemente, sua madre la conosceva meglio di quanto non si conoscesse lei stessa. «Non ti sei mai messa questa roba» aveva detto Max.

Semplicemente, non era una donna sexy. Non riusciva a sedurre neppure suo marito.

«Darla?» disse Max dall'altra parte della porta.

«Va' all'inferno!» disse Darla, poi si sedette sul pavimento e pianse perché era arrabbiata.

Era quasi sicura che fosse per quello che stava piangendo.

Nick si tolse la giacca macchiata di pipì e la camicia di flanella e le buttò in fondo al furgone prima di sedersi accanto a Quinn.

«Non ti arresterà davvero, no?» chiese Quinn. Nick sospirò e disse: «L'ha già fatto.»

Mise in moto. «L'unico motivo per cui non sono già in prigione e Katie non è tornata nella gabbia è che non vogliono prendersi il disturbo di compilare tutte le scartoffie e non vogliono perdere tempo a chiamare il personale del canile.» La polizia di Tibbett non era famosa per l'indole aggressiva dei suoi membri e Gary Farmer non era certo il suo componente più brillante. «Possiamo ritenerci molto fortunati che sia arrivato Gary e non Frank Atchity.»

«Dirò che è colpa mia» disse Quinn.

«Gli diremo che il tuo cane è stato rubato e che ha dei problemi di salute» suggerì Nick. «Un problema alle vie urinarie che non deve essere sottovalutato.»

«Mi dispiace tanto per la tua giacca» disse lei. «Non hai freddo solo con la t-shirt?»

Nick la guardò coccolare il cane nella luce del tramonto, gli occhi grandi e riconoscenti e il corpo rotondo per il cappotto. «No» rispose, e si disse che non sarebbe entrato in casa sua quando fossero arrivati, che si sarebbe fermato davanti al vialetto con il motore acceso e basta.

«Ti sono veramente grata» disse Quinn, e lui valutò l'opzione di non fermarsi affatto, di rallentare a sufficienza perché Quinn riuscisse a saltare giù con il cane.

Ma quando arrivarono a casa, c'era un furgone U-Haul parcheggiato davanti e tutte le luci all'interno erano accese.

«Sai niente?» le chiese; quando lei rispose di no, lui spense il motore e la seguì per scoprire quale altro cataclisma si stesse abbattendo sulla sua vita.

Quando varcò la porta, la prima cosa che Quinn vide fu un sacco di mobili provenienti dalla sua vecchia vita. Il tavolo del soggiorno di sua madre era nel suo nuovo soggiorno con il set completo di sedie, e nel salotto erano apparsi tre tavolini dall'aria familiare e una poltrona in più.

«Quinn?» disse sua madre e lei si voltò, trovandola in piedi sulla porta della cucina. «Ti abbiamo portato un po' di cose.»

Meggy era rossa in volto e sembrava sconvolta, ma stava sorridendo, un sorriso vero, un sorriso che Quinn non ricordava di averle visto prima.

«Mamma?»

«Sapevamo che avevi bisogno di mobili e avevamo a disposizione il furgone, così ti abbiamo portato tutti i mobili in più» disse Meggy.

«Tu e chi?» Quinn sentì Nick che chiudeva la porta d'ingresso. Il sorriso di sua madre si spense appena lo vide. «Con chi sei venuta? E perché hai un furgone? Quali mobili in più?»

«Edie» rispose Meggy prima di dirigersi verso la cucina. Quinn guardò Nick che si strinse nelle spalle.

«Se non hai più bisogno di me...» cominciò lui. Quinn disse: «Ho bisogno di te.» Nick sembrava perplesso, così lei aggiunse: «Il minimo che possa fare è offrirti una birra per ringraziarti di tutto. Andiamo.» Quando Quinn si voltò per dirigersi in cucina tenendo in braccio Katie come se potesse scomparire da un momento all'altro, Nick sospirò e la seguì.

Edie stava sistemando nel mobile della cucina le ciotole di Meggy.

«Hai comprato delle ciotole nuove?» Quinn finalmente posò Katie sul pavimento e prese una birra dal frigo.

Meggy disse: «No, quelle di Edie erano più carine.»

Quinn passò la birra a Nick. «E cosa c'entrano con le tue?»

«Mi trasferisco da tua madre» disse Edie. «Ha deciso che se tu potevi cambiare la tua vita, poteva farlo anche lei.» Guardò Meggy piena di approvazione.

Meggy aggiunse: «Io e Edie trascorriamo tanto di quel tempo insieme che abbiamo pensato fosse più facile vivere insieme.»

Quinn guardò il volto raggiante di sua madre e poi quello di Edie. «Vivere insieme.»

«Sì» disse Meggy con orgoglio. «È tutto grazie a te. Hai detto che non ti interessa quello che dicono gli altri, che volevi vivere la tua vita per te e io riuscivo solo a pensare che anch'io lo volevo tanto, che anch'io volevo combattere per ottenerlo.»

Meggy sorrise a Edie, più felice di quanto Quinn ricordasse di averla mai vista. «Ne abbiamo parlato e abbiamo concluso che sarebbe stato anche molto conveniente. Edie si è trasferita stasera e sono così felice. Lo desideravo da anni.»

«Anni.» Quinn guardò Nick, che evitò il suo sguardo. «E papà cosa ne pensa?»

«Non glielo abbiamo ancora detto» rispose Meggy. «È andato a giocare a bowling.»

«Ora se ne accorgerà» disse Nick, e Quinn gli lanciò un'occhiataccia per farlo tacere.

«Tu e Edie andate a vivere insieme e papà non ne sa niente?» chiese Quinn, cercando di capirci qualcosa.

«Probabilmente non se ne accorgerà neppure, a meno che non mi metta davanti alla tv» rifletté Edie.

«Sto facendo solo quello che mi hai detto tu, tesoro» disse Meggy. «Combatto per quello che voglio. Avevi ragione.»

«Non avevo in mente proprio questo» disse Quinn.

«Be', dobbiamo andare.» Edie prese la borsa, sbrigativa e pratica come al solito. «Tuo padre arriverà a casa a minuti e ha diritto a una spiegazione.»

«Vorrei proprio sentirla» disse Nick, ma Meggy lo ignorò per dare un bacio sulla guancia a Quinn.

«Voglio solo essere felice, Quinn» disse Meggy e poi se ne andò.

Quinn si appoggiò al bancone della cucina e disse allegra: «Allora. Ci sono novità, a quanto pare.»

Nick annuì. «La tua serata sta prendendo una piega interessante.»

Quinn incontrò il suo sguardo. «Non vanno a vivere insieme per andare a fare shopping con i saldi, vero?»

«No.»

Quinn deglutì. «Hai visto come si guardavano? Da anni, ha detto. Come ho fatto a non accorgermene? Come ho fatto a essere così cieca?»

«Be', non avranno fatto troppa pubblicità alla cosa. E poi

chi è che pensa alla vita sessuale dei genitori?» Sembrava piuttosto disgustato mentre lo diceva. «Io non voglio neanche pensarci.»

«Non sono pronta per una cosa del genere» disse Quinn. «È mia madre, lei non fa le cose così all'improvviso. Lei se ne sta lì ferma in mezzo a tutto senza cambiare niente.» Katie si alzò e si diresse allo sportello nella porta per uscire e Quinn la seguì mentre continuava a parlare. «Devo poter contare su di lei per un po' di noia. Non mi piace per niente. Questo cambia tutto.»

«So come ti senti» disse Nick, e portò la birra in salotto.

8

Quinn non tolse gli occhi di dosso da Katie durante tutti e cinque i minuti in cui stette fuori in giardino ma non smise un attimo di pensare a Meggy. Anni, aveva detto, lo volevo da anni. E adesso si era decisa, era così felice quando guardava Edie. Okay, forse era egoista da parte sua mollare Joe in quel modo, era egoista sconvolgere così la vita delle persone, ma... era così felice.

Be', buon per lei, decise Quinn. Chiunque avesse partorito la brillante idea che toccasse sempre alle donne sacrificarsi per gli altri non poteva che essere un uomo. Era contenta che Meggy lottasse per quello che voleva. Katie tornò dentro e Quinn chiuse la porticina in modo che non potesse più uscire e poi cominciò a fare progetti. Nick era in salotto e c'era anche il divano. Lui aveva appena salvato il suo cane e non c'era stato neanche bisogno di chiederglielo. Avrebbe dovuto mostrargli la sua gratitudine.

Che lui lo volesse o no.

Quando andò nel salotto, con Katie che zampettava cauta dietro di lei, Nick era in piedi accanto allo stereo con un cd in mano, sexy e forte come non mai, ma quando la sentì arrivare lo ripose insieme agli altri e si allontanò con aria colpevole.

«Musica?» gli chiese; lui rispose: «No.»

Sembrava che quel no fosse riferito non solo alla musica. Certo, indossava una giacca ingombrante e degli stivali sportivi e l'aveva appena fatto arrestare, ci stava che non avesse voglia di andarci a letto. Ma lei invece ne aveva voglia. Se lo sarebbe fatto lì sul marciapiede quando gli aveva detto che voleva salvare Katie. E lei e Darla avevano deciso di essere più aggressive. Darla si era messa addosso del pizzo nero, accidenti. E poi c'erano sua madre e Edie. Il minimo che poteva fare era provarci.

Nick si infilò le mani in tasca e la ignorò, sembrava eccitato e nervoso; Quinn pensò: ha in mente qualcosa, altrimenti a quest'ora se ne sarebbe già andato. Era incoraggiante.

«Devo andare» disse Nick. «Domani devo lavorare.» Ma non si mosse.

Quinn si tolse la giacca e la lanciò sulla poltrona dietro di lei. «Insomma, mia madre ha deciso di prendersi tutto quello che vuole.» Si avvicinò con noncuranza allo stereo, cercando di sembrare tranquilla anche se il suo battito cardiaco era aumentato, e prese il cd che Nick aveva rimesso al suo posto: la raccolta dei Fleetwood Mac. Doveva averlo scelto dalla pila. Che cavolo. Quinn schiacciò il bottone e fece scivolare il disco nel vassoietto. «Be', buon per lei. Abbiamo solo una vita. Non dovremmo cercare di goderne più che possiamo?»

Le prime note di *Rhiannon* riempirono la stanza. Non era una delle preferite di Quinn. Abbassò il volume perché potessero continuare a parlare. O almeno perché potesse continuare lei. Nick non la stava aiutando molto. «Voglio dire, non dovremmo cercare di renderla più eccitante possibile, dal momento che ne abbiamo solo una?»

Nick la guardava divertito, probabilmente perché parlava come la pubblicità di una birra. Quinn scivolò davanti a lui, cosa non facile con gli stivali di gomma, e si sedette sul divano rosso di sua madre. Erano su quel divano la prima volta, quando l'atmosfera fra loro si era surriscaldata. Quinn non ne andava fiera ma forse avrebbe funzionato anche questa sera. Si slacciò gli stivali, sentì Nick sedersi accanto a lei e il suo cuore aumentare i battiti. Tutto secondo i piani. Lanciò via gli stivali e sgranchì gli alluci. «Senti, ti sono davvero grata per tutto quello che hai fatto per me stasera.» Gli rubò uno sguardo da sotto le ciglia.

Nick la fissava torvo con le braccia distese sullo schienale del divano.

Quinn si appoggiò allo schienale a sua volta e poi girò la testa più vicino alla sua mano. «Mi hai sostenuto in tutto, sei davvero il mio eroe.»

«Lo sai che mi stai facendo impazzire, sì?» disse lui.

«Be', era quello che speravo.» Quinn fece di tutto perché non le tremasse la voce. «Ci ho pensato tanto.»

Il viso di Nick sembrava di pietra. «Non è una buona idea, sei mia cognata.»

«Ex cognata. Vent'anni fa. Darla mi ha detto che ormai la carica è caduta in prescrizione.»

Nick chiuse gli occhi. «Lo sa anche Darla.»

«Certo che lo sa.»

«Non è quello che voglio» disse Nick. «Tu sei un'amica. La mia migliore amica, e ho bisogno che le cose rimangano tali.»

Se non avesse appena salvato il suo cane e non lo avesse desiderato così tanto, Quinn lo avrebbe sbattuto fuori a calci per la sua codardia. «E perché stai qui seduto sul divano, allora?»

«Hai ragione, è il divano» disse, rifiutandosi di guardarla. «Classico esempio di condizionamento esterno. Non sono io, è il divano. Andiamo in cucina.»

Ma non si mosse.

«Mi piace il divano» disse lei, e Nick finalmente la guardò, i suoi occhi scuri e penetranti su di lei, e la gola di Quinn si asciugò.

«Piace anche a me» disse lui.

Quinn deglutì e spostò la testa leggermente in avanti in modo che la guancia sfiorasse la sua mano. «Non possiamo continuare a far finta che questa cosa non esista.»

«È una cavolata» disse. «Sarebbe un'enorme cavolata.»

«Non è vero...» cominciò, e Nick le passò una mano fra i capelli, quella mano era reale su di lei, non una fantasia, e Quinn si fermò, con il fiato corto e piena di desiderio, spaventata e senza sapere cos'altro fare.

Nick disse: «È una cavolata, ma ci penso anch'io dall'ultima volta che siamo stati su questo maledetto divano; quindi sì, solo per questa volta.» Le fece scivolare la mano dietro al collo per portare il viso più vicino al suo. «Magari ci fa schifo e non lo facciamo mai più.» Nick sembrava poco lucido a giudicare dalla sua voce, e Quinn trattenne il respiro mentre le si avvicinava: era incredibile averlo così vicino, sentire quanto fosse caldo e oscuro; poi posò le labbra sulle sue così delicatamente che non sembrò neanche sfiorarla; le provocò una stretta al cuore così potente che Quinn desiderò afferrarlo, tirarlo a sé e baciarlo con forza. Prese la sua t-shirt nel pugno e lo attirò a sé, così la bocca di Nick poté muoversi sulla sua, stuzzicarla, far detonare il calore dentro di lei, che si chinò verso di lui quando sentì che cercava di allontanarsi.

«Accidenti, non fa schifo» le sussurrò, e lei rispose: «Ancora.» Chiusero gli occhi e si baciarono di nuovo, con più forza questa volta, la mano di Nick la stringeva sulla nuca mentre il cuore di Quinn batteva all'impazzata e lei stringeva nel pugno la maglietta e si premeva contro di lui per prolungare il bacio, voleva che durasse per sempre. Lui si tirò indietro e lei lo seguì, la bocca contro la sua finché non gli si ritrovò quasi in braccio, nel tentativo di afferrarlo di nuovo, riportarlo indietro, imparare il suo modo di baciare e tutto quello che poteva imparare da lui.

«Pessima idea» disse Nick come avvertimento, e la sua voce era roca. Quinn disse: «Baciami.» Gli buttò le braccia al collo e Nick rispose tirandola a sé con forza per poi posare la schiena contro il divano, e Quinn si ritrovò intrappolata nelle sue braccia mentre si distendeva contro la lunghezza solida del corpo di Nick. Le mani di Nick scivolarono lungo la sua schiena, mani ruvide che la fecero eccitare e innervosire allo stesso tempo. Era Nick e sembrava tutto eccitante e pericoloso ma anche sicuro, perché era Nick e la stava baciando, lunghi e piacevoli minuti di baci, il tempo evaporava quando la baciava, era Nick che la faceva eccitare, la spaventava, la elettrizzava perché la desiderava così tanto da diventare quasi brusco. Quinn gli si avvicinò e lui rabbrividì e attirò i fianchi di lei contro i suoi per poi leccarle le labbra. Quinn gli toccò la lingua con la sua e Nick la fece rotolare sui cuscini del divano sotto di lui, schiacciandola con tutto il suo peso, premendo le cosce fra le sue e facendo divampare all'improvviso quello che fino ad allora era rimasto un desiderio non ben definito che le fece conficcare le unghie nella schiena di Nick.

Il corpo di Nick sotto le sue mani era più teso di quanto fosse abituata a sentire, più snello di quello di Bill, più aggraziato, meno delicato, e Quinn cercò di trovare il suo ritmo mentre la baciava e si muoveva contro di lei, ma non era semplice perché c'era così tanto desiderio fra loro e perché era Nick, caldo e insistente sopra di lei; prendeva la sua bocca come nessuno aveva mai preso il suo corpo, ma era sempre Nick, e questo aspetto continuava a distrarla e, allo stesso tempo, faceva aumentare il ritmo del suo respiro. Anche il cuore di Nick batteva forte, Quinn lo sentiva; poi lui le posò una mano sul fianco, il tessuto della maglietta era così consumato che riuscì a percepire il calore della sua mano e Quinn dimenticò il suo cuore e si inarcò perché era Nick che la toccava e le passava la mano sotto il seno, poi sopra, e lo stringeva accarezzandola attraverso il tessuto; lei rabbrividì perché il calore e la pressione erano così piacevoli e la sua bocca su di lei così invitante. Nick strinse la presa e poi si fermò, impietrito per un attimo, il suo sguardo non era più languido mentre lei si premeva contro di lui e lui si tirava indietro.

«Cosa?» chiese Quinn alzandosi, e poi lo sentì anche lei. Qualcuno stava suonando il campanello, premuto in un lungo suono continuo.

Gli occhi di Nick la misero a fuoco. «Dio» disse, e rotolò su un lato per mettersi in piedi, lasciando Quinn ancora aggrappata alla sua maglietta, sdraiata e scomposta sul divano.

«Nick?» gli disse, e lui le fece mollare la presa dal tessuto per dirigersi verso la porta scrollando la testa. Sentì aprire la porta e dire: «Oh, ciao Joe.» Quinn posò la testa contro lo schienale del divano e lasciò andare la frustrazione respirando fra i denti.

Suo padre arrivò nel salotto con la tv portatile e un sacco dell'immondizia che sembrava pieno di vestiti.

«Ciao papà» disse Quinn, cercando di sembrare calma.

«Tua madre mi ha sbattuto fuori» disse, sembrando sconvolto e offeso allo stesso tempo. «Le ho chiesto una birra e mi ha sbattuto fuori.»

«Non credo fosse per la birra» disse Quinn. «C'era anche Edie?»

«Ho pensato fosse per la menopausa.» Joe posò la tv sul tavolino accanto all'arco e cominciò a cercare una presa della corrente. «Voglio dire, è arrivata e ha cominciato a dire che Edie si fermava per un po' e io ho risposto: 'Come vuoi.' Lei ha cominciato a blaterare che non la ascolto mai, e le ho chiesto se fosse entrata in menopausa e lei ha quasi urlato che è in menopausa da due anni e mi ha buttato fuori.» Guardò Nick. «Possono andarci due volte?»

Nick guardò Quinn e poi chiuse gli occhi. «No. Be', devo andare.»

«Oh, no invece.» Quinn si alzò e lo guardò. «Tu resti lì.» Si voltò verso suo padre e disse: «Ci sono due lettini nella camera al piano di sopra, scegline uno. Io devo parlare con Nick.»

«Ma c'è la partita» disse Joe.

«C'è sempre la partita» disse Quinn. «E ho una cattiva notizia: non ho la tv via cavo.»

«Ah, maledizione» disse Joe, e poi se ne andò di sopra con il suo sacco. Quinn si voltò verso Nick. «Cosa fai? Paghi le persone per interromperci?»

«Non cominciare.» Nick scosse la testa verso di lei, sconcertato. «Un bacio va bene, cristo. Ma poi hai detto 'ancora'. No, è stato un errore.»

«Stai scherzando, vero?» Quinn cercò di restare calma perché urlare non sarebbe servito a niente, anche se l'avrebbe fatta sentire meglio. «Vuoi farmi di nuovo una cosa del genere?»

«Credo che siano i tuoi capelli.» Guardò in alto, poi il pavimento, ovunque tranne lei. «Devo essere impazzito. Devo essere proprio fuori.»

«I capelli.» Quinn si sentì avvampare di nuovo. «I miei capelli. Mi tocchi sul divano e poi mi dici no per colpa dei miei capelli.» Prese un cuscino dal divano e lo strinse al petto, avvolgendolo con le braccia per evitare di picchiare Nick. «Hai ragione. Sei fuori.»

«Sei uguale a quando avevi sedici anni» disse Nick. «Solo più vecchia.»

Quinn non si era resa conto di star digrignando i denti finché non lasciò andare un respiro che sembrò un sibilo.

«Non volevo dire questo.» Nick chiuse gli occhi e lasciò cadere la testa all'indietro. «Che giornataccia.»

«La tua è una giornataccia?» Quinn sentì la rabbia salire, un'ondata di calore che le fece venire il mal di testa. «La banca mi ritira il prestito, mi rapiscono il cane, mia madre fa coming out, mio padre si trasferisce da me» il suo tono di voce salì fino a diventare un grido «e il mio ex cognato si rifiuta di venire a letto con me, ma sei tu ad avere avuto una giornataccia? Non credo proprio!» Gli scagliò contro il cuscino mirando proprio allo scroto e Nick rimase in piedi mentre il cuscino lo colpiva, senza fare niente.

«La banca ti ha revocato il prestito?» disse.

«Lascia perdere il prestito adesso.» Prese un respiro profondo e smise di urlare.

Nick fece un passo indietro. «Ehi, non è solo un problema mio. Hai detto 'ex cognato'. Sai anche tu che non funzionerà, altrimenti non penseresti più a me in questi termini. Non mentre stavamo...» Tagliò corto. «Non voglio parlarne più.»

«Non dare la colpa a me» disse Quinn. «Ero pronta a togliermi i vestiti e fare tutto quello che mi avresti chiesto.»

Nick chiuse gli occhi di nuovo. «Non farmi questo.»

Quinn lo voleva morto. «Io non ti sto facendo niente. Non sono io qui il problema, sei tu. Perché mi hai baciata se non volevi andare avanti?»

«Io volevo andare avanti» disse Nick. «Volevo proprio andare avanti, credimi. Ma tu...» Aprì le mani e le mosse avanti e indietro nell'aria, come se cercasse di tirare fuori a forza le parole che gli servivano. «Non posso farlo. Ci ho pensato, dio sa se ho pensato a qualcos'altro in questi giorni, ma poi ti guardo e tu sei Quinn, non una fantasia, e io ti voglio bene, ma non in quel senso, quindi non posso. Mai. Non è accaduto e non accadrà mai.»

Le passò accanto per prendere la giacca e Quinn disse: «Lo sai anche tu che non puoi riavvolgere il nastro e cambiare la realtà quando vuoi. È successo. Mi hai baciata.»

Nick si infilò la giacca a fatica, senza guardarla. «Non voglio parlarne.»

«Mi hai toccata.»

«Non voglio parlarne davvero.» Tirò fuori le chiavi dalla tasca e le puntò verso di lei. «Non lo faremo più. Smettila di farmi gli occhioni sul divano.»

«Oh, adesso è colpa mia.»

«Sì.» Nick si voltò e attraversò il soggiorno per dirigersi verso la porta e Quinn lo seguì perché avrebbe voluto sbarrargli la strada e trascinarlo di nuovo sul divano. In realtà avrebbe anche voluto picchiarlo molto forte. «È colpa tua» disse lui.

«Da quando hai preso quel maledetto cane sei diversa. Io non ho mai fatto cose del genere prima. Non ho neanche mai pensato di fare cose del genere, prima che tu cambiassi.» Si fermò per spalancare la porta. «O, comunque, non le facevo da molto tempo.»

Quinn lo guardò. «E questo cosa vorrebbe dire? Tanto tempo fa facevi strani pensieri su di me? Non posso credere che mi molli così.»

«Buonanotte» disse Nick, e sbatté la porta dietro di sé.

«Al diavolo» gli urlò Quinn da dietro il vetro. Quando lui non le rispose e si limitò a camminare verso il furgone, Quinn guardò Katie che era arrivata per vedere cosa fosse tutto quel subbuglio. «I miei capelli» disse al cane. «Mi ha respinto per i capelli.»

Katie chinò la testa da un lato, un po' nervosa e decisamente dubbiosa.

«Lo so, non ci credo neanch'io» disse Quinn, ma poi il furgone di Nick si allontanò e lei andò a guardarsi allo specchio all'entrata. Portava ancora i capelli come li aveva alle superiori. Un problemone. Che scusa idiota.

Nel salotto, i Fleetwood Mac cantavano *Go Your Own Way*, 'Vai per la tua strada'.

«E voi cosa fate? La maledetta colonna sonora?» disse Quinn e si precipitò a spegnere bruscamente lo stereo. Stupidi gusti musicali di Nick.

«Quinn?» gridò Joe dal piano di sopra. «Hai uno spazzolino in più?»

«Nel mobiletto del bagno» sbraitò, e poi andò in cucina a chiamare Zoë.

Quando sua sorella rispose, Quinn disse: «Credo che la mamma sia lesbica.»

«Cosa?»

«Nostra madre è lesbica. Non ho ancora le prove ma credo che lei e Edie non facessero le torte insieme.»

«Oh signore.» In sottofondo, Quinn sentì il brontolio della voce di Ben e poi quella smorzata di Zoë che si voltò per dire: «No, non è successo niente.» Quando la voce tornò limpida, Zoë sembrava divertita. «Come sta papà?»

«Non credo abbia ancora afferrato» disse Quinn. «In compenso, si è trasferito da me.»

«Oddio, Quinn, mi dispiace.» Si sentì di nuovo il brontolio della voce di Ben e Zoë disse: «Te l'ho detto, non è successo niente. Tua suocera è lesbica, ecco tutto. Vattene ora.»

Quinn sentì Ben ridere e poi Zoë dire: «Non sto scherzando, ma non riesco a sapere i dettagli interessanti se non mi lasci parlare.» Poi la voce di Zoë tornò chiara. «Sai, dovresti lasciare che se ne occupi la mamma. Magari non è proprio sicura di quello che vuole, ma di solito lo ottiene.»

«Sì, e non sarebbe stata un'ottima idea tirare su anche noi in quel modo?» Quinn cominciò a camminare su e giù tendendo il filo del telefono.

«Mi sembri un po' nervosa» disse Zoë. «Io non sono ancora sicura di come mi sento al riguardo, a parte il fatto che è un po' strano scoprire che la mamma ha una vita sessuale a parte papà, ma immagino che sia stato strano anche per lei, dopo tutti questi anni. Quand'è che lo ha capito?»

«Non hai capito.» Quinn si sedette su uno degli sgabelli e Katie si accucciò ai suoi piedi, sicura che Quinn non avrebbe fatto gesti inconsulti per un po'. «Ha detto che lo voleva da anni.»

«Cosa???»

«Sì» disse Quinn, forte del sostegno della rabbia di Zoë. «Sì, per tutto il tempo in cui ci ha fatto crescere equilibrate e sicure, sostenendo e sopportando papà, aveva zia Edie al suo fianco.»

«Sai quante volte mi ha detto che il sesso non era necessario e che avrei dovuto smettere di correre dietro ai ragazzi?» Il tono di Zoë era risentito per quel tradimento. «E in tutto questo tempo, ho sempre pensato che stesse mettendo in pratica quello che predicava, povera, noiosa mamma.»

«Probabilmente tutte le volte che ha detto a me quanto fossi intelligente era perché non facevo sesso» disse Quinn. «Le ho detto che perdere la verginità era stato orribile per me e tutto quello che ebbe da dire fu: 'Be', ecco cosa sarà il sesso per te.' Mi ha detto che era noioso e tu mi hai detto che è sopravvalutato e io mi sono rassegnata a una via di mezzo fra voi due e ora sono molto arrabbiata.»

«Sta' zitto» sentì dire Zoë. «Non tu, mio marito. Ha detto che probabilmente sperava che andassimo dietro alle ragazze. Io ti ho detto che il sesso è sopravvalutato?»

«Varie volte. Non capivo perché continuavi a sforzarti per farne sempre di più e alla fine ho deciso che era per far arrabbiare la mamma.»

«Probabilmente era così» disse Zoë. «Non ho imparato davvero a farlo fino ai trent'anni.» Ben disse qualcosa in sottofondo e Zoë disse: «No, non tu. Anche tu sei bravo. Vuoi andartene, così posso finire questa conversazione?»

«Era brutto con Nick?» Quinn si sentì in colpa per averlo chiesto, ma doveva saperlo.

«Non brutto, solo non così bello» disse Zoë. «Avevo diciannove anni, cosa ne sapevo? E lo sa il cielo se la mamma era di qualche aiuto.»

«Be', neanche Nick sapeva come fare? Ho sempre avuto tutte queste fantasie di voi che facevate sesso sul divano.»

«Anche Nick aveva diciannove anni» disse Zoë. «La maggior parte di quello che sapeva lo aveva scoperto con me. Il Rapido e la Sprovveduta, ecco chi eravamo. E in tutto quel tempo, la mamma...»

«Fantastico» disse Quinn. «Proprio fantastico. Tu hai finito per divorziare, io sono finita con un tipo noioso dopo l'altro e mamma si becca una relazione a vita con papà e una con Edie. Sono arrabbiata con lei.»

«Immagina come deve sentirsi papà.»

«Per ora dà la colpa alla menopausa.»

«Oddio. Vuoi che venga a casa tua?»

«Per fare cosa? Per far vedere a papà la tomba da cui la mamma ha deciso di uscire? Lui cercherebbe la presa della tv via cavo.»

«Non sembri molto felice.»

«È stata una lunga giornata.» *Il tuo ex marito mi ha appena detto no per la seconda volta.* «Mi stanno mettendo tutti i bastoni fra le ruote.»

«Al diavolo» disse Zoë. «Prenditi tutto quello che vuoi, Q. Io alla fine ce l'ho fatta con Ben e, evidentemente, anche la mamma. Ora tocca a te.»

«Me ne ricorderò» disse Quinn. «E ora di' a tutti di lasciarmi in pace.»

Quinn entrò all'Upper Cut la mattina dopo durante la sua ora libera per cercare Darla. Debbie la salutò con la mano quattro postazioni e tre donne in cappa plastificata rossa più in là.

«Ciao, tesoro» le disse da sotto la nuova acconciatura bionda in stile Lady D che le dava un aspetto piuttosto strano. «Ho saputo della tua nuova casa.»

Due donne si voltarono per vedere chi avesse comprato una casa nuova mentre la terza continuava a raccontare della sua lite con qualcuno. «E poi mi ha detto...»

«C'è Darla?» chiese Quinn, dirigendosi verso la sua postazione.

«Arriva subito.» Debbie scompigliò la sua ultima creazione, con cui aveva portato il biondo champagne a vette inesplorate. «Cosa ne dici, Corrie?»

Il visetto avvizzito di Corrie Gerber sbucava sotto una pila di riccioli che la facevano sembrare un topo incastrato sotto una torta meringata. «Perfetto, Debbie. Come sempre.»

«Facciamo del nostro meglio per accontentarvi.» Debbie slacciò e tolse con un solo rapido gesto la cappa plastificata che ricopriva Corrie, spazzolando via i peletti che le erano rimasti sulle spalle. «Ecco, tesoro. Attenzione quando esci, il pavimento diventa scivoloso.»

Corrie si trascinò sul bordo della sedia e si alzò per controllare la parte superiore della testa nello specchio, non era alta neppure un metro e cinquanta. Dietro una spalla, si accorse della presenza di Quinn, che aveva fatto di tutto per non fissarla e disse: «Ho sentito delle cose su di te. Hai piantato il coach e ora vivi in quella vecchia casa sulla Apple. Che ti succede, ragazzina?»

«Sono femminista» disse Quinn. «A noi vengono desideri irrazionali.»

Darla sbucò dietro a Quinn con una tale fretta che le finì quasi addosso e disse: «Ehi, cosa fai qui? Come stai bene, Corrie. È il mio delle 11:30, Deb?»

«No» disse Debbie. «Ma è Nella, quindi non mi sorprende. Che ti succede? Sembri strana.»

«Fammi qualcosa» disse Quinn a Darla. «Un taglio.»

«Ma certo, diamine. Ci vuole una spuntata.» Darla le indicò la sedia in cui accomodarsi, più entusiasta del solito, e Quinn disse: «Stai bene?»

«Più tardi ti dico» rispose Darla. «Cominciamo la spuntatina.»

«No» disse Quinn. «Un taglio, un taglio netto.»

Tutte e tre si girarono verso di lei.

«No, tesoro, non questi bei capelli» disse Debbie.

«Vuoi trasformarti in una lesbica?» chiese Corrie.

«Ne sei sicura?» chiese Darla.

«Sì» disse Quinn a tutte. «Dacci un taglio.» Si sedette sulla sedia e si spostò i capelli dal viso tenendoli in una coda. Aveva un brutto aspetto, diverso dal solito.

«Be', non così tanto.» Darla diede dei colpetti sulla mano di Quinn finché lasciò cadere qualche ciocca e poi dei ciuffetti sulle tempie.

«Tagliali» disse Quinn.

«C'è qualcosa che devo sapere?» chiese Darla.

Quinn guardò Debbie e Corrie nello specchio, ascoltavano con avidità. «Più tardi ti dico.»

Darla si voltò verso di loro. «Possiamo fare qualcos'altro per voi, signore?»

«Ha perso la testa» disse Corrie camminando in modo incerto verso la cassa per pagare il taglio.

«Pulisco la mia postazione» disse Debbie. «Non vi disturbo.»

«Sì, invece» disse Darla. «Dacci dieci minuti, vai a prendere una coca.»

Debbie aveva lo stesso sguardo che assumeva da piccola quando Darla non la lasciava giocare con le ragazze grandi e Quinn era sicura che avrebbe mugolato 'Non è giusto' proprio come aveva fatto migliaia di volte quando erano bambine. Invece sbuffò e se ne andò stizzita verso la stanza relax.

Darla aprì il cassetto ed estrasse la busta delle forbici.

«Adesso spiegami, altrimenti non te li taglio.»

«Nick mi ha baciato ieri sera. A lungo» disse Quinn, e vide Darla sorridere dietro di lei nello specchio; per la prima volta da quando era arrivata al negozio si rilassò.

«Fantastico. Adesso spiegami perché vuoi un taglio.»

«Poi è arrivato mio padre e lui l'ha usato come scusa per fermarsi.» Al solo pensiero le venne da digrignare i denti. «Si è fermato.» Quinn incontrò gli occhi di Darla nello specchio. «Gli ho detto 'guarda, sono cambiata' e quando se n'è andato, mi sono guardata allo specchio. Porto i capelli così da quando ero al liceo. Erano solo un po' più lunghi ma, per il resto, erano identici, con la riga in mezzo. Voglio essere diversa e questo sarà un modo per dimostrare a tutti che sono cambiata e che non tornerò indietro. Taglia.»

«Allora sbrighiamoci» disse Darla. «Ti do un'annaffiata e poi tagliamo.»

«Aspetta un minuto» disse Quinn. «Mi sono dimenticata di chiedertelo. Si è mosso qualcosa ieri sera?»

Il viso di Darla era di pietra nello specchio.

«Oh, porca miseria» disse Quinn. «Mi domando che problemi hanno.»

«E noi che problemi abbiamo?» disse Darla.

I loro occhi si incontrarono di nuovo nello specchio e Quinn disse: «Tagliami i capelli. Tagliali tutti. Fammi cambiare il più possibile. Fammi cambiare talmente tanto che non potrò più tornare indietro.»

Darla annuì. «Sei già a buon punto.»

«No, non ancora» disse Quinn. «Ma ci arriverò.»

9

Quando Nick arrivò in banca alle dieci, la filiale era quasi deserta, così la voce di Barbara rimbombava leggermente.

«Nick!» disse, sorridendo come un direttore di banca. «È troppo presto per il versamento.»

«Max porterà i soldi più tardi» disse, e vide il suo viso illuminarsi. Dio, Max aveva dei problemi. «Ho bisogno del tuo aiuto.»

«Certo.» Barbara spense la luce sul suo volto e tornò a essere Barbie bancaria. «Come posso aiutarti?»

Nick lanciò un'occhiata attorno ma nessuno sembrava ascoltare la loro conversazione. Si chinò in avanti e Barbara fece lo stesso, evidentemente contagiata dalla sua aria di cospirazione. «Hanno revocato il prestito a Quinn.»

Barbara si raddrizzò. «Non può essere.»

«*Sssh*» disse lui, e Barbara si chinò di nuovo.

«Non può essere» sussurrò Barbara. «Il suo credito è buono. Chi te l'ha detto?»

«Quinn» disse Nick. «Potresti dare un'occhiata...»

«Aspettami qui» disse Barbara e si allontanò a grandi passi.

Barbara guadagnò dei punti nella sua classifica di gradimento. Certo, quello che stava facendo per lui andava contro ogni etica, ma era per una buona causa. Quinn. Non che Nick si sentisse coinvolto con Quinn.

Nick si appoggiò al banco dello sportello e si convinse del suo non coinvolgimento mentre aspettava. Quinn era in gamba e sapeva cavarsela, ma la questione del prestito sembrava complicata, il tipo di questione che un amico avrebbe provato a risolvere per un altro amico, quindi il coinvolgimento non c'entrava niente. Lei non era da quelle parti, non poteva toccarla, non era costretto a pensarla in biancheria intima; pensò a quanto fosse soffice il tessuto della maglietta la sera prima, quanto doveva essere ancora più soffice la sua pelle sotto la maglietta, a come si era eccitata sotto di lui e a come aveva inarcato il bacino, a come lui aveva quasi perso la testa: certamente non le si sarebbe più avvicinato finché quell'ondata di eccitazione sessuale non fosse finita.

Barbara tornò e aveva le guance chiazzate di rosso per quella che si svelò essere irritazione. «Hanno cambiato lo status del suo prestito» disse. «Non glielo hanno revocato, le hanno chiesto un anticipo del venti percento. E lei non ce l'ha.»

«E perché lo hanno cambiato?»

Barbara si chinò, le labbra serrate. «Non potrei dirtelo ma, d'altronde, neanche loro avrebbero potuto farlo. Il suo capo ha scritto una lettera dicendo che ultimamente si sta comportando in modo strano, 'instabile', ha detto.»

«Bill» disse Nick.

«No, il suo capo, Robert Gloam» rispose Barbara. «Ho visto la lettera.»

«Sì, ma è stato Bill a convincerlo.» Le ultime tracce di simpatia per Bill svanirono. «Quant'è l'anticipo?»

«Quattordici» disse Barbara. «Ma ne ha già versati sette.»

«Vorrei fare un bonifico» disse Nick.

«Sul prestito di Quinn?» Barbara fece no con la testa, dispiaciuta. «Non posso farlo. È a nome suo e...»

«Vuoi che vincano loro?» chiese Nick.

Barbara si morse il labbro.

«Non si merita una cosa del genere» disse Nick.

Barbara rifletté per dieci lunghi secondi e poi annuì. «Hai ragione, non se lo merita. Da dove vuoi prendere i soldi?»

«Ho dei risparmi su un conto» disse Nick. «Non c'è bisogno che lo sappia nessuno, okay?»

«È molto carino da parte tua.» Barbara gli sorrise con approvazione, un sorriso da bancaria, remoto e distaccato.

Era un sollievo dopo Quinn.

«Bisogna dare una mano agli amici» disse Nick, e Barbara si fermò.

«Hai ragione.» Lo guardò con affetto, affetto vero, per la prima volta. «Hai proprio ragione.»

«Bene» disse Nick a disagio.

Barbara gli sorrise.

Darla cominciò a dividere in ciocche i capelli zuppi di Quinn e pensò alla sua amica e a Nick, ai cambiamenti e a Max. Un vantaggio del taglio di Quinn: finalmente la gente avrebbe visto i suoi begli zigomi. E magari Nick finalmente avrebbe visto Quinn, il che era positivo. Forse.

Guardò sopra la testa di Quinn il suo chignon ordinato. Molto più composto della versione di Barbara, più morbido, più sexy.

Accidenti.

«Dalle superiori» aveva detto Quinn. Be', anche lei li portava lunghi fin dalle superiori, dall'ultimo anno, quando aveva beccato Max a guardare qualche cheerleader del primo anno e a lui non era venuto in mente niente di meglio da dire di: «Mi piacciono i capelli lunghi.» Darla, invece di rispondergli: «A me no, e se la guardi ancora, sei morto» aveva smesso di tagliarli.

«Darla?» disse Quinn. Darla rispose: «È una buona idea.»

Le fece un caschetto scalato con la riga da una parte per

non mettere troppo in risalto il viso tondo di Quinn e si stupì di quanto cambiasse la sua amica a ogni colpo di forbici. Quando Darla le passò per l'ultima volta il pettine fra i capelli, Quinn sembrava più matura, più bella. Più intensa. Più sveglia. Più sexy. Chi ha detto che solo i capelli lunghi sono sexy? «Cosa ne pensi?»

Quinn annuì, la sua espressione era seria ma decisa. «È uno shock, ma mi piace. Una volta passato, probabilmente mi piacerà tantissimo.» Scosse la testa da una parte all'altra. «Prima sentivo i capelli muoversi quando facevo così.»

«Finiti i giorni dei capelli lunghi» disse Darla. «Li asciugo con il fon?» Ma poi arrivò Nella, con un'ora e mezzo di ritardo, e disse: «Non sono in ritardo, vero?» Quinn si alzò, facendo cadere ciocche di capelli color rame.

«Certo che no, Nell» mentì Darla. «Siediti, sono subito da te.»

Seguì Quinn al bancone e disse: «Questa volta offro io. Chiamami più tardi.» Quando Quinn se ne fu andata, Darla andò nella stanza relax dove c'era Debbie.

«È arrivata la mia di mezzogiorno e mezzo?» chiese Debbie, con tono vagamente gelido.

«No. Puoi tagliarmi i capelli più tardi?»

A Debbie cadde la mascella. «Tagliare?»

«Sì» disse Darla. «Voglio farli corti. Come un folletto.»

«Oh mio dio.» Il gelo nella voce di Debbie si sciolse a quella notizia. «Max ti ucciderà appena ti vede.»

«La testa è la mia, non di Max» disse Darla, e poi uscì per lavorare su Nella, prima che Debbie avesse il tempo di precisare che Max era quello che doveva guardarla.

Che era anche un problema del marito.

Quinn era seduta in macchina fuori dalla stazione di servizio e cercava di abituarsi al suo nuovo taglio. Si guardava nello specchietto retrovisore muovendo la testa da una parte e dall'altra, ma tutto quello a cui riusciva a pensare era: corti.

Oh, al diavolo. Era un bel taglio, Darla ci sapeva fare, quindi non doveva preoccuparsi. Spostò lo specchietto, prese un respiro profondo ed entrò per parlare con Nick.

Era impegnato in una conversazione con Max, entrambi erano tesi e Quinn ebbe la netta sensazione che non stessero parlando di auto. Lasciò sbattere la porta d'entrata dietro di lei ed entrambi si voltarono e distesero il volto per la sorpresa, ma Nick riacquistò subito dopo la sua espressione corrucciata.

«Cosa hai fatto ai capelli?» disse. «Sei impazzita?»

«No» rispose lei. «E smettila di dirlo. Non sono più una bambina, ho trentacinque anni.»

«Ecco spiegata la maturità che hai dimostrato ieri sera» disse Nick.

«Ieri sera?» chiese Max.

«Tuo fratello ci ha provato con me ieri sera e poi mi ha piantato lì dicendo che non sono il suo tipo» disse Quinn.

«Non voglio saperne niente» disse Max, e poi si ritirò in ufficio, sbattendo la porta dietro di sé.

«Carina» disse Nick.

«Senti, l'ultima volta che mi hai fatto questo scherzo sono stata gentile,» disse Quinn «ma ormai la gentilezza l'ho finita. Cosa diavolo vuoi fare con me?»

Nick si irrigidì ancora di più, la guardava. «Non lo so. So solo che non lo farò più.»

«E perché no?» Quinn gli si avvicinò, così avrebbe potuto dargli un pugno o saltargli addosso, a seconda della piega che avrebbe assunto la conversazione. «Io lo voglio o, almeno, lo vorrò quando smetterò di volerti morto.»

«Tu sei importante per me» le disse, e la sua rabbia evaporò.

Quinn deglutì. «Oh.»

«Non voglio che tu sia solo un'altra...» Cercò la parola.

«Scappatella?» La sua rabbia ricominciò a crescere.

«Io non mi lascio coinvolgere» le disse. «Non voglio responsabilità. Mi piace la mia vita così com'è e mi piace che tu ne faccia parte, ma come amica, così posso averti sempre vicina.» Non sembrava felice di quell'idea, ma sembrava deciso. «Fare sesso con te sarebbe sbagliato, non siamo questo. Quindi, non lo farò.»

«Allora perché mi hai baciato?» gli chiese.

«Sono stato stupido» rispose, e Quinn si sentì atterrita.

Sinceramente, cosa poteva fare? Obbligarlo a fare l'amore con lei? Neanche lei era sicura di essere pronta. Almeno lo aveva affrontato. Le razionalizzazioni sensate e sicure si erano accumulate e avevano sepolto la sua decisione risoluta.

«Okay, va bene.» Quinn fece un passo indietro.

Lui sembrava affranto. «Non voglio ferirti. Non ho mai voluto ferirti. Mi dispiace da morire, Quinn.»

«Non è un problema» disse Quinn. «Non sono una di quelle ragazzette sensibili. Sono forte. In gamba. Affidabile.»

«Quinn...»

«Nessun bisogno di sentirmi coinvolta» disse allegra, indietreggiando verso la porta. «Sono completamente responsabile per me stessa. Quindi, siamo a posto.»

«Non fare così.»

«Allora, ci vediamo.» Sbatté contro la porta e cercò la maniglia. «Ti auguro tutto il meglio per il futuro.»

«Quinn...»

Quinn incontrò i suoi occhi e quella farsa perse d'un tratto tutto il suo fascino. «Non riuscirai a dimenticarmi» disse, sollevando il mento. «Non me ne frega niente di quali siano i tuoi piani, tu mi vuoi ancora. Ma non credere che me ne starò lì seduta ad aspettare che tu abbia risolto il tuo problema a impegnarti perché voglio farmi una vita nuova di zecca con questo taglio di capelli e il piano comprende anche una vita sessuale. Mi dispiace che tu non voglia partecipare.»

Spalancò la porta e si precipitò fuori, si infilò in macchina e mise in moto immediatamente in caso Nick l'avesse seguita fuori; cosa che ovviamente non fece.

«Ottimo lavoro» si disse. Ora doveva procurarsi anche una

vita sessuale, dato che lo aveva minacciato. E aveva i capelli corti. E suo padre viveva con lei e usava lo spazzolino di Nick. «Fanculo» disse, e poi tornò a scuola.

Max si affacciò dalla porta dell'ufficio. «Se ne è andata?»

«Sì.» Nick fissava la Honda di Eli Strauss. «Se ne è andata per sempre.»

Max annuì, ancora al sicuro nell'ufficio. «E va bene così?»

«Perfetto» disse Nick con indifferenza.

«Allora bene.» Max scosse la testa. «Perché si è tagliata i capelli in quel modo?»

«Non ne ho idea» mentì Nick.

«Odio i capelli corti nelle donne» disse Max. «Le fa sembrare arrabbiate.»

«Sì» rispose Nick, pensando che lo avrebbe ucciso se non avesse chiuso quella boccaccia e non lo avesse lasciato solo.

«Allora, ci hai provato con Quinn?»

Nick si voltò e fissò il fratello.

«Sono in ufficio» disse Max e tornò dentro.

Nick lavorò alla Honda per un'altra ora senza fare molta attenzione a quello che stava facendo. Più che altro, rimuginava su quello che gli aveva detto Quinn. Quante storie per due baci, che esagerazione – la sua mente deviò sulla sensazione incredibile del suo seno nel palmo. Cacciò via il pensiero di come si stesse comportando, le cose che non aveva avuto il tempo di fare, il modo in cui quel tessuto morbido si sarebbe aperto sotto le sue mani, il modo in cui Quinn si sarebbe contorta sotto le sue mani, eccitata; appoggiò le mani alla Honda e pensò: che ipocrita sono, Quinn non stava esagerando.

Supponiamo che non si fossero fermati, supponiamo che si fossero spogliati e che avessero fatto sesso...

Non sarebbe mai stato capace di lasciarla dopo. La vita senza Quinn era impossibile. Lei era una delle persone che amava di più, come Max e Darla e i ragazzi. Lei c'era.

Ma anche la vita con Quinn nel suo letto in pianta stabile

era impossibile. A lui piaceva vivere solo. E se fosse andato a letto con Quinn, lei poi gli avrebbe chiesto di andare a vivere da lei e Nick non avrebbe più potuto vivere da solo; senza contare che lei poi avrebbe voluto senza dubbio parlare del loro rapporto. Un incubo. La sua vita era perfetta, il suo appartamento era perfetto, aveva fatto la cosa giusta. Non era il tipo che si prende cura degli altri, non voleva responsabilità, voleva fare quello che voleva quando voleva, voleva essere libero di andare a letto con chi voleva e poi svegliarsi solo...

A quel pensiero si rimise in piedi. Non era andato a letto con nessuno dopo Lisa. Cioè, da Natale. Era solo e anche Quinn era sola, per questo avevano perso la testa. Non appena fossero usciti con qualcuno e fossero andati a letto con qualcuno, il problema si sarebbe risolto.

Peccato che non volesse altro, e se Quinn avesse mantenuto davvero quella minaccia di andare a letto con qualcuno...

La porta dietro di lui sbatté di nuovo e Nick si voltò così velocemente che colpì il cofano della Honda con la spalla, ma non era Quinn, era Darla, e i suoi capelli erano spariti. Erano corti, come quelli di Quinn, anzi di più.

«Signore» disse. «Ma cosa avete, ragazze, siete entrate in una setta? Max si incazzerà come una bestia.»

«Al diavolo Max» rispose lei, e Nick ritornò con la testa dentro il cofano della Honda perché la vita fuori dalle auto era semplicemente troppo complicata.

«Cosa hai fatto ai capelli?» disse Max.

«Li ho tagliati.» Darla chiuse dietro di sé la porta dell'ufficio. «Volevo un cambiamento, così...»

«Be', io no.» Max incrociò le braccia sul petto e la fissò. «Non posso crederci. Cosa diavolo ti sta succedendo?»

«Non mi sta succedendo proprio niente» disse Darla, cercando con ogni cellula del suo corpo di mantenere la calma. «Credo solo che ci stiamo fossilizzando. Siamo i soliti...»

«A me piace che siamo sempre i soliti» disse Max, ancora

fremente di rabbia. «Mi sono fatto un culo così per arrivare a questo...»

«Ehi, ho lavorato anch'io» disse Darla.

«...e adesso la nostra vita è proprio come la volevamo...»

«Come la volevi tu.»

«...quindi adesso vuoi cambiare tutto?» Max era così arrabbiato che distolse lo sguardo. «Solo per una smania di cambiamento, vuoi mandare a puttane una vita perfetta.»

«Per me non è perfetta» disse Darla, e Max si decise a guardarla di nuovo. «È la stessa cosa da anni, Max, dobbiamo continuare a crescere, altrimenti...»

«Mi stai dicendo che non vado bene per te» disse Max.

«No.» Darla scosse la testa, il cuore batteva più forte del solito. «No, tu sei perfetto per me, lo sei sempre stato, io ti amo...»

«Allora perché fai tutto questo?» chiese Max. «Perché tutte quelle stupidaggini sul sesso?»

Darla tornò a essere fredda. «Io volevo un po' di brivido. Tu, a quanto pare, no.»

«Ma il brivido tra noi c'è già» disse Max.

«No» disse Darla a denti stretti. «Non c'è.»

Max la fissò, testardo come solo lui sapeva essere. «Mi stai dicendo che non so darti il brivido.»

«Sì» rispose Darla.

Max annuì, era troppo arrabbiato per parlare.

«Voglio qualcosa di diverso per noi» disse Darla.

«Be', io no.» Max sciolse le braccia dal petto e si voltò. «A questo punto, immagino che dovrai trovarti da sola qualcosa di diverso.»

«Immagino anch'io» disse Darla, e uscì come una furia dall'ufficio. Andando verso la porta, passò davanti a Nick, chinato sulla Honda e disse: «E anche tu sei uno stronzo.» Poi uscì sbattendo la porta.

«Come mai il nuovo taglio di capelli?» chiese Thea a Quinn quel pomeriggio. Quinn rispose: «A volte devi fare dei gesti radicali per fare in modo che le persone ti vedano veramente e si rendano conto che non sei chi credono loro.» Quando Thea si fece pensierosa, Quinn aggiunse: «Il che non significa che anche tu debba tagliarti i capelli.»

«Lo so» disse Thea. «Mi piacciono i miei capelli lunghi. Ma ha ragione sul fatto che gli altri non la vedano. Voglio dire, probabilmente tutta la scuola la considera solo la fidanzata del coach e l'insegnante di arte che risolve i problemi. Non la vedono per niente come una persona vera.»

«Grazie» disse Quinn. «Che piacere mi fa sentire queste cose.»

«Be', ora cominceranno a cambiare atteggiamento» disse Thea. «Ha mollato il coach e si è tagliata i capelli. Dovranno per forza guardarla in modo diverso adesso.»

«Non ci resta che sperare» disse Quinn.

«Credo sia stata una scelta molto intelligente» disse Thea. «Soprattutto la parte che riguarda l'indurre le persone a guardarla in modo diverso. Però devo ammettere che a me i suoi capelli lunghi piacevano davvero tanto.»

Thea aveva in mente qualcosa e Quinn non si sentì per niente sollevata quando quindici minuti dopo apparve Jason per prendere un taglierino e Thea gli disse dolcemente: «Ti devo delle scuse.»

Jason le rivolse lo stesso sguardo nervoso che le riservava da quell'invito al cinema.

«Sai, quando ti ho chiesto di andare a vedere un film.» Thea irradiava sincerità. «In realtà ti stavo usando, stavo cercando di cambiare la mia vita.»

«Oh» disse Jason, che evidentemente non ci stava capendo niente.

«Volevo solo qualcosa di più dalla mia vita oltre a studiare tutto il giorno. E ho pensato che se fossi uscita con te sarei andata alle feste, mi sarei ubriacata, avrei fatto sesso sul sedile posteriore e cose del genere.»

«Cosa?» chiese Jason.

«Non era giusto nei tuoi confronti.» Thea fece un sorriso. «Voglio dire, immagina se mi avessi chiesto di uscire solo per il sesso. Saresti stato un vero stronzo, ed è esattamente quello che stavo facendo io con te. Quindi, mi dispiace davvero tanto.»

«Aspetta un attimo» disse Jason.

«Non succederà più» disse Thea con accondiscendenza e poi andò nel magazzino.

«Mi prende in giro, vero?» chiese Jason a Quinn.

«Sono sicura che le dispiaccia davvero» gli rispose.

«Non dovrebbe dire così apertamente che era in cerca di sesso» disse Jason. «O tutti i cretini della scuola cominceranno a sbavarle dietro.»

Quinn cercò di sembrare innocente almeno quanto Thea. «E perché ti interessa?»

«Guardi, è una ragazza carina.» Jason sembrava esasperato. «Non è il mio tipo, ma è una brava persona. Le dica di lasciar perdere tutti quei discorsi sul sesso o finirà nei guai.»

«Glielo dirò» disse Quinn, e quando Jason alla fine tornò al suo banco, andò nel magazzino. «Sei stata davvero crudele» disse a Thea.

«Le vendette non sono mai delicate» disse Thea. «E poi, non credo che non dormirà la notte pensando a quello che ha perso. Non è interessato.»

«Sembrava preoccupato» disse Quinn. «E ha ragione. Probabilmente, non dovresti andare in giro a fare certi discorsi sul sesso.»

«Non ci penso neanche.» Thea fece un ampio sorriso. «Ma per un attimo mi ha guardata in modo diverso, vero?»

«Sì» disse Quinn. «Era sconvolto.»

«Che è meglio di annoiato» disse Thea. «E non ho dovuto neppure tagliarmi i capelli.»

L'ultima campanella suonò quindici minuti più tardi e Quinn afferrò il cappotto e corse via cercando di evitare Bill e il baby capo, e per incontrare Edie. Non avevano avuto modo di parlare molto a pranzo, con Marjorie che esprimeva a voce particolarmente alta la sua opinione sul fatto che non ci fossero dubbi su chi fosse il responsabile delle tre partite perse, e Petra che sproloquiava sulla cattiveria che abita il cuore degli studenti, soprattutto in quello dei maschi pervertiti, e che chiedeva a Quinn dove avesse comprato quella bella camicia.

«A volte penso che siano tutti pazzi in questa scuola» disse Edie mentre uscivano dalla porta sul retro.

Quinn annuì. «Il baby capo farà impazzire anche me. Ogni giorno che manda il signore, mi sta addosso per un motivo diverso. È uno stillicidio.»

«Non ha una vita» disse Edie calma. «Tu sì. Ti stanno benissimo i capelli, a proposito.»

«Non ho la vita che volevo» precisò Quinn. «Non è cambiato molto per il momento. A parte la storia fra te e la mamma.»

«Quinn...» cominciò Edie. Quinn disse: «No, non c'è problema. Se siete felici, lo sono anch'io. E sono sicura che mi abituerò a vivere con papà. Non sembra troppo esigente.»

«Mi dispiace tanto» disse Edie.

«Non devi» disse Quinn. «Andrà tutto bene.»

Ma alle cinque e mezza quella sera, mentre preparava würstel e crauti per suo padre prima di uscire per le prove della recita, Quinn sentì il campanello che suonava e aprì la porta per trovarsi davanti Darla con una valigia, un taglio di capelli che le toglieva almeno dieci anni, e un'espressione torva in viso che glieli restituiva tutti.

«Mi piacciono i tuoi capelli» disse Quinn, facendo un passo indietro per farla entrare.

«Sto da te per un po'» disse Darla. «Se non è un problema.»

«Oh, certo.» Quinn cercò di pensare a qualcosa di sensibile da dire, ma alla fine scelse di essere diretta. «Che è successo?»

«Non gli piacevano i capelli.» Darla appoggiò la valigia a terra e Katie corse ad annusarla. «Ha detto: 'Cosa diavolo ti sta succedendo?' Io ho risposto: 'Voglio un cambiamento.' Lui ha detto: 'Be', io no.' Così me ne sono andata. Ecco un cambiamento.»

La vecchia Darla avrebbe detto queste cose con una scintilla negli occhi; questa Darla, invece, se ne stava lì in piedi, tesa come Lois. Forse era la tensione che sperimentavano quelle che lasciavano il marito. Non che Quinn lo avrebbe mai scoperto.

Darla non diceva niente, così Quinn intervenne: «Sì, è un cambiamento.» Niente. «Dài, andiamo di sopra e spostiamo uno dei lettini nello studio.»

«Perché?» Darla riprese la valigia, facendo fare un passo indietro a Katie.

«Mio padre si è trasferito qui ieri sera. Immagino tu non voglia dividere la camera con lui.»

«I tuoi hanno litigato?»

«No. Mamma è innamorata di Edie. A papà non lo abbiamo ancora detto.»

Darla la guardò sbattendo le ciglia. «Okay. E tu e Nick?»

«Io sono arrabbiata e lui è allo stadio della negazione.»

«Be', se non altro, siamo tutti usciti dalla nostra routine» disse Darla, e si diresse verso le scale.

Quando, tempo dopo, Quinn ripensò alle settimane precedenti, si chiese come avessero fatto a sopravvivere tutti.

Darla, testarda, si rifiutò di tornare a casa e Max, altrettanto testardo, rifiutò di ammettere che ci fossero dei problemi. «Si sta comportando come un'irresponsabile» disse a Quinn. «Sa benissimo che non la tradirei mai.»

«Non si tratta di Barbara, Max» disse Quinn, poi Max assunse di nuovo quello sguardo da mulo e si rifiutò di parlare.

«Non c'è speranza» le disse Darla più tardi. «Ma, almeno, non faccio la stessa maledetta vita di prima. Ho smesso di pensare continuamente che vorrei mettermi a urlare. Non ti dispiace, vero, che stia qui?»

«No» disse Quinn. «Anzi, è divertente. E poi, comunque non avrei una vita mia. Alla fine, sto diventando come mia madre: lei aveva Edie e io ho te. Non nello stesso modo, certo.»

«Non si può mai dire» disse Darla. «Se viviamo insieme per

dieci o vent'anni, magari alla fine vediamo la luce in fondo al tunnel.»

Non che la vita di Edie e Meggy fosse perfetta.

«Edie è così tranquilla» disse Meggy a Quinn quando portò Edie alle prove per la recita. Si assicurò che Edie fosse dall'altra parte del palco e che non potesse sentirla e poi disse: «Continua ad andare in camera da letto e a chiudere la porta, e quando entro anch'io, sta leggendo.»

«È un'insegnante di inglese, mamma» disse Quinn. «Fanno così.»

«È abituata a stare da sola da troppo tempo» disse Meggy. «Povera Edie.»

Quinn pensò a casa, invasa da programmi sportivi da quando suo padre aveva attivato la tv via cavo, dai ragazzi di Darla che venivano a cena tutte le sere, dalla madre di Darla, che passava tutte le sere per vedere se sua figlia fosse rinsavita e fosse tornata da Max che era un brav'uomo. «Sì, povera Edie.»

Un po' più tardi quella sera, Edie prese da parte Quinn e disse: «Tua madre mi sta facendo impazzire. Continua a portarmi cose, a chiedermi cosa voglio per cena, a dirmi di posare il libro che sto leggendo e andare a guardare la tv con lei.»

«Sono sicura che ti ci vorrà solo un po' di tempo per abituarti» disse Quinn. «Vivete insieme solo da un paio di settimane. Lei ha trascorso gli ultimi quarant'anni con papà e tu hai sempre vissuto da sola. Avrete modo di adattarvi.» Pensò a Joe, che cercava di adattarsi alla vita di Apple Street perché pensava fosse una soluzione temporanea, sicuro che sarebbe tornato a casa e al suo grande televisore prima dell'inizio dei mondiali.

«Adoro vivere sola» disse Edie.

«Ma allora perché ti sei trasferita dalla mamma?» chiese Quinn esasperata e, subito dopo, in colpa per essersi sentita esasperata.

«Perché era così entusiasta all'idea.» Edie sembrava affranta. «Continuava a dire che finalmente avremmo potuto stare insieme, e come facevo a dirglielo? Sarebbe stato crudele.»

Quinn ripensò alla faccia di sua madre, raggiante, quella sera in cucina. «Hai ragione, neanch'io avrei saputo dirle di no.»
«Mi ci abituerò» disse Edie. «Dài, sto talmente tanto dietro a questa recita che non starò molto in casa.»
Bill, in compenso, era sempre fra i piedi. Passava nell'aula di Quinn per parlare della partecipazione alla recita di Jason, anche se lei gli aveva detto un sacco di volte che non era interessata a parlare di lui. «Mi preoccupo solo che possa essere troppo impegnato» disse Bill, invitandola a preoccuparsi con lui.
«Sono affari di Jason» disse Quinn, e poi gli voltò le spalle per continuare la lezione.
Il baby capo non era neanche lontanamente delicato come Bill. «Stai rovinando la squadra» le disse dopo averla convocata l'ultimo mercoledì di marzo, il quinto richiamo in un mese. «La disciplina di Jason Barnes è andata alle ortiche e Corey Mossert sta seguendo le sue orme. Di' a entrambi che sono fuori dalla recita o lo farò io.»
«Fallo pure» disse Quinn. «Hanno diciotto anni, Robert. Sono capaci di prendere da soli le loro decisioni per le attività extracurricolari.»
«Il baseball non è un'attività extracurricolare.» Gli occhi di Bobby erano illuminati da un fervore religioso.
«Giusto» disse Quinn, e uscì dall'ufficio. «Sta diventando sempre più suonato o sono io?» chiese a Greta.
«Sei tu» disse Greta senza togliere gli occhi dalla tastiera. «Lui è sempre stato un cretino.»
E, come se non bastasse, qualcuno continuava a segnalarla alle autorità e doveva sopportare un'ispezione dopo l'altra: acqua, fondamenta, controllo parassiti, perdite di gas, recinzione, e avanti così finché si ritrovò a essere talmente stanca di tutte quelle scocciature che desiderò quasi non aver mai comprato la casa.
«Qualcuno ce l'ha con te» le disse Darla.

«Ci ho pensato anch'io» disse Quinn. «Ho chiesto a Bill di smetterla di mettermi contro tutta la città e ha detto che non è colpa sua. Cosa si può fare quando ti mettono i bastoni fra le ruote in questo modo?»

«Io me ne sono andata» disse Darla. «Ma tu questa strategia l'hai già provata quindi non saprei. Il che mi fa ricordare che è arrivata ancora posta, un altro avviso dal comune.»

Bill non era l'unico a ostacolarla: Nick era sparito dalla faccia della terra. Si erano visti tutti i giorni per anni e ora, all'improvviso, non c'era più. Quinn si era arrabbiata, poi si era sentita ferita e infine si era sentita semplicemente sola, le mancava quella porzione gigante di vita che occupava lui. Era questo che voleva dire Nick quando parlava di mettere a rischio la loro amicizia; Quinn cercò di pentirsi di quella sera sul divano ma ci rinunciò. Voleva il brivido e lui glielo aveva dato, come poteva pentirsene quando ne voleva di più? Cercò di reprimere la voglia di affrontarlo e decise di aspettare che si facesse vivo lui. Tibbett non era poi così grande, non poteva ignorarla per sempre. Prima o poi avrebbe dovuto tornare sui suoi passi o almeno ammettere in qualche modo che Quinn esisteva.

Almeno così sperava.

Quelle stesse due settimane non furono molto meglio per Nick.

Era riuscito a evitare la prigione pagando le cauzioni per violazione di proprietà privata e per Katie. Al canile non erano minimamente interessati a speculare sulla faccenda dato che chi aveva fatto la segnalazione non si era mai fatto vivo a firmare la denuncia, così Katie fu messa agli arresti domiciliari dopo che Quinn promise che non avrebbe mai lasciato il cane libero senza sorveglianza e questa volta firmò un permesso a nome suo.

Ma se il problema Katie era risolto, non si poteva dire lo stesso del problema Quinn. Benché Nick cercasse di sentirsi a posto con la coscienza per aver lasciato il divano prima che fosse troppo tardi, non riusciva a smettere di pensare a cosa sarebbe potuto succedere se non lo avesse fatto. La sua libido proiettava il film in technicolor e dolby surround *Cosa sarebbe potuto succedere*, e sapere che Quinn era arrabbiata ma che ci sarebbe stata non rendeva le cose più facili. *Solo una volta. Solo una volta per farla finita, così potrai smettere di pensarci. Sarà come tutte le altre dopo. Fallo una volta sola.*

Era un'idea così cattiva che quando Max arrivò al lavoro due settimane dopo che Darla se ne era andata dicendo: «Stasera vado al bar, vuoi venire?» Invece di dire: 'Non voglio incasinarmi con un uomo sposato che va al bar a caccia di donne' disse: «Sì.» Qualsiasi cosa sarebbe stata meglio di un'altra sera passata a pensare a Quinn.

Purtroppo, Joe era in piedi dietro di lui, quando disse quella parola.

«Ottima idea» disse Joe. «Vengo anch'io, ma con la mia macchina. Non si sa mai... dovessi avere fortuna.»

«Fortuna?» chiese Nick e sentì che gli veniva da vomitare.

«Be', immagino che a Meggy serviranno un altro paio di settimane perché cominci a mancarle» disse Joe. «Non ha senso star qui ad aspettare, vero Max?»

«Vero» disse Max senza il minimo entusiasmo.

La serata non fece che peggiorare da quel momento.

Il bar non aveva niente che non andasse. Nick aveva trascorso tanti bei momenti lì: la birra era fresca, la pizza era calda, il juke-box non faceva troppo schifo e facevano il karaoke solo il mercoledì sera, quindi si riusciva a evitarlo facilmente.

Il posto non era bellissimo, c'erano tavoli di formica graffiati e sedie di acciaio inossidabile che probabilmente alla luce erano orribili, ma nessuno andava da Bo per l'arredamento. Ci andavano per l'alcol, la tv e la compagnia. Quella sera, Nick avrebbe fatto a meno della compagnia.

«Allora è qui che trovi le donne» disse Max, e si sedette

cercando di sembrare un uomo di mondo, ma sembrava una matricola che si atteggiava a uomo di mondo.

Joe si chinò sul bancone e osservò il posto. «Ottima scelta. Vai, Nick.»

«Non stiamo tanto» disse Nick, e ordinò una birra.

Secondo le sue previsioni, Joe avrebbe ben presto cominciato ad annoiarsi e si sarebbe messo a guardare la tv dall'altra parte del bar. Le donne avrebbero notato Max, aveva un bel viso dopotutto, e lui si sarebbe spaventato e sarebbe voluto andare a casa. Sarebbero andati da Max, perché Joe era disposto ad andare ovunque ci fosse una tv via cavo, e avrebbero messo fine a quell'incubo.

«Ciao Nick» disse Lisa dietro di lui e Nick si impietrì.

«Ciao Lisa.» Si voltò per essere gentile. «Come stai?»

«Sola» disse sorridendogli, giovane, bella, ma niente che lui desiderasse.

«Siediti qui, signorina» disse Joe, spostando uno sgabello per farle spazio fra loro, e Nick gli rivolse uno sguardo infuocato mentre Lisa si arrampicava sullo sgabello. «Io sono Joe.» Si sporse verso di lei con un sorriso ancora più ampio di quello che Lisa stava rivolgendo a Nick. «Posso offrirti una birra?»

«Oh, certo» disse Lisa guardando Nick, ma lui sentì Max che si appoggiava contro la sua schiena e si girò per vedere da cosa stesse cercando di scappare suo fratello.

«Sei nuovo qui, non è vero?» stava dicendo a Max una bella biondina.

«Oh, Max» disse Max allungando la mano verso di lei.

«Tina» gli rispose lei stringendo la mano senza lasciarla andare. «Molto piacere.»

«Oh, mmm, che ne dici di una birra?» borbottò Max, gesticolando con la bottiglia che teneva nella mano sinistra dato che Tina aveva preso possesso in modo definitivo della destra. «Ti va?»

Tina gli lasciò andare la mano come se fosse viscida e disse: «Cretino.» E se ne andò disgustata.

«Cosa ho fatto?» chiese Max con un tono di voce più alto del solito per il panico. «Credevo si dovesse offrire loro da bere.»

Dall'altra parte della stanza, Tina sussurrò qualcosa alle sue amiche e tutte si voltarono a fissare Max.

Nick guardò la bottiglia nella mano sinistra di Max. «Be', magari mi sbaglio, ma credo si tratti della fede nuziale.»

«Oh, accidenti.» Max appoggiò la bottiglia e cercò di sfilare l'anello, ma non si mosse.

«Cosa c'è?» Joe guardò oltre Lisa e vide Max che tentava di sfilarsi l'anello. «Buona idea.» Non riuscì a toglierselo e si mise la mano in tasca, mentre Lisa guardava. «Mia moglie mi ha lasciato» le disse dispiaciuto. «Dopo una vita di fedeltà, mi ha buttato fuori.»

«Ma è terribile» disse Lisa. «Una vita di fedeltà.» Lanciò un'occhiata a Nick da sotto le ciglia. «Ecco cosa vuol dire impegnarsi.»

Nick si voltò di nuovo verso Max che stava ancora armeggiando con l'anello. «Vedi, probabilmente è un segno che non dovresti essere qui.»

«Sembri Quinn» disse Max con voce lamentosa. «Segni. Ehi,» disse al barista «hai del burro?»

«Max, piantala e va' a riprendertela» disse Nick. «Tu non vuoi nessun'altra, vuoi Darla.»

«Mi ha lasciato» disse Max, sul viso di nuovo quello sguardo da mulo. «Sono passate due settimane e non ha saputo dire niente di meglio che vuole qualcosa di nuovo.» Si guardò attorno come se fossero a Sodoma. «Questo è nuovo, maledizione.»

«Credo volesse dire qualcosa di nuovo con lei.» Nick lo guardò disgustato. «Non posso credere che tu stia mandando a puttane il tuo matrimonio in questo modo.»

Max lo fissò. «Sono fatti tuoi?»

«Benissimo.» Nick tornò alla sua birra. «Perfetto. Vai. Fottiti da solo.»

Stettero seduti in silenzio per un paio di minuti e poi Max disse: «Non mi pare che tu stia puntando qualcuno.»

«Mi sto rilassando» disse Nick a denti stretti.

«Hai intenzione di chiamare Quinn?»

«No.»

«E poi lo stupido sono io. Quinn ti vuole, imbecille.»

«Be', io non voglio lei» disse Nick, valutando l'idea di provarci con Lisa per togliersi Max dalle scatole ma scartando subito l'ipotesi.

«Sì, certo.» Max sembrava tornato in sé, ora che stavano litigando. «La vuoi da sempre.»

«Non eri venuto qui per trovarti una donna?» disse Nick. E, prima che potesse finire la frase, una donna si sedette accanto a Max e disse: «Ciao, Max Ziegler, cosa fai in un posto come questo?»

Max si ficcò in tasca la mano sinistra e si voltò. «Oh, cavolo. Ciao, Marty.»

Nick gli passò davanti strizzando gli occhi. Marty Jacobsen, una delle clienti abituali di Darla. Bene. Gli sta bene. Non voleva Quinn da sempre.

La voleva solo da vent'anni.

«Darla lo sa che sei in giro stasera?» chiese Marty, chinandosi leggermente verso di lui.

«No» rispose Max, ritraendosi leggermente. Nick lo spinse in avanti e lui disse: «Ho fatto un giro con Nick e Joe.» Max tirò fuori la mano sinistra dalla tasca e guardò l'orologio, piazzandole l'anello proprio sotto il naso.

«Ho sentito dire che ti ha lasciato.» Marty gli si avvicinò. «Bisogna essere proprio stupide per lasciare uno come te.»

«Sta solo da Quinn per un po'» disse Max nervoso.

«Ho sentito anche quello.» Marty annuì, comprensiva. «Deve essere stato terribile per te scoprirlo così.»

«Scoprire cosa?»

«Prima la mamma di Quinn e la signora Buchman e poi Quinn e Darla.»

Nick rise quando si rese conto di dove volesse arrivare Marty ma lei raddrizzò la schiena per guardare verso di lui da sopra la spalla di Max. «Non che la consideri una cosa sbagliata né niente del genere. Voglio dire, Darla rimarrà la mia parrucchiera.»

«Di cosa stai parlando?» chiese Max confuso.

«Pensavo solo che se avessi bisogno di... sai, conferme, io ti potrei aiutare.» Marty sbatté le ciglia verso di lui. «Mi piacerebbe molto aiutarti.»

«Marty, non sono amanti» disse Nick. «Stanno solo collaborando per la recita.»

«Amanti?» disse Max.

«Voi uomini siete così ciechi» disse Marty. «Quinn ha lasciato il coach, no? L'uomo migliore della città?» Scosse la testa. «E si sono tagliate i capelli in quel modo. È ovvio.»

«Amanti?» chiese Max a Nick, con le sopracciglia che si alzavano mentre il pensiero si faceva più nitido e sentiva la rabbia aumentare.

«Non sono amanti» disse Nick. «Dio, Max, riprenditi.»

«Sì, ma la gente pensa...»

«Allora, cosa ne pensi di una birra, Max?» disse Marty. «Io, di certo, ho sete.»

«Certo» disse Max, facendo un gesto al barista e mettendo una banconota sul bancone. «La signora vorrebbe una birra.» Annuì verso Marty. «Be', dobbiamo andare. Mi ha fatto piacere vederti.»

Scivolò giù dallo sgabello con il sollievo di Nick e il dispiacere di Marty e disse: «Joe?»

Nick si voltò e vide Joe appoggiato al bar che parlava con Lisa e due sue amiche, una brunetta e una dai capelli rossi.

«Allora, quello che succede» stava dicendo Joe «probabilmente è che hai una guarnizione rotta, se il rubinetto è vecchio.»

«È molto vecchio» disse Lisa sorridendogli.

«Posso passare da te e aggiustarlo domani.»

«Benissimo.» Lisa spostò gli occhi su Nick per vedere se stesse ascoltando. «Abbiamo un appuntamento domani.»

«Non posso crederci» disse Max sottovoce.

«Joe, ce ne andiamo» disse Nick. «Buona serata.»

«Farò del mio meglio» disse Joe, facendo un brindisi puntando verso di lui la bottiglia di birra.

Lisa ignorò Nick completamente.

«Dovremo proprio uscire più spesso» disse Nick seguendo Max alla macchina.

«Chiudi quella bocca» disse Max.

10

Anche per Bill quelle due settimane furono infernali.

Prima di tutto, Quinn si era tagliata i capelli e lui odiava quel taglio. Guardarla gli faceva venire il mal di testa. Aveva un aspetto così familiare prima, una madre, la sua ragazza, ma adesso era diversa, lontana da lui, e lui lo odiava.

Certo, sarebbero ricresciuti. Era solo una fase e, una volta tornati insieme, le avrebbe detto: «Per favore, non tagliarti più i capelli.» Lei sarebbe stata dolce come sempre e i capelli sarebbero ricresciuti.

Non vedeva l'ora.

Nel frattempo, il baby capo stava perdendo la testa. «Possiamo mettere in giro la voce che si scopa Jason Barnes» disse a Bill, con tanto entusiasmo che quasi rideva a crepapelle. «Così tiriamo fuori Jason da quella maledetta recita e lei tornerà da te per non perdere il lavoro. Non male, no?»

Bill lo guardò come se fosse un demente. «Quinn non avrebbe mai una storia con uno studente.»

«Questo non lo sappiamo.» Bobby scosse la testa. «Ultimamente si comporta in modo strano e quel ragazzo è sempre con lei. Non mi sorprenderebbe...»

Bill lo guardò e tagliò corto. Quinn non aveva una storia

con nessuno e soprattutto non con uno studente, soprattutto non con Jason Barnes che era come un figlio per lui; Quinn non stava con nessuno, nessuno che non fosse lui.

«Funzionerà» disse Bobby, e Bill scosse la testa ma lo lasciò perdere. Aveva un piano.

Alla fine si era reso conto che Quinn era molto determinata a tenersi la casa, dato che aveva superato tutte le ispezioni che le aveva mandato nelle ultime due settimane, così aveva deciso che non gli rimaneva altro da fare che trovare una bella casa che potessero condividere. Non sapeva proprio perché non ci avesse pensato prima, era così ovvio, avrebbe chiamato Bucky all'agenzia immobiliare e, quando avesse trovato la casa perfetta, gliela avrebbe mostrata, e Quinn avrebbe capito che era la scelta migliore e ci si sarebbero trasferiti insieme, i capelli sarebbero ricresciuti e lui avrebbe potuto concentrarsi di nuovo sulla squadra. Non che quattro partite perse fossero qualcosa di cui preoccuparsi.

«A Quinn penso io» disse Bobby. «Tu concentrati solo sulla vittoria.» Bill lo ignorò perché gli era venuta un'altra idea.

La gente pensava che Jason e Quinn stessero insieme perché lavoravano insieme alla recita. Be', poteva collaborare anche lui alla recita. Poteva vedere Quinn tutte le sere se dava una mano con gli impianti. Con quello e la casa nuova...

Le cose sarebbero tornate alla normalità in un attimo.

Lunedì, il baby capo chiamò Quinn nel suo ufficio durante l'ora buca.

«Cosa c'è questa volta, Greta?» chiese Quinn.

«Gli stai rovinando la vita.» Greta continuò a scrivere a macchina, ma riuscì comunque a lanciare a Quinn uno sguardo comprensivo. «Almeno, la vita come la concepisce lui. Entra, ti sta aspettando.»

Lo sguardo che le rivolse Bobby quando entrò era ancora più compiaciuto del solito.

«Abbiamo un problema» disse Bobby.

«Come al solito» Quinn non provò neppure a dissimulare l'esasperazione nella sua voce.

«Come ti ho detto, Jason Barnes arriva tardi ed esce prima dagli allenamenti.» Le labbra di Bobby si tesero e quasi sparirono. «Il suo impegno nella recita sta influendo sul suo rendimento nello sport. Deve smetterla.»

«E, come ti ho già detto, nessuno obbliga Jason a farlo» disse Quinn. «Non capisco cosa c'entro io.»

«Varie persone mi hanno chiesto spiegazioni sul tuo rapporto con quel ragazzo» disse Bobby. «Non voglio dover chiamare i suoi genitori.»

Quinn si gelò; il baby capo non era più solo cretino, ora era pericoloso. «Quali persone, quale rapporto, e perché mai dovresti chiamare i suoi genitori?»

«La gente vi ha visti insieme» continuò Bobby. «Sospettano che ci sia del tenero.»

«È uno dei miei studenti» disse Quinn. «È un bravo ragazzo, ma è un ragazzo. Fine.»

«Vi hanno visti parlare e ridere.» Bobby la guardava in cagnesco. «Ti segue come un cagnolino e tu lo incoraggi e non si sta più concentrando sulla squadra. Ho visto il modo in cui tu...»

«Ho capito.» Quinn incrociò le braccia e lo guardò.

«La gente sei tu e sei tu che sei arrabbiato perché vuoi Jason fuori dalla recita e me di nuovo ai fornelli a preparare la cena per Bill.» Avrebbe voluto schiacciare quel piccolo verme lì dove si trovava. Chi era lui per buttarle addosso quello schifo?

«Anche gli altri lo noteranno. Probabilmente...»

«Certo, dopo che lo avrai fatto notare a tutti anche dargli i compiti sembrerà un incoraggiamento.» Quinn scosse la testa verso di lui. «Non ti permetterò di ricattarmi con la mia reputazione, Robert. Non posso credere che tu e Bill arrivereste così in basso. Dovresti vergognarti.»

«Io non ho niente di cui vergognarmi» disse Bobby di scatto. «Nessuno potrà mai accusarmi di essere troppo intimo con uno studente...»

Su questo non c'erano dubbi, tutti pensavano che fosse uno sfigato.

«...quindi il solo fatto che ti senti vulnerabile dovrebbe farti pensare.» Fece una pausa, arcigno, e Quinn avrebbe voluto spaccargli la faccia con un pugno perché aveva ragione. «Lo sai meglio di me, gli insegnanti devono essere al di sopra di ogni sospetto. Di' a Jason che non può più lavorare alla recita, rimandalo da Bill, al suo posto.»

«Dirò a Jason che tu e Bill siete preoccupati per il suo rendimento nello sport» disse Quinn. «Il resto, se vuoi, glielo dici tu. Ma te lo prometto,» si chinò in avanti molto arrabbiata «metti in giro delle voci su me e Jason e compilo un reclamo contro di te che ti farà perdere la faccia di fronte a Carl Brookner.»

A queste parole, Bobby impallidì, le sopracciglia gli si congiunsero per la rabbia e Quinn si sentì meglio. Era il suo atteggiamento da sbruffone che la faceva impazzire.

«Finché non dici niente a nessuno» spiegò Quinn con calma «non sei vulnerabile. E se non dici niente, non ci sarà nessun problema, perché l'unica persona qui talmente viscida da pensare che farei la stupida con uno studente sei tu.»

«Stai attenta» disse Bobby. «Devi stare attenta. La gente guarda e poi parla. Già pensano tutti che sei pazza perché ti sei introdotta nel canile per prendere il cane.»

Quinn se ne andò scuotendo la testa, fermandosi nell'anticamera dell'ufficio per dire a Greta: «Sai, credo che stia andando proprio fuori di testa.»

«Io ne sono sicura» disse Greta. «Oh, e ho qualcuno in linea per te dalla banca. Qualcosa sul tuo prestito.»

«Oh, dannazione» disse Quinn. Quando rispose, Barbara le disse: «Volevo solo farti sapere che il prestito è stato approvato, puoi venire quando vuoi a firmare i documenti.»

La mente di Quinn si svuotò: «Il mio prestito? Quale prestito? Credevo di dover versare un anticipo più alto.»

«È tutto a posto» disse Barbara con entusiasmo. «Vieni quando vuoi.»

Non era Barbie bancaria che schivava una domanda finanziaria.

«Verrò nella mia ora buca» disse Quinn. «Ci facciamo una bella chiacchierata.»

Quando Quinn arrivò alla banca, Barbara sembrava un po' nervosa nel suo perfetto completo di gabardine grigia. «Vado a pranzo fra cinque minuti» disse a Quinn, passandole i documenti dall'altra parte della scrivania. «Se vuoi firmare...»

Quinn annuì. «Bene. Pranzo con te.»

«Be'...» Barbara era spiazzata.

«Voglio sapere cosa è successo» disse Quinn.

Barbara arrossì. «Gli ho promesso che non te lo avrei detto.»

«A chi?»

Barbara guardò oltre la spalla di Quinn e poi sussurrò: «Nick.»

«Nick?»

«*Sssh.*»

«Andiamo a pranzo» disse Quinn risoluta.

Mezz'ora dopo, all'Anchor Inn, con un pasticcio di carne davanti al naso, Quinn stava affrontando ancora l'enormità della faccenda. Nick non glielo aveva detto ma aveva sborsato metà del suo anticipo. Quali fossero i percorsi mentali che lo avessero portato a quella decisione Quinn non riusciva a capirlo, ma sapeva che era grata e furiosa allo stesso tempo. Bill aveva agito alle sue spalle per mandare a monte il prestito, ormai ne era quasi sicura, ma anche Nick aveva agito alle sue spalle per salvarla, trattandola come una bambina.

«Non posso crederci» disse a Barbara.

«Per me è una cosa fantastica» disse Barbara. «Si prende cura di te. Sei fortunata.»

«Preferirei prendermi cura da sola di me stessa.»

«Perché?» Barbara la guardò così incredula che Quinn disse: «Non ti capisco. Hai fatto una brillante carriera in banca e hai un buono stipendio. Perché vuoi così tanto trovare un uomo che ti mantenga?»

Barbara si appoggiò allo schienale della sedia, sulle sue guance si distinguevano due macchie rosse. «Non ho bisogno di un uomo che mi mantenga. Non dipenderei mai da un uomo per i soldi.»

«Oh.» Quinn sbatté le palpebre verso di lei. «Ma allora perché continui a uscire con uomini sposati?»

«Non faccio niente del genere» disse Barbara, e il rammarico sul suo viso era reale. «Credimi, è così. Non esco mai con loro finché non sono separati. È solo che è difficile trovare qualcuno che si prenda cura di te, sai? Quando trovi un buon tuttofare, sei fortunata.»

Quinn ripensò alla serie di uomini che le erano piombati in casa durante le ispezioni. Aveva guardato ognuno di loro pensando: Dammi una mano perché non ho la minima idea di cosa tu stia parlando. «Okay, fin qui ti capisco. Ma finiscono tutti a vivere da te, Barbara.»

«Solo tre» precisò Barbara.

«Hai solo ventotto anni» disse Quinn. «Tre uomini sposati a ventotto anni è un dato statisticamente rilevante.»

«Non esco con loro quando sono sposati» insistette Barbara. «Non uscirei mai con un uomo sposato. È solo che quando incontro un uomo davvero buono che sa riparare le cose, ho molto lavoro per lui.»

«Così deve venire spesso a casa tua.» Quinn annuì per incoraggiarla ad andare avanti con il racconto.

«A volte mi chiedono di uscire» disse Barbara. «Ma rispondo sempre che, per quanto sia molto molto grata per il loro lavoro e per quanto creda che siano uomini meravigliosi, perché lo sono davvero, non potrei mai uscire con un uomo sposato. Perché è così.»

«Allora lasciano le mogli» disse Quinn, che finalmente stava capendo. Riusciva a immaginare benissimo Matthew che, dopo anni e anni con Lois che lo faceva impazzire, si ritrovava tra le mani una giovane biondina che gli diceva che era meraviglioso.

«Così per un po' è bellissimo» disse Barbara, come se parlasse a sé stessa. «Io mi sento al sicuro e so chi sono perché sono con un uomo meraviglioso che sa tutto.» Tornò con i piedi per terra e disse: «Ma poi viene sempre fuori che non è vero che sanno tutto ed è deludente perché invece dicono tutti così. E non è vero, e tu alla fine non ti puoi fidare di nessuno di loro.»

«Penso che dovresti amarli per quello che sono» suggerì Quinn.

«Ma è quello che faccio» disse Barbara. «Finché non mi deludono.»

Quinn tornò all'essenziale. «Perché vuoi qualcuno che è pronto a lasciare la moglie?»

Barbara era perplessa. «La gente divorzia in continuazione. Nick ha divorziato e ora stai con lui.»

«Non è vero» disse Quinn. «Non mi parla neanche.»

«Allora perché ha pagato per il tuo prestito?» chiese Barbara. «Forse pensa di stare con te.»

«Non so cosa pensi» disse Quinn. «Non so neanche bene cosa penso io. Sono in una strana fase.»

«Darla Ziegler vive con te, vero?» chiese Barbara.

Quinn aggrottò le sopracciglia. «No. Sta da me per un po' perché lavoriamo insieme per la recita scolastica.» Quella giustificazione sembrava talmente stupida che Quinn capì benissimo che Barbara non se la sarebbe bevuta, così lasciò perdere le scuse e scelse la verità. «Non ha lasciato Max. Sono ancora sposati.»

«Se avessi un uomo come Max, non me ne andrei a vivere da un'altra parte lasciandolo solo» disse Barbara. «Ho sentito dire che era da Bo ieri sera. È terribile.»

Bo. *Oh, accidenti.* «Non divorzieranno» disse Quinn. «Scordatelo, Barbara.»

Barbara arrossì e Quinn si sentì in imbarazzo per lei. «Troverai un uomo meraviglioso che sa tante cose e che non è sposato» le disse Quinn. «Non ho dubbi.»

Più tardi, mentre andava a scuola, si rese conto di essere stata piuttosto paternalista. A ben vedere, non si stava comportando poi molto meglio di Barbara. Almeno Barbara mandava avanti una casa. Lei non riusciva neppure a fare in modo che l'uomo che le piaceva si accorgesse di lei (anche se aveva pagato per il suo debito, quell'idiota), e non riusciva a fare in modo che l'uomo che non voleva la lasciasse in pace. *Metti a posto la tua vita prima di pensare a quella di Barbara.*

Cominciò con Jason: «Al professor Gloam non sta bene che tu partecipi alla recita perché trascuri il baseball.»

«Non sono io che sto mandando a rotoli la squadra» disse Jason.

«A quanto pare lui crede che la colpa sia mia» gli disse Quinn. «Ha anche insinuato che il nostro rapporto sia qualcosa di più di quello fra studente e insegnante.»

«È fuori di testa» disse Jason.

Quinn si allontanò da lui quando Thea uscì dal magazzino con altra carta. «Lo penso anch'io, ma può rendermi la vita molto difficile, quindi ti sarei grata se potessi starmi lontano.»

«Sta scherzando?» Jason era disgustato.

«Cosa succede?» chiese Thea. Jason disse: «Gloam è convinto che mi voglia fare la McKenzie.»

«Sta solo cercando di ricattarmi per far uscire Jason dalla recita» spiegò Quinn. «Non lo pensa sul serio.»

«Ma lei non mi butterà fuori, vero?» disse Jason e Quinn scosse la testa. «Bene» disse. «Questa scuola è un manicomio.»

Mentre lo diceva, guardò Thea e poi tornò al suo posto per rialzarsi un attimo dopo e dire: «Senti, Thea, se Gloam si fa vedere alle prove, io mi appiccico a te. Così magari penserà che ci provo con te e non con la McKenzie e la lascerà in pace.»

«Sei così bravo a recitare?» disse Thea fredda. Jason scosse la testa e disse: «Questo posto è decisamente un manicomio.»

«Non solo questo posto» disse Quinn, e pensò a Nick. Aveva pagato per il suo prestito. Avrebbe dovuto ringraziarlo. Il cuore di Quinn accelerò al pensiero. I brividi che cercava non erano facili da avere come aveva pensato, ma ne valeva decisamente la pena. Dopo che l'aveva ignorata per due settimane, Nick si meritava un grazie.

Che lo volesse o no.

Darla stava finendo di fare la piega a Joan Darling quando Max entrò nell'Upper Cut.

«C'è tuo marito» disse Joan.

«È quello che penso io?» disse Darla. *Chiudi il becco, Joan.*

«Te ne sei andata da così tanto tempo che, probabilmente, lo hai dimenticato» disse Joan.

«Ecco fatto» disse Darla, spegnendo il fon prima di finire il lavoro. Che se ne andasse in giro così per un po'.

«Tu e quella Quinn non fregate nessuno» disse Joan mentre si alzava. «Abbiamo sentito tutti le voci che girano e Corrie Gerber ha detto che Quinn lo ha ammesso proprio su questa poltroncina.»

«Ammesso cosa?» disse Darla. Poi arrivò Max dicendo: «Devo parlarti.» Lei andò verso la stanza relax con Max che la seguiva e Joan che li guardava, avida di carpire qualche notizia da diffondere.

Max chiuse la porta dietro di sé. «Per quanto ancora hai intenzione di andare avanti con questa cazzata?»

«Quale cazzata?» chiese Darla. «Vivere con Quinn invece che con te? Finché non mi darai una buona ragione per tornare a casa.»

«Bene, te ne do una buona subito» disse Max. «Girano voci che tu e Quinn andate a letto insieme.»

Darla rise. Non riuscì a trattenersi anche se lui sembrava indignato. «E tu hai paura che sia vero o ti dispiace che non lo sia?»

«Non fa ridere.» Max la fissava. «Mi stai rendendo ridicolo.»

«Non vedo come potrei» disse Darla. «Dovresti suscitare solidarietà e compassione. Scommetto che gli omaggi in biscottini si staranno moltiplicando.»

Max diventò rosso di collera. «Credi davvero che ti tradirei? Lo credi davvero?»

«No» disse Darla. «Ma credo davvero che continui a non capire.» Sembrava così infelice che Darla avrebbe voluto abbracciarlo, ma un gesto del genere l'avrebbe riportata esattamente dov'era prima. «Abbiamo bisogno di un cambiamento, Max. Abbiamo bisogno di ricominciare a guardarci davvero, a correre di nuovo dei rischi, a ricordare com'era vivere. Se torno a casa, tornerà tutto come prima e io non lo sopporterei.» Si fermò. Sapeva dall'espressione sul viso del marito che non stava capendo ma si stava solo arrabbiando. «Lascia perdere.» Darla si voltò verso la porta. «Lascia perdere.»

«Senti, dimmi solo quello che vuoi e lo avrai» disse Max, la voce stanca per l'esasperazione.

«Se te lo dico io, non ha senso» disse Darla. «Non voglio niente di specifico. Voglio solo che ti renda conto che ci stiamo trasformando in due statue e non abbiamo neanche quarant'anni. Io ho provato a fare qualcosa di insolito e tu non mi hai considerato minimamente. Adesso tocca a te. Sorprendimi. Dimostrami che siamo ancora vivi.»

«Non ho idea di cosa tu stia parlando» rispose Max.

«Ecco, è per questo che vivo con Quinn invece che con te» disse Darla.

Più tardi quel pomeriggio, Nick si chinò sulla jeep di Marcy Benbow e pensò a Quinn. E al sesso. Non era tranquillo se quelle due parole comparivano nella stessa frase, ma non riusciva a togliersele dalla testa. Magari poteva convincerla a farlo una volta così sarebbero riusciti a liberarsi da quel pensiero fisso e tornare quelli di prima. Una botta e via, non voleva altro. Una sola occasione di strapparle le mutandine e farla rotolare sotto di sé, e poi sarebbero tornati ai bei vecchi tempi. Una sveltina proibita e poi...

Fuori, una portiera sbatté e Barbara Niedemeyer si diresse verso l'ingresso dell'officina. Questa volta era arrivata con la Camry di sua madre, il che aveva senso dal momento che avevano già riparato tutto nella sua macchina. Nick si accucciò sotto il cofano della jeep con l'intenzione di essere troppo occupato per parlare. Da quando aveva pagato il prestito per Quinn, Barbara gli sorrideva raggiante esattamente come faceva con Max. Era una bella donna, ma non voleva avere niente a che fare con lei. Soprattutto ora che la sua mente era piena di Quinn...

«Nick» disse, e lui fece un salto perché gli era arrivata molto vicino. Quella donna si muoveva come un gatto. «Devo parlarti.»

«Certo» disse, e si raddrizzò.

«Quinn sa del prestito.» Barbara sembrava sentirsi in colpa e soddisfatta allo stesso tempo. «Mi ha chiesto da dove venissero i soldi e ho dovuto dirglielo. Non avevo scelta.»

«Non c'è problema» disse, e pensò: Oh, cazzo.

«Era un po' contrariata» disse Barbara e Nick sussultò. «Ma alla fine del pranzo le era già passata.»

«Bene» disse. «Be', grazie.» Si congedò con un cenno del capo e tornò a chinarsi sotto il cofano sperando che se ne andasse, ma proprio in quel momento Max uscì dall'ufficio.

«Hai portato la macchina di tua mamma questa volta?» disse a Barbara gentilmente.

«Sono preoccupata» disse lei mentre gli si avvicinava e gli allungava le chiavi. «Non diventa certo più giovane con il passare del tempo e voglio assicurarmi che la sua macchina sia a posto.»

«Nessun problema» disse Max. Compilò la scheda di riparazione chiacchierando mentre scriveva, e Nick smise di lavorare all'auto di Marcy quando si rese conto che Max stava prendendo tempo invece di cercare di sbarazzarsi di lei.

No. Cazzo, Max, non farlo.

«E come farai a tornare a casa?» disse Max dopo aver lasciato la chiave e la scheda di riparazione in ufficio.

«Non è molto lontano» disse Barbara. «È una bella giornata, posso andare a piedi.»

«Ti porto a casa io» disse Max.

«Abbiamo molto lavoro» disse Nick ad alta voce da dietro la jeep.

«Pausa cena» disse Max. «Hai fame, Barbara?»

Oh, merda.

«In effetti, ho mangiato poco a pranzo» disse Barbara con voce piena di entusiasmo.

«Cosa ne pensi dell'Anchor Inn?» disse Max. «Ci hai dato molto lavoro. Il minimo che possa fare è offrirti una cena.»

«Posso parlarti un attimo?» disse Nick.

«Ti aspetto in macchina» disse Barbara, e sorrise a entrambi prima di uscire.

«Non cominciare» disse Max a Nick.

Nick lo fissava da dietro la jeep.

«Sei un povero imbecille. Darla ti spezza in due, nella migliore delle ipotesi. Perché potrebbe anche decidere di mollarti e allora voglio vedere che fine farai.»

«La fine che sto facendo adesso» disse Max imbronciato. «Non si prende cura di quello che ha, se lo perde si arrangia.»

«Forse è per questo che anche tu stai perdendo quello che hai, idiota.» Nick chiuse il cofano della jeep facendolo sbattere. «Quando è stata l'ultima volta che hai portato Darla all'Anchor Inn?»

«Mi ha lasciato perché non la portavo a mangiare aragosta di pessima qualità?» Max scosse la testa. «Cazzate.»

«Allora cos'altro le davi?» Nick si appoggiò alla jeep, molto più arrabbiato di quanto avrebbe voluto. «Se avessi una moglie come Darla che mi aspetta nuda sulla porta non uscirei con Barbie bancaria. Ma tu no, tu ti siedi sul divano con me a guardare le partite mentre lei è chiusa in camera. A proposito, che cosa significava quella scena?»

Max si voltò. «Devo andare adesso.»

«Probabilmente si è tagliata i capelli con la speranza che le dedicassi un minimo di attenzione» gli urlò dietro Nick. «E poi vai da Bo. Stai mandando tutto a puttane, cretino.»

Max, sulla porta, si voltò. «Allora perché Quinn si è tagliata i capelli, furbacchione? Mi pare che neanche tu ci stia capendo molto.»

«Quinn è un'amica» disse Nick.

«Sei proprio imbecille» disse Max, e poi andò da Barbara.

Quinn stava facendo il massimo per rimanere concentrata sulla recita. Era decisa ad andare a trovare Nick per ringraziarlo dopo le prove. Anche se non era ancora sicura che sarebbe stato il suo biglietto per il brivido, sarebbe dovuta andare a ringraziarlo. Era la scelta più sensata.

Magari ci sarebbe andata senza reggiseno.

Dall'altra parte del palco, qualcosa cadde con un sonoro tonfo, così Quinn cacciò Nick dalla sua testa e si precipitò a vedere quale fosse il nuovo disastro. Jason e Corey stavano montando gli alberi di cartone dipinti dai ragazzi del corso di arte e Quinn arrivò in tempo per vedere Corey che piantava il tronco di un albero e sentirgli dire: «Quella Thea è un bel tipetto. Mi mancherà.»

«Ti manca già.» Jason centrò con il tronco dentato la piattaforma girevole che avevano portato lì facendola rotolare e cominciò a incastrarcelo. «Dimenticala.»

«Vuoi provarci tu?» chiese Corey.

«No. Non è il mio tipo.»

Jason, che cretino. Si comportava di nuovo come Nick.

«Va tutto bene qui?» chiese Quinn.

«Tutto okay.» Jason infilò una mano nel tronco per spingere in fuori il bozzo.

«Okay» disse Quinn, e si allontanò un po' per vedere che effetto facevano gli alberi che avevano già montato. Era ancora a portata di orecchio quando Corey guardò di nuovo Thea e, chinandosi per passare a uno dei tecnici un rotolo di nastro adesivo sul bordo del palco disse: «È il mio tipo. Guarda che culo.»

«No» disse Jason, continuando a stringere l'albero. «Non è il tuo tipo.»

Corey lo guardò esasperato. «Se non è il tuo, può essere il mio.»

«Non è il tipo di nessuno.» Jason si alzò. «Dài un'occhiata alla seconda sorellastra. È con te al corso di chimica. Ti sei lasciato scappare anche lei.»

«Quale?»

«La ragazza con quelle...»

«Ho capito.» Corey lanciò un'altra occhiata a Thea.

«No» disse Jason. «Chiedile ripetizioni di chimica. Ne hai bisogno.»

Corey fece spallucce e disse: «Va be'.» Poi andò verso l'aula di chimica.

La ragazza fu stupita e felice di vederlo.

«Vuoi dirmi cos'era quella farsa?» chiese Quinn, uscendo da dietro un albero.

«No.» Jason prese il progetto da portare a Thea.

«Thea può uscire con chi vuole, lo sai?» disse Quinn.

«Non con Corey» rispose Jason. Sobbalzarono entrambi quando Bill disse da dietro le loro spalle: «Quinn?»

«Ehi, coach» disse Jason, poi attraversò come un lampo il palco per raggiungere Thea.

Acuto, pensò Quinn, e si voltò per guardare Bill.

«Ho pensato che potevo essere d'aiuto» le disse. «Sai, due mani in più fanno sempre comodo.»

«No» disse Quinn, con il tono più risoluto che riuscì a trovare.

«Quinn, abbiamo bisogno di passare del tempo insieme.» Bill le sorrise, il solito vecchio sorriso che diceva 'io lo so meglio di te' e Quinn sentì che stava perdendo il controllo.

«Non so come dirtelo più chiaramente» disse. «Non mi importa se metti in giro strane voci su me e Jason...»

«Non sono stato io» disse Bill, indignato.

«...non mi importa quello che farai. Noi non stiamo più insieme e non ci staremo più.»

«Non ho messo in giro io quelle voci» disse Bill. «Giuro...»

«Ti credo» disse Quinn. «È stato il baby capo, te lo concedo. Ma non ne voglio più sapere di te. Lasciami stare. Vattene.»

Bill fece per dire qualcosa ma poi si strinse nelle spalle. «A più tardi» disse, e Quinn digrignò i denti mentre lo guardava allontanarsi dal palco, facendola sentire in colpa e poi arrabbiata perché si sentiva in colpa. Non era colpa sua. Aveva tutto il diritto di lasciare un uomo che non voleva.

E sedurne uno che voleva.

Quella sera, alle nove, dopo che anche l'ultimo ragazzo se ne fu andato e lei ebbe controllato la porta del palco per assicurarsi che fosse chiusa a chiave, Quinn si tolse il reggiseno e andò da Nick. Aveva freddo e mal di stomaco per l'agitazione e la mancanza di biancheria intima, in più non era ancora del tutto sicura di cosa gli avrebbe detto: aveva provato centinaia di conversazioni ma le erano sembrate tutte solo disperate. Sperava che la mancanza di reggiseno rendesse superflua qualsiasi conversazione.

Salì i gradini sul retro della stazione di servizio che conducevano alla porta e, quando lui aprì e apparve molto stupito di vederla, lei disse: «Ho saputo del prestito.» Poi entrò passandogli accanto, pregando che si arrendesse presto e le saltasse addosso, così avrebbe potuto evitare tutta la parte della conversazione.

«Niente di grave» disse Nick, ma quando Quinn si voltò per guardarlo, lui aveva chiuso la porta e sembrava piuttosto teso.

«Era stato Bill» disse. «Ha agito alle mie spalle per mandare tutto a puttane.»

«Sì, l'ho capito.»

«E tu hai agito alle mie spalle per risolvere la cosa» disse. «Una mossa un po' paternalistica, non ti pare?»

«Cosa?» Sembrava confuso. «Sei arrabbiata?»

«Non esattamente.» Quinn si diresse verso la libreria così non avrebbe dovuto guardarlo: era così bello, alto, sicuro, la camicia sbottonata. Era anche scalzo, un particolare davvero sexy.

Di cosa stavano parlando? Del prestito. «Vorrei solo essere al corrente di quello che succede alle mie finanze» disse lei, cercando di mantenere salda la voce. «Invece di avere voi due che fate a botte alle mie spalle.»

«Più che altro, abbiamo architettato un piano alle tue spalle» disse Nick. «E non è stato neanche difficile, dato che non ti ho vista molto ultimamente.»

Il cuore di Quinn si strinse appena a quelle parole, Nick sembrava infastidito. Forse gli era mancata. «La recita mi porta via molto tempo» disse Quinn. «Sta venendo benissimo. Edie...»

«Vuoi qualcosa da bere?»

Quinn annuì.

Non la stava cacciando via. Le stava offrendo da bere. Buon segno. Mentre andava a prendere il Chivas, Quinn diede un'occhiata ai suoi cd con mani leggermente tremanti, in cerca di qualcosa che fosse vagamente seducente. Quando trovò la raccolta dei Fleetwood Mac, la infilò nello stereo. A casa sua aveva funzionato. Se solo avesse avuto anche il divano di sua madre...

Cominciò *Rhiannon* e Quinn mandò avanti finché trovò

Hold me. Quella sì che era una bella canzone. Un titolo eloquente. Si voltò e vide Nick fermo sulla porta della cucina con un'espressione divertita in viso.

«Che c'è?» gli chiese, camminando verso di lui per prendere il suo drink.

«Interessante scelta musicale» disse. «Allora, sei arrabbiata o no?»

La guardava con espressione seria, dritto negli occhi, e lei si sentì mancare il respiro perché era così bello, slanciato, scuro, pericoloso. Aveva quasi paura di fare l'amore con lui, era così diverso da tutti quelli con cui era andata a letto prima, ma non farlo le faceva ancora più paura. Si era lasciata scappare fin troppe occasioni.

«Non sono arrabbiata» disse. «Ti sono grata. La casa mi piace tanto. Grazie. Te li restituirò, ovviamente, ma grazie.»

«Prego.»

Gli occhi di Nick erano ancora fissi su di lei, e più la guardava, più lei sentiva il calore crescere dentro di sé. Ma la guardava fisso e la cosa la metteva anche un po' a disagio. Sorseggiò il Chivas cercando di pensare a un argomento di conversazione. Il tempo era stato bello ultimamente. Magari...

«Allora, perché sei qui?»

Quinn quasi si strozzò con il Chivas e poi deglutì, pulendosi la bocca con il palmo della mano. «Per ringraziarti.» I suoi occhi erano insistenti su di lei, la guardavano come si guarda una preda, in un modo in cui non l'aveva mai guardata prima. Anche quando l'aveva baciata era stato quasi riluttante. Qualcosa era cambiato. Non era più riluttante adesso.

Forse, allora, non era un buon momento. Forse era meglio rimandare a quando lui non avesse avuto quello sguardo da serial killer. «Bene, ora che ti ho detto grazie...»

Gli restituì il bicchiere di Chivas e lui lo posò su una mensola, continuando a guardarla, divertito adesso, perché era arrossita.

«...posso andarmene.» Alzò di nuovo lo sguardo su di lui, sui suoi begli occhi che si conficcavano nei suoi da sopra il bicchiere. Attese che finisse di bere e poi disse: «In realtà, sono qui perché voglio venire a letto con te.»

Nick si strozzò con il Chivas.

Bene. «Ma chiaramente non sei interessato.»

«Una volta.» Nick appoggiò il bicchiere con un movimento molto rapido.

Quinn sentì il terreno sgretolarsi sotto i piedi. «Cosa?»

«Solo una volta, per toglierci lo sfizio.» Nick sembrava perfettamente lucido, come se le stesse dicendo di fare due controlli all'anno dal dentista. «Così potremo smettere di pensarci.»

Una volta, per toglierci lo sfizio.

Niente di impegnativo per la storia che l'avrebbe fatta sentire desiderata. Quinn aprì la bocca e poi la richiuse, cercando di pensare a un modo brillante e civile per dirgli di andarsene al diavolo, lui e la sua sveltina. «Allora ci hai pensato?»

«Cazzo, sì.» Si appoggiò alla libreria così sicuro di sé che Quinn avrebbe voluto spaccargli la faccia. «Anche tu.»

«Una volta per toglierci lo sfizio, eh?» La voce di Quinn tremava leggermente per la rabbia. Sarebbe dovuto passare sul suo cadavere. Anzi, *sul suo stesso cadavere*, quel bastardo.

«Sarebbe questo il tuo piano?» Lo fissò. «Chi cazzo ti credi di essere?»

«Credo di essere chi cazzo vuoi tu» disse Nick e, quando Quinn gli passò accanto, la prese per un braccio e la attirò a sé, prendendole la bocca nella sua così risolutamente che lei smise di muoversi per godersi il calore e il brivido che le infondeva quel bacio, profondamente sollevata dalla sensazione di quelle braccia intorno a lei.

Poi si allontanò e disse: «Sono furiosa con te.» Lui rispose: «Ma dirai comunque sì.» Poi la tirò di nuovo e la baciò di nuovo, facendo scivolare la mano sotto il maglione e muovendo deciso le mani sui suoi seni, facendola gemere mentre lottava con la ragione.

Il problema era il piacere, decise Quinn, mentre cercava di tirare fuori la sua mente da quel guazzabuglio. Si stava comportando come uno stronzo, non come Nick, faceva il superiore e il macho, ma aveva delle mani bellissime e finalmente la stava baciando sul serio, la baciava fino a farla diventare stupida; le sue mani erano così calde su di lei che non le rimaneva altro da fare che rabbrividire e contorcersi, e quando le fece scivolare la lingua in bocca, Quinn si arrese e si appoggiò a lui.

«La camera da letto è da quella parte» disse quando si staccarono per prendere aria.

Lei disse: «La discussione è solo rimandata.» E lui: «Più tardi.» E lei pensò: Okay, più tardi.

11

Nick la spinse sul letto e la fece rotolare sotto di lui, il peso del suo corpo su di lei era così erotico che subito si avvinghiò e si inarcò contro di lui. Più tardi gliel'avrebbe fatta pagare, ma in quel momento aveva solo bisogno di lui. Nick le sfilò il maglione dalla testa e poi la baciò con foga sulle labbra, le leccò la gola, trovò i seni e la fece impazzire, spingendola verso un'oscurità sensuale, un luogo che non aveva mai raggiunto perché non era mai stata con uno come Nick, il tipo che la faceva eccitare e le faceva desiderare di ucciderlo subito dopo, il tipo di uomo che annebbia la mente di una donna...

Quasi.

C'era una parte di lei che non stava collaborando, che era ancora piuttosto stupita che lo stesse facendo con Nick, che non si sarebbe arresa a mettere da parte la ragione, che non avrebbe smesso di pensare. Quella bocca ora si muoveva sul suo seno e lei si sentiva sciogliere, estasiata, contorcendosi sotto di lui mentre l'oscurità si richiudeva su di lei, ma poi all'improvviso si ricordava che era Nick e sentiva sé stessa emergere alla superficie: Voglio farlo davvero? Le conseguenze potrebbero essere enormi; ma poi lui succhiava più forte o le mordeva una spalla o abbassava la zip – oh dio che bello – e Quinn si sentiva sciogliere di nuovo, la mente annebbiata, finché la logica la riportava ancora una volta in superficie: Siamo proprio sicuri? Non sarà qualcosa che rimpiangerò? Dopo mezz'ora, si sentiva come un galleggiante. Come si chiamano? Boe, ecco. Si sentiva come...

Nick le fece scivolare le mani nelle mutandine e lei si sentì sprofondare, per poi riemergere come una boa quando si spostò per toglierle i jeans.

Okay, sono abbastanza sicura che sia quello che voglio, è per questo che sono venuta qui, ma Zoë mi ucciderà...

In realtà, il problema non era Zoë, il problema era questa storia della concentrazione: desiderio o logica, desiderio o logica. Se la sua mente non si fosse decisa a breve per una cosa o l'altra, rischiava di impazzire per quegli scossoni di piacere.

Lei voleva la logica, decise, mentre Nick le tirava giù i jeans oltre le ginocchia, voleva ascoltare la parte di lei che avrebbe potuto fare un passo indietro e dire con freddezza: «È un po' rude ma sembra saperci fare.» Quella parte che non voleva cadere nel vuoto invitante in cui sembrava scivolare quando non pensava. Non è che non avesse mai fatto sesso prima, non è che non avesse mai avuto orgasmi, ne aveva avuti un sacco, piccoli e piacevoli orgasmi alla vaniglia e ora c'era Nick, e lui sembrava di cioccolato fondente, e Quinn semplicemente non era sicura se fosse tipo da cioccolato fondente...

Nick la leccò sulla pancia, poi scese, e Quinn lasciò cadere la testa all'indietro e per un attimo mise da parte la logica. Poi spostò la testa di Nick per riuscire a liberare i piedi dai jeans e gettarli da parte con un calcio senza fargli del male, lui si tolse la maglietta e i pantaloni e furono nudi. Lui era bellissimo, affascinante e slanciato ma appena muscoloso, e si dirigeva verso la sua...

«Be', questa sì che è una cosa diversa dal solito per noi» gli disse allegra, cercando di essere disinvolta e di avere il controllo della situazione, mentre lui tornava su di lei.

Oh, cazzo siamo nudi.

«Diversa e bella» disse con voce roca e gli occhi sfocati; poi la attirò sopra di lui – tutti quei peli sul petto dove Bill era liscio – e le passò le mani sulla pancia mandando in pappa ancora una volta la mente di Quinn – *ha mani davvero belle* –, le fece scivolare fra le cosce e Quinn perdette cinque minuti buoni a sfregarsi contro di lui – *sì, proprio lì* –, le dita scivolarono dentro di lei – *non ti fermare* –, poi le rotolò sopra, la pressione e il tocco delle sue mani la fecero andare di nuovo sott'acqua...

È Nick, diceva la logica. Non è divertente? Nota la differenza rispetto alle altre volte...

Lo sentì allungarsi oltre la sua testa, il suo peso le strizzò l'aria dai polmoni – *non molto erotico* – e poi capì che stava cercando un preservativo nel cassetto del comodino – *ecco, vedi, un vero gentleman...*

Poi le aprì le cosce con i fianchi, fece scivolare le mani in mezzo facendole perdere la testa di nuovo, le dita la divaricarono – *aspetta un attimo* – e fu dentro di lei; Quinn si inarcò perché era una sensazione così piacevole essere riempita da lui, era solido, duro e pieno, e si inarcò ancora per accogliere tutto quello che riusciva, affondandogli le dita nelle spalle perché era così maledettamente piacevole.

Nick disse qualcosa con voce strozzata e lei non capì, annebbiata dal desiderio, ma il suono della sua voce fu sufficiente per riportarle la mente a posto.

Sto facendo la cosa giusta?

Si mosse con più forza dentro di lei e Quinn cadde di nuovo in estasi per poi riemergere dopo un attimo – *vediamo di non perdere la testa* –, poi lui si mosse di nuovo e lei sprofondò di nuovo nel calore, nei brividi e nel ritmo, il suo ritmo – *credo di essere fuori tempo, se rallentasse un attimo potrei riprendermi, è un po' come la rumba*. Non le era mai capitato di avere ripensamenti a letto, ma non era mai stata neanche così terrorizzata e abbagliata. Una donna poteva perdere il controllo sul serio in quel modo. Pensa ai problemi che potevano venire fuori.

Nick si spostò un po' verso l'alto e dondolò dentro di lei,

e Quinn si perse di nuovo per riprendersi subito dopo solo perché pensò che avrebbe dovuto fare qualcosa di produttivo, lui sicuramente era abituato a qualcosa di più, con tutte quelle ventenni agili con cui era uscito... *E anch'io dovrei perdere qualche chiletto, be', magari cinque...*

Scivolò fuori e lei gli si aggrappò, ma la baciò con forza e poi si mosse verso il basso per prendere i seni con altrettanta forza, poi scese ancora a morderle lo stomaco e a leccarla – così bagnata, pensò, perché? –, poi la sua lingua la trovò e Quinn si dimenò sotto quel tocco, le mani di Nick le tenevano i fianchi e lei non fu più capace di riportare la mente in superficie, era troppo. Riusciva solo a muoversi nella tensione che stava costruendo, gridando follemente mentre l'oscurità incombeva di fronte a lei. Stava per caderci dentro se non si fosse fermato – *non ti fermare* –, ma poi si fermò e lei si ricompose, grata e delusa finché Nick la risalì di nuovo e sprofondò dentro di lei con forza. Dondolò dentro di lei, sussurrandole all'orecchio, e, senza il minimo autocompiacimento, disse: «Oh, dio, Quinn.» Lei sentì una stretta dentro, la fece muovere sotto di lui mentre si fermava di nuovo a pensare – *cosa stai facendo? Sei pazza* – prima che la trascinasse di nuovo nell'oscurità, le mani ruvide sul viso, gli occhi neri perché era stretto dentro di lei. Lei lo guardò negli occhi ed era Nick, e non le servì nient'altro per aprirsi sotto di lui, scioccata e sconvolta.

Nick collassò su di lei e Quinn lo strinse mentre cercava di ricordare come si facesse a respirare. Scivolò via da lei, passandole una mano sulla pancia e poi fra le gambe dov'era fino a un istante prima, e la fece gemere, poi risalì sul seno e la fece inarcare. Poi si chinò e la baciò sul seno, e poi sulla bocca che aveva un sapore sensuale, strano e delizioso, dopodiché Quinn lasciò che la sua mente tornasse a posto definitivamente e Nick rotolò accanto a lei sulla schiena.

«Mio dio» disse Quinn.

Oh cazzo, pensò Nick.

È difficile essere depressi dopo aver fatto del buon sesso ma lui ci stava riuscendo. Gli era sembrata una magnifica idea, va' a letto con lei una volta, uccidi la magia, va' a lavorare il giorno dopo come un uomo nuovo, libero da tutte quelle stupide fantasie una volta provato che Quinn era come tutte le altre donne, adorabile, divertente, interessante, ma comunque una delle donne che erano andate a letto con Nick Ziegler.

Peccato che fosse rimasta un mistero e che la desiderasse ancora.

Alzati da questo letto, si disse, ma la sua mano, invece, si avvicinò a lei, così calda e tonda. Nick si alzò su un gomito, così stanco che diede fondo a tutta la sua energia anche solo per guardarla.

Non sembrava Quinn con i capelli corti scompigliati, nuda e con il viso arrossato per il sesso, accoccolata accanto a lui, rilassata e appagata. Era esotica ed erotica, irradiava calore, era il tipo di donna che ogni uomo avrebbe voluto avere e lui la desiderava di nuovo. Studiò il suo corpo, cercando di renderla come le altre, misurò la curva dei seni, notò la cicatrice sbiadita dell'appendicite sul rigonfiamento della pancia, studiò lo spessore dei fianchi, non era un corpo perfetto a meno che non volessi sprofondare in quei fianchi, a meno che non volessi una donna che fosse la lussuria fatta carne, calda e disponibile. Le passò una mano sulla pancia e la guardò inarcarsi e gemere come tutte le donne – è reale, pensò, è come tutte le altre – ma lei, invece, arrossì e si raggomitolò accanto a lui, coprendosi il seno con le mani, usando la coscia per spingere via la sua mano, pudica dopo quello che avevano fatto, e Nick non era ancora stanco.

«No» disse lui, spingendo via il suo braccio. Si chinò a prendere in bocca un capezzolo, lo sentì inturgidirsi sulla lingua, sentì il calore del suo corpo sotto le mani, e Quinn era così soffice mentre rabbrividiva al suo tocco che Nick strinse la presa su di lei per sentire la sua carne fra le dita. Passò la mano lungo la schiena, contando le vertebre mentre succhiava e la faceva sospirare, curvò sulla pienezza rotonda del sedere, la attirò più vicina per toccarla dappertutto, tutte le sue fantasie fatte carne, la voleva di nuovo aperta sotto di lui, la desiderava ancora morbida, tonda, bagnata e gemente. La baciò con forza, la accarezzò sulla pancia, le fece scivolare le mani fra le gambe e la guardò, la guardò, la guardò, possedendola anche con i suoi occhi.

«Mi fissi» sussurrò Quinn, e gli afferrò la mano fingendo di non essere eccitata con il solo risultato di sembrarlo ancora di più. Confusa dal desiderio, Quinn era totalmente vulnerabile e totalmente sua.

«Posso guardarti» disse. «Sei nel mio letto, posso fare di te quello che voglio.» Valutò l'idea di metterla carponi, di premere contro il suo sedere sodo, di prendere quei seni pieni da dietro; di tirarla per cavalcarla, impalarla mentre prendeva in bocca un seno; di leccarla e assaggiare quanto era calda, dolce e sexy, di farla impazzire...

Quinn si mise a sedere all'improvviso e lo baciò; la sua lingua che gli scivolò in bocca lo colse di sorpresa, poi lo spinse giù sulla schiena e lo inchiodò al letto, tutta carne morbida e mani irrequiete; gli mordeva le labbra e si muoveva contro di lui. Quando Nick rise e alzò lo sguardo su di lei, improvvisamente si ritrovò davanti Quinn, una Quinn diversa, con gli occhi dilatati dal desiderio e la bocca arrossata e irritata perché Nick l'aveva presa nella sua tante volte, una Quinn dissoluta che sembrava non avesse mai fatto altro che scopare, mordere, succhiare...

«Dio, sei bellissima» le disse, e prese la sua bocca, il corpo caldo sotto le sue mani, le mani strette sulla sua carne, piene della sua carne, *è tutta mia*, avrebbe voluto farne una parte di sé, possederla, reclamarla, assorbirla, invaderla, tenerla...

Si fermò con il fiato corto, atterrito dall'intensità con cui la desiderava e, ciononostante, desiderandola con tutto sé stesso. *Tenerla?*

Vattene.

Chiuse gli occhi per non vedere a cosa stava rinunciando e alzò i fianchi per disarcionarla, poi rotolò per sedersi sul bordo del letto. «Sto morendo di fame» disse prendendo le mutande e cercando di mantenere ferma la voce. «Ti va una pizza?»

Quinn si mise a sedere a fatica, goffa per la sorpresa, cercando ancora di riprendersi dall'eccitazione. Nick dovette ricorrere a tutta la sua forza di volontà per non saltarle addosso di nuovo.

«Pizza?» disse lei, incredula, e lui le lanciò il maglione così non avrebbe più dovuto guardare quanto fosse incredibile nuda.

«Abbiamo bruciato molto carburante» disse Nick, ma la voce uscì leggermente stridula. «Preferenze?»

«Preferenze.» Quinn se ne stava seduta nuda con il maglione in mano e lui le voltò le spalle, così non avrebbe più fatto pensieri stupidi.

«Peperoni, funghi...»

«Non ho fame» disse lei con tono piatto.

«Be', io sì.» Nick fuggì nel soggiorno, togliendosi tutti i ricordi di lei nuda dalla mente e cercò di capire come cavolo avrebbe potuto buttarla fuori dall'appartamento. Forse poteva mandarla a comprare la pizza e poi sparire. Un'altra brillante idea come le altre idee brillanti che aveva partorito ultimamente.

Quando uscì dalla camera completamente vestita, cinque minuti dopo, prese la giacca senza protestare.

«Vado,» disse «ma devo dirtelo, devi lavorare sul finale. Davvero pessimo, Ziegler.»

Nick era diviso fra il sollievo e l'offesa.

«Ehi, sei venuta.»

«Volevo essere gentile» gli disse secca, e si precipitò fuori dalla porta.

«Non è vero» urlò Nick dietro di lei. L'aveva sentita donarsi sotto di lui, inarcarsi e rabbrividire e poi crollare come se non fosse rimasto niente dentro di lei, e si era dovuto dare parecchio da fare per farla arrivare lì. Si sforzò di essere dispiaciuto, ma riuscì a pensare solo quanto fosse stato bello darsi così da fare con il corpo di Quinn.

Il corpo di Quinn.

«Al diavolo» disse, e andò a fare una doccia e a cambiare le lenzuola, deciso a farla uscire dal suo appartamento per sempre.

Bill era seduto nella sua macchina dall'altra parte della strada, davanti alla stazione di servizio, e guardò Quinn allontanarsi. Era stata da Nick più di un'ora e lui era geloso al pensiero che se ne fossero stati lì seduti a chiacchierare come li aveva visti fare tante volte prima. Di Nick non c'era da preoccuparsi, era solo Nick, ma Bill invidiava il tempo che passava con Quinn. L'aveva aspettata fuori da scuola mentre finiva le prove della recita, mentre era dentro a ridere e chiacchierare con i ragazzi – era sicuro che stesse ridendo e chiacchierando –, poi l'aveva seguita fino a casa di Nick e li aveva immaginati ridere e chiacchierare. Era così ingiusto che il massimo della vicinanza che potesse avere con lei era starsene dentro un'auto ad aspettare e guardare, era così ingiusto e lo odiava, lo odiava...

Fece un respiro profondo e si massaggiò la testa che aveva cominciato a fargli male di nuovo. Poi mise in moto la macchina. L'avrebbe seguita fino a casa sua per assicurarsi che arrivasse sana e salva, che arrivasse da suo padre e Darla, a casa, dove avrebbe riso e parlato di nuovo, senza di lui, ma non era un problema perché sarebbero presto tornati insieme.

Lo sapeva.

Quando Zoë rispose al telefono, Quinn prese un respiro profondo e disse: «Perché tu e Nick vi siete lasciati? Non me ne hai mai voluto parlare, ma ho bisogno di sapere.»

«Perché l'ho lasciato?» disse Zoë. «Sta bene? Perché continui a chiedermi di lui?»

«Sta bene.» Quinn cercò un'altra ragione oltre a 'perché sono appena andata a letto con lui e alla fine era strano. È normale?'. «È appena finita con Lisa, che era tipo la ventesima ragazza dopo di te.»

«E ci sta male?» chiese Zoë.

Quinn ripensò a Nick che rotolava eccitato sopra di lei. «Dall'esterno, direi di no. Era solo una curiosità.»

«È stato tanto tempo fa» disse Zoë. «Te l'ho detto, credo di averlo sposato per infastidire la mamma e andarmene da Tibbett. E poi era divertente, almeno finché siamo finiti a Dayton. Lavorava tutto il tempo e quando tornava a casa praticamente vegetava.»

«Vegetava?»

«Sai, leggeva, giocava con i ragazzi, cose così.»

«Lo fa ancora» disse Quinn. «Lui e Max hanno un canestro dietro la stazione di servizio.»

«Ecco, vedi.» La voce di Zoë sembrava incredibilmente razionale. «Io ero sempre pronta a fare sesso, invece, e mi sono annoiata. Perché me lo chiedi?»

«Ti voleva solo per il sesso?» Quinn odiava chiederglielo. Non fosse altro perché odiava ricordarsi che era stato a letto anche con Zoë.

«No, ero io che lo volevo solo per quello. Non so cosa volesse lui da me. Una moglie, immagino.» Si fece pensierosa. «Anche se non è mai stato possessivo. Era un po' come se fossi capitata lì per caso. Dopo tre mesi mi sono fatta accompagnare a casa per fare una visita a te e alla mamma, ed ero così felice di tornare a Tibbett che capii che qualcosa non andava. Quando siamo tornati a Dayton, l'ho lasciato. Non lo sopportavo più.»

«E ti dispiace?» chiese Quinn che voleva un'assoluzione; voleva che Zoë le dicesse: «Prendilo, è tuo.»

«No. A lui dispiace?»

Quinn ripensò alle poche volte in cui Nick aveva nominato Zoë. Aveva pronunciato il suo nome senza nessuna inflessione particolare, come un nome qualsiasi. «Non credo. Non sembra che stia nascondendo niente.»

La risata di Zoë riecheggiò dall'altra parte del filo. «Allora non gli dispiace. Nick non potrebbe nascondere niente, neanche se ci provasse. Nick è esattamente come lo vedi.»

A Quinn venne in mente un'immagine netta e improvvisa di Nick snello e nudo al suo fianco. «Okay.»

«Era divertente ma non aveva quel non so che.» Zoë non sembrava infastidita di parlare dell'ex marito, poi la sua voce si affievolì quando si allontanò dalla cornetta per dire: «Sì, tu hai quel non so che. È per questo che sto con te.»

Quinn sentì il borbottio della voce di Ben e poi Zoë che rideva e provò una fitta di gelosia. Deve essere bellissimo vivere con un uomo che ami e che ti ama come succede a Ben e Zoë. «Come hai fatto a capire che Ben era quello giusto?» chiese all'improvviso. «Come hai fatto a essere sicura? L'hai conosciuto al lavoro, come facevi a esserne così sicura?»

«In realtà, non l'ho conosciuto proprio al lavoro» disse Zoë. «Cioè, a te e alla mamma ho detto così, ma in realtà mi ha tirato fuori da una fontana.»

«Cosa?»

«C'era questa fontana fuori dal nostro ufficio.» Zoë sembrava imbarazzata. «E un giorno sono andata lì fuori, molto depressa perché avevo quasi trent'anni e non avrei mai avuto figli quando invece li volevo e perché ero lì con un tailleur addosso e stavo facendo una vita normale invece di, be', lo sai...»

«Invece di essere Zoë» disse Quinn, che sapeva perfettamente cosa volesse dire.

«Mi sono tolta le scarpe e le calze e sono entrata nella fontana perché era quello che avrei fatto prima di diventare una che porta i tailleur, e non sapevo neanche che Ben fosse lì finché non mi ha detto: 'Hai delle gran belle gambe.' Era seduto dall'altra parte della fontana con i pantaloni arrotolati e i piedi nell'acqua, mi guardava attraverso i suoi occhiali di osso e ho pensato che ci stesse provando con me, così gli ho risposto male. E lui mi ha detto che no, era solo un'osservazione scientifica perché lui era felicemente sposato e padre di un figlio di nome Harold...»

«Stai scherzando?» disse Quinn.

«...io gli ho detto che solo un sadico avrebbe chiamato il figlio Harold, che mia figlia si chiamava Jeannie e che era la star del suo corso di danza...»

«Fantastico» disse Quinn.

«Lo so» disse Zoë. «Mi sono sentita di nuovo me stessa. Poi ci siamo raccontati quanto fossero eccezionali i nostri rispettivi sposi e non so come ho capito che mi stava mentendo anche lui, così gli ho detto che in realtà ero una spia russa con licenza di uccidere e lui mi ha risposto: 'Ho sempre sognato di fare sesso di pomeriggio con una spia russa con licenza di uccidere.' Così ho detto che era proprio un peccato che fosse sposato con una donna meravigliosa perché, altrimenti, avremmo potuto certamente fare sesso e lui ha detto: 'Mi ha lasciato.' Così abbiamo trascorso cinque giorni in una suite del Great Southern e poi siamo scappati insieme in Kentucky.»

«Cosa?»

«Sì» disse Zoë. «Per questo vi ho detto che ci siamo conosciuti al lavoro e che ci conoscevamo da tanto tempo. Stupido, vero?»

«È meraviglioso» disse Quinn. «Non mi stupisce che non ti manchi Nick.»

«Ehi, Nick era un bravo ragazzo» disse Zoë. «Solo non era quello giusto. A proposito, perché mi chiedi sempre di lui ultimamente?»

«È solo che ripensavo a com'era prima» disse Quinn sinceramente. «A quelli che eravamo all'epoca. E a quelli che siamo adesso.»

«Sì, be', credo che Nick sia come allora. Gli uomini non cambiano. Nick è sempre stato macchine, sport e sesso.»

Sembrava proprio Nick.

«Non che fosse male, ma mi ero talmente stufata dei Fleetwood Mac che ero pronta a mettermi a urlare.»

Quinn si sentì gelare. «Cosa?»

«Fleetwood Mac. Gli piaceva scopare con i Fleetwood Mac e ci scommetterei che gli piace ancora. Chiedi a Lisa. Scommetto che ha ascoltato *The Chain* talmente tante volte che quando la sente viene anche senza di lui.»

«Lo uccido» disse Quinn.

«Cosa?»

Eccola lì. Solo una della lunga lista di Nick Ziegler. Musica dei Fleetwood Mac. Che bastardo.

«Quinn?»

Li aveva scelti addirittura dalla sua pila di cd la sera dopo che la mamma e Edie se ne erano andate. Era la sua mossa classica, aveva cambiato idea. Quinn l'aveva messo su. L'aveva baciata per i Fleetwood Mac e poi aveva smesso di baciarla per i capelli. Allora se li era tagliati e... «Lo uccido.»

«Sei andata a letto con lui.» La voce di Zoë era piatta.

«Sì.» Più Quinn ci pensava, più sentiva il sangue ribollire.

«Bene.»

«Bene, cosa?» disse Quinn, pronta a litigare con chiunque.

«Bene, niente. A parte il fatto che sei andata a letto con il mio ex marito e sei mia sorella e sembriamo uscite da una puntata di Jerry Springer.»

«Credevo non ti importasse con chi andava a letto il tuo ex marito.»

«Infatti non mi importa.» Zoë sembrava stupita. «Ma mi importa con chi vai a letto tu.»

«Allora puoi smettere di preoccuparti perché non andrò mai più a letto con nessuno.» Quinn pensò a Nick nudo e sexy sopra di lei, ma mise da parte quel pensiero. «Mai.»

«È stato così brutto?»

«No.» Quinn cercò di non pensarci. «Ma non posso credere che abbia usato anche con me i Fleetwood Mac. Mi ha baciato a metà di *Hold me* e mi ha spogliata su *You Make Loving Fun.*»

«Non mi sembra che noi fossimo mai arrivati a *You Make Loving Fun*» disse Zoë. «Era alla fine del disco e lui non durava così tanto. E non scherzo su *The Chain*. Se io non ero venuta a quel punto, non avrei avuto più possibilità perché lui era andato.»

«È cambiato» le disse Quinn. «*Hold me* è passata una seconda volta quando sono venuta. Non posso crederci.»

«Io non ricordo per niente *Hold me*» disse Zoë. «L'album è *Rumours*, vero?»

«Ne hanno fatti anche altri dopo» disse Quinn. «Era il *Greatest Hits*.»

«Immagino che Nick se ne sia fatte parecchie anche con quello» disse Zoë. «È sempre stato bravo a portarsi a letto le donne. Quel bastardo.»

«E lo è ancora» disse Quinn. «Sono talmente arrabbiata che potrei morderc.»

«Non posso credere che abbia sedotto la mia sorellina» disse Zoë. «È sempre stato fissato con il sesso, ma credevo che fosse maturato...»

«Sono io che l'ho sedotto» disse Quinn.

«Cosa?»

«Sono andata a casa sua proprio perché mi portasse a letto.» Quinn si sentì stupida quando lo disse. «Volevo sapere come sarebbe stato, così sono andata da lui e ci ho provato.»

«Oh.» Zoë si riprese. «Ma allora perché sei arrabbiata con lui? Voglio dire, io sono arrabbiata con lui perché lo sei tu, ma adesso non capisco perché tu lo sia. È stato brutto?»

«Credevo di essere diversa.» Quinn si sentì una pazza a dirlo.

«E probabilmente lo eri, finché non sei andata a letto con

lui» disse Zoë. «Dovevi essere l'unica donna che conosceva che non avesse visto nuda. A parte sua madre e Darla.»

«Grazie» disse Quinn. «Ora mi sento molto meglio.»

«E infatti, probabilmente, era più intimo con te che con chiunque altra avesse visto nuda. Non è mai stato bravo a mischiare le emozioni con il sesso. Non aspettarti lunghe telefonate per parlare del vostro rapporto.»

«Non posso credere di essere stata così imbecille» disse Quinn.

«Dimmi, perché lo hai fatto?» disse Zoë. «Perché, guarda, da sola non ci arrivo proprio.»

Perché è un tesoro. Perché è sexy. Perché mi fido di lui.

«Perché volevo essere come te, credo. Una tipa eccitante invece di una che è solo... una qualsiasi.»

Zoë non disse niente per un tempo così lungo che Quinn credette fosse caduta la linea. «Zoë?»

«Sto pensando. Cosa è successo tutto a un tratto? Non hai mai voluto essere come me prima d'ora. Hai lasciato Bill, sei andata a letto con Nick, cosa ti succede?»

«Non lo so. Volevo solo qualcosa di... diverso.»

«Be', l'hai avuto. Vuoi che venga un po' da te?»

«No.» Quinn sospirò. «Cosa potresti fare? Qualcosa penserò.»

«Be', potrei castrare Nick con un coltello che non taglia. Una volta gli avevo detto che lo avrei fatto se ti avesse toccato, quindi, probabilmente se lo aspetta.»

Quinn si mise a sedere più dritta. «Cosa vuol dire che una volta glielo hai detto?»

«L'ho beccato a guardarti. Eri solo una bambina e lui aveva quello sguardo. Non potevo crederci.»

«Una bambina di quanti anni?»

«Eravamo sposati. Eravamo appena arrivati a casa e...»

«Sedici anni» disse Quinn. «Diciannove anni fa. Aspetta diciannove anni e poi mette su i Fleetwood Mac.»

«Forse te la stai prendendo troppo» disse Zoë. «Si tratta di sesso, non è morto nessuno. A meno che non ti sia innamorata.»

«Non sono innamorata» disse Quinn, abbastanza sicura di star dicendo la verità. «Ho pensato solo che il sesso con lui sarebbe stato eccitante e volevo provare del sesso eccitante prima di morire.»

«Non lo è stato?»

«Non lo so» disse Quinn. «Per la maggior parte del tempo ho cercato di capire cosa stesse succedendo e poi all'improvviso, stavo venendo. Mi è sembrato così strano farlo con Nick.»

La risata di Zoë risuonò dall'altro capo del filo. «Sembra proprio una performance fantastica. O no.»

«Verso la fine lo è stata» disse Quinn, cercando di non sembrare malinconica. «Dopo ha raggiunto l'eccellenza. Peccato che poi gli sia venuta voglia di pizza e abbia rovinato tutto.»

«Sei sicura di non volere che venga un po' da te?»

«Positivo» disse Quinn. «Posso risolverla io questa faccenda. Ho anch'io coltelli che non tagliano.»

«Fammi sapere» disse Zoë.

«Certo» disse Quinn. «Ti terrò aggiornata.»

«Allora, come è andato il tuo sexy appuntamento con Barbara?» chiese Nick a Max la mattina dopo al lavoro.

Max gli fece una smorfia ed entrò in ufficio.

«Sei il numero quattro» gli disse Nick, che aveva bisogno di contagiare tutti con la sua depressione. «Prima o poi Barbara dovrà munirsi di quelle macchinette per i numeri come dal salumiere. Chi è il prossimo?»

Sentì Max sbattere dei cassetti e fu felice come non mai di vedere quanto si fosse arrabbiato.

«Potreste fondare un club, ragazzi» continuò Nick sgolandosi. «Potreste chiamarlo Inaffidabili Anonimi. All'inizio delle riunioni, ognuno si alza e dice: 'Ciao, sono Max e sono un...'»

«C'è qualche ragione per cui mi stai rompendo così tanto stamattina?» disse Max, in piedi sulla porta dell'ufficio.

«Sì, mi piace Darla.»

«A me no» disse Max.

«Cazzate» disse Nick. «Se non te ne fregasse niente non te la prenderesti così tanto. E non avresti fatto la cazzata di ieri sera.»

«Non ci sono andato a letto» disse Max. «L'ho portata a casa subito dopo il dolce. È la donna più noiosa che abbia mai conosciuto.»

«È perché hai vissuto con Darla tutti questi anni» disse Nick. «Il tuo standard è alto.»

«Vaffanculo» disse Max e tornò in ufficio, e quella fu l'ultima voce che sentì Nick finché Quinn entrò lì dentro, tre ore dopo.

«I Fleetwood Mac» disse Quinn, e guardò con soddisfazione Nick alzare la testa dalla Honda a cui stava lavorando così velocemente che sbatté contro il cofano.

«Cosa?» Si sfregò la testa e la guardò dall'altra parte della macchina. «Non arrivare così di soppiatto. Da dove vieni? Perché non sei a scuola?»

«Ho preso un permesso» disse Quinn. «Sono in pausa pranzo. Non cambiare discorso. Mi hai scopato sui Fleetwood Mac.»

Nick si guardò dietro le spalle e poi fece il giro della macchina per prenderla per un braccio. «Possiamo non parlarne qui, per favore?»

Quando furono sul retro dell'officina, Quinn disse: «Credevo di essere diversa per te.»

«Sei diversa, infatti» disse Nick. «Di cosa stiamo parlando? Diversa da cosa?»

«Diversa da tutte le altre donne con cui hai...» Quinn si sforzava di trovare una parola che non fosse volgare o insipida.

«Sei diversa da tutte le altre donne con cui ho.» Nick sembrava triste. «Ed è proprio per questo che mi sono trattenuto tanto tempo.»

«Oh, è bellissimo far finalmente parte del club» disse Quinn.

«Di cosa diavolo stai parlando?» Nick aggrottò le sopracciglia. «Sapevi che non ero vergine. Adesso perché te la prendi tanto?»

Quinn deglutì, cercando di mantenere ferma la voce. «L'hai fatto anche con Zoë con i Fleetwood Mac.»

«Oh cazzo, lo faccio con tutte con i Fleetwood Mac» disse Nick; poi sbatté le palpebre e disse: «Non volevo dire questo.» Gli si accese anche l'altra lampadina. «L'hai detto a Zoë?»

«Povera stupida, credevo di essere diversa, non una della tua lunga serie» disse Quinn. «Non posso crederci.»

«Neanch'io» le disse Nick accigliandosi. «Sei arrabbiata perché mi piace farlo con i Mac? Benissimo. Scegli un altro gruppo. Sono flessibile. Sei stata tu a scegliere il cd.» Era sarcastico, non si stava scusando. «Non posso credere che tu l'abbia detto a Zoë.»

L'ultima cosa di cui aveva bisogno era il sarcasmo.

«Ah, sei molto flessibile» disse Quinn. «L'ha detto anche Zoë. Pare che tu abbia anche accresciuto la tua durata.»

La guardò con sguardo duro. «Avevo diciotto anni quando sono stato con lei, scusa tanto.»

«A parte questo,» continuò Quinn «dal nostro confronto non sono emerse altre differenze.»

Nick chiuse gli occhi. «Non voglio saperne niente.»

«Be', avresti dovuto pensarci prima di accendere lo stereo, stronzo.» Quinn lo guardò in cagnesco. «Non posso credere che sono stata come tutte le altre per te.»

«Non sei stata come tutte le altre» disse Nick. «E non lo sei neanche adesso. Nessuna di loro mi ha mai rotto i coglioni come te.»

«Aspetta un attimo...»

«E poi, sei stata tu ad accendere lo stereo, cara, non io.» Nick incrociò le braccia sul petto. «Sei stata tu a tagliarti i capelli, a venire da me senza reggiseno e a mettere su *Hold me*.»

«Oh, allora è colpa mia.» Quinn dovette trattenersi dalla voglia di prendere una panca e picchiarlo, soprattutto perché aveva ragione. Se fosse stata da un'altra parte...

«E poi dovevi per forza chiamare Zoë?» disse Nick. «Probabilmente si starà affilando le unghie in questo momento.» Si appoggiò alla macchina e incrociò le braccia. «Sai, ho appena capito tutto. Io non c'entro niente in questa storia.»

«Cazzate» disse Quinn, con l'indignazione che fece salire di un tono la sua voce.

«Qui si tratta di te che vuoi assomigliare a Zoë.» La guardò accigliato. «Quella sera sul divano hai detto che avresti voluto essere come Zoë. L'unica ragione per cui sei venuta a letto con me è perché lo aveva fatto anche Zoë.»

«Non è vero» disse Quinn, abbastanza sicura che fosse la verità. «Ti desideravo veramente. E anche tu mi volevi davvero, dannazione.» Quando Nick si limitò a scuotere la testa come se fosse disgustato, Quinn disse: «Bene, volevo solo farti sapere che finisce qui. Non succederà mai più.»

«Bene» disse Nick, e Quinn sentì quella parola come una pugnalata.

«Sono felice di vedere che la prendi bene» disse. «Ti ho proprio cambiato la vita, eh?»

«È stato divertente» disse Nick. «Ho dovuto faticare di brutto, ma è stato divertente. Ma non ho nessun bisogno di queste pantomime e di certo non ho bisogno di essere il tuo biglietto per arrivare a Zoë.»

Fece per voltarsi per tornare alla macchina e Quinn lo colpì con forza con un calcio alla gamba. «Ehi!» esclamò Nick, riparandosi lo stinco mentre si girava di nuovo verso di lei.

«E ti va bene che non ho ancora trovato un coltello che non taglia» disse, e se ne andò come una furia.

***

Nick la guardò allontanarsi e cercò di sentirsi contento di quello che era successo mentre si massaggiava lo stinco. Dava dei calci da mulo. Ecco un aspetto positivo: non avrebbe più preso calci. Un altro vantaggio: non si sarebbe più svegliato da solo ricordando di essersi scopato la sua migliore amica. Non si sarebbe ricordato di quanto gli era piaciuto possederla, fare in modo che lo desiderasse, farla venire anche se si tratteneva, guardarla muoversi per quello che le stava facendo...

No, era una gran bella cosa che Quinn avesse deciso di darci un taglio, così non avrebbe più dovuto fare niente del genere. Era il suo giorno fortunato.

«Che succede?» disse Max dietro di lui.

«Niente di interessante.» Nick si raddrizzò e si diresse zoppicante verso la macchina.

«Non credo di averla mai vista così incazzata.» Max sembrava compiaciuto.

«E non ti capiterà mai più» disse Nick.

«Mi sono perso qualcosa?»

«No» disse Nick, e Max si arrese e fece per tornare nell'ufficio.

«Oh, cazzo» esclamò, e Nick alzò lo sguardo e vide Barbara che veniva verso la porta.

«Vai» disse, e Max scappò dalla porta sul retro.

«C'è Max?» chiese Barbara trenta secondi dopo, affacciandosi sulla porta.

«È uscito un attimo.» Nick si appoggiò alla macchina e guardò davvero Barbara per la prima volta. Altezza media, snella, un po' svampita ma non stupida. Sempre in ordine e carina. Poteva andarti peggio, pensò, soprattutto perché così avrebbe salvato suo fratello e si sarebbe salvato da due sorelle omicide. Voleva dire: «Cosa ne pensi dei Fleetwood Mac?» Invece chiuse il cofano della Honda e disse: «Stavo proprio andando in pausa per la cena. Hai da fare?»

«Io?» Barbara sbatté le palpebre.

«Ti va di venire a cena con me?» disse Nick con gentilezza, perché si era accorto che l'aveva presa alla sprovvista. «Pensavo di concedermi l'Anchor Inn invece di McDonald's.»

«Oh.» Barbara se ne stava in piedi, impacciata come sempre.

«Ti ho riparato il riscaldamento.» Magari la riconoscenza avrebbe funzionato.

«Cosa?»

«Quello che si bloccava sempre. L'ho aggiustato io, non Max. Vieni a cena con me per ringraziarmi.» Le sorrise sfoggiando il suo migliore sorriso.

«Hai riparato tu il riscaldamento?»

«Esatto» disse Nick, pentendosi di aver cominciato quella conversazione.

«È stato molto bello quello che hai fatto per Quinn.»

«Cosa?» disse Nick, stupito. «Oh, il prestito.»

«Davvero molto bello.» Barbara sorrise. «Prenderti cura di lei in quel modo. Vengo volentieri a cena con te.»

«Fantastico» disse Nick e si chiese perché, dato che tutto andava secondo i suoi piani, si sentisse così da schifo.

Bill era in piedi sotto il portico della casa di Apple Street, non l'avrebbe mai chiamata la casa di Quinn, e poi Quinn non sarebbe rimasta lì ancora a lungo, e aspettava che lei aprisse la porta. Era più felice di quanto fosse mai stato da quando lei se ne era andata, più felice addirittura di prima che se ne andasse, perché la sua vita finalmente aveva preso la piega giusta. La primavera era nell'aria, un intero futuro da pianificare e tutto sarebbe andato...

La porta si spalancò e comparve Quinn con una maglia di cotone macchiata di pittura e un pennello di cinque centimetri in mano. Era accaldata e bellissima, per un attimo gli tolse il respiro, avrebbe tanto voluto toccarla.

«Bill?»

«Sei bellissima» le disse.

Quel cane maledetto arrivò annusando e ringhiò.

«Buona, Katie» disse Quinn. Non gli sorrideva per niente. Be', avrebbe cambiato atteggiamento.

«Prendi il cappotto.» Bill sorrideva raggiante, cercando di incoraggiarla a sorridere a sua volta. «Devo farti vedere una cosa.»

«Bill...» Quinn si fermò guardandolo come se fosse molto arrabbiata. «Non sono dell'umore giusto. Ho avuto una pessima giornata.»

«Ci vorrà solo un minuto.» Il suo sorriso si fece ancora più ampio. «Ti solleverà la giornata.»

«Ne dubito.» Fece un passo indietro e cominciò a chiudere la porta. «Devo andare.»

«Aspetta un attimo.» Premette una mano sulla porta per tenerla aperta. «Non capisci. Ho trovato una casa per noi.»

«Cosa hai fatto?»

«Ho trovato una casa per noi.» Sarebbe stato bellissimo. «È dietro la scuola. Da lì si possono raggiungere a piedi sia le elementari che le superiori. I bambini dovranno prendere il pulmino per andare alle medie, ma non è un problema.»

Quinn era basita. «Quali bambini?»

«I nostri.» Bill si mise quasi a ridere vedendo la sua espressione sbigottita. L'aveva proprio colta di sorpresa questa volta. «È una casa bellissima, quattro camere da letto, un grande cortile sul retro, un enorme piano interrato...»

«Bill, noi non avremo mai bambini.»

«...e aspetta di vedere il soggiorno, i bambini...»

«Bill!»

Bill si fermò, strappato dai suoi sogni dal tono brusco di Quinn.

«Noi non avremo bambini» disse lei. «E non comprerò una casa con te. Ho comprato questa ieri. Tu puoi comprare quella che hai visto, ma io ho comprato questa. Non ne compreremo una insieme. Non faremo niente insieme.» Quinn si fermò e Bill sentiva il sangue pulsargli nelle orecchie. «Mi dispiace, te l'ho detto e ridetto. Non torneremo insieme.»

«Come hai fatto a comprare questa casa?»

«Bill, te l'ho detto, adesso devo...»

«Come hai ottenuto il prestito?» chiese prima di riuscire a trattenersi, e lei si calmò.

«Ho dovuto versare più soldi di caparra» disse infine. «È stata un'idea tua?»

C'era qualcosa che premeva sul petto di Bill, qualcosa che gli rendeva difficile respirare e vedere con chiarezza. «Quinn, non dovresti stare qui sola» cominciò, e poi la sua mente si svuotò perché non sapeva come spiegarle che lo aveva fatto per il suo bene, che non era stato proprio lui a farlo e che non doveva odiarlo...

Quel cane maledetto si intrufolò fra le gambe di Quinn e cominciò ad abbaiare verso di lui.

«Hai mandato a monte il mio prestito» gli disse, sopra l'abbaiare del cane. «Continui a mettermi contro il comune, hai chiesto a Bobby di minacciarmi con la storia di Jason e hai rubato il mio cane tre volte...»

«No» disse, cercando di farsi ascoltare.

«Sta' fuori dalla mia vita!»

Quinn sbatté la porta e lo lasciò solo sul portico, a cercare di inspirare abbastanza aria per riuscire ad articolare le parole che l'avrebbero riportata da lui, ma i polmoni proprio non ce la facevano.

Andrà tutto bene, si disse, e la sua mente riuscì ad aggirare il panico. Si sarebbe aggiustato tutto. La casa nuova non era un'opzione. Be', magari anche questa non sarebbe stata male. In effetti, non era poi così male. Era piccola, non sapeva quante camere da letto c'erano, ma magari potevano ingrandirla. Sì, era così. Avrebbero potuto ingrandirla.

Scese dal portico e girò attorno alla casa fino al cancello del cortile, faceva attenzione a dove metteva i piedi perché si sentiva un po' stordito. Il cortile non era enorme ma abbastanza grande per i bambini fino alle medie, dopo sarebbero stati comunque a scuola per la maggior parte del tempo. A scuola avrebbero avuto abbastanza spazio per allenarsi. Un giardino piccolo a casa significava meno tempo perso a tagliare l'erba. Era un vantaggio. Potevano costruire altre stanze, un bagno in più e una camera da letto al piano di sopra, di sotto invece un soggiorno, e avrebbero avuto comunque spazio per un terrazzo. Non era un problema. Avrebbe dovuto essere più flessibile fin dall'inizio. Era colpa sua. Avrebbe dovuto ascoltarla. Si sentiva molto più tranquillo ora. La casa andava bene.

Si voltò per tornare al cancello e vide del movimento in cucina. Si avvicinò alla finestra laterale e sbirciò attraverso la tenda di pizzo. Era difficile vedere perché la luce dentro era spenta, ma riuscì a mettere a fuoco Quinn al lavandino che passava le mani avanti e indietro su qualcosa, probabilmente stava lavando un pennello. Rimase lì un attimo a guardarla chinata sul lavandino, la curva del suo sedere gli era così familiare che gli sembrò di potersi allungare e toccarla, proprio come faceva sempre, peccato che non lo avesse mai fatto. Non era tipo da toccare il culo a una donna, Quinn non sembrava una che volesse una mano sul culo, ma adesso avrebbe voluto farlo. Si sentiva più vicino a lei adesso di quanto non si fosse mai sentito quando stavano insieme, forse perché adesso Quinn non sapeva che era lì e quindi non poteva sbatterlo fuori, non poteva obbligarlo a chiudere la bocca come faceva tutte le volte che provava a parlarle ultimamente. Non riusciva a capire, le stava dedicando tanto di quel tempo. Quand'è che avrebbe smesso di comportarsi in quel modo e sarebbe tornata da lui?

Cominciò a piovere e quando alzò lo sguardo, Patsy Brady era uscita per mettere al riparo i mobili da giardino sgangherati e lo guardava con interesse. È ridicolo, si disse, e la ignorò per dirigersi verso la macchina. Tutti pensavano che aveva perso Quinn. Le cose si sarebbero aggiustate. Sarebbe stato paziente e comprensivo e le cose si sarebbero aggiustate. Non era pensabile non tornare con lei. Poteva tornarci quando voleva.

Camminò con fatica fino alla macchina, ricordandosi di chiamare Bucky per dirgli che la caccia alla casa era finita e pensando a quando avrebbe potuto cominciare a impacchettare le sue cose per trasferirsi da Quinn. Probabilmente non avrebbe neanche dovuto portare tutto perché lei aveva comprato dei mobili in più, ma molti erano di seconda mano e schifezze che magari non avrebbe neanche più voluto avere intorno una volta che avesse portato i mobili di pino dal loro appartamento. Ne avrebbero parlato quando fosse stato tutto pronto per il trasloco.

Solo il pensiero di riportare le sue cose da Quinn lo fece sentire meglio. Lungo la strada verso casa, Bill immaginò le loro conversazioni.

«Ho sentito che la Bancaria zoccola esce con tuo marito» disse Lois nella saletta relax dell'Upper Cut il giorno dopo.

Il cuore di Darla balzò in gola, ma si obbligò ad appoggiarsi allo schienale del divano e dire: «E lo sai adesso?» Voleva sembrare disinvolta. *Max.*

«L'ha portata a cena lunedì sera» disse Lois con soddisfazione. «All'Anchor Inn, lei ha preso l'aragosta.»

«Chi ordina aragosta all'Anchor Inn si merita quello che ha.» Darla si concentrò per mantenere calmo il respiro. «Allora, come sta Matthew?»

La soddisfazione di Lois si attenuò. «È tornato a casa» disse con il mento in alto. «Me lo riprendo.»

«Buon per te» disse Darla. *Non vi meritate altro.*

«Vedremo» disse Lois. «Vedremo come si comporta.» Non sembrava particolarmente contenta.

Quinn entrò e le passò accanto per andare a sedersi sul divano di fronte a Darla. «Ciao Lois» disse. «Che novità ci sono?»

«Matthew è tornato a casa e Max ha portato Barbara a cena» disse Darla calma, incontrando lo sguardo sbigottito di Quinn senza sbattere le ciglia.

«Interessante» disse Quinn, poi si ammutolì finché Lois si arrese e uscì. Poi disse: «Max ha fatto cosa?»

«Lois ha detto che l'ha portata a cena lunedì sera.» Darla deglutì. «Aragosta all'Anchor Inn.»

Quinn era affranta. «Sta cercando di farti arrabbiare.»

«Ci sta riuscendo.» Darla si piegò in avanti per sistemare le riviste sul tavolino e per non vedere la compassione negli occhi di Quinn. «Credevo che i cambiamenti non gli piacessero.»

«Vuoi tornare con lui?» chiese Quinn.

«Non posso.» Darla lasciò cadere le riviste e sprofondò sul divano. «Cosa è cambiato? Se torno da lui, le cose torneranno come prima, ed è stata proprio quella la ragione per cui me ne sono andata.» Sentì la tristezza salirle alla gola come nausea. «Se torno indietro e Max non ha capito perché me ne sono andata, penserà solo che sono stata una stronza e non si fiderà mai più di me. Se non capisce...»

«E se non capisse mai?» disse Quinn. «Vuoi aspettare per sempre?»

«Senti chi parla» sbottò Darla. «Non stai facendo niente neanche tu.»

«Be', veramente io ho fatto qualcosa.» Quinn aveva un aspetto orribile. «Sono andata a letto con Nick ieri sera.»

«Oh, cazzo.» Darla si ricompose. «E come è stato?»

«Strano» disse Quinn. «Strano e bello fino alla fine e poi solo strano. Lui decisamente non è interessato a un bis. È finita.» Lasciò cadere le spalle. «Non che sia mai veramente cominciata.»

«Oh, al diavolo» disse Darla.

«Sì, direi di sì.»

12

Bill decise che doveva assolutamente vedere l'interno della casa di Quinn per pensare a quali modifiche potevano fare. Il che significava che doveva tornare dentro. Doveva.

Il cane abbaiò quando Bill aprì la porta, così prese una bottiglia di spray per pulire i vetri che Quinn aveva lasciato fuori – tipico di Quinn, distratta come sempre – e gliela spruzzò negli occhi. Il bastardino guaì e si nascose sotto una sedia e Bill rise, poi prese le misure della cucina, pensò a come avrebbero potuto ingrandirla e prese appunti nella sua agenda. Quando ebbe finito, andò al piano di sopra e il suo cuore cominciò a battere forte per qualche ragione.

Il piano di sopra era più buio. Lo stretto corridoio aveva solo una finestra che guardava sullo spoglio muro di mattoni della casa accanto. Il corridoio aveva cinque porte. Troppe. Troppo affollato.

La prima, accanto alle scale, era la camera di Quinn.

Si fermò sulla porta perché quella stanza rifletteva così tanto la personalità di Quinn che lo colpì come un pugno allo stomaco. Poi entrò e prese possesso dello spazio. A Quinn non sarebbe dispiaciuto, sarebbe stata contenta.

Aveva lasciato un gran disordine, i cassetti mezzi chiusi, le ante mezze aperte, il letto sfatto, era la sua Quinn, era ancora la camera che ricordava: la toletta del bisnonno e la dispensa che usava come armadio per la biancheria e...

Spostò lo sguardo sul letto. Il letto era nuovo. Il loro vecchio letto lo aveva lui. Lo avrebbe portato quando si fosse trasferito e le cose sarebbero tornate come prima. C'era una pesante lampada vicino al letto, anche quella nuova, aveva il paralume di vetro e Bill la odiava perché non era loro. Se ne sarebbero sbarazzati quando si fosse trasferito.

Le pantofole con il coniglio erano vicino al camino, aveva un camino in camera, che meraviglia, e le pantofole erano così buffe e così tipiche di Quinn, accatastate una sopra l'altra, sembrava stessero facendo...

I suoi occhi passarono dalle pantofole al letto, di nuovo.

Il letto era sfatto, le spesse lenzuola azzurre e il copriletto azzurro e giallo erano arrotolati e il coprimaterasso era ancora spiegazzato, riconosceva la sagoma di Quinn. Si avvicinò, non c'era ragione di sentirsi senza fiato, andava tutto bene, e posò la mano dove aveva dormito lei. Era freddo, se ne era andata ore prima, e Bill si sdraiò dove era stata Quinn, solo per un minuto, posò la testa pulsante sul cuscino giallo, brillante come Quinn, e inspirò il profumo del suo calore e delle sue risate; era davvero il suo shampoo? Non portava profumo; no, era lei e gli venne quasi da piangere perché la voleva così tanto.

Non che se ne fosse mai andata. Non se ne era andata. Erano solo in una fase di assestamento. Le cose si sarebbero aggiustate.

Rimase sdraiato lì per un po', a pensare come sarebbe stato bello quando le cose si fossero aggiustate, a quando avrebbero acceso il camino e poi si sarebbero tenuti stretti lì, proprio lì, lei sarebbe stata di nuovo sotto di lui e...

Bill sentì la testa leggera quando pensò di possederla di nuovo, quando pensò alla sensazione di lei tranquilla fra le sue braccia, quando pensò che sarebbe stata di nuovo sua, presto, in quel letto; l'avrebbe presa da dietro: il respiro si fece più veloce e strizzò gli occhi finché non riuscì a vedere più niente.

Poi si alzò, rallentò il respiro, si calmò, diede un'ultima occhiata alla loro camera da letto, non aveva nessuna voglia di andarsene o, se proprio doveva andarsene, avrebbe voluto portarla con sé. Qualcosa che fosse come lei.

Sfilò la federa dal cuscino e se la portò al viso, inspirando Quinn.

Il cuscino giaceva bianco e nudo sul letto. Non era giusto.

Si avvicinò all'ultimo ripiano della dispensa e prese un'altra federa gialla. Mise quella nuova sul cuscino e ripiegò quella usata, quella su cui si era posata Quinn, sotto il cappotto.

Poi tornò a scuola, chiudendo a chiave la porta con cura dietro di sé, così nessuno sarebbe potuto entrare e farle del male.

Il baby capo lo incrociò sulla porta della sala pesi.

«Bill» disse. «Devi riprenderti.»

«Sto bene» gli rispose, immaginando di schiacciare Bobby come un moscerino.

«Ancora quella donna, vero? Non capisco perché non te la dimentichi e basta.» Bobby scosse la testa. «Non ne vale la pena. Perché non...»

«Lei vale molto la pena» disse Bill a denti serrati. «Torneremo insieme, quindi piantala, Bobby.»

Il baby capo trasalì al 'Bobby' e Bill capì che aveva esagerato, avrebbe dovuto chiamarlo Robert, ma non si meritava nient'altro per aver dubitato di Quinn.

«Abbiamo perso altre tre partite,» disse Bobby «non arriviamo neanche alle regionali.»

«Non succederà» disse Bill ed entrò passandogli accanto.

«Dove vai durante le ore buche?» disse Bobby dietro di lui, ma Bill lo ignorò.

Sarebbero arrivati alle regionali. Avrebbero addirittura

vinto il girone. Una volta che Quinn fosse tornata da lui, tutto sarebbe tornato a posto. Se ne sarebbe accorto anche lui.

Quella sera se ne sarebbe accorta anche lei.

Quinn era sola nel magazzino dell'aula di arte e stava prendendo dei pennelli per le prove del pomeriggio; rimuginava ancora su Nick e su quanto era stata stupida, come se non avesse saputo che Nick era uno specialista del non coinvolgimento, quando Bill entrò e si fermò accanto alla porta, confinandola lì dentro. Quando si girò e vide la sagoma di Bill che riempiva la soglia, Quinn avvertì una stretta al cuore perché lui era così grande e lei così sola. I ragazzi erano tutti al piano di sotto, non c'era nessuno che la potesse sentire urlare se avesse avuto bisogno di aiuto...

Ma non diciamo stupidaggini. Era Bill, dopotutto.

«Mi hai spaventato» disse, e avrebbe voluto fare un passo avanti così Bill si sarebbe spostato per farla passare, ma aveva paura di farlo, aveva paura che non si sarebbe spostato.

«Volevo solo parlarti» disse, sorridendole.

Odiava quel sorriso. «Bill, non abbiamo niente di cui parlare e io sono in ritardo.» Fece un passo avanti e lui non si mosse, così Quinn si fermò. «Mi fai passare?»

«No» disse. «Noi apparteniamo l'uno all'altro. Andiamo nella stessa direzione.»

«No» disse lei; lui rispose: «Se solo mi ascoltassi, tornerebbe tutto a posto.»

«Non esiste più nessun noi.» Quinn sentì la voce tremare. «Non c'è mai stato, Bill. Non siamo mai stati davvero legati.»

«Certo che lo siamo stati» disse. «Ci sposeremo non appena...»

«No!» disse Quinn, e il suo volto si trasformò, si contrasse per poi rilassarsi di nuovo; lui disse: «Va bene, possiamo vivere nella casa di Apple Street.»

Quinn appoggiò una mano su una mensola per reggersi,

le girava la testa da quanto era arrabbiata perché Bill non la ascoltava, non vedeva quanto era cambiata, e anche impaurita in quel momento, anche se era ridicolo perché era Bill. «Non ci sposeremo» disse con tutta la calma possibile. «Non ti amo. Non ti ho mai amato. È stato un errore ed è finita e tu non ti trasferirai mai nella casa di Apple Street. Ora, fammi uscire.»

Bill serrò la mascella e disse: «Non mi ascolti.» Quinn allora si mosse in avanti, e, determinata a non farsi fermare, disse: «Fammi uscire!» Bill le sbatté la porta in faccia e la chiuse dentro.

«Bill?» urlò Quinn, e prese a pugni la porta. «Fammi uscire! È ridicolo. Te l'ho detto...»

«Devi ascoltarmi» disse lui da fuori. «Ho dei progetti. So che ti sembra che non ci sia abbastanza spazio, ma possiamo fare delle modifiche.»

Bill continuò a parlare e Quinn sentì l'orrore crescere dentro di lei, le stava spiegando come avrebbero ingrandito la casa, dove avrebbero messo le porte e le finestre, dove avrebbero dormito i bambini, e Quinn si sentì paralizzata, intrappolata non solo in un freddo magazzino, ma nel freddo mondo della negazione di Bill, mentre lui continuava a parlare con una voce calma da insegnante, sembrando sano di mente come tutti gli altri.

Bill si interruppe nel bel mezzo della descrizione del terrazzo che avrebbero costruito sul retro e Quinn si avvicinò di più alla porta per scoprire perché.

«Ha visto la McKenzie?» sentì Jason chiedere. «Abbiamo bisogno di lei giù in sala prove e la signora Buchman ha detto di provare a vedere qui.»

«Jason» gridò Quinn prima che Bill potesse dire qualcosa. «Sono qui.» Diede degli scossoni alla maniglia della porta del magazzino, ma la porta non si mosse. Bill la stava tenendo ferma. «Fammi uscire, Bill» disse. «Devo andare a dare una mano per la recita.»

«Stiamo parlando» sentì Bill dire a Jason. «Verrà giù più tardi.»

«No!» Quinn sentì il panico nella sua voce e si sforzò di calmarsi. Mettere in mezzo Jason non era una bella idea. «Jason, vai a chiamare la signorina Buchman, per favore. E la signora Ziegler.» Era sicura che Bill non fosse violento, era solo distaccato dalla realtà quando si trattava di lei, quindi se fossero arrivate Darla e Edie si sarebbe accorto dell'assurdità di tutta la faccenda e avrebbe aperto la porta.

Così sperava.

«Coach, abbiamo davvero bisogno di lei adesso» disse Jason. «Credo che farebbe meglio a farla uscire.»

«Arriverà appena avremo finito di parlare» disse Bill gentilmente. «Vai pure adesso.»

«Be', non posso» disse Jason. «Abbiamo finito la pittura rossa e la scorta è nel magazzino.»

Non era male come bugia, Bill non sapeva che il necessario per la recita era nel magazzino della sala prove, ma non ci cascò. «La porterà lei quando verrà giù.»

«Devo andare adesso, Bill» disse Quinn. «Stai intralciando le prove. Lasciami uscire.»

«Abbiamo davvero bisogno di lei, coach.» La voce di Jason era vicina adesso, come quella di Bill, e Quinn li immaginò in piedi fianco a fianco vicino alla porta, Jason grosso quasi quanto Bill, praticamente un uomo a diciotto anni, forte per tutto quel sollevamento pesi, pronto a mettere Bill al tappeto.

No, pensò, e aprì la bocca per dire a Jason che andava tutto bene, ma poi la maniglia si mosse e Jason aprì la porta, facendo spostare Bill con il gomito mentre lo faceva.

«È in ritardo» le disse con tono deliberatamente allegro. «È nei guai adesso.»

Quinn scivolò fuori ignorando Bill che se ne stava in piedi desolato dietro di lui, cercando di non tremare mentre si dirigeva verso la porta con Jason alle sue spalle, a farle da scudo.

«Aspetta» disse Bill e lei si voltò afferrando un braccio di Jason. «Hai dimenticato la pittura» disse Bill, e lei scosse la testa.

«Manderò qualcuno a prenderla» disse, e fuggì nel corridoio, aggrappata a Jason.

«Sta bene?» le chiese il ragazzo dopo che ebbero girato l'angolo che conduceva al corridoio centrale, quando lei si sentì abbastanza al sicuro da lasciare il suo braccio.

«Sì» disse Quinn.

«È stato molto strano.»

«Molto» ripeté lei e deglutì.

Jason la cinse con un braccio. «Non se ne vada più in giro sola. Si porti sempre dietro Corey o me. È stato proprio brutto.»

Sentirglielo dire fu anche peggio, era terribile che anche uno studente lo sapesse, ma Quinn chiuse gli occhi e annuì, sapendo che aveva ragione. Jason la strinse. «Andrà tutto bene» le disse, poi guardò oltre la sua spalla e lasciò cadere il braccio.

Quinn si voltò e vide Bobby che li fissava. Cosa diavolo ci faceva ancora lì così tardi? La perseguitava?

Non era divertente. Non era per niente divertente.

«Signorina McKenzie, vorrei parlarle nel mio ufficio» disse con tono gelido.

«Non ora, Robert» disse. La paura si stava trasformando in rabbia mentre guardava quella faccia da imbecille. «Ma forse vorrai scambiare due parole con il tuo coach, mi ha appena chiusa nel magazzino.» Bobby si irrigidì, improvvisamente circospetto, e lei aggiunse: «Non sta per niente bene, Robert. Per niente. Devi parlargli. Tienilo lontano da me.»

«Non essere ridicola» disse Bobby, e scomparve alla fine del corridoio.

Bill era seduto nell'aula vuota di arte, teso e frustrato. Jason aveva buone intenzioni ma aveva rovinato tutto. Lo stava ascoltando, zitta e ferma lì dentro, le stava spiegando tutto così bene, se solo avesse avuto la possibilità di finire...

«Bill?» disse Bobby dalla porta. «Stai bene? Cosa è successo?»

«Non vuole che mi prenda cura di lei» disse Bill. «È tutta presa dalla recita ed è così occupata...»

«Ascolta.» Bobby gli si avvicinò e si sedette accanto a lui. «Penso che dovresti starle lontano...»

«Se solo si fermasse un attimo ad ascoltarmi» disse Bill.

«Sì, be', potrei romperle una gamba» disse Bobby sarcastico. «Ma anche così, prenderebbe delle stampelle e se ne andrebbe. Ha chiuso con te.»

«Tu non capisci» disse Bill. «Noi ci apparteniamo.»

«Giusto» disse Bobby. «Alla fine della stagione di baseball. Avrai tutta l'estate per farla tornare da te.»

Bill aggrottò le sopracciglia. «È troppo tempo. Non posso aspettare tutto quel tempo.»

«Senti, Bill, non farmi diventare sgradevole» disse Bobby. «Posso piantarti dei casini, sono il capo, lo sai. Ma non voglio farlo perché non voglio che ti preoccupi per la squadra.»

Bill si alzò, non ne poteva più della squadra. «Ci sono cose più importanti del baseball, Robert» disse, e uscì dall'aula, sicuro che a Bobby non ne venisse in mente neanche una.

Che cosa triste.

«Era come impazzito» disse Quinn a Joe e Darla quella sera a casa. «Non potevo crederci. Crede che si trasferirà qui e che avremo dei bambini.»

«Gli parlerò io» disse Joe, e Quinn guardò il padre stupita. «Gli dirò di lasciarti stare.»

«Non è una bella idea» disse Quinn. «Gliel'ho detto io e non mi ha ascoltato.» Sorrise a suo padre. «Ma grazie comunque. Ho detto a Bobby di pensarci lui. Forse...»

«Non è abbastanza» disse Joe. Darla aggiunse: «Ha ragione, Quinn. Se Bill ti chiude in un magazzino, ha passato il limite. Dobbiamo fare qualcosa.»

«Cosa?» chiese Quinn. «Chiamiamo la polizia e diciamo

che Bill Hilliard, l'eroe di Tibbett, mi ha chiuso in un magazzino e non mi faceva uscire? Sembra il capriccio di una bambina. Voglio dire, a chi crederesti? A Bill o alla donna che ha rubato un cane dal canile?»

«Fammi parlare con Frank Atchity» disse Joe. «Giochiamo a poker insieme. Fammi accennare la cosa a lui. E d'ora in avanti, non andrai più in giro da sola.»

«Per il resto della vita?»

«Ha ragione» disse Darla. «Mai da sola. E di' al baby capo che se non mette in riga Bill chiami la polizia. Così dovresti ottenere qualcosa.»

Come al solito, la prima persona che vide Quinn quando andò a scuola il giorno dopo fu il baby capo, vibrante vicino alla porta della sua classe.

«Jason ha mollato» le disse Bobby, mentre Quinn apriva la porta. «Ha lasciato la squadra stamattina, come se non dovesse niente a Bill.»

Oh, accidenti, Jason, pensò Quinn, poi accese la luce ed entrò nell'aula. «Mi dispiace molto, ma non sono sorpresa. Ha visto Bill fuori di sé ieri sera. Non sto scherzando, Robert, la cosa è seria. Tieni Bill lontano da me o andrò alla polizia per un'ingiunzione restrittiva. E ti lascio immaginare i pettegolezzi che verrebbero fuori. Addio finanziamento.»

Bobby diventò verde. «È tutta colpa tua. Non vuole altro che te, dio solo sa perché poi. Sei la persona più ingrata...»

«Bobby, lascia perdere.» Quinn si voltò a guardarlo. «Cosa devo fare se...»

«Solo fino a giugno» disse Bobby. «Non chiedo altro. Torna da lui finché non avremo vinto il campionato e poi sarò il primo ad aiutarti a liberarti di lui.»

«Tu sei pazzo quanto lui» disse Quinn. «No. E tienilo lontano da me. Altrimenti sono guai seri.»

«È colpa tua» disse Bobby, e se ne andò; Quinn pensò: ecco cosa penseranno anche tutti gli altri. Bill era stato perfettamente normale finché non lo aveva lasciato. Be', normale per essere un coach americano.

I suoi studenti cominciarono a entrare, ancora mezzi addormentati e imbronciati come sempre e Quinn distolse i pensieri da Bill per prendere le presenze. Almeno c'era ancora una parte della sua vita che era sotto controllo: riusciva ancora a contare i ragazzi. Ma durante l'appello, Bill faceva capolino dal fondo della sua mente, rifiutandosi di lasciarla in pace.

Doveva proprio fare qualcosa. Solo non sapeva cosa.

Jason aveva lasciato la squadra. Bill provò a capire come fosse possibile che Jason lo abbandonasse dopo quattro anni. Quattro anni di football e baseball e poi un bel giorno Jason arriva alla sessione mattutina di sollevamento pesi e gli dice, con occhi inespressivi: «Mi dispiace, coach, non mi interessa più giocare.»

«Jason...» aveva detto Bill, ma Jason si era limitato a stringergli la mano e ad andarsene.

Bill guardò Corey Mossert e disse: «Parlaci tu.» Anche Corey scosse la testa. «È successo qualcosa ieri dopo la scuola. Non mi ha detto cosa, ma sono sicuro che è questo che vuole. Se n'è andato, coach. Lasci perdere.»

Bill si sentì gelare. La storia con Quinn nel magazzino. Quando stava cercando di parlare con lei, Jason si era messo in mezzo e aveva rovinato tutto. Cosa gli aveva detto Quinn? Cosa aveva detto a Jason per fargli decidere di abbandonare la squadra?

Doveva fare qualcosa. Doveva fare qualcosa per forza. I suoi mal di testa stavano peggiorando. Andava tutto storto. Andava tutto storto.

Così, durante la sua ora buca, tornò nella casa di Quinn, doveva farlo perché aveva dimenticato di prendere le misure al piano di sopra, quindi doveva farlo e, dentro la casa, si sentì meglio. Era quasi come essere dentro Quinn. No, no, non voleva dire quello, voleva dire con Quinn.

Non vedeva l'ora di trasferirsi.

Il cane si nascose sotto una sedia appena lo vide, ringhiava ma stava lontano. Salendo le scale si accorse di quanto fosse instabile la ringhiera. Appena fissata al muro. Poteva staccarsi da un momento all'altro. Quando avesse vissuto lì, si sarebbe occupato di mettere una ringhiera nuova. Quinn aveva proprio bisogno di lui in casa.

Quando stava per raggiungere la cima delle scale, rallentò. Forse era quella la soluzione. Forse se Quinn si fosse resa conto di quanto avesse bisogno di lui...

Tornò di sotto, nel portico sul retro, e trovò la scatola degli attrezzi di Quinn. Allentò i bulloni della ringhiera e fece un giro della casa per allentare altre viti, dalle maniglie alle placche delle prese di corrente, e allentò anche i cavi. Avrebbe potuto allentare anche i tubi del gas, così ci sarebbe stata una piccola perdita, niente di grave. Gli scalini che conducevano al portico erano terribili. Poteva manometterne uno, così si sarebbe rotto dopo un po' e non sarebbe crollato tutto in una volta. Poteva spostare appena una tavola del portico, poteva fare tante cose. E Quinn avrebbe avuto di nuovo bisogno di lui.

Quando andò di sopra, un'ora dopo, si sentiva galvanizzato, sicuro che ben presto si sarebbe trasferito. La seconda porta del corridoio era un'altra camera da letto, il soffitto era mansardato e c'erano due lettini, probabilmente quelli di Quinn e Zoë quando erano piccole, e Bill sorrise soddisfatto, sarebbe stata una camera perfetta per i loro figli. Le due camere in fondo alla casa erano un ufficio con un altro letto e un bagno. Il bagno era decisamente troppo piccolo, lo avrebbero ingrandito. Potevano allargare anche l'ufficio e trasformarlo in una camera matrimoniale con un bel bagno grande vicino, dietro al vecchio; sarebbe andata proprio così. Perfetto.

Bill prese appunti delle misure e poi mise in tasca il metro e il blocco. Ora aveva tutti i dati che gli servivano e tutto sarebbe stato facile, una volta che Quinn si fosse resa conto di quanto avesse bisogno di lui. Una volta che gli avesse chiesto di tornare con lei.

Sarebbe stata così sorpresa vedendo il progetto che aveva ideato. «Scemina» le avrebbe detto. «Sapevi che ci sarebbe servito più spazio. Avresti dovuto sapere anche che ci avrei pensato io.»

Lungo il corridoio, aprì la quinta porta perché moriva di curiosità.

L'armadio di Quinn.

Vedeva le maniche dei suoi vestiti. Quello con la stampa verde che aveva indossato la prima volta che erano usciti, quello a quadri blu che aveva indossato con una giacca agli open day della scuola, quello a fantasia scozzese rosso di flanella che si era messa per l'ultima partita di basket a cui erano andati insieme – a quel pensiero si sentì stringere il cuore perché erano stati così felici – quello nero che usava per le lezioni quando non erano previste attività con cui rischiava di sporcarsi e quello marrone patchwork, quello di jeans...

Chiuse gli occhi perché sentiva un dolore al petto. Non poteva essere un infarto, era troppo giovane e troppo in salute. Forse era indigestione. Doveva stendersi.

Quando fu sul letto di Quinn coperto dal copriletto, si sentì meglio. Per un attimo, fu quasi arrabbiato con lei, era così testarda che si meritava quello che aveva fatto alla sua casa, se solo lo avesse ascoltato avrebbe potuto essere lì con lui sotto il copriletto, ma non lo ascoltava, se solo fosse riuscito a farsi ascoltare...

Pensò a come farsi ascoltare, a cosa avrebbe potuto fare per farsi ascoltare, cosa si meritava per non averlo voluto ascoltare e sentì montare la rabbia, era così arrabbiato perché non lo ascoltava...

Il respiro si fece più veloce, la stanza sparì e Bill pensò a Quinn, a come farsi ascoltare, a come farla tornare indietro, doveva chiedergli di tornare con lei adesso, questa storia era andata avanti per troppo tempo, era ora di finirla, finirla, finirla...

Quando si fu calmato, si ripeté di nuovo la vecchia storia: sarebbe andato tutto bene, lei lo avrebbe ascoltato, erano passati due mesi, ancora un po' e le cose si sarebbero aggiustate, e Quinn lo avrebbe ascoltato...

No, invece.

Sentì di nuovo quella stretta, come un pugno gigante e rotolò fuori dal letto. Stava bene, lei lo avrebbe ascoltato, le cose sarebbero tornate a posto.

Fece un giro della stanza, aprì l'anta dell'armadio, c'erano le camicie e le gonne, i jeans erano piegati sulla mensola più in alto, poi aprì la dispensa che conteneva le lenzuola e le federe e le magliette, aprì i cassetti...

La biancheria di Quinn. La mia vita segreta, la chiamava lei. Colori assurdi, rosa shocking e laminati metallici, verde acido e...

Affondò le mani nel cassetto, nel pizzo, nel raso e nella seta. «Devo vestirmi come uno scaricatore di porto per insegnare» aveva detto una volta «ma posso essere elegante sotto.» A Bill tutte quelle cose non piacevano molto, tutti quegli strani colori sgargianti, non era così che avrebbe voluto vedere Quinn, appariscente e sexy. La sua Quinn era pulita, bianca, semplice, buona; strinse i pugni attorno a quella roba schifosa, la sua Quinn avrebbe dovuto sapere che era sua.

Gettò la biancheria nel cassetto come se fosse stata sporca, contaminata, avrebbe voluto strapparla, farla a pezzi, bruciarla, così non avrebbe mai più toccato la pelle di Quinn, e cominciò a prendere la biancheria a manciate per distruggerla quando notò il bianco in fondo al cassetto.

Non erano di semplice cotone bianco, erano mutandine striminzite di pizzo bianco, l'avrebbero certo coperta, ma erano pur sempre bianche, come quelle di una sposa, e Bill le prese trattenendo il respiro. Certi uomini le chiamavano mutande, ma a Bill era sempre sembrato un nome volgare, lui preferiva slip, un bel nome pulito. Quelli erano quasi interamente di pizzo, con un pezzo di raso sul cavallo... anche quella era una parola che Bill non voleva usare per Quinn, troppo esplicita, raso sul cavallo, la parte fra le gambe, la parte...

Rabbrividì leggermente e chiuse il cassetto sbattendolo, teneva ancora le mutande in pugno.

Gli slip.

Erano di pizzo bianco. Poteva indossarli il giorno del loro matrimonio.

Doveva ascoltarlo. Doveva fare in modo che lo ascoltasse. Era stato fin troppo paziente. Si poteva aspettare un po' per dare tempo alle donne ma poi bisognava essere fermi.

Sarebbe stato fermo e lei avrebbe capito. Gli sarebbe stata grata, anche lei lo voleva. Sarebbe tornata da lui indossando quelle mutande, gli avrebbe aperto le braccia, avrebbe aperto...

Sarebbe andata bene.

Strinse le mutandine e cercò di far riprendere al respiro un ritmo normale mentre le guardava, le guardava soltanto, quando Bobby disse: «Allora è qui che vieni durante le ore buche.»

Bill alzò la testa di scatto e Bobby si appoggiò allo stipite della porta, sorridendo.

«È davvero patetico, Hilliard» disse.

«Come hai fatto...»

«Ti ho seguito.» Bobby si strinse nelle spalle. «Stai perdendo il controllo, Hilliard, ma, cosa più importante di tutte, stai perdendo le partite. Non posso permetterlo.» La sua voce era insolente e l'espressione tronfia.

Bill deglutì. «Fuori di qui.»

Bobby fece segno di no con la testa. «Troppo tardi. Forza, mettiti in tasca quella roba, se è di questo che hai bisogno, ma dobbiamo andarcene di qui. Non voglio proprio dover dare spiegazioni a qualcuno.»

«Tu non capisci» disse Bill. «Non è...»
«Capisco benissimo» disse Bobby. «Ora chiudi quella bocca e andiamocene prima che qualcuno ci becchi. Dio, sei proprio impazzito.»
«Non puoi parlarmi così» esplose Bill, e aveva freddo. Il mondo era stato brutto anche prima, ma mai così tanto.
«Posso parlarti come mi pare.» Il sorriso di Bobby era perfido. «Dopo questo?» Fece un cenno verso le mutande, ancora strette nella mano di Bill. «Sono io il ragazzone, adesso, e tu farai quello che ti dico io.» Piegò la testa verso gli scalini e poi si diresse verso la porta, si comportava come se fosse sicuro che Bill lo avrebbe seguito.
E, intontito dalla confusione e con il mal di testa tornato a pieno regime, Bill lo fece.

«Cosa cazzo sta facendo?» disse Max, sbattendo giù il ricevitore.
Nick alzò la testa dalla Subaru a cui stava lavorando e sbirciò fuori dalla finestra. «Chi?»
«Non là fuori. Darla.» Max sembrava esasperato. «Ha appena lasciato un messaggio in segreteria dicendo che vuole che i ragazzi tornino a cena da lei. Io no, solo i ragazzi.»
«Probabilmente pensa che tu vada a cena all'Anchor Inn.»
«Vaffanculo» disse Max. «Tutto questo è stupido. Siamo sposati. Dovremmo essere a casa insieme.»
«Sì.»
«È una situazione strana e la gente parla, accidenti.»
Nick rimase sotto il cofano. «Forse se siamo gentili con loro ci faranno guardare.»
«Certo, tu puoi scherzarci sopra» disse Max. «Tanto non stai perdendo niente.»
Col cavolo non sto perdendo niente.
«Ormai è più di un mese» sibilò Max. «Più di quanto sia andato al liceo.»
«Oh» disse Nick. «È per questo che sei così scontroso.»

«Tu non lo saresti?»

Nick valutò se dirgli che il problema non era tanto che fosse passato del tempo quanto che era terrorizzato all'idea che lei non tornasse mai più, ma poi non lo fece. C'erano cose di cui proprio non voleva parlare con Max, anche se non poteva impedirsi di pensarle.

Ogni giorno doveva trattenersi dal passare a casa di Quinn per vedere se aveva bisogno di qualcosa. Come per esempio di lui dentro di lei. Certo, con Joe e Darla che vivevano con lei non sarebbe stato facile e Quinn non sarebbe mai tornata a casa sua, quindi, se si eliminava l'eventualità di saltarle addosso per strada, era fottuto. Cioè, nel suo caso, non lo era affatto. Il che era un bene. Quinn era solo un'amica, e poi la sua propensione al coinvolgimento non era così grande. Avrebbe già dovuto dimenticarla. Non era il tipo che si lasciava ossessionare dalle donne.

La voleva di nuovo nuda sotto di lui.

No, non la voleva.

«Sono andato all'Upper Cut» disse Max, perso nei suoi problemi. «Ha detto di no. Non so cosa devo fare. Vado da Bo e lei ride. Esco con Barbara per farla ingelosire e mi suggerisce di non mangiare l'aragosta la prossima volta.»

«Te l'avevo detto che quella era una mossa cretina.»

Max lo ignorò. «Le chiedo di dirmi cosa vuole, le dico che lo avrà, di qualunque cosa si tratti, e mi dice che se me lo deve suggerire lei allora non vale.»

«Ecco, quello lo odio anch'io» disse Nick, che ricominciava a sentirsi solidale con il fratello.

«Vuole un cambiamento» disse Max. «A me piace la nostra vita. Perché dovrei cambiare?»

«Per riprenderti la tua vita?»

«È mia moglie» disse Max testardo. «Appartiene a me. L'aspetterò e tornerà in sé, prima o poi.»

Prima che tu vada fuori di testa?, Voleva dire Nick, ma era piuttosto chiaro che la mente di Max stava già facendo brutti scherzi e Nick non era nella posizione di muovere critiche, dato che non si stava comportando meglio. In fin dei conti, era ossessionato da una donna che non avrebbe mai più visto nuda, che non avrebbe mai più stretto a sé, toccato, accarezzato, abbracciato, in cui non sarebbe mai più sprofondato...

Non che volesse. Non molto.

«Vai e prenditi tua moglie» disse Nick. «Basta aspettare.»

Max gli fece una smorfia e tornò in ufficio, e Nick rimase a fissare la Subaru nel tentativo di recuperare una visione calma e razionale dei suoi sentimenti per Quinn, senza pensare davvero a come si sentiva.

Okay, era tutto sotto controllo. Era già stato senza di lei per due settimane, dopo la notte sul divano, e quello stato di cose lo aveva reso nervoso e suscettibile ma solo perché gli piaceva averla intorno, gli piaceva sentire la sua voce, la sua risata, vedere il suo viso, vedere i suoi capelli che dondolavano – Quinn, con i capelli color rame, che si contorceva sotto di lui, le bellissime guance, la testa tra le sue mani mentre spingeva dentro di lei –, gli piaceva davvero come amica, per la compagnia e le chiacchiere. Era come leggere gli articoli di *Playboy*, troppo belli.

E adesso era passata quasi una settimana dall'ultima volta che l'aveva vista – nuda, tonda e bagnata – e la voleva ancora.

Per parlarle.

Non poteva immaginare che le sarebbe mancata così tanto. Come amica. Era la sua migliore amica e adesso non faceva più parte della sua vita. Vedi, voleva dirle, ecco perché era una pessima idea fare sesso, sapevo che sarebbe successo, te l'avevo detto. E gli mancava. Gli mancava parlare con lei.

Non aveva mai capito quanto fosse importante parlare con una donna finché non aveva passato del tempo con una che non riusciva a farlo. Barbara era una donna carinissima a parte la sua ossessione per gli uomini sposati, ma non avrebbe voluto trascorrere con lei neanche altri cinque minuti.

Quinn aveva sempre tante cose da dire. Parlavano di libri,

film, persone, la scuola, e delle abitudini agghiaccianti di Nick in fatto di donne, ma fu solo quando uscì con Barbara che Nick si rese conto che la cosa che gli mancava di più di Quinn erano le loro conversazioni. Erano amici. Avrebbero dovuto parlare.

Ed era per questo che la rivoleva. Annuì. Era giusto. Ragionevole. Sensato.

Voleva bene a Quinn come a una sorella, quindi era chiaro che la volesse accanto. Non era il suo corpo che voleva – desiderio, cosce e curve sotto di lui, lascia perdere l'analogia con la sorella, brutta idea, lascia stare, no –, era la sua mente che amava, quello che era, Quinn come persona, non il suo corpo.

Perfettamente ragionevole.

Ma il problema era che desiderava disperatamente il corpo tremante di Quinn sotto il suo, e quel pensiero non aveva niente a che fare con l'amore, perché le due cose erano totalmente diverse, neppure nello stesso universo, due poli opposti.

Ha senso, si disse Nick. Era abbastanza semplice. Era come la separazione fra Stato e chiesa, fondamentale per la libertà di entrambi. L'amore qui, il sesso là. Senza mescolarli.

Certo, se ci fossero state due donne invece di una sarebbe stato più semplice. In effetti, l'aveva appena capito, una delle cose che gli avevano reso la vita così facile era stato proprio il fatto che fino a quel momento aveva amato Quinn ed era andato a letto con altre donne. Dato che era stato più facile trovare donne con cui andare a letto che donne da amare, avrebbe continuato ad amare Quinn, e comunque non credeva proprio che avrebbe potuto smettere, e si sarebbe trovato qualcun'altra da scopare.

Gli tornò alla mente il ricordo del suo corpo sexy e voglioso sotto le sue mani, il modo in cui l'aveva imparata a memoria, l'aveva sentita, conosciuta, l'aveva fatta rabbrividire e poi venire, e sentì che gli stava venendo duro un'altra volta.

Doveva possederla di nuovo o non avrebbe concluso niente.

Nick si appoggiò alla Subaru quasi sconfitto. Okay, non

c'era bisogno di farsi prendere dal panico. Poteva ancora farcela. Doveva solo ricordarsi di tenere separate le cose. Ama la mente e scopa il corpo. In quel modo, quando avesse smesso di scopare il corpo avrebbe potuto continuare ad amare la mente.

Perfettamente logico. Magari poteva parlarle e convincerla. Prima doveva solo avvicinarla senza che lo prendesse a calci.

Il telefono squillò mentre stava cercando di pensare a un modo per farlo e, quando rispose, Joe disse: «Nick? Puoi passare un momento qui stasera quando hai finito al lavoro?»

«Qui?» disse Nick. «Intendi a casa di Quinn?» Non poteva essere così fortunato.

«Sì» disse Joe. «Quinn è appena caduta dalle scale e si è fatta male alla caviglia. Si è allentata la ringhiera.»

«Oh, cavolo.» La libido di Nick evaporò per la preoccupazione. «Sta bene? Vuoi che la porti all'ospedale?»

«Ce la sta portando Darla.» La voce di Joe era cupa. «Credo che qualcuno abbia allentato la ringhiera. Dovevano esserci tre viti in ogni supporto nel muro e invece ce n'era solo una. L'ho rimessa a posto ma è instabile. E quando sono arrivato a casa ieri sera c'era puzza di gas, qualcuno ha manomesso la valvola in cantina, e quando sono sceso ho visto che una finestra è rotta. Poteva entrare chiunque. Credo che questo posto sia pieno di trappole.»

«Chi...» cominciò a dire Nick e poi si fermò. «Non Bill!»

«Non voglio crederci ma, sì. Dopo la storia del magazzino, credo anch'io che sia stato lui.»

«Quale magazzino?» disse Nick, e mentre Joe gli raccontava l'accaduto, la sua preoccupazione per Quinn si trasformò in rabbia, molto più facile da gestire dell'amore e della paura. «Cristo» disse. «Dovevi chiamarmi e saremmo andati a parlargli insieme.»

«Quinn non ha voluto» disse Joe. «Sai che vuole tenere le cose sotto controllo. Credo abbia pensato che se fosse stata paziente e non avesse fatto casino, si sarebbe stancato, ma dopo questa dobbiamo fare qualcosa. Ho chiamato Frank Atchity e farò un giro della casa, ma voglio che qualcuno mi dia una mano. Se tu...»

«Arrivo subito» disse Nick. «E anche Max. È sabato, possiamo chiudere un'ora prima.»

«Grazie» disse Joe.

«È un piacere» rispose Nick.

13

Nick portò dei chiavistelli e li montò su tutte le porte d'entrata e sulla porta del seminterrato. Poi cominciarono a controllare tutto, partendo proprio dalla cantina. Due ore dopo erano riusciti a finire solo il primo piano.

Bill era stato molto scrupoloso.

Sembrava che tutte le viti della casa fossero state allentate. I cavi erano stati sfilacciati, i tubi leggermente manomessi, una gamba del divano era malferma, i barattoli erano in posizioni precarie nella dispensa. «Deve averci messo delle ore» disse Max alla fine, e Joe scosse la testa, forte degli anni da elettricista e uomo tuttofare che aveva alle spalle. «Ci si mette sempre di più a riparare che a fare danni. Quando fai danni, non devi fare attenzione.» Nick stava in silenzio, controllava due volte tutto quello che gli capitava a tiro e, ogni volta che trovavano la prova di un sabotaggio, diventava sempre più furioso.

Si stavano dirigendo verso le scale per andare a controllare il secondo piano, quando il telefono squillò e Nick rispose.

«Pronto» disse. Zoë fece: «Chi è?»

«Bene» disse Nick, quando quella voce riaffiorò dal passato. «Mi mancavi solo tu oggi.»

«Nick?»

«Sì.»

«Ho sentito che ti scopi mia sorella.»

«Tutte le volte che posso» disse. «Non è qui. Le dirò di chiamarti.»

«Aspetta un attimo, se lei non c'è, tu cosa ci fai lì?»

Quando ebbe finito la spiegazione, Zoë rimase in silenzio un attimo e poi disse: «Merda. Trasferisciti da lei.»

«Non è così facile» disse Nick.

«Oh, è ora di crescere» disse Zoë. «La ami da sempre. Smettila di fare il bambino.»

«Dio, mi sei mancata» disse Nick. «Ti faccio richiamare da Quinn.»

«Okay. Ma nel frattempo, rimani lì e controllala. Dico sul serio, Nick» aggiunse, facendolo arrabbiare come non mai. «Non fare cazzate.» Poi riattaccò.

«Chi era?» chiese Joe mentre scendeva le scale.

«Zoë» disse Nick, riattaccando.

«Bisogna dire che la tua vita è interessante» disse Joe, e prese un cacciavite dal cassetto. «Cosa ha detto?»

«Vuole che mi trasferisca da Quinn» disse Nick.

Joe sorrise. «La mia Zoë. Che ragazza!» Fece per salire di nuovo le scale ma si fermò, la porta d'ingresso si aprì ed entrò Quinn zoppicante con un braccio di Darla attorno alla vita e le stampelle.

Aveva una caviglia fasciata e un grosso cerotto sul braccio, ma quello che fece star male Nick fu l'escoriazione in fronte.

«Hai un aspetto terribile» disse Max, e Joe gli lanciò un'occhiataccia.

«Sto bene» disse Quinn a tutti. «Non è grave come sembra.» Si mise le stampelle sotto le braccia. «Entro la fine della settimana non avrò più bisogno neanche di queste. Servono solo a non mettere tutto il peso su una caviglia. È solo una storta...»

«Una brutta storta» intervenne Darla con riprovazione, chiudendo la porta dietro di loro.

«...e sarò completamente guarita in un paio di settimane.» Quinn prese un respiro profondo e sorrise, e Nick pensò, lo uccido. Se le si avvicina un'altra volta...

«Ora me ne vado a letto.» Quinn si diresse verso le scale, instabile sulle stampelle. «Sono stanca morta.»

Nick si mosse per prenderla in braccio, ma Joe lo precedette. «Ti porto su io» disse, e poi la prese in braccio.

«Ti spezzerai la schiena» protestò Quinn, lasciando cadere le stampelle. «Posso camminare.»

«No.» Joe la portò su per le scale e Nick li seguì a breve distanza, nel caso in cui Joe crollasse per un infarto.

Joe sistemò Quinn al centro del grande letto di quercia e poi si appoggiò un attimo al muro. «Quando eri piccola lo facevo sempre» rantolò. «Hai messo su un po' di peso.»

Quinn gli rivolse un ampio sorriso. «Ti voglio bene, papà» disse, e quando Joe ricambiò con un sorriso altrettanto ampio, Nick notò per la prima volta con stupore quanto si somigliassero padre e figlia. Meggy e Zoë erano quelle sbadate che attiravano su di sé tutta l'attenzione mentre Quinn e Joe seguivano la corrente, sempre stabili e affidabili, senza che nessuno si accorgesse veramente di loro. Adesso, però, Quinn era ovunque Nick andasse, parte costante dei suoi pensieri ogni giorno. O forse lo era sempre stata. Solo che lui non era mai stato tormentato da lei nel modo in cui lo era stato nelle ultime settimane. O terrorizzato da lei come adesso.

«Anch'io ti voglio bene» disse Joe burbero quando ebbe ripreso fiato. La baciò sulla testa. «Stai lì un momento che riprendo fiato. Devo fare più esercizio.»

Scosse la testa e se ne andò, e Nick, incapace di pensare a qualcosa di vagamente sensato, si avvicinò al letto e tolse da sotto il copriletto il cuscino.

«Siediti bene» le disse e, quando lo ebbe fatto, glielo sistemò dietro la schiena. «Hai altri cuscini?»

«Perché?» Quinn lo guardò accigliata. «Va bene così. Grazie.»

«Per il piede. Il piede dovrebbe stare in alto.» Aprì la dispensa dietro di lui e prese una coperta. «Dovrebbe andare bene.» La arrotolò in uno spesso cilindro e le sollevò il piede fasciato con delicatezza, mentre ci infilava sotto la coperta. «Se lo tieni sollevato, non si gonfierà troppo. Vuoi un impacco freddo? Posso andare...»

«Non è da te» disse Quinn. «Rilassati, sto bene.»

«Okay.» Nick fece un passo indietro. «Qualcos'altro? Una coca? Qualcosa da mangiare?»

«Sto bene» disse Quinn, e lui indietreggiò di un altro passo. «Davvero, Nick. È molto carino da parte tua ma sto bene. Darla e papà mi faranno impazzire con una sorveglianza ventiquattr'ore su ventiquattro. Non farlo anche tu.»

«Okay» disse di nuovo Nick, e guardò le ombre sotto gli occhi di Quinn e il graffio sulla fronte. «Sono preoccupato per te» disse a un tratto. «Non avrei mai pensato che ti avrebbe fatto del male.»

Quinn scosse la testa. «Non credo volesse farmi del male. Probabilmente non ha pensato alle conseguenze di quello che stava facendo. Non sta per niente bene.»

«Al diavolo Bill.» La voce di Nick risultò più dura di quanto volesse e Quinn si preoccupò.

«Ascolta, va tutto bene.» La voce di Quinn era la solita di tutti i giorni, pratica e sicura. «Ci sono papà e Darla qui e un sacco di persone a scuola, e Darla e Edie alle prove della recita. Sono al sicuro.»

«Credi davvero che Darla ti potrebbe proteggere da Bill?» disse Nick incredulo. «Penso...»

«Ehi, chi vorresti incontrare in un corridoio buio?» Quinn sorrise e Nick dovette ammettere che non avrebbe voluto incontrare Darla. Se qualcuno la faceva innervosire, poteva essere molto cattiva.

«Fai attenzione» disse. Quinn sospirò e rispose: «Farò attenzione. Okay?»

«Okay» disse e si voltò per andarsene. Si fermò solo quando lei disse: «Nick?»

La guardò, leggermente chinata verso di lui, i capelli color rame scompigliati sul cuscino e gli occhi enormi e bellissimi.

«Grazie» disse Quinn. «Sei davvero un buon amico.»

Nick deglutì quando la parola 'amico' lo trafisse come un coltello. «Se hai bisogno di qualcosa, chiamami.»

«Lo farò» disse lei, e non c'era nient'altro che potesse fare a quel punto che salutarla e andare nel corridoio.

Amico. Be', era proprio quello che voleva lui. Che tutto tornasse com'era prima.

Max uscì dal bagno. «Quello stronzo aveva manomesso il cavo del fon. Poteva rimanere fulminata.»

Nick si sentì gelare. «Controlliamo tutto tre volte. Ogni maledetta cosa.»

Quando Nick se ne andò due ore dopo, vide Patsy Brady affacciata alla finestra che guardava fuori e, spinto da un'intuizione, andò verso la sua casa e bussò alla porta.

«Il mio giorno fortunato» disse la donna quando aprì la porta.

«Non esattamente» disse Nick. «Ha visto qualcuno che girava attorno alla casa accanto in questi giorni?»

Patsy indugiò sulla porta mentre teneva chiusa la vestaglia di spugna. «La casa vicina. Quella della professoressa?»

«Sì, quella.»

Patsy fece segno di no con la testa. «Solo quell'omaccione.»

Nick si irrigidì. «Omaccione?»

«Sì.» Patsy si mosse e la vestaglia fece lo stesso. «Un uomo grosso e biondo che girava nel cortile sul retro. Ha anche fatto uscire il cane una volta.»

«Lo conosce?»

«No.» Patsy si mosse di nuovo e la vestaglia rivelò definitivamente la sua posa indecente. «Vuoi entrare?»

«No» disse Nick. «Poteva essere il coach Hilliard?»

«Naaah» disse Patsy. «L'ho visto giù al campo. Questo era grosso, il coach è enorme.»

«A volte gli uomini sembrano più piccoli visti da vicino» disse Nick.

«Ma no, cavolo» disse Patsy.

Nick disse: «Okay, proviamo in un altro modo.» Prese un volantino ingiallito dal portico di Patsy e tirò fuori dalla tasca della tuta una matita per scrivere il numero di Frank Atchity. «Se vede di nuovo l'omaccione biondo, può chiamare questo numero?»

«È il tuo?» chiese Patsy con un sopracciglio sollevato.

«È dello sceriffo» disse Nick. «Per favore.»

«Lo sceriffo? Scordatelo.» Patsy indietreggiò e Nick disse: «Aspetti un attimo.» Cancellò il primo numero per scriverne altri due sotto.

«Chiami me, allora» disse, allungandole il volantino. «Il primo è il numero della mia officina, il secondo, del mio appartamento. Mi chiami appena lo vede.»

Patsy lo guardò accigliata, ma prese il foglio. «Cosa sta succedendo?»

«Qualcuno ha sabotato la casa.» Nick inclinò la testa verso la casa di Quinn. «È caduta dalle scale e si è slogata la caviglia.»

«Merda.» Patsy guardò di nuovo il numero. «Sì, ti chiamo. Che schifo. Credevo che fosse innamorato di lei, sai? Guardava dalla finestra. E invece...»

«È pericoloso» disse Nick.

«Anche tu lo sei.» Patsy lo guardò da capo a piedi. «Ma immagino tu sia della professoressa, vero?»

«Sì» rispose Nick, per farla breve.

«Beata lei.»

«Non proprio» disse Nick. «Sono una bella rottura. Senta, grazie dell'aiuto. Le siamo grati.»

Patsy richiuse la vestaglia. «Ehi, noi ragazze dobbiamo aiutarci per voi uomini.» Scosse la testa. «Figlio di puttana.»

«Giusto» disse Nick.

Lasciò il portico soddisfatto perché aveva avuto ragione,

ma ancora più preoccupato per Quinn, cercando di capire come fare per proteggerla. Sarebbe stata al sicuro a casa finché Darla e Joe fossero stati con lei, ma non era sempre a casa, c'era la scuola e quella maledetta recita...

E poi, la desiderava. Aveva bisogno di lei, il che era peggio, ma era così.

Un'ora dopo era a casa, cercava ancora di capire come tornare da lei, forse poteva mandarle dei fiori, tanto per cominciare, quando Joe lo chiamò.

«Abbiamo parlato con Frank Atchity» disse. «Abbiamo provato a farlo venire qui per prendere le impronte digitali. Non sembrava molto interessato.»

«E perché, cazzo?» chiese Nick. La polizia di Tibbett non era la CIA, ma Frank era sempre stato preciso.

«Non abbiamo prove.» Anche Joe era disgustato. «È una vecchia casa, il comune è già stato qui un sacco di volte per delle segnalazioni, quindi una perdita di gas o una finestra rotta sono normale amministrazione. E Bill è un dio da queste parti, con tutto il volontariato che fa e il lavoro con i ragazzi. Frank non voleva neanche sentirne parlare. Ha detto che avrebbe fatto un salto domani, ma non sembrava molto convinto.»

«Cazzo» disse di nuovo Nick. «Gli parlerò io.»

«No» disse Joe. «Lascia fare a me. Sono suo padre e gioco a poker con Frank. Lo convincerò a fare qualcosa quando sarà qui domani.»

Nick ribolliva di rabbia quando Edie lo chiamò alle otto, quella sera. «Ehi, Nick» gli disse. «Quinn e Darla si occupano della parte tecnica nella recita, ma siamo a corto di tempo e ci servirebbe una mano per le luci e il suono. Mi chiedevo...»

«Ti ha chiamato Joe» disse Nick, sapendo che non poteva avere una botta di fortuna del genere due volte nello stesso giorno.

«Sì» disse Edie. «È preoccupato per lei e lo sono anch'io.»

«Anch'io» disse Nick. «Ci sarò. E anche Max. Non la perderemo di vista un attimo.»

«Proprio come Bill» disse Edie.

«Non proprio come Bill» disse Nick.

Lunedì mattina chiamò il fioraio e mandò dodici rose rosse a Quinn a scuola. Non era granché, ma era pur sempre un inizio.

Lunedì, Quinn era sul palco appoggiata alle stampelle e parlava con Thea della scenografia quando vide Nick e Max entrare dalla porta sul retro; si fermò nel bel mezzo di una frase, con il fiato corto solo perché lui era lì. Provò a dirsi che era uno sfigato amante della pizza e uno sfigato che mandava rose a scuola, ma ogni cellula del suo corpo la spingeva ad andare verso di lui.

«Chi sono?» chiese Thea.

«Il marito e il cognato della signora Ziegler.» Quinn riportò gli occhi sulla scenografia di cartone, ossia dove dovevano stare.

«Quello carino è il marito e quello sexy è il fratello, vero?» disse Thea.

«Indovinato.»

«E cos'è per lei il cognato?» chiese Thea.

«Assolutamente niente. Okay, e se sfumiamo un po' verso l'alto?»

«E io che credevo di essere esplicita con Jason» disse Thea. «Non può essere niente. Non sa cos'è, ma non può essere assolutamente niente.»

«Fidati» disse Quinn. «Non esiste proprio.»

«Cosa ha fatto?»

«Thea» disse Quinn piccata.

«Era solo una domanda.» Thea guardò oltre la spalla di Quinn. «Salve.»

«Salve» disse Nick, e Quinn sentì un piccolo brivido, Nick era così vicino.

«Ti ho detto sabato che sto bene» disse senza voltarsi. «Non serve che tu venga qui.»

«Mi hanno chiesto di venire» disse, ancora vicino a lei. «Edie mi ha chiamato.»

A quel punto, Quinn si voltò, cercando di non essere troppo turbata dalla sua presenza. «Non è vero.»

«Per le luci» disse Nick, guardandola con quegli occhi scuri. «Voleva un elettricista.»

«Ma non sei un elettricista.»

«Certo che lo sono.» Le sorrise e mandò all'aria tutti i suoi pensieri. «Me l'ha insegnato Joe.»

Gli voltò le spalle. «Edie è là davanti. Con Darla. Se vai sul bordo del palco le vedi.»

«Okay» disse Nick.

Quando se ne fu andato, Thea disse: «Deve aver fatto qualcosa di davvero terribile.»

«Anche peggio» disse Quinn.

«Così terribile che non si merita un'altra possibilità?»

Quinn alzò lo sguardo e vide Thea che guardava Nick comprensiva. Probabilmente stava pensando ai suoi problemi con Jason. «Gliene ho date tre di possibilità e le ha sprecate tutte.»

«Oh.» La comprensione di Thea tornò a essere rivolta a Quinn. «È uno di quelli.»

Tornò a guardare Nick. «È proprio sexy, però. È lui quello di cui parlava? Quello che le faceva venire la nausea? È stato lui a mandare le rose? Come ha fatto a conquistarlo?»

«Non l'ho conquistato» disse Quinn. «E non lo voglio.»

«L'ha conquistato, invece» disse Thea. «Ho sentito una scintilla quando l'ha guardata.»

«Bel modo di dirlo» disse Quinn. «Ora parliamo delle sfumature...»

Quando Thea tornò a lavorare alle scenografie, Quinn si sedette sul bordo del tavolo e cercò di essere di nuovo razionale. Era evidente che cercare di fare quella spericolata aveva solo complicato le cose per tutti, lei compresa, soprattutto nella sua vita privata. Nick era perfetto come amico ma un disastro come fidanzato. Aveva bisogno di qualcuno affidabile, qualcuno che le stesse vicino e si svegliasse con lei, qualcuno su cui poter contare.

Oh, cacchio, non era quello che le serviva, quello era Bill. O almeno Bill prima della storia del magazzino e dei sabotaggi in casa.

Sentì Nick ridere dall'altra parte della stanza e i suoi occhi si spostarono furtivamente al bordo del palco, da dove sorrideva a Edie che lo guardava con gratitudine. Nick, spalle ampie e vita stretta, Nick che ti ha scopata sui Fleetwood Mac, le ricordò il suo lato razionale, Nick che si era mosso con forza fra le sue cosce e che le aveva fatto bruciare le labbra, Nick che ti ha liquidato per una pizza, ricordò ancora il lato razionale, Nick che le aveva provocato un orgasmo così forte che si era ritrovata accecata e senza respiro. Oh cacchio riprenditelo, disse il lato razionale. Orgasmi come quelli non crescono sugli alberi.

E poi sarebbe stata sola di nuovo. Sentì la gola stringersi perché sapeva che gli orgasmi non erano abbastanza, aveva bisogno di quello che c'era fra Zoë e Ben, l'attenzione, la sicurezza e le dimostrazioni di amore, tutto quello che le era mancato negli ultimi tre anni. E Nick non poteva darle niente di tutto questo. Lo aveva guardato troppe volte nel modo in cui lo stava guardando adesso, morendo dalla voglia che la abbracciasse mentre lui le voltava le spalle.

Era solo un amico. Un amico distante.

Gli voltò le spalle e si concentrò sul lavoro.

Quando Quinn arrivò alle prove, giovedì, Nick era di nuovo lì.

«Okay» le disse quando la incontrò vicino al tavolo degli oggetti di scena. «Il gabbiotto delle luci è di nuovo sicuro adesso. Per quanto possa essere sicuro un gabbiotto così vecchio.»

«Grazie mille per il tuo aiuto» disse. «Puoi andare adesso.»

«Ora passiamo ai riflettori» continuò, alzando lo sguardo

sui tralicci delle luci. «Devo sapere dove li vuoi e che colore ti serve.»

Quinn sbatté le palpebre. «Ma ci sono i ragazzi dello staff che possono...»

«Sì.» Nick riportò l'attenzione su di lei, accelerandole il respiro. «Ma solo se qualcuno fa vedere loro come si fa. Le luci sono una questione complicata, avete continuato a rimandarla e la prova generale è fra tre settimane. Edie mi ha dato un manuale sulle luci di scena, l'ho letto ieri notte. So come fare e darò una mano.»

Quinn deglutì. «È carino da parte tua.»

«Non credere» disse Nick. «In realtà mi diverto.»

«Ah.»

«Avete dei bravi studenti e Edie si sta facendo un culo così. È un bel progetto, vi meritate sostegno.»

Quinn lo guardò per capire se stesse solo cercando di fare bella figura, ma Nick era tornato a guardare i riflettori e aggrottava le sopracciglia.

«Quel ponte non sembra per niente sicuro» disse. «Non farci salire i ragazzi.»

«Be', allora non salirci neanche tu.»

«Io starò attento. Ho molto per cui vivere.» Fece cadere lo sguardo su di lei. «Devo riuscire a riconquistarti prima di morire.»

Quinn sentì le ginocchia cedere e si sedette sullo sgabello.

«Come va la caviglia?» chiese Nick, immediatamente preoccupato, e lei disse: «Bene. Va tutto bene.»

«Ascolta, sono stato un imbecille.» Mentre parlava, le si avvicinò e abbassò il tono della voce. «Probabilmente lo sarò ancora, e so che tu sei ferita e non è il momento. Ma voglio che torni con me.»

Quinn alzò il mento per farlo smettere di tremare. «Non sono mai stata con te.»

«Cazzate» disse, e il desiderio nella voce la fece fremere.

«Stavi con me a parlare e ridere, sei stata con me nuda e scossa dall'orgasmo, e ti ricordi tutte queste cose quanto me.»

«Sì, più o meno» disse Quinn a bassa voce. «Mi ricordo la pizza, senza dubbio.»

«Ti ricordi i bei momenti e ti ricordi il sesso» disse Nick. «Ti ricordi l'orgasmo pazzesco che hai sperimentato anche se il tuo cervello si opponeva, cosa che proprio non riesco a capire. La prossima volta che lo facciamo, devi collaborare.»

Quinn ritrovò la voce e disse: «In sottofondo c'erano i Fleetwood Mac, vero?»

«Gran bella musica» disse Nick. «Fai pure la stronza quanto vuoi, non mi interessa. Quando ti sarai stancata di farmela pagare, torneremo a ridere e saremo di nuovo nudi.»

Quinn cercò qualcosa di pungente da dire, ma gli occhi di Nick erano tornati alle luci.

«Hanno costruito questo posto con gomme da masticare e filo da cucito» disse disgustato e si diresse verso il ponte. «Trovami lo schema delle luci, per favore» le disse. «Non so ancora leggere nella mente.»

«Grazie a dio» disse Quinn.

Bill era nel parcheggio buio e guardava gli studenti che se ne andavano, uno per uno. Era andato lì tutte le sere da quando Quinn lo aveva rifiutato, per cercare di parlarle da sola un'ultima volta, così avrebbero potuto sedersi in macchina e parlare, ma lei usciva sempre con Darla e a volte con Jason o Thea e poi c'erano anche Nick, Max e Edie, non era mai sola, e lui doveva aspettare che fosse sola invece. Così poteva fare in modo che lo ascoltasse.

Stava pensando a come sbarazzarsi di Darla quando la portiera del passeggero si aprì e Bobby salì in macchina.

«Sai, Hilliard,» disse con il tono derisorio che aveva cominciato a usare da quel giorno nella camera di Quinn «fare lo stalker è illegale.»

«Non faccio lo stalker» disse Bill. «Scendi dalla mia macchina.»

«Vieni qui tutte le sere» disse Bobby. «Non va bene. Se qualcuno ti vede, può farsi un'idea sbagliata.» Fece una risatina sarcastica. «O l'idea giusta.»

«Scendi» disse Bill.

«Non voglio rivederti in questo parcheggio» disse Bobby, come se quello che diceva avesse una grande importanza. «Voglio che tu vada a casa a pensare a come risolvere i problemi della squadra.»

«Non c'è nessun problema...»

«Questa settimana hai già perso due partite» disse Bobby. «Se ne perdete un'altra, non ci qualifichiamo neanche per le regionali.»

«Non c'è nessun...»

«Lo dirò a Quinn.»

Bill pensò che avrebbe voluto colpirlo, pensò che avrebbe voluto ficcargli in gola quel ghigno beffardo, pensò che avrebbe voluto afferrare Quinn quando fosse uscita dalle prove, cosa poteva fare Darla dopotutto? Pensò che avrebbe...

Bobby aprì la porta. «Vai a casa. Subito.» Sbatté la portiera, fece qualche passo e si fermò in attesa.

Dall'altra parte del parcheggio, Quinn uscì accompagnata da Darla, rideva per qualcosa che aveva detto l'amica, dondolando sulle stampelle verso la macchina. Salirono sull'auto di Darla e Bill sentì il motore che si avviava e vide le luci posteriori che si accendevano, rosse e brillanti nel buio.

Quando partirono, Bill fece lo stesso. Non c'era nient'altro, nient'altro per cui valesse la pena rimanere, solo Bobby che sogghignava nell'oscurità.

Mercoledì, Quinn era seduta sul tavolo degli oggetti di scena, controllava la lista delle cose da fare e cercava di dimenticare quella giornata. Le cose peggioravano invece di migliorare, e non riusciva a capire come avrebbe potuto fare per sistemarle. A pranzo, Petra era stata odiosa, continuava a lanciare occhiatacce a Edie e frecciatine sul povero coach e i pervertiti finché Quinn non le aveva detto: «Petra, piantala.» Marjorie era entrata e aveva sbattuto un giornale davanti a Quinn e aveva detto: «È tutta colpa tua.»

Dal momento che il titolo di prima pagina era sulle fognature di Tibbett, Quinn l'aveva guardata calma e le aveva detto: «Scusa?»

«Questo» disse Marjorie con stizza e scorse le pagine fino ad arrivare a quelle dello sport. Il titolo diceva PENOSO CAMPIONATO PER LE TIGRI SDENTATE e il dito di Marjorie tremava mentre lo indicava. «Hai rovinato tutto.»

«Va' al diavolo, Marjorie» disse Quinn. «Se tieni così tanto al campionato, vai a letto con Bill.»

Marjorie inspirò con tanta foga che rischiò di strozzarsi.

«Bello spettacolo» disse Edie senza troppo entusiasmo, e Marjorie se ne andò come una furia, probabilmente per fare rapporto al baby capo.

«Pervertita» disse Petra senza rivolgersi a nessuno in particolare.

«Petra, la squadra di baseball ha in programma di ucciderti dopo l'ultima partita» disse Quinn. «Al tuo posto me ne andrei subito, se vuoi sopravvivere fino a giugno.»

Quando anche Petra si fu precipitata fuori, Quinn disse: «Bene, direi che con questa abbiamo proprio toccato il fondo.» Edie aveva risposto: «Non ci conterei.»

Guardando dall'altra parte del palco, Quinn incrociò le dita. Forse...

«Posso parlarti un attimo?» disse Max.

Quinn saltò giù dal tavolo e poi disse: «Certo. Come va al suono?»

«Ho tutto sotto controllo» disse Max. «È con Darla che ho bisogno del tuo aiuto.»

Quinn lo guardò cauto. «Non credo che...»
«Come va al suono?» chiese Nick dietro di lei.
«Bene» disse Max. «Ora vattene.»
«Non posso dirti cosa fare con Darla» disse Quinn.
«Lei vuole te quindi sei tu che dovrai capire di cosa ha bisogno.»
«Non è quello che abbiamo sentito dire.» Nick girò attorno al tavolo e si sedette vicino a lei, che cercò con tutte le forze di non esserne felice. «Io e Max saremmo davvero dispiaciuti per voi due, ma speriamo che almeno ci facciate guardare.»
Max gli lanciò un'occhiataccia. «Vuoi andartene?»
Dovresti proprio muoverti, si disse Quinn, ma non sarebbe servito a niente. E non sarebbe stato neanche lontanamente divertente come rimanere dove si trovava. Quinn si rivolse a Max. «Vuole solo sentirsi diversa.»
Max era esasperato. «Siamo sposati da diciassette anni. Vuoi dirmi come faccio a farla sentire diversa?»
«No» disse Quinn. «Io non voglio avere niente a che fare con questa storia.»
«Potresti dargli qualche indizio.» La voce di Nick era bassa, vicina, le parlava quasi all'orecchio. «Max non lo fa apposta con questa storia della novità, è proprio che non capisce. E neanch'io.»
Quinn pensò, non mi stupisce, ma disse: «Okay, vuole sentirsi speciale, non vuole sentirsi solo tua moglie.»
«Okay» disse Max. «Le manderò dei fiori.»
«Se vuoi rivederla prima o poi, non farlo.»
Max guardò Nick che disse: «Non ha senso neanche per me.»
«Alle donne» spiegò Quinn, come se stesse parlando a bambini dell'asilo «piace sentire che l'uomo con cui stanno le considera davvero speciali e diverse dalle altre. Tutti gli uomini del mondo mandano fiori, è ovvio. Se le mandi dei fiori,

devono essere davvero speciali, qualcosa che dimostri che la conosci davvero.» Quinn lanciò un'occhiataccia a Nick. «Le rose rosse non sono speciali, come non lo è ascoltare la stessa musica con ogni donna con cui... esci.» Nick alzò gli occhi al cielo e Quinn lo ignorò per tornare a parlare con Max. «Darla ha l'impressione che tu non la veda più. È peggio di credere che tu la dia per scontata, si sente come se stesse scomparendo. E prova a farsi notare, ma tu non la vedi.»

«Questo te l'ho detto anch'io» disse Nick a Max.

«È per questo che se n'è andata, così l'hai notata di nuovo» concluse Quinn. «Adesso devi dimostrarle che la vedi e la senti davvero e che non fa solo da tappezzeria nella tua vita.»

«Questa è la cosa più stupida che abbia mai sentito» disse Max.

«Cosa indossa oggi?» chiese Quinn.

Max si guardò intorno. «Non c'è.»

«Sta aggiustando le ultime cose nell'entrata, ma l'hai vista prima. Cosa indossa?»

«Non ho mai fatto caso a cosa indossasse. Mai nella vita» disse Max. «Sono un uomo. Non puoi pretenderlo.»

«Una volta sono tornato a casa in licenza» disse Nick «e per tutta la sera non ti ho sentito parlare di altro che del maglione rosso di Darla. Non riuscivi a smettere.»

«Quello era perché volevo toglierglielo» disse Max, ma sembrava pensieroso. «Chissà se ce l'ha ancora quel maglione.»

«Se era il 1981» disse Quinn «io dico di no. Lascia perdere il maglione rosso. Dove avete passato i momenti più belli quando la stavi corteggiando? E, per favore, risparmiami i dettagli.»

«A me non dispiacerebbero i dettagli» disse Nick.

«Ricordo una sera nel suo letto, con sua madre che dormiva nella camera accanto» disse Max. «Non so perché, ma quella volta mi ha fatto impazzire.»

«Stai scherzando!» dissero Nick e Quinn in coro.

«Sua madre?» aggiunse Nick, disgustato.

«Ma no, il pensiero che potessero beccarci» disse Max. «Quella volta ho sentito davvero che stavo rischiando di brutto.»

«Conoscendo sua madre, avevi ragione» disse Nick, ma sembrava ancora schifato.

«Be', sua madre vive sempre nella stessa casa» disse Quinn, tentennante. «Direi che potreste provare a farlo di nuovo lì. Se riesci a convincere Darla ad andare a trovare sua madre in un giorno che non sia una festa comandata.»

«Non voglio vedere sua madre» disse Max. «Non sarebbe di nessun aiuto.»

Nick fece schioccare le dita. «Il drive in. Una volta sei tornato a casa dal drive in e sembrava che avessi visto la madonna.»

«Oh, sì.» Max sorrise fra sé. «Quella era la prima volta che...»

«Cosa?» chiese Nick.

«Lascia stare.» Max smise di sorridere. «Credi davvero che basterebbe...»

«È chiuso da anni» gli ricordò Nick.

«...portarla al drive in?»

«No» disse Quinn. «Ma sono quelle le cose che ha in mente lei. Vuole che tu riveda di nuovo la madonna, mentre tutto quello che vedi adesso è il telegiornale. Vuole sapere che sei cambiato, che sei pronto di nuovo a correre dei rischi per lei, che la vedi.»

«Oh, benissimo» disse Max.

«Te l'avevo detto, io» disse Nick. «Avresti dovuto mandarci tutti a mangiare la pizza la sera che si è fatta trovare nuda.»

«Non so perché sei così petulante oggi» disse Max. «Non è che tu stia facendo niente di meglio.» Guardò entrambi con disgusto e poi tornò a lavorare all'impianto audio.

«Bel colpo.» Nick sorrise a Quinn e il suo cuore aumentò i battiti. «Vuoi lanciarmi anche tu qualche frecciatina?»

Quinn distolse lo sguardo. «No.»

«Mi dispiace per le rose» disse Nick. «Fammi ricominciare daccapo. Voglio riconquistarti. Vuoi che ti porti al drive in?»

Sì. «No.»

«Allora cosa vuoi?»

L'onestà, decise Quinn, avrebbe messo termine a quella conversazione prima di tutto il resto. Lo guardò negli occhi. «Impegno.»

Nick sussultò. «Vuoi che mi impegni dopo che lo abbiamo fatto solo una volta?»

«No» disse Quinn. «Voglio che ti impegni dopo una vita che ci amiamo.» Sollevò una mano, perché Nick aveva già cominciato a protestare. «Ma mi accontenterò che ti fermi da me la notte. Tutta la notte.»

«Non sono uno con cui è piacevole dormire» disse Nick. «Tiro via le coperte, non ti piacerebbe.»

«Mi adatterò. Promettimi solo che lo farai.»

La guardò, scettico. «E basta?»

«Per cominciare, sì.»

«Okay.» Spostò gli occhi da lei. «Lo farò.»

«Bugiardo» disse Quinn.

«Certo che sono un bugiardo.» Nick era esasperato. «Vivi con Darla e tuo padre. Credi davvero che voglia svegliarmi con loro? Che scenda al piano di sotto e dica buongiorno facendo colazione?»

Dall'altra parte, il baby capo salì i gradini del palco e cominciò a parlare con Edie, che assunse un'espressione corrucciata mentre si chinava verso di lei. «Oh, cavolo» disse Quinn, e si alzò. Nick guardò la scena e disse: «Vengo con te, andiamo.»

Carino, pensò Quinn mentre andava a salvare Edie. Non abbastanza, ma carino.

14

Bobby si allontanò quando li vide avvicinarsi e Edie disse loro che il preside aveva trovato da ridire perché non avevano chiuso bene la porta del parcheggio. «L'avete già lasciata aperta tre volte» era esploso, ma non sembrava una ragione sufficiente per farla arrabbiare così tanto. Edie era ancora pallida quando Jason interruppe la concentrazione di Quinn per chiederle: «Perché parla con Brian?» L'esasperazione rendeva la sua voce tagliente.

Quinn distolse lo sguardo da Edie e vide Thea dall'altra parte del palco che rideva con il ragazzo scritturato per fare il principe di Cenerentola. «Sta solo facendo due chiacchiere.»

«È il più marpione della scuola.» Jason rivolse a Quinn uno sguardo accusatorio. «E lei doveva complicare ulteriormente le cose facendogli fare il principe. Complimenti, professoressa.»

«Non ho dato io le parti» disse Quinn; e poi, per gettare benzina sul fuoco, disse: «Forse le sta chiedendo di accompagnarlo al ballo.»

«Al ballo mancano ancora settimane. Non le sta chiedendo di andare al ballo.»

«Non si sa mai» disse Quinn. «Lasciala stare. Troverà qualcuno con cui andarci.»

«Thea non dovrebbe andarci con uno qualsiasi» disse Jason. «Non posso crederci.»

«Neanch'io posso crederci.» Quinn sbatté sul tavolo il copione per attirare la sua attenzione. «Se sei così geloso, perché non la inviti a uscire?»

Jason si strinse nelle spalle. «È intelligente. Vorrà parlare di Shakespeare o roba del genere.»

«Anche tu sei intelligente.» Quinn scosse la testa. «Proprio non capisco. Chiedile di uscire, santo cielo.»

«L'ho fatto» disse Jason, furioso.

Quinn si sedette per potersi concentrare meglio. «Cosa è successo?»

Jason si strinse di nuovo nelle spalle, dolorosamente indifferente. «Le ho detto che saremmo dovuti uscire così nessuno avrebbe pensato che avevo una cotta per lei. Mi ha risposto che nessuno l'avrebbe mai creduto, comunque.» La guardò, preoccupato. «Ehi, non si preoccupi. È vero che nessuno lo pensa. Ho solo pensato che fosse un bel modo per, sa, chiederglielo.»

«No» disse Quinn. «Era un modo orribile. Vai a dirle che vuoi uscire con lei perché vuoi passare del tempo con lei.»

«Non posso farlo.» L'espressione di Jason le era vagamente familiare, e Quinn ricordò a chi l'aveva già vista: Max e Nick. Era lo sguardo cocciuto di chi non vuole sentire quello che gli stai dicendo.

Quinn si alzò di nuovo, la sua voce era tornata brusca. «Vorrà dire che non uscirai mai con lei. Poco male.»

«E chi lo dice?» disse Jason, offeso.

Quinn si appoggiò contro il tavolo. «Jason, invece di urlare, vai lì e chiedile di uscire, sii sincero. Le piaci. Vuole uscire con te. Solo non vuole che tu glielo chieda per farle un favore.»

Jason guardò di nuovo Thea che rideva per qualcosa che aveva detto Brian. «Se le piaccio, perché fa la stupida con lui?»

«Perché la ignori e lei vorrebbe avere dei figli prima o poi. E queste sono le mie ultime parole sull'argomento.»

Quinn prese la scatola degli oggetti di scena. «Tieni, portale questa e dille che vi ho chiesto di fare l'inventario.»

«Ma è stupido.»

«Anche tu lo sei. Vai.»

Quinn prese le stampelle e andò ad appoggiarsi al muro, da dove poteva vederli meglio. Jason, scontroso e vulnerabile, portò la scatola dall'altra parte del palco, e per la prima volta Quinn non era preoccupata per Thea. Se Thea lo trattava male perché era stato così stupido...

«Cosa fai quando non organizzi appuntamenti tra gli studenti?»

«Penso alla mia disastrosa vita amorosa» disse Quinn, evitando di guardarlo. «Che è migliorata sensibilmente da quando non ne ho più una. Un evidente miglioramento.»

Nick le si mise davanti, obbligandola a guardare tutta la sua altezza, il suo fascino e la sua sensualità, e Quinn si rese conto che le piaceva quell'inversione di ruoli, per una volta era lui che la rincorreva. Le sorrise, sicuro come sempre. «Okay, lo ripeto, ho fatto una cazzata.»

Quinn sollevò il mento. «Non c'è dubbio.»

«Be',» disse Nick «anche Jason ha fatto una cazzata ma tu speri che Thea gli dia un'altra possibilità.»

«Jason non ha fatto tre errori di seguito con lei.»

«Io non ho fatto tre errori di seguito.» Nick si avvicinò, e il suo cuore cominciò a battere all'impazzata mentre indietreggiava fino a finire contro il muro. «Magari ho fatto un piccolo errore musicale e non mi è venuto troppo bene il finale, ma non era tutto da buttare. Come ti ho già ricordato, sei venuta.»

«Ho finto» disse Quinn.

«Non è vero» disse Nick. «Sembravi un fazzoletto usato dopo.»

«Grazie» disse Quinn. «Sei molto romantico. Ora puoi andare.»

«Ti è piaciuto» le disse, e Quinn si rifiutò di incrociare il suo sguardo.

«Abbastanza.»

«Ti è piaciuto molto.» Si chinò verso di lei, un braccio appoggiato alla parete sopra la sua testa e Quinn sentì che stava arrossendo solo perché era così vicino. «Dovremmo riprovarci. Perché Jason e Thea dovrebbero avere tutto il divertimento? Vuoi parlare di Shakespeare con me?»

Quinn cercò di assumere il tono più sprezzante che poté. «Tu non sai niente di Shakespeare.»

«'Amore non è amore se muta quando nell'altro scorge mutamenti'» disse. «E io non ho cambiato niente, a parte il fatto che ho capito qualcosa. Basta Fleetwood Mac, il che è un peccato perché fanno della gran bella musica.»

Quinn provò a lanciargli un'occhiataccia senza incrociare il suo sguardo. «Dove hai letto i sonetti? Li mettono anche sulle scatole dei cereali adesso?»

«A scuola» disse Nick. «Brutti voti in matematica e bei voti in inglese, al contrario di Bill. Tornano utili per sedurre le donne. 'La tomba è un luogo nobile e privato, ma nessuno, io penso, ci si accoppia.' Sarebbe un peccato se non ci provassimo più, non lo sapremmo mai.»

«Penso che sopravvivrò lo stesso.»

Nick le si avvicinò ancora di più, la sua guancia quasi la sfiorava e le sussurrò all'orecchio: «'Dona licenza alle mie mani erranti, lasciale andare, avanti e indietro, in mezzo, sopra e sotto.'» Il respiro di Quinn era tiepido contro la sua pelle. «Lascia che ti tocchi di nuovo. Torna da me, Quinn. Ti farò impazzire, giuro.»

Si sentì mancare il respiro. «Chi era il terzo? Ho riconosciuto Marvell, ma...»

«Donne. Il mio preferito.» Abbassò lo sguardo sui suoi occhi così vicini. «'La tua fermezza rende il mio cerchio perfetto/E mi fa finire dove io ho avuto inizio.' Vieni a casa con me stasera.»

La bocca di Nick era così vicina alla sua che Quinn pensò di baciarlo, proprio lì sul palco, mentre tutti stavano guardando, ma c'era già passata. «No» disse, ma era talmente stordita che non sapeva neanche bene cosa stesse dicendo. «E non starmi tanto addosso o la gente lo noterà.»

«Chi se ne frega della gente» disse, ma Quinn, scossa, gli passò accanto per raggiungere Edie dall'altra parte del palco.

«Stai bene?» le chiese Edie. «Sembra che tu abbia la febbre.»

«Sto cercando di ricordare perché ho detto no a Nick.» Quinn scosse la testa. «Avevo una buona ragione.»

«I Fleetwood Mac» disse Edie.

«I Fleetwood Mac mi piacciono» disse Quinn, poi guardò bene il viso di Edie, pallido e segnato, e si dimenticò dei suoi problemi. «Cos'hai? Non ti senti bene?»

«Non è niente» rispose Edie. «Davvero.»

«Si tratta del baby capo» disse Quinn, e vide il sorriso di Edie che evaporava. «Cosa ha fatto?»

Edie chiuse gli occhi. «Ha ricevuto lamentele da parte di alcuni genitori.»

Quinn aggrottò le sopracciglia. «Per la recita? Non può essere. Stiamo...»

«Per la mia morale.» Edie aveva una faccia spettrale mentre lo diceva.

«La tua morale?» Quinn sentì la rabbia che la pervadeva al pensiero della faccetta indisponente di Bobby. Quel verme schifoso. «Non sono stati i genitori, è quel maledetto baby capo. Non ti preoccupare, ci penso io. Domattina gli farò rimpiangere di essere nato.»

«È lì dentro?» chiese Quinn la mattina dopo prima di cominciare le lezioni, e Greta annuì. Sembrava stanca, Quinn avrebbe voluto fermarsi e chiederle cosa non andava, ma prima aveva un preside da menomare.

Si precipitò dentro l'ufficio di Bobby e disse: «Robert, hai esagerato.»

«Greta, dov'è il mio caffè?» disse; da fuori si sentì Greta: «Sull'angolo della mia scrivania.»

«Allora portamelo, dannazione.» La voce del baby capo era carica di esasperazione.

Sei proprio uno stronzo. «Robert, devi smetterla subito di dar fastidio a Edie.»

Greta gli portò la tazza di caffè e gliela piazzò proprio davanti agli occhi.

«Era così difficile?» le disse, e Greta lo ignorò con studiata calma mentre se ne andava. «Quella donna se ne deve andare» disse a Quinn e prese un sorso di caffè. Fece una smorfia. «È anche freddo. È sempre freddo.»

«Robert, mi stai ascoltando?»

Allontanò la tazza. «Deve andarsene» disse, e Quinn si fermò.

«Greta?»

«No,» rispose lui «anche se ho già avvertito anche lei. Mi riferisco a Edie. Non possiamo avere gente come lei.»

Quinn deglutì per non esplodere e urlargli in faccia. «Quella donna insegna qui da trent'anni» gli disse con tutta la calma di cui era capace. «Tre anni fa era insegnante dell'anno. Gli studenti la adorano. I genitori chiedono di lei...»

«Questo prima» disse Bobby. «Ora non chiedono più di lei.» Il suo tono era compiaciuto.

«Cosa hai fatto?» chiese Quinn, che sapeva già.

«Quando chiamano, devo dir loro la verità» disse. «Credo che i nostri insegnanti debbano avere una morale impeccabile...»

«Perché hanno chiamato?» Quinn si appoggiò alla scrivania con una gran voglia di spaccargli quella stupida faccetta. «Hai cominciato tu, vero? Hai detto a un paio di persone che era moralmente promiscua, questi hanno cominciato a parlare...»

«Quinn, è lesbica» disse Bobby. «Lesbica dichiarata. Influenzerà i ragazzi. Guarda Thea Holmes.»

Quinn si raddrizzò, confusa. «Cos'ha Thea Holmes?»

«Tutti quei vestiti neri?» disse Bobby. «E quelle scarpe pesantissime.»

«Stai scherzando, vero?» disse Quinn. «Neanche tu puoi essere così cretino. Thea porta le Dr Martens. Ce le hanno tutti. E, tanto per farti entrare nel XX secolo prima che sia finito, non si capisce che una è lesbica dalle scarpe che porta.» Scosse la testa verso di lui, d'un tratto sentì che lo odiava e si stupì di quanto lo disprezzasse. «Non ci credo.»

«Potrebbe essere pericolosa per i ragazzi» disse Bobby con insistenza.

«E come?» Quinn era così furiosa che le si incrinò la voce.

La bocca di Bobby si fece più piccola e più stretta e le lanciò un'occhiataccia prima di dire: «Già solo il fatto che sia qui influenza i ragazzi.»

«Oh, certo.» Quinn si teneva alla scrivania perché tremava di rabbia. «La famosa omosessualità contagiosa. Ieri ho bevuto una coca con Edie e sono stata travolta dalla voglia improvvisa di farmi Darla.»

«Non serve essere volgari» disse Bobby, ritraendosi.

«Hai ragione, ci sei già tu che sei abbastanza volgare per tutti e due.» Quinn incombeva su di lui, obbligandolo a guardarla negli occhi, era così arrabbiata che avrebbe potuto sollevare la scrivania. «Ascoltami bene, piccolo verme. Se Edie passa qualche altro guaio, se le causi qualche altro problema, ti darò la caccia e ti farò pentire di essere nato.»

«È una minaccia?» chiese Bobby.

«Sì, cazzo, è una minaccia» rispose Quinn. «La cosa migliore che potrei fare per questa scuola sarebbe sbarazzarmi di te e non credere che non potrei farlo. Se provochi altri guai a me o ai miei cari, ti faccio fuori. Lasciala in pace.»

Si voltò e vide Marjorie Cantor in piedi sulla porta, fremente di gioia. Rischiava di slogarsi una caviglia per precipitarsi nella sala insegnanti con questa novità. «Ti sei persa qualche passaggio, Marge?» chiese Quinn. «Vuoi un replay?»

«Be', veramente volevo solo dare a Robert l'elenco dei libri di testo» disse Marjorie, impettita come un piccione puzzolente, tutta dignità arruffata e innocenza violata, ma con un lampo negli occhi.

«Ecco, brava» disse Quinn e poi si voltò di nuovo verso Bobby che la guardava in cagnesco, con uno sguardo che sprizzava terrore e rabbia. «Pensa a contare i libri e lascia insegnare i professionisti come Edie. Ti sopportiamo perché non stai troppo fra i piedi, ma se metti a repentaglio la qualità dell'insegnamento in questa scuola facendo cacciare i docenti migliori, prenderò provvedimenti.»

Passò accanto a Marjorie ed entrò nell'anticamera, dove Greta scuoteva la testa dietro lo schermo.

«Come fai a sopportarlo?» chiese Quinn. Greta disse: «Chi dice che lo sopporto?» e continuò a battere sulla tastiera.

Il baby capo stette in disparte tutto il giorno, ma anche senza di lui, alle nove Quinn era esausta sia per lo sconforto che per il duro lavoro. In più, la caviglia le faceva male perché era il primo giorno che camminava senza stampelle. Era seduta sul bordo del tavolo degli oggetti di scena sul palco buio e cercava di non lasciare che la stanchezza e il dolore la facessero diventare triste. La maggior parte dei ragazzi se ne era andata; Edie era tornata a casa ancora pallida e infelice; anche Darla era tornata ad Apple Street presto con Max perché l'audio e i costumi erano pronti e le aveva lasciato la macchina per tornare a casa. «Non andare sola nel parcheggio,» aveva detto a Quinn «fatti accompagnare da Nick.» Ma Quinn non aveva più visto Nick e probabilmente se ne era andato anche lui. Non l'aveva neanche salutata. Non era da lui arrendersi facilmente.

Non era da lui lasciarla sola.

Certo, Bill non si faceva vedere da una settimana, quindi probabilmente non era più una minaccia. Suo padre aveva chiesto a Frank Atchity di parlargli, forse era tornato in sé...

«Prof, io vado» disse Thea, al suo fianco. «Ci sono solo io. Ha bisogno di qualcosa prima che me ne vada?»

«No.» Quinn cercò di sembrare rilassata. «Tutto a posto?»
«Mi porta a casa Jason» disse Thea e poi fece un ampio sorriso. «Non posso crederci. Ieri sera mentre stavo parlando con Brian, mi si è avvicinato e ha mandato via Brian, lui se ne è andato stizzito e poi mi ha detto: 'Voglio stare con te.' Non ero molto sicura di cosa volesse dire, ma sembrava positivo.»
«Ce la sta mettendo tutta» disse Quinn. «Abbi pazienza con lui. I ragazzi sono degli incapaci.»
«Anch'io» disse Thea. «E non è poi così incapace.»
Quinn sollevò un sopracciglio. «Oh?»
«Mi ha portato a casa ieri sera» disse Thea. «Bacia bene.»
Quinn rise, contenta che qualcosa nella sua vita stesse finalmente andando per il verso giusto. «Sono felice per te.»
«Ehi, Thea!» gridò Jason dalla porta. «Sto diventando vecchio qua fuori.»
«Diventerai vecchio anche senza di me» gli rispose Thea.
«Sì, ma sono più contento se ci sei» disse, e Thea arrossì.
«Ci vediamo» disse a Quinn, senza togliere gli occhi di dosso da Jason, e poi lo raggiunse.
Jason fece un ampio sorriso e salutò Quinn con la mano, poi lasciò cadere il braccio attorno alla vita di Thea, che lo guardò raggiante. Quinn sentì una fitta guardandoli. Vi aspettano tempi duri, voleva dir loro, ma non lo fece. Forse non li aspettavano tempi duri se facevano attenzione ai loro desideri, se erano onesti con loro stessi e non si accontentavano.
La porta fece un rumore metallico e lei disse a voce alta: «Fatela scattare, se no non si chiude.» Ma se ne erano già andati. Poteva chiuderla più tardi. Aveva tutto il tempo del mondo, da sola.
«'Se avessimo abbastanza e mondo e tempo'» aveva scritto Marvell «'la vostra ritrosia, Signora, io non condannerei.'» Nick che le recitava poesie, chi l'avrebbe mai detto? E quel giorno il fioraio era riapparso con un mazzo di gerbere gialle e arancioni. 'Ti assomigliano', le aveva scritto Nick sul biglietto, e lo ave-

va scritto proprio lui, era la sua scrittura, non quella del fioraio, era andato al negozio di persona. Aveva messo il vaso al centro del tavolo del soggiorno e l'enorme mazzo di fiori risplendeva lì in mezzo, brillante e divertente. Era impossibile non sorridere quando li guardava, impossibile non sentirsi bene.

«E quelli dove li hai presi?» chiese Darla quando arrivò a casa. Quinn aveva risposto: «Nick.» E si era sentita orgogliosa e sciocca per lui, ma lo aveva nascosto perché Max invece continuava a non capire.

Poi vide l'enorme orchidea viola fissata alla maglietta di Darla e sobbalzò. Dal fiore pendevano dei nastrini grigi e rossi: il mazzolino più brutto che si fosse mai visto. «Max?»

«Sì» disse Darla, e fece un ampio sorriso. «Non è bellissimo?»

No, è brutto. «Non sapevo ti piacessero le orchidee.»

«Non mi piacciono.» Il sorriso di Darla si fece ancora più ampio. «Inizio dell'anno scolastico, 1981.»

Quinn cominciò a ridere. «Ti ha comprato un'orchidea per l'inizio dell'anno scolastico?»

«Sì.» Darla staccò con attenzione il fiore dalla maglietta. «Era il nostro secondo appuntamento e tutte avevano quegli enormi crisantemi gialli e bianchi, mentre io avevo una brutta orchidea. 'Grazie' gli avevo detto, perché era Max, e mi sarei messa anche un cavolo per lui; Max mi rispose: 'Doveva essere diverso dagli altri fiori perché tu non sei come tutte le altre ragazze.' Io sono quasi morta sul colpo.»

Quinn smise di ridere. «E dove l'ha trovata...»

«Non l'ha trovata. L'ha fatta fare apposta per me.» La voce di Darla tremò leggermente. «Ho chiamato il fioraio. Hanno dovuto mandarla a prendere. La ragazza al telefono si è scusata per i colori, ha detto che Max ha insistito che doveva essere proprio così.»

Quinn avvertì un nodo in gola. «Si sta sforzando. Ha cominciato ad ascoltare.»

«Lo so.» Darla si sedette sul tavolo. «Speravo davvero in un gesto importante.» Guardò l'orchidea. «Ma questo va bene. Voglio dire, è fantastico. Così dolce, così Max.»

«Tornerai da lui» disse Quinn.

«Devo.» Darla si alzò di nuovo, il sorriso era sparito. «I ragazzi sono stati fin troppo comprensivi, ma hanno bisogno di una madre e Max ha bisogno di una moglie. Quella moglie sono io.» Incrociò lo sguardo di Quinn. «Ce l'ha messa tutta e questa volta ci ha azzeccato. Basta così.»

«Dovrei essere più contenta per te» disse Quinn. «Voglio davvero che tu e Max torniate insieme. Forse speravo che ti lasciasse a bocca aperta.»

«Torno a casa sabato mattina» disse Darla. «Sarà quasi tutto pronto per la recita. Max può aspettare un altro paio di giorni. E Joe si prenderà cura di te...»

«Puoi andare a casa anche stasera» disse Quinn.

«No.» Darla aveva guardato di nuovo l'orchidea. «Mi sa che sto ancora sperando che mi lasci a bocca aperta. Egoista, eh?»

«Almeno avrai l'orchidea» disse Quinn.

E lei aveva le gerbere.

Ripensò a tutto questo mentre se ne stava in piedi sul palco poco illuminato. Allora, Nick non era fatto per gli impegni, non si sarebbe trasferito da lei, non l'avrebbe mai rapita per rinchiudersi con lei cinque giorni al Great Southern e non sarebbero fuggiti insieme in Kentucky. Ma l'aveva sempre amata, anche se non lo aveva mai detto sapeva che l'aveva sempre amata, nonostante tutto. E a lei piaceva tantissimo stare con lui e fare l'amore con lui, era quasi sicura che sarebbe andata benissimo la prossima volta. Era ora di smetterla di fare le romantiche e star lì a sperare in qualcosa di diverso. Se Darla poteva essere felice con l'orchidea, lei si sarebbe fatta andare bene le gerbere.

Quinn si sgranchì le spalle e si diresse verso il gabbiotto delle luci. Il palco diventò sempre più buio man mano che spegneva gli interruttori delle luci, uno dopo l'altro, finché rimase accesa solo la grande luce sul soffitto, splendeva sopra Quinn e faceva sembrare il ponte una rete nera sulla sua testa. L'indomani se lo sarebbe ripreso, pensava mentre se ne stava in piedi al buio su un lato del palco. Non le ci sarebbe voluto molto a questo punto; se gli avesse sorriso, probabilmente l'avrebbe sbattuta sul tavolo degli oggetti di scena. Era piuttosto lusinghiero, a pensarci bene, avere uno come Nick che aspettava solo lei.

Magari poteva aspettare che tutti se ne fossero andati, come adesso, per dirglielo, peccato che sarebbe stata stanca morta. Eppure c'era qualcosa di malinconico, romantico e sexy in un teatro vuoto e buio, anche in uno scolastico con i materassini della palestra e i cespugli finti accatastati ai bordi del palco. Forse, se gli avesse sorriso, il giorno dopo, lui l'avrebbe portata sui materassini dietro al palco, una sorta di fantasia di stupro perché sarebbe stata troppo stanca per collaborare. Poteva fare lui tutto il lavoro. Al diavolo la parità.

Si sfregò le mani e poi le braccia e pensò che le sarebbe piaciuto che fosse lì con lei a parlare come facevano ai vecchi tempi, che fosse lì a fare l'amore con lei, e poi si disse che se anche Nick fosse stato lì, non avrebbe mai potuto fare sesso in un posto del genere. Se il baby capo faceva fuoco e fiamme perché Jason le lanciava delle occhiate, per non parlare di Edie e Meggy, c'era solo da immaginarsi cosa avrebbe fatto se avesse beccato Nick a lanciarle in aria i vestiti invece di sguardi languidi.

Si chinò per prendere la borsa e fu piacevole stirarsi un po'. Si rimise in piedi e andò verso il muro per appoggiare la schiena contro le piastrelle fresche, fece ruotare le spalle per rilassare i muscoli della schiena, le faceva ancora male per la settimana con le stampelle. Era una sensazione così piacevole che lasciò cadere la borsa e continuò a stirarsi, sollevò le braccia sopra la testa contro il muro, tirò i polpacci, finché tutto il corpo sentì i benefici dello stretching e delle piastrelle fresche. Fece scivolare le braccia sul muro fino a incrociare i polsi sopra la testa, chiuse gli occhi e immaginò come sarebbe stato con Nick la sera dopo, forte accanto a lei, sotto di lei, sopra di lei, mentre le faceva girare la testa, e la faceva eccitare e poi venire. Solo Nick, il puro piacere di scivolare contro di lui, di ascoltare la sua risata bassa contro il collo e i suoi respiri profondi mentre si muoveva dentro di lei...

«Cosa stai facendo?» chiese Nick.

Quinn lasciò quasi cadere le braccia quando sentì la sua voce provenire dal buio, ma Nick non sembrava divertito, sembrava distratto, così Quinn radunò i pensieri sconnessi e pensò che doveva essere un bello spettacolo, in quella posizione.

«Mi sto stirando. Dov'eri?»

Sentì i suoi piedi che calpestavano il pavimento, prima doveva essere sulla scala che portava al ponte delle luci, poi lo sentì camminare verso di lei sul legno del palco, finché giunse nella chiazza di luce che cadeva dalla lampada sopra la sua testa. La luce rendeva più netti i tratti del viso di Nick, alto, slanciato e forte nella sua maglietta macchiata di pittura, la cosa più sexy che ricordasse di aver visto.

«Non dovresti stare qui da sola» disse. «Lo sai. È pericoloso.» Quinn rispose: «Ma non sono sola, ci sei tu.»

«Anche peggio.» Le si avvicinò e si fermò di fronte a lei senza sorridere.

Toccami, pensò Quinn.

E lui si avvicinò ancora.

«Grazie per le gerbere» gli disse, incrociando il suo sguardo. «Sono perfette. Non so come ringraziarti.»

La voce di Nick era roca nell'oscurità. «Oh, sì che lo sai.» Fece un altro passo verso di lei, fino a che le fu quasi addosso, i suoi occhi la gettavano nell'oscurità della sua ombra.

«Non so proprio di cosa stai parlando.» Quinn incontrò i suoi occhi e non distolse lo sguardo; quando poi si sentì a disagio, alzò il mento e il suo cuore accelerò. Nick sorrise e Quinn rabbrividì e ricambiò il sorriso, una lenta curva invitante che lo tentava mentre sentiva un tuffo al cuore.

«Be', potresti lasciarmi fare così.» Le mise una mano sui polsi incrociati e li tenne con la fermezza necessaria a non farli muovere. Era passato così tanto tempo dall'ultima volta che l'aveva toccata che Quinn chiuse gli occhi solo per il puro piacere di sentire il calore delle sue mani sui polsi. «E così.» Infilò un dito della mano libera nella maglia di cotone e aprì il primo bottone.

«Ehi.» Quinn si chinò in avanti per liberare le braccia e la mano di Nick si chiuse con forza sui polsi.

«E così.» La mano libera adesso era sul suo seno, il pollice tracciava un cerchio sul cotone della maglietta mentre Nick sorrideva guardandola negli occhi, e il suo respiro si faceva più affannoso. Quinn rabbrividì e Nick fece scivolare il pollice nella scollatura della maglietta, nell'incavo tiepido fra i seni, sganciando un altro bottone, facendo tendere e sollevare il suo petto.

Quinn lasciò andare un respiro. «Per due gerbere? Non credo.» *Continua.*

Sganciò un altro bottone. «Pensaci bene.»

Si chinò a baciare la curva del collo e lei fece un respiro ruvido quando le labbra di Nick le solleticarono la gola. Poi la baciò di nuovo, questa volta più lentamente, mentre apriva gli altri bottoni, uno dopo l'altro, lentamente, a ogni bottone faceva eco un bacio finché la maglia si aprì completamente e la leccò nel punto tiepido fra i seni. Aprì ancora di più la maglia, le mani scivolarono sul raso del reggiseno, senza staccare gli occhi dai suoi. «Quadri rosa fucsia, eh?» disse, e la guardò con tale intensità e possesso che Quinn sentì che le girava la testa al pensiero di quello che stava succedendo. Poi, dopo un tempo che sembrò lunghissimo, Nick si chinò di nuovo per percorrere con la lingua la curva del seno e lei cominciò a fremere e sentirsi sciogliere dentro.

Quinn vedeva la curva del bicipite di Nick contro l'orlo della manica della t-shirt mentre le teneva fermi i polsi contro il muro, la linea forte del collo, sentiva la sua mano sulle braccia, l'altra che spingeva con passione contro le sue costole mentre muoveva la lingua sulla sua pelle. Desiderava follemente accarezzarlo, togliersi la maglietta e premersi contro di lui, sentire i peli del petto farle il solletico contro il seno e i muscoli della schiena flettersi sotto le dita.

«Lasciami andare» sussurrò Quinn. «Lasciami andare, così posso toccarti.»

Nick sollevò la testa per guardarla negli occhi, *non fermarti*, e scosse la testa sorridendole e infondendole calore nelle ossa.

«Neanche per idea» disse, e la baciò sulla bocca, togliendole il fiato e la voce mentre la esplorava con la lingua, la faceva contorcere contro di lui mentre la spingeva contro il muro freddo. La mano di Nick curvò sul seno, il pollice disegnò un semicerchio e poi si chiuse come un uncino sulla stoffa del reggiseno, Quinn sentì il raso che scivolava verso il basso mentre Nick tirava giù la coppa rivelando il capezzolo e sentì tutto il corpo irrigidirsi contro quello di lui. La sensazione successiva fu quella dei capelli di Nick che le facevano il solletico alla gola mentre si chinava su di lei, che rabbrividì al calore umido della sua bocca sulla sua pelle, rabbrividì ancora più forte quando cominciò a succhiare, e ancora più forte quando non si fermò.

«Lasciami andare» disse lei, e cercò di liberare le mani dalla presa per poterlo toccare, poi fece ruotare il bacino verso di lui, ma Nick le strinse ancora di più i polsi e le sollevò le braccia più in alto, mentre le labbra si muovevano contro la curva del seno per liberare anche l'altro, per torturarla di nuovo con la bocca. La mano libera andò verso la zip dei pantaloni e la abbassò, premette contro la mano perché era una sensazione così bella e voleva sentirlo dappertutto. La mano scivolò attorno alla vita, sul retro dei jeans, entrò nella morbidezza elastica delle sue mutandine, passò sulle curve lì dentro per tenerla stretta contro di lui, e abbassò il tessuto finché Quinn sentì il jeans e il raso rotolare lungo le gambe. La spinse di nuovo contro le mattonelle fredde e lisce con le anche, pulsando contro di lei mentre sorrideva contro la sua bocca. Poi Quinn sentì le sue dita scivolare dentro, il tocco caldo, e gemette piano perché era così piacevole.

«Più forte» le disse all'orecchio mentre si muoveva dentro di lei. «Grida.» Lei fece di no con la testa ma cominciò a respirare più velocemente, sospirando al ritmo della sua mano.

Da qualche parte qualcosa si mosse, si sentì un suono smorzato e Quinn si irrigidì.

Anche Nick si fermò, la guardava ancora negli occhi ma era distratto, come se stesse ascoltando qualcosa. C'era un tale silenzio che l'unica cosa che si sentiva era il suo stesso respiro.

Un respiro piuttosto affannato.

«Meglio se ci fermiamo» sussurrò Quinn, ma non si sentirono altri rumori, non era sicura neanche di aver sentito qualcosa, non era neanche sicura che le importasse, così si premette contro la sua mano e quando Nick mosse di nuovo le dita dentro di lei, lasciò che gli occhi le si chiudessero.

«Non credo proprio» sussurrò Nick contro il suo orecchio. «Credo proprio che adesso lo faremo. Qui, contro il muro.»

Quinn rabbrividì. Era stupido farlo lì, avrebbe dovuto dire no, dirgli che potevano farlo a casa o nel suo appartamento, anche nel furgone, ma stava così bene che pensò a come sarebbe stato non pensare per una volta, essere e basta, ricevere dentro di sé l'oscurità che Nick aveva provato a trasmetterle l'ultima volta, l'oscurità da cui la sua mente aveva cercato di tenerla lontana, l'oscurità che sentiva muoversi dentro di lei in quel momento.

«È passato così tanto tempo» le disse. «Così tanto tempo dall'ultima volta che sono stato dentro di te, che ti ho guardato venire, che ti ho fatto venire.»

Spinse le dita più all'interno, sfregò con più forza, le tolse il respiro e le si seccò la gola. «Nick...»

«Quindi lo facciamo subito.»

La voce di Nick rimbombava nel suo sangue. «Nick...»

«Ho intenzione di prenderti contro questo muro» le sussurrò all'orecchio, mentre il dito si muoveva dentro di lei. «Con più forza di chiunque ti abbia mai preso prima. Con così tanta forza che mi sentirai a ogni tuo movimento per una settimana. Ricorderai che sei stata mia a ogni respiro che farai.»

Quinn rabbrividì al solletico del suo respiro, sotto la pressione della sua mano ma, soprattutto, per quello che aveva detto, *sei mia,* e l'oscurità la invase a ondate lente, sincronizzate con la sua mano. Le dita di Nick scivolavano dentro di lei e Quinn pensò, lasciati andare, e si arrese. Il calore si diffondeva lentamente nel suo sangue e Quinn si muoveva contro la mano di Nick, al suo ritmo, pensò proprio alla mano per complicare ancora di più le cose, le dita forti, lunghe e squadrate di Nick dentro di lei, che la invadevano, si muovevano nelle sue pieghe bagnate e poi raggiungevano il suo piccolo nucleo rigido. Lì, pensò e quando le dita scivolarono proprio in quel punto, gridò: «Lì.» E si mosse per aiutarlo, tremando al contatto. «Lì» disse di nuovo, solo per dirlo, e quando Nick si chinò per raggiungere il seno, disse: «Oh, lì.» E si allungò per incontrarlo.

Tutta la sua parte logica le diceva lo sai che hai sentito un rumore, ma Quinn la ignorò e ascoltò solo il suo corpo, quello che Nick le stava facendo, le sue dita dentro di lei, la mano che la teneva salda e irremovibile, il corpo di lui premuto contro il suo, il calore dappertutto: nella bocca che succhiava con forza, nelle dita che si muovevano velocemente, nella mano che quasi le faceva male sui polsi. *Ti prenderò con forza;* pensò al calore di lui, alla sua forza, alla sua oscurità, alla differenza fra lui e...

«Dentro di me» sussurrò Quinn, e tutta la ragione sparì mentre le dita di Nick la lasciavano così vuota che gridò e si sporse in fuori, le anche che seguivano il calore di Nick, si premevano contro le sue dita impegnate ad abbassare la lampo dei pantaloni, finché la mano fu di nuovo su di lei, non solo la mano, e Quinn lo sentì, spesso fra le gambe. Sussurrò contro la bocca di Nick e lui la baciò, sentì il corpo di lui scivolare lungo il suo finché la sua mano si mosse fra le gambe e lo guidò dentro di lei.

Sentirlo dentro di lei la fece rabbrividire, poi si aprì deliberatamente al lieve pulsare del suo sangue mentre lui si muoveva, inchiodandola al muro con ogni sferzata dei fianchi. Dentro di me, disse a sé stessa, e pensò a lui, liscio e spesso che scivolava dentro di lei, che divaricava la sua morbidezza, duro, fino in fondo, dentro il suo calore, la sua morbidezza che lo accoglieva, lo accoglieva tutto. Entrare in contatto con sé stessa in quel modo le tolse il fiato, fu sconvolgente pensare a sé stessa in quei termini. Era stata con altri uomini in precedenza, ma non c'era mai veramente stata, non si era mai sentita così calda e solida e succulenta prima, non si era mai piaciuta così tanto. Adesso si poteva piacere perché si fidava di Nick in modo così totale che non doveva pensare a nient'altro. Per la prima volta, era più reale dentro che fuori, era solo sangue e carne e nervi, la mente non esisteva più, era solo piacere infinito instillato da Nick.

Nick sollevò i fianchi di Quinn con i suoi, spingendola sulle punte dei piedi a ogni respiro che prendeva, ogni volta le faceva perdere l'equilibrio e la intrappolava contro il muro freddo e liscio. Il formicolio nel sangue ricominciò a farsi sentire, un pizzicore oscuro sotto la pelle che la faceva contorcere e riuscì quasi a oscurarle la mente, non del tutto, non questa volta. Dentro di me, pensò di nuovo, e si concesse di accogliere dentro di sé l'oscurità, di sentire il suo corpo gonfiarsi e tendersi, e quando aprì gli occhi e vide Nick che la fissava, lo accolse dentro di sé, lo inghiottì nei suoi occhi.

«Quinn» sussurrò lui, e lasciò andare i polsi per prenderle il volto e baciarla e Quinn si aggrappò a lui e si arrese. Mentre si muoveva dentro di lei, sussurrava il suo nome senza fermarsi, la guardava negli occhi mentre la prendeva, e quando lei gli conficcò le unghie nella carne delle spalle, Nick la afferrò per i fianchi per muoversi contro di lei con più forza, più velocemente, tremando, senza mai toglierle gli occhi di dosso, le dita che scavavano nella pelle, oscurità che le cresceva dentro, dappertutto, fino alla punta delle dita, nei seni, nelle cosce, nelle labbra, ovunque si aprisse ad accoglierlo.

«Oh, dio, Quinn» disse Nick, concentrato nei suoi occhi. La baciò con trasporto e l'oscurità si fece più profonda e più avvolgente. Quinn si contorceva contro di lui mentre bruciava, si apriva a lui, pulsava; fu scossa da brividi, e si lasciò andare a gridolini strozzati che accompagnavano le sferzate di Nick – Nick caldo dentro di lei, accecato dentro di lei, spesso e duro dentro di lei –, il sangue che gridava, tutto dentro di lei era stretto, teso, sempre più stretto. Poi gridò: «Nick!» Raggiunse l'orgasmo fissandolo negli occhi, gridando di nuovo a ogni brivido e scossa, ogni spasmo la scagliava in quello successivo, forte, forte, sempre più forte, sempre più forte, finché si lasciò andare contro di lui, indifesa, aperta e in estasi, al sicuro nelle sue braccia, incurante di tutto tranne dell'oscurità e della bellezza distruttiva di lui dentro il suo corpo.

Poi Quinn si lasciò andare e lui la tenne stretta perché le ginocchia non le reggevano più, e della sua persona era rimasto solo desiderio, brivido e soddisfazione. Era così piacevole sentirlo contro di sé: la maglietta consunta era morbida sotto la guancia, il petto solido sotto la maglietta, le mani che affondavano nella schiena. Nick si chinò e la baciò piano, e Quinn sospirò perché sentiva che quello che avevano fatto era l'unica cosa da fare.

Qualche minuto dopo, Nick sussurrò: «Immagina cosa potremmo fare in un letto.»

«Non voglio immaginarlo» disse, e la sua voce risultò densa e bassa. «Voglio saperlo.»

Le braccia di Nick si strinsero attorno a lei. «Casa tua o casa mia?»

«La tua.» Quinn mosse il viso sulla maglietta di Nick, era ancora appesa a lui e aveva le ginocchia di burro. «Max ha portato Darla a casa mia un'ora fa e io voglio urlare di nuovo.»

Nick era andato al furgone dicendo: «Lo scaldo e lo porto qui.» Rideva e rabbrividiva nella sua camicia di flanella. «L'ultima cosa che voglio è che ti raffreddi o che quel catorcio si fermi.» Quinn era rimasta sola sul palco, le braccia strette attorno al corpo perché avevano fatto la cosa giusta, lei aveva fatto la cosa giusta e tutto sembrava possibile. Darla sarebbe tornata con Max, la recita sarebbe stata un successo, Bill avrebbe trovato qualcun'altra e lei e Nick si sarebbero persi in quell'oscurità bagnata e sensuale per sempre.

Prese la borsa e uscì per andare incontro a Nick nel parcheggio buio, il cuore che le saltellava in petto, lasciò che la porta sbattesse e poi la tirò per controllare che si fosse chiusa bene. Se il baby capo l'avesse trovata aperta, avrebbe fatto il diavolo...

«Dobbiamo parlare» disse Bill dietro di lei.

15

Nick era nel furgone e cercava di convincersi che andava tutto bene, che la separazione fra Stato e chiesa era ancora intatta, ma non stava funzionando. La sua democrazia si era trasformata in teocrazia, ma non gli importava. A un certo punto, mentre stava scopando Quinn contro il muro, aveva fermato il turbinio di pensieri sconnessi che si potevano riassumere in 'questo è sesso fenomenale' e si era reso conto che Quinn stava mugolando, sussurrava il suo nome, lo accoglieva senza riserve, lo fissava negli occhi, era Quinn che desiderava e Quinn che amava, l'unica e la sola e tutto si era fuso, Nick si era lasciato andare e aveva cominciato a fare l'amore.

Cazzo, pensò, un po' per abitudine, ma era troppo felice per essere depresso. Stringerla, amarla, desiderarla e possederla tutto in una volta era stata un'esperienza sconvolgente, un'esperienza che voleva ripetere tutte le volte che poteva. Per sempre. Ammesso che potesse resistere tutto quel tempo.

«Non mandare tutto a puttane» si disse. «Non mandare tutto a puttane.»

Certo, lei sarebbe stata scettica. Mi hai deluso tre volte, aveva detto, quindi una volta sul furgone avrebbe dovuto rassicurarla che non l'avrebbe portata a mangiare la pizza.

Le avrebbe detto che l'amava.

No, invece. Dio, sarebbe stato proprio il momento sbagliato, subito dopo aver fatto sesso, non gli avrebbe creduto, soprattutto dopo quello che le aveva detto in passato. Non avrebbero mai più mangiato pizza. Perché non aveva detto: «Andiamo a mangiarci due broccoli?»

No, quella sera non poteva dirglielo, magari l'indomani. Poteva portarla a casa domani dopo le prove e dirglielo prima di saltarle addosso.

No, non avrebbe funzionato comunque, avrebbe pensato che glielo diceva solo per portarsela a letto. Poteva dirglielo e poi non andare a letto con lei.

Improbabile.

Non avrebbe funzionato. E poi, non glielo voleva dire comunque, come si faceva a dire una cosa del genere? Non c'era da stupirsi che gli uomini mandassero fiori. Altre gerbere. Poteva scriverlo sul bigliettino.

No, invece.

Okay, doveva abituarsi all'idea prima di riuscire a parlarne. Oh, cazzo, non sarebbe mai riuscito a parlarne. Forse se ne sarebbe resa conto da sola. Forse se si fosse fermato a dormire da lei lo avrebbe capito.

Ma allora avrebbe dovuto davvero fermarsi a dormire da lei.

Rabbrividì leggermente al pensiero, ma poi pensò a come sarebbe stato tenerla stretta e al sicuro, amarla, sentire il suo calore tutte le notti, svegliarsi accanto a lei, non dover aspettare per stringerla di nuovo, e smise di rabbrividire al pensiero e si disse che sarebbe andato tutto bene. Poteva svegliarsi molto presto. Sarebbe andata bene.

Mise in moto il furgone e pensò, allora cosa le dico quando sale?, e spense il motore per pensarci ancora un po'.

È pallida, pensò Bill. Pallida con delle chiazze rosse sulle guance, non sta bene, ha bisogno che qualcuno si prenda cura di lei. «Vieni a casa» le disse, e Quinn fece segno di no con la testa e rise, ma era una risata strana.

«Mi hai spaventata.» Provò a ridere di nuovo.

Strana. Strana. La testa di Bill cominciò a pulsare di nuovo.

Quinn si allontanò. «Bill, non puoi capire quanto sono stanca. Non posso parlare in questo momento.»

«Vieni a casa» disse, e provò a prenderle la mano, ma lei la ritrasse come se avesse qualche malattia, ma non aveva nessuna malattia. Poi Quinn disse: «Bill, sono stanca.»

Provò a girargli intorno, ma lui la bloccò facendo un passo avanti per fermarla, non la sfiorò nemmeno. «Vieni a casa» le disse. «Così potremo parlare.»

«Io non voglio parlare, Bill.» La sua voce era tornata a essere piatta, non fingeva più, si era accorto che quella risata era finta e adesso gli stava dicendo tranquillamente che non voleva, come se non glielo dovesse, come se non fosse colpa sua...

«Io, invece, voglio parlare» disse, e le si avvicinò, gli piaceva il modo in cui Quinn indietreggiava, almeno in quel momento lo stava ascoltando, le si avvicinò ancora e ancora, finché lei si ritrovò con le spalle contro il muro dell'edificio, non poteva andare da nessuna parte.

Adesso avrebbe dovuto parlare con lui, dannazione.

«Smettila.» Alzò le mani per spingerlo via. «Smettila una buona volta con queste cazzate.»

Lo spinse via e quel gesto lo fece infuriare, lo stava mandando via, ma fece scattare qualcos'altro – desiderio –, le sue mani su di lui in un modo sbagliato, che non aveva niente a che vedere con il sesso. Poi Quinn disse: «Bill...» Cercò di aggirarlo ma lui la prese per i polsi e la tenne stretta.

Allora si ammutolì, capì che faceva sul serio, questa volta avrebbe ascoltato.

«Dimmi solo cosa ti ho fatto di male, così posso rimediare e puoi tornare da me.» Bill sentì la sua voce e si accorse che era densa, come se avesse un groppo in gola, era la voce di uno che stava per piangere, non sembrava per niente la sua voce.

«Non hai fatto niente di male.» Cercò di liberare le mani, ma lui la tenne più stretta, sentì le ossa fragili dei polsi che scricchiolavano, la guardò prendere un respiro profondo e aggrottare le sopracciglia e pensò, ora mi ascolti, pensò di sbatterla contro il muro, di buttarsi su di lei, solo per...

«Lasciami andare, Bill.» La sua espressione era sbagliata, lo guardava accigliata, non avrebbe dovuto. «Non è colpa di nessuno, è solo che non funzionava.» La voce le tremava leggermente, quindi Bill strinse ancora di più la presa. Sembrava spaventata, adesso lo stava ascoltando davvero, adesso poteva parlarle. «Lasciami andare» disse, e Bill vide che cercava di mantenere la calma, quella era la sua Quinn, non c'era niente che non potesse affrontare, niente che non potesse sistemare. A parte questo. Era lui che aveva il controllo adesso.

Quinn si dimenò di nuovo sotto le sue mani e Bill si sentì eccitato, sentì la voglia di spingerla, di schiacciarla, tutta la sua morbidezza avrebbe dovuto essere sua, era sua...

«È ridicolo, Bill» disse con tono tagliente. «Mi fai male.»

È l'unico modo per farmi ascoltare, voleva dirle, ma non poteva perdere tempo, lei doveva capire. «Cos'è che non funzionava?» chiese. «Mi devi una spiegazione, andava così male che te ne sei dovuta andare? Dimmelo.»

«Bill, questa situazione non mi piace.» Cercava di mantenere ferma la voce, vedeva che ci stava provando, ma tremava lo stesso e Bill pensò: Bene. Bene che fosse qualcun altro a soffrire un po' e non sempre lui, bene che capisse di chi era la colpa.

«Lasciami andare» disse Quinn, e Bill sentì di nuovo il desiderio avvampare perché non l'avrebbe lasciata. Non era il suo giorno fortunato, non aveva la minima intenzione di lasciarla andare.

«Non voglio lasciarti andare.» Bill aveva tirato fuori quelle parole a fatica, aveva la gola troppo stretta, doveva capire, le avrebbe fatto capire quanto aveva sbagliato a lasciarlo solo in quella tomba di appartamento. La fece sbattere contro i mattoni del muro, colpendola con le parole per farsi ascoltare. «Non mi piace tornare a casa e non trovarti lì.» E doverla guardare dalle finestre, sempre chiuso fuori, era colpa sua. La tirò su e la scagliò più forte contro i mattoni. «Non mi piace non vederti mai. Non mi piace che non mi guardi mai, il modo in cui mi tratti, come se non esistessi, quindi come vedi ci sono per entrambi delle cose che non ci piacciono.»

«Vado a casa.» Quinn cercò di liberare i polsi, ma non ci riuscì, Bill era stufo, la attirò a sé e poi la scagliò ancora più forte contro il muro per farsi ascoltare; la sua testa colpì i mattoni e Quinn gridò, cercando di rimandare indietro le lacrime, il dolore, Bill sapeva che le aveva fatto male ed era contento.

Premette i polsi contro i mattoni, le braccia ai due lati della testa in modo che non potesse voltarsi, avvicinò il volto al suo perché così avrebbe dovuto ascoltarlo, avrebbe dovuto guardarlo. «Ho fatto tutto per bene, ero tutto quello di cui avevi bisogno e tu mi hai lasciato per quel maledetto cane. Eri felice con me» disse. La voce di Quinn era strozzata quando disse: «Bill...»

«Lo eri» disse. «Lo eri, lo eri, lo eri...» Ogni volta che Bill pronunciava la parola eri, sbatteva i polsi contro il muro, felice di vedere Quinn che sobbalzava a ogni colpo, si sentiva davvero, davvero bene, ma quando si tirò indietro per sbatterla di nuovo contro il muro, Quinn si spostò di lato cercando di scappare. Bill disse: «No!» La afferrò per la maglietta, ma lei non si arrese, e lui sentì che la stoffa cedeva sotto le sue mani. La vide correre via, inciampando e arrancando, la maglia di Quinn gli era rimasta in mano e Bill guardò la sua schiena nuda e pallida nel buio della notte mentre correva, tutto quello che gli era rimasto era la sua maglia, era tutto sbagliato. Urlò: «Porca puttana!» Gettò via la maglia per inseguirla, per riportarla indietro, non poteva andarsene di nuovo, non se ne sarebbe andata di nuovo.

La raggiunse in tre falcate, la afferrò per il braccio nudo, sentì la carne fresca sotto le dita quando la strattonò e gridò: «Smettila di scappare da me.» La fece voltare, era nuda, quasi nuda, con uno di quei reggiseni appariscenti, un rosa orribile, era così formosa, le si avvicinò perché voleva affondare un dito in lei, ma Quinn gridò: «No!» Sferrò un calcio e lo colpì al ginocchio. Il dolore gli arrivò dritto all'inguine, il ginocchio cedette e Bill cadde sul marciapiede, perse la presa, provò ad afferrarla di nuovo ma lei fece un passo indietro e ricominciò a correre. Bill balzò in piedi e la seguì, e in quel momento un furgone comparve da dietro l'angolo e rallentò.

Quinn urlò: «Nick!» Il nome le graffiò la gola e il furgone si fermò accanto a lei. Quinn si scagliò sulla portiera quando Nick la aprì dall'interno e Bill la afferrò di nuovo da dietro, si aggrappò al suo braccio, Quinn voleva gridare e gridare, annaspava verso la porta, verso la mano di Nick, voleva solo essere con lui, al sicuro e lontana dalla pazzia dietro di lei.

«Dio...» Nick si allungò dal posto del conducente mentre Quinn cercava di afferrargli la mano. «Lasciala andare!»

Nick afferrò la mano tesa verso di lui e la tirò nel furgone, trascinando anche Bill fino alla portiera. Le spalle le facevano male, si strinse a Nick con tutta la forza che aveva, gli conficcò le dita nella mano, cercò di diventare di nuovo parte di lui così Bill non sarebbe riuscito a tirarla giù.

«Non lasciarmi» disse a Nick fra i singhiozzi; lui rispose: «Non ti preoccupare.»

Nick aveva un'espressione cupa mentre la spingeva contro il sedile con la schiena per tenerla al sicuro con il suo peso. Guardò verso Bill. «Bill, lasciala andare subito.» Cominciò a scavalcarla per scendere dal furgone ma Quinn lo trattenne.

«No» disse. «No, non lasciarmi.»

«Dobbiamo parlare» disse Bill, senza mollare la presa. «Solo parlare. È una cosa fra noi, Nick. Non ha niente a che fare con te.» La voce di Bill era carica di tensione e rabbia e Quinn voleva vomitare; non aveva mai visto Bill in quel modo prima. Entrare di nascosto in casa sua poteva essere stata cattiveria, ma questa era semplicemente follia. Poi disse: «Ridammela.» Quinn fu presa dal panico.

«Non lasciarmi» disse a Nick, perché non sapeva cosa avrebbe fatto e si teneva stretta a lui a costo della vita. «Non lasciarmi, non mollare la presa.»

Nick prese un respiro profondo e tirò il freno a mano. Le passò accanto spingendola con il fianco in modo da farla scivolare sul sedile del conducente, si sdraiò quasi su di lei perché Bill la stava ancora tenendo stretta e cercava di tirarla fuori. Nick si chinò sul braccio di Quinn, nascondendola alla vista di Bill e lei pensò che fosse bellissimo sentire quel corpo così solido e forte come un'àncora, la sua ultima speranza, poi cominciò ad aprire le dita di Bill una a una. Disse con calma ferocia: «Le stai facendo male, Bill.» Finalmente lui la lasciò andare.

Quinn si sentì così sollevata che scoppiò quasi a piangere, incrociò le braccia al petto, si abbracciò per alleviare il dolore sulle spalle e ai polsi, si sentiva nuda ed esposta con solo il reggiseno addosso. La sua maglietta era rimasta da qualche parte sul marciapiede insieme a tutto quello che sapeva di sé stessa e del mondo. Quelle cose a lei non succedevano. La gente non le faceva del male. Non aveva mai così paura. Lei era quella che manteneva il controllo, che riusciva a risolvere tutto, che...

«Non metterti in mezzo, Nick.» Bill se ne stava in piedi vicino al furgone con il corpo che bloccava la portiera, così Nick non poteva chiuderla. «So che sei un buon amico, ma questa è una cosa seria. Non farmi salire sul furgone per riprenderla.»

La sua voce era così calma che Quinn pensò: È matto sul serio. È andato completamente fuori di testa. Poteva fare qualsiasi cosa ed essere convinto di essere nel giusto. Anche farle del male. Anche trascinarla giù dal furgone perché era convinto che appartenesse a lui.

«La situazione è questa, Bill» disse Nick con lo stesso tono calmo che usava Bill. Quinn sentiva che stava tremando, sentiva la tensione della voce e lo sforzo che stava facendo per mantenere la calma. «Senza dubbio puoi farmi il culo in trenta secondi, ma non prendere Quinn nello stesso momento, il che significa che lei avrebbe trenta secondi per chiudersi nel furgone e chiamare il 911 mentre noi ci sfondiamo di botte. Poi potrai spiegare a Frank Atchity perché lei è così sconvolta e perché io sto sanguinando e, guarda, lui ha già dei sospetti su di te. Oppure puoi lasciare che la porti a casa e domani cercheremo di capire cosa cazzo sta succedendo. A te la scelta.»

Bill sembrava un toro impazzito, ma poi guardò oltre la spalla di Nick. Guardò Quinn negli occhi e lei fece un respiro tremante, e il viso di Bill cambiò: «Non piangere» le disse. «Io voglio solo parlare.»

«Più tardi» gli disse per calmarlo. «Molto più tardi.» *Ti odio. Non voglio vederti mai più. Mai. Spero che tu muoia.*

«Adesso la porto a casa» disse Nick. «Fai un passo indietro, così chiudo la portiera.»

Bill non si mosse per un minuto, il minuto più lungo della vita di Quinn, poi fece un passo indietro e Nick chiuse la portiera a chiave. «Dio, che scena» disse, e poi si voltò per stringere Quinn.

Lei si lasciò andare fra le sue braccia, si strinse contro di lui, cercando di sentirsi calma e al sicuro e quando disse: «Sto bene» Nick rispose: «No che non stai bene. Una persona che una volta amavi ti ha appena fatto del male.»

Le braccia di Nick si strinsero attorno a lei e Quinn si aggrappò alla sua maglietta e lasciò andare un singhiozzo, non avrebbe voluto farlo ma non riuscì a trattenersi e Nick la tenne stretta finché sentì che il suo respiro era tornato normale. «Portami a casa» disse contro la sua maglietta. «Portami via di qui.»

La baciò sulla fronte. La lasciò andare per togliersi la camicia di flanella e metterglìela addosso e poi passò sopra di lei per tornare al posto di guida. Quinn prese un ultimo profondo respiro tremolante e si voltò per allacciare la cintura di sicurezza. Fuori dal finestrino vide Bill in piedi nel parcheggio con la sua maglietta in mano che li guardava. «Portami via di qui» disse. Nick guardò nella stessa direzione e disse: «Dio.» Poi partì a tutta velocità.

Nick la portò a casa e cercò di restare calmo, cercò di comportarsi da persona razionale quando tutto quello che voleva fare era uccidere Bill. Entrarono in soggiorno dove trovarono Darla e Max seduti in un silenzio teso.

«Cosa ti è successo?» chiese Darla quando vide la faccia di Quinn. «Nick, cosa le hai...»

«Non è stato Nick» disse Quinn. «È stato Bill. Mi ha aggredita, è impazzito, completamente impazzito.»

«La polizia» disse Darla. Nick aggiunse: «Assolutamente sì, cazzo.»

Quinn si lasciò cadere su una sedia. «Odio questa situazione, la odio. Perché non riesce solo a rassegnarsi e non mi lascia stare?» Appoggiò la testa sul tavolo e Darla le si avvicinò e le accarezzò i capelli.

Nick si sentiva malissimo.

«Non è colpa tua» le disse Darla. «È pazzo.»

«Chiamiamo la polizia subito» disse Nick, che aveva bisogno di fare qualcosa. Quinn sollevò la testa e disse: «Non ora.»

Nick esclamò: «Quinn!» Darla disse: «Dalle un attimo. Così non parlerà con nessuno.»

«Ah, sì?» Max si alzò in piedi, teso come Nick. «E se quel coglione viene qui? Nick, chiama la polizia.»

«Non verrà qui» disse Quinn con voce stanca e Nick voleva abbracciarla, dirle che sarebbe andato tutto bene, che c'era lui con lei, che... «C'è papà, c'è Darla...»

«No, lei non c'è più» disse Max. «Basta con questa storia.»

Si voltò verso Darla e le disse: «So che vuoi aspettare fino a sabato, ma è ora che torni a casa. Non rimarrai qui con quel pazzo a piede libero.»

Darla scosse la testa, incredula. «Non posso lasciare Quinn. Bill...»

«Può venire da noi» disse Max, proprio quando Nick aggiunse: «Starò io con Quinn.»

«Ecco, può stare Nick con lei» disse Max, reggendogli il gioco. «Ma tu non resti qui. È pericoloso.»

«Se è pericoloso, a maggior ragione non la lascio.» La voce di Darla era testarda ma incerta. «Nick non si ferma, lo sai com'è fatto...»

«Ehi» disse Nick, sentendosi offeso e in colpa allo stesso tempo. Certo che sarebbe rimasto. Okay, magari in generale non era uno che amava fermarsi a dormire fuori, ma ora era diverso. Sarebbe rimasto. Almeno finché Bill non fosse stato chiuso in prigione con una condanna bella lunga.

«...e non posso lasciarla sola» finì Darla.

«Va tutto bene...» cominciò Quinn; poi Max disse: «Cazzate, tu vieni con me.» E prese Darla per una spalla.

Nick sobbalzò e Darla disse: «Aspetta un attimo.»

«Non mi sembra una grande idea» disse Nick a Max sottovoce, ma aprì comunque la porta e Max la portò via.

Darla disse: «Ho detto aspetta un attimo.» Nick disse: «Non tornate tanto presto.» Poi chiuse la porta dietro di loro. Si appoggiò alla porta e la chiuse a chiave, tirando anche il chiavistello.

Quinn si alzò in piedi, tesa e nervosa. «È la mia migliore amica, non sono d'accordo.»

Nick le si avvicinò. «Non dire bugie, sei contenta quanto me che siano tornati insieme. Forza...»

«Tornati insieme forse è eccessivo» disse Quinn. «Non sembrava troppo contenta all'idea. Proprio come io non ero contenta con Bill.»

Nick si fermò, scioccato da quella similitudine. «È diverso, Max è suo marito.»
«Non ne sarei tanto sicura.» Quinn zoppicò fino al salotto e sprofondò sul divano. «Non sono più sicura di niente.» Si massaggiò la caviglia. «Bill non è mai stato così violento, fisico. È cambiato e forse è cambiato anche Max.»
«Lo spero proprio.» Nick si mise in piedi di fronte a lei. «Darla lo ha lasciato proprio per quello. Credevo che voi ragazze voleste un cambiamento.»
«Non così» disse Quinn. «Non capisco proprio Bill.» Era stanca, confusa e ferita, e Nick si sentì di nuovo uno straccio. «Io lo capisco. È un pazzo, chiamiamo subito la polizia, ma lo capisco. Crede che tu gli appartenga.»
«Senti, gliel'ho detto...»
«L'hai detto anche a me e io non mi sono arreso.» Si sedette accanto a lei sul divano e le prese la mano perché capisse e non si sentisse più così smarrita. «Nelle ultime due settimane ho aspettato e ti ho guardata, e sapevo che saresti tornata da me perché appartieni a me. Tutti gli uomini lo pensano della donna che amano.»
Quinn sollevò la testa di scatto alla parola 'amano', ma Nick lo ignorò per proseguire.
«È per questo che ti ho bloccato contro il muro anche se mi hai ignorato in queste ultime settimane. Ti ho riportato da me.» Anche solo dire quelle parole gli provocò un'ondata di calore. La voleva di nuovo, voleva possederla un'altra volta in quel modo, sentirla che si arrendeva a lui come aveva fatto poco prima, ma Quinn chiuse gli occhi e lui si sentì malissimo. «Mi dispiace.»
«A me no.» Riaprì gli occhi e lo guardò diretta. «È solo che ero travolta dalle emozioni di prima. Non era opportuno, per niente, ma è stato molto, molto sexy.»
Voleva buttarla sul divano in quel preciso momento e si sentì in colpa per aver pensato una cosa del genere... Era stata maltrattata abbastanza per quella sera. Eppure lo voleva tan-

tissimo. «Senti, so che non è giusto ma è così. Ti guardo camminare sul palco, ti guardo il culo e penso: è mio. Ti guardo allungarti per prendere il secchio di pittura da Thea, la scollatura della camicia si apre e io penso: è mia. Ascolto la tua voce e la tua risata, guardo i tuoi occhi e la tua bocca e penso: è mia. Anche quando mi dicevi no eri mia. Non finisce. Non puoi convincermi che non sia più così. Ogni cosa che fai appartiene a me. So che è sbagliato e non mi importa.»

«Oh» disse Quinn.

«E il problema è che Bill non sa neanche che è sbagliato. Lui sa solo che sei sua ma non stai con lui.»

Quinn deglutì. «Non capirà mai la verità, vero?»

«Sì» disse Nick. «La capirà, ma servirà qualcosa di più forte di una chiacchierata. Non so cosa servirà, ma so che non basterà che tu gli dica: 'Bill, è finita.' Anche se lo dicessi a me, non ci crederei mai. Sei mia. Come Darla appartiene a Max.» Rivolse un pensiero a Max, che aveva appena rapito sua moglie. «Spero.»

«In questo momento non riesco a pensarci.» Quinn si lasciò cadere contro lo schienale del divano. «So che è da codardi, ma ci penserò domani, per stasera non ce la faccio più.»

«Dobbiamo mettere del ghiaccio su quella caviglia prima di chiamare la polizia» disse Nick, e lei scosse la testa.

«No.» Quinn scosse la testa. «Niente polizia. Non riesco ad affrontarli adesso. Domani lo farò, giuro. Ma non stasera.»

Nick cominciò a protestare, ma poi vide quanto fosse esausta. Sarebbe rimasto con lei e Bill non sarebbe andato da nessuna parte. «La prima cosa che faremo domattina, prometti.»

«Domani» disse, annuendo.

«Okay.» Tese la mano verso di lei. «Forza, zoppetta. Andiamo a letto.»

«Oh, rimani davvero qui a dormire?» Quinn gli prese la mano e lui abbassò lo sguardo sui polsi graffiati. La sentì dire: «Papà è di sopra, sai. Non...»

«Cosa è successo ai polsi?»

Quinn si guardò le mani. «Oh, Bill me li ha sbattuti contro il muro.»

«Basta» disse Nick. «Deve finire in prigione per sempre. Quel figlio di puttana...»

«Non è niente di grave...»

«Quel bastardo. Deve finire in prigione.» Nick digrignò i denti e poi chiuse il becco quando vide quanto lei fosse sconvolta. «Domani. Dove hai il kit di primo soccorso?»

«Cucina» disse Quinn. «Non credo che abbia capito...»

«Non mi importa se non ha capito» disse Nick. «Deve finire in prigione.»

Darla rubò un'occhiata a Max mentre il furgone correva lungo la strada. Non credeva che il marito fosse diventato pazzo, ma non diceva niente, e neanche lei sapeva cosa dire, così non riusciva a cominciare una conversazione. Aveva già provato con: «Quinn ha bisogno di me.» E aveva avuto in cambio solo un: «C'è Nick con lei.» Così se ne stava seduta in silenzio a chiedersi come fosse finita in quel casino.

Voleva emozioni nuove. Be', le aveva avute. E ora aveva anche un'orchidea e un rapimento da parte di suo marito. Era interessante, anche se in quel momento stavano tornando alla loro vecchia vita a casa...

Erano circa le dieci quando notò che non stavano andando verso casa.

«Max, dove stiamo andando?»

Invece di rispondere, Max svoltò e Darla si rese conto che erano fuori città, poi fece bruscamente una curva a destra e imboccò la prima entrata del vecchio drive in.

«Sono anni che è chiuso» disse lei. «Max, stai attento!»

Continuò a guidare verso la catena che chiudeva il cancello e quando la colpirono e la ruppero, insieme a un fanale, Darla sobbalzò.

Forse era impazzito.

Guidò con decisione verso il retro dell'edificio e per un attimo Darla pensò che avrebbero abbattuto anche la staccionata come avevano fatto con la catena, invece Max sterzò all'ultimo minuto, disegnò un semicerchio con un testa-coda e si fermò nell'ultima fila.

«Non lo facevo da vent'anni» disse Max con soddisfazione.

«Facciamo quindici» disse Darla.

Il terreno del drive in si estendeva per mezzo ettaro, dei pali spettrali segnavano una dopo l'altra le file di parcheggi per le auto, gli altoparlanti erano spariti da tempo, c'erano ancora dei cavi a spirale rotti che penzolavano nel vento. Lo schermo era più piccolo di come lo ricordasse, mentre riconosceva il vecchio chiosco, un rettangolo di mattoni di cemento con il miglior barbecue e i peggiori bagni di Tibbett. C'erano venuti spesso quando erano ancora dei bambini, avevano diciassette anni, innamorati della vita e l'uno dell'altra ma, soprattutto, del sesso.

Forse era per questo che Max l'aveva portata lì, per rivivere l'esperienza del sesso sul sedile anteriore. Be', era una bella idea, pensò Darla con stanchezza, ma perché non farlo a casa, a letto. L'avevano fatto lì per tutto il resto del tempo. Perché cambiare?

Max spense il motore e si voltò verso di lei, appoggiandosi al sedile. «Ci siamo divertiti qui.» Le sorrise, sembrava un po' nervoso, proprio come allora, a pensarci bene. «Ti ricordi?»

«Sì» disse Darla. «Era emozionante.»

«Sì.» Max annuì, era chiaro che non sapeva come continuare la conversazione e Darla si sentì malissimo per lui. Le aveva regalato un'orchidea, santo dio, poteva accontentarsi.

«Va bene, Max» disse Darla. «So che non possiamo tornare indietro. È dolcissimo da parte tua portarmi qui per ricordarmi com'era.»

«Figurati.» Si strinse nelle spalle.

La sua voce era tranquilla, ma il suo atteggiamento rivelava che in realtà non lo era, teneva la mano stretta attorno al volante, così palesemente insicuro che Darla sentì che le si scioglieva il cuore. Max era più caro adesso di quando l'aveva fatta rabbrividire tutti quegli anni prima. Una volta finita l'eccitazione, in cambio c'era qualcosa di meglio, pensò Darla. Forse suo marito era più eccitante quando erano al liceo, ma non avrebbe mai cambiato l'uomo che era adesso con il ragazzo che era allora, per quanto fosse dolce quel ragazzo.

«Allora.» Si voltò a guardarla e poi, evidentemente, perse coraggio. «Che novità ci sono?»

«A parte Bill che perseguita Quinn?» disse. «Non molte. E tu?»

Scrollò le spalle di nuovo. «Oh, ho fatto dei cambiamenti.»

«Bene.» Darla sospirò, dispiaciuta per entrambi. «Va bene, Max. Mi arrendo, torno a casa.»

«Non devi arrenderti» protestò. «Ho corso dei rischi. Cazzo, ho portato Barbara fuori a cena. Quello era un cambiamento.»

«Il mio preferito» disse Darla con tono piatto.

«E la recita.» Sembrava che Max stesse scavando in cerca di altre prove da fornirle. Probabilmente era proprio quello che stava facendo, povero scemo. «Ci tengo davvero alla recita. E quello è un grosso cambiamento.» Max annuì al buio. «E poi ho imparato a cucinare, te l'ho detto?» Annuì ancora. «Compro gli ingredienti e cucino. Non sono neanche male come cuoco.»

«Non mi stupisce.» Darla sentì un nodo in gola. Ce la stava mettendo tutta. «Sei sempre stato bravo in tutto quello che facevi. Va bene, torno a casa, non devi...»

«E poi» si guardò intorno «ho comprato questo drive in.» Darla si tirò indietro di scatto. «Cosa hai fatto?»

Max annuì, un po' meno sicuro di sé. «Ho comprato il drive in.» La guardò e annuì di nuovo. «L'ho comprato questo pomeriggio. L'officina va bene, non ha senso metterla in pericolo, ma ho pensato che le nuove generazioni si meritano di avere quello che abbiamo avuto noi e l'ho comprato. Datti una possibilità, cavolo.»

A Darla cadde la mascella. Aveva comprato un drive in. Non si sarebbe mai aspettata una cosa simile neanche a pensarci un milione di anni. Come non si aspettava l'orchidea, ma...

Questa era una cosa grossa. L'aveva lasciata a bocca aperta. «Max» disse, con voce rotta.

Lui deglutì. «Certo, avrò bisogno d'aiuto. Non posso cominciare quest'attività da solo.» Si voltò verso di lei, vulnerabile come quando aveva diciassette anni. «Ho pensato che potremmo farlo insieme. Come ai vecchi tempi, quando stavi alla cassa dell'officina.» Cercava di sembrare distaccato, ma Darla vedeva la tensione nei suoi occhi. «Ci stai?»

«Certo che ci sto» disse, sorpresa di sentire le lacrime che le strozzavano la voce. «Non ci posso credere...»

Max si chinò e la baciò, forte e solido come sempre, fu una sensazione così bella che Darla si aggrappò a lui e ricambiò il bacio, stringendolo come se fosse una questione di vita o di morte.

«Non lasciarmi più» le disse contro i capelli. «Non lasciarmi mai più.»

«Non posso» disse. «Non posso lasciarti solo, sei troppo imprevedibile. Chissà cosa mi combineresti.» Lo baciò di nuovo con forza, felicissima di essere di nuovo con lui. «Oh, mi sei mancato. Sono così felice. Non posso crederci. Sono così felice.»

Max rise e Darla avvertì il suo sollievo e con il sollievo tutta la tensione se ne andò e riconobbe di nuovo Max. «Ti ho mai detto quanto sei sexy con le magliette?» le disse, e Darla fu percorsa da un brivido quando sentì le sue mani che scendevano lungo la schiena.

«No.» Scosse la testa, deglutendo per mandare indietro le

lacrime. Non era il momento di piangere. «Non me l'hai mai detto.»

«Ma senza sei ancora più sexy» disse, e fece scivolare le mani sotto la maglietta.

Darla gli si avvicinò e inspirò il suo profumo chiudendo gli occhi mentre sentiva le sue mani che le sfioravano la pelle. «Mi sei mancato così tanto.»

«Grazie a dio» disse, e le sfilò la maglietta da sopra la testa.

«Max, siamo in pubblico.» Darla rabbrividì per l'aria fredda e incrociò le braccia sul petto.

«No, questo posto è nostro, non è pubblico.» La guardava nella luce del tramonto, i suoi occhi vagavano avidi su di lei, la guardavano davvero e Darla smise di coprirsi. «So che sei difficile da prendere» continuò, e aprì il gancetto del reggiseno con una mano, come ai vecchi tempi. «So che non sei una facile.» Le sfilò il reggiseno dalle braccia e poi le passò una mano sui seni e Darla chiuse gli occhi. «Quindi possiamo toccarci un po' e tu mi dici quando mi devo fermare.» Chinò la testa e la baciò su un seno. «Giuro che mi fermerò quando me lo dici tu.» Si chinò verso di lei, così vicino che le era quasi sopra, la mano abbassava la zip, il corpo caldo contro quello di lei.

«Non fermarti» gli disse, mentre si chinava verso di lei. «Fai tutto quello che vuoi.» Cominciò ad aprire i bottoni della camicia a tentoni perché la testa di Max le copriva la visuale. «Ma non dirlo ai nostri compagni di classe. Voglio che pensino ancora che sono una brava ragazza.»

«E lo so bene» disse Max senza fiato. Darla aprì la camicia e gli si mise in grembo.

Bill era fuori dalla casa di Quinn e guardava attraverso le persiane. Quinn e Nick erano in soggiorno, non riusciva a vederli, avrebbe dovuto rompere una persiana anche lì, doveva pensarci prima, ma poteva farlo anche l'indomani. Quando

Nick se ne fosse andato a casa, potevano riprendere da dove erano stati interrotti, così rimase lì a fissare la stanza vuota. Poi, in effetti, Quinn e Nick entrarono per dirigersi verso la cucina e Bill passò nel cortile sul retro per guardare dalle tende di pizzo della cucina. Nick stava aprendo uno sportello. Quinn teneva i polsi sotto l'acqua fredda e lui sobbalzò quando si rese conto che le aveva fatto più male di quanto volesse. Se solo lo avesse ascoltato, non gliene avrebbe fatto. Bill lanciò un'occhiataccia al cane che stava in piedi sulle zampe posteriori per vedere cosa stesse facendo Quinn. Quel maledetto cane. Era tutta colpa sua.

Nick prese una scatola dal mobile e la appoggiò sul piano da lavoro della cucina. Prese un asciugamano a quadri blu e, quando Quinn allungò i polsi verso di lui, Nick li asciugò tamponandoli con delicatezza e Bill sentì un nodo in gola. Avrebbe dovuto esserci lui a prendersi cura di lei e non Nick, il vecchio amico. Gli amici erano una bella cosa e Bill era felice che Quinn avesse Nick, ma sarebbe stato meglio se Nick non ci fosse stato quella sera. Quinn sarebbe tornata a casa con lui e sarebbe stato lui ad asciugarle i polsi.

Nick aprì la scatola, prese un rotolo di benda e cominciò a fasciarli, tenendo la testa vicino alla sua per vedere quello che stava facendo. Troppo vicina. Se qualcuno li avesse visti avrebbe pensato che era strano che stessero così vicini, anche se era il caro vecchio Nick. Nick le fasciò anche l'altro polso, fissando con cura l'estremità della benda, poi Quinn gli disse qualcosa e lui rise, decisamente troppo vicino.

Bill aggrottò le sopracciglia. Doveva stare attenta. Nick avrebbe potuto farsi un'idea sbagliata.

Nick prese di nuovo la garza e la avvolse attorno al polso di Quinn: non aveva senso dato che era già fasciata. Poi la passò attorno all'altro polso, fissandoli insieme, legando la garza molto lenta mentre sorrideva guardandola negli occhi. Quinn sollevò le braccia e Nick si piegò per poi rialzarsi in modo che i polsi fossero chiusi dietro al suo collo e il corpo di lei cadde contro quello di lui.

La garza in più si sciolse e cadde sul pavimento. Bill si concentrò sul nastro che cadeva scivolando sulla schiena di Nick, cercò di ignorare il modo in cui Quinn rideva, il modo in cui si premeva contro di lui, il modo in cui le mani di Nick si posavano sui suoi fianchi. Bill sentì un rumore frenetico dentro la testa. Poi Nick la baciò con trasporto, non un bacio da amico, un bacio da amante, erano amanti, Nick la baciava con forza, le mani sul suo sedere, le mani di Quinn sullo scollo della maglietta di lui, sempre peggio, l'aria abbandonò i polmoni di Bill, i pugni di Quinn stringevano la stoffa come se avesse voluto strapparla, poi Nick spinse Quinn verso le scale senza smettere di baciarla, di baciare la sua Quinn, Nick non ne aveva il diritto, e il maledetto cane attorno a loro...

Fu solo dopo che furono spariti dalla sua visuale, dopo minuti o forse ore che se ne furono andati, Bill non lo sapeva, che si rese conto che tutti gli urli che aveva fatto erano stati silenziosi, che era tutto nella sua testa.

Quinn guardò Nick togliersi la maglietta. Aveva un corpo così bello, e sarebbe stato tutto suo. Ancora una volta. Questa volta, però, lo poteva toccare. Nick sopra di lei, dentro di lei, per cancellare tutti i brutti ricordi della giornata. Pensò a Bill e si sentì gelare per un attimo, ma poi cacciò via quel pensiero. C'era Nick con lei. Era al sicuro. «Fai presto» gli disse.

«*Sssh.*» Nick si voltò a guardare la porta chiusa. «Non svegliare Joe. Non vorrei che arrivasse e mi tirasse una sedia.»

Si tolse i jeans, era bellissimo. Quinn sussurrò: «Il tuo corpo mi fa impazzire. Portalo qui.»

«Precipitosa.» Scivolò sotto le lenzuola per stringerla, solido contro la sua morbidezza, e lei rotolò fino a sistemarsi sopra di lui.

«Sei mio» gli disse.

«Per me va bene.» Passò le mani sui fianchi di Quinn finché lei riuscì a prendergli i polsi e tirarli sulla testa.

«Mi sentirai per una settimana» sussurrò Quinn, muovendosi contro di lui.

«Tesoro, io ti sento già ogni minuto del giorno.» Sollevò il viso per baciarla, prendere la sua bocca, leccarla e farla rabbrividire di nuovo. «Ti ho pensato così tanto che è un miracolo che sia riuscito a fare anche tutto il resto. Ogni volta che ti vedo vorrei saltarti addosso, vorrei prenderti contro il muro e se non ci sei, chiudo gli occhi e ti immagino nuda con me dentro di te.» La baciò di nuovo, surriscaldando il suo corpo con le parole mentre si muoveva sotto di lei.

Quinn era senza fiato. «Questa cosa della dominazione sembra non funzioni quando la faccio io» brontolò, cercando di sembrare calma, ma Nick era duro sotto i suoi fianchi e lei si irrigidì contro di lui solo per sentirlo ritrarsi.

«Oh, non saprei.» Nick la baciò sul collo, evidentemente non era affatto preoccupato del fatto che gli tenesse i polsi stretti sopra la testa. «Se ci procuriamo un po' di pelle e delle manette, magari riesci a fare qualche danno.»

Quinn lo lasciò andare. «Posso fare dei danni anche senza» sussurrò lei e cominciò a baciarlo sul petto.

«Oh dio» sentì che diceva Nick, mentre gli leccava l'addome. «Hai ragione, sono tuo.»

Hai ragione, cazzo, pensò e poi lo prese in bocca.

Nick si svegliò la mattina dopo alle otto, come al solito, con le coperte sradicate come al solito e la testa di Quinn contro il braccio, non come al solito. Sentì una fitta di panico, poi Quinn si stirò nel sonno, i capelli scivolarono setosi contro la sua pelle e Nick si ricordò della sera prima, di Bill, e sentì un'ondata di sollievo perché Quinn era al sicuro con lui. Si mosse di nuovo e lui pensò che gli piaceva, poi rotolò contro di lei per sentire il calore che emanava dal suo corpo.

Stava passando una mano sul suo seno quando Darla bussò ed entrò subito dopo dicendo: «Max mi sta aspettando, sono appena tornata...»

Nick si impietrì. Le otto del mattino non era il momento migliore per farsi venire velocemente un'idea, anche quando non era nudo nel letto di qualcun altro.

«Bel culo» disse Darla. «Non che lo rivedrò mai.»

«Grazie» disse Nick, e lei se ne andò chiudendo la porta dietro di sé.

«Che è successo?» chiese Quinn, mezza addormentata.

«Questa me la paghi» le disse, facendola voltare. «Vieni qui.»

«Cosa ho fatto?» chiese Quinn, ma fece comunque come le aveva detto.

Un'ora dopo Quinn era seduta a tavola a fare colazione e cercava di trovare un senso alla sua vita. Alle cose belle, a quelle brutte e a quelle bruttissime. Sarebbe dovuta andare alla polizia, Bill era fuori di testa e per questo si sentiva malissimo. Era perfettamente ragionevole finché era stato con lei e, probabilmente, sarebbe tornato quello di prima quando l'avesse dimenticata. Forse se aspettava...

Ripensò a Bill che la sbatteva contro il muro la sera prima. Un conto era la compassione, un altro la stupidità. Sarebbe andata alla polizia.

Nick entrò indossando i jeans e la camicia da lavoro, i capelli ancora umidi dopo la doccia, e Quinn ricordò la parte buona della faccenda. «Sei un figo» disse Quinn, lui rispose: «No, quello è Max.» E la baciò, ricordandole che era innamorata e che era un sabato mattina di sole.

«No, sei tu» gli disse. «Decisamente.»

«Be', sono contento che la pensi così.» Nick si appoggiò al lavandino con una noncuranza così nervosa che Quinn capì che c'era qualcosa che non andava. «Perché ti sveglierai guardando questa faccia d'ora in avanti. Mi trasferisco.»

Quinn si appoggiò allo schienale della sedia. Sembrava incerto mentre lo diceva, sprezzante e in qualche modo triste.

«Perché?»

Alzò gli occhi al cielo. «Perché hai bisogno di qualcuno che si prenda cura di te. Cazzo, che uomo sarei se...»

«Oggi vado alla polizia» disse Quinn. «C'è mio padre, non devi rimanere.»

Si fermò, sconcertato. «Credevo che volessi...»

«Voglio che ti trasferisca qui» disse Quinn. «Ma solo quando lo vorrai anche tu. Non se lo fai per farmi un favore.»

«Non cominciare.» Nick si voltò verso il frigo e prese il latte. «Dopo ieri sera non puoi proprio dire che non stiamo insieme.»

«Certo che stiamo insieme» disse Quinn. «Io ti amo.» Aspettò un minuto per vedere se anche lui glielo diceva e poi proseguì. «Ma non significa che devi vivere qui. Ti piace avere i tuoi spazi e la tua privacy. C'è mio padre ad assicurarsi che Bill stia fuori dai piedi finché la polizia non si occuperà di lui. Non serve che tu ti trasferisca.»

Nick se ne stava lì con il cartone del latte in mano e la guardava accigliato. «Non basta. Voglio prendermi cura di te.»

Quinn cercò di non rabbrividire all'eco delle parole di Bill. «Lo so. Ma non ce n'è bisogno. Rimani nel tuo appartamento, dove sei felice, io rimango a vivere qui. E continueremo a vederci tutti i giorni, come abbiamo sempre fatto, con l'unica differenza che adesso faremo anche dell'ottimo sesso.» Gli sorrise. «Sono quasi sicura che questa è la tua idea di vita perfetta, no?»

«Sì» rispose, e bevve un sorso di latte dal cartone.

«Bene, allora è tutto perfetto» disse Quinn, ignorando il cartone.

«Sì» disse Nick. «Grazie.»

16

Nick si fermò alla polizia andando all'officina, fece la denuncia e avvisò gli agenti che Quinn sarebbe passata ma, quando Frank Atchity lo chiamò dalla caserma più tardi, quella mattina, non fu rassicurante.

«Abbiamo parlato con Bill prima che andasse alla partita di oggi» disse Frank. «Ha detto che state esagerando.»

«Quinn ha dei segni sui polsi che gli ha fatto lui» disse Nick furioso. «Le ha fatto del male.»

«C'era anche il preside e ha detto che Bill gli ha riferito che a Quinn, be', piacciono i modi bruschi.» Frank tossì leggermente. «Bill era d'accordo.»

Nick per poco non spaccò il telefono, tanto era furioso. «A Quinn non piacciono i modi bruschi. Quel bastardo l'ha aggredita in un parcheggio buio e l'ha terrorizzata.»

«Come fai a sapere che non le piacciono i modi bruschi?» chiese Frank.

Nick si accorse troppo tardi del tono ambiguo della sua voce. «Lo so e basta. Lei non è così.»

«Perché neanche a me piacciono gli uomini che picchiano le donne, ma non mi piace neanche essere messo in mezzo da due uomini che si fanno prendere in giro da una donna. E Quinn non è ancora passata a sporgere denuncia.»

«Oh, accidenti, Frank...»

«Senti, il fatto è che sono lo sceriffo,» disse Frank «non solo il compagno di poker di Joe. E mi servono prove. Ho bisogno che Quinn venga qui e faccia una denuncia prima di cominciare a lavorarci seriamente.»

«Verrà» disse Nick, con tono cupo. «E non sta prendendo in giro nessuno. Bill è davvero fuori di testa.»

«Allora stai da lei per proteggerla?»

«No» disse Nick.

«Sei davvero preoccupato, eh?»

«Frank...»

«Portala qui» disse Frank. «Altrimenti dateci un taglio. Una cosa o l'altra.»

Nick sbatté il ricevitore e si girò verso Max che entrò qualche minuto dopo.

«Sei in ritardo.»

«Sì» disse Max, che poi si fece un po' meno allegro. «Oh, a proposito.»

Nick diventò subito sospettoso. «Cosa?»

«Vuoi comprare un drive in con me?» gli chiese Max con studiata innocenza.

«No» rispose Nick, e poi si diresse verso la Ford nell'ultimo garage.

«Nick» disse Max.

Nick si fermò e chiuse gli occhi. «Perché dovrei comprare un drive in?»

«Perché ieri ho detto a Darla che lo avevo già comprato, poi stamattina ho chiamato e quel coso costa centoventimila dollari e avrei bisogno anche della tua firma.»

Nick si voltò verso di lui. «Le hai detto che hai comprato il drive in?»

«Ehi» disse Max. «È stata l'idea più brillante degli ultimi anni.» Si voltò, pensieroso. «E ha anche funzionato. Il sesso è stato strepitoso.»

Nick guardò il fratello. Non stava scherzando. «Hai comprato un drive in abbandonato per riuscire a fare sesso con tua moglie?»

Max scosse la testa. «Non era solo sesso. Ho rivisto la madonna. Centoventimila è un giusto prezzo da pagare.»

Nick fece una risatina. «Certo, tanto metà lo pago io.»

Max fece una smorfia verso di lui. «Sì o no?»

«Sì» disse Nick. «Ma solo per Darla.» Scosse la testa e poi cominciò a ridere. «Un drive in.»

«Ehi, potremmo farci dei soldi» disse Max.

«Solo se proiettiamo *Biancaneve sotto i nani* anche per i minorenni.»

«Ah, per me si può fare» disse Max, e prese l'ordine seguente. Quindici minuti dopo, da sotto il cofano della Chevrolet, Max disse: «Grazie.»

«Non ho fatto niente» disse Nick.

«Era Max quello che ti ha accompagnato qui?» chiese Debbie, quando Darla arrivò all'Upper Cut.

«Sì» rispose Darla. «Sono tornata a casa ieri sera. Mi ha comprato un drive in.»

«Quella bettola sulla vecchia autostrada?» Debbie sbatté le palpebre. «Perché?»

«Per riconquistarmi» disse Darla. «Non è la cosa più romantica che tu abbia mai sentito?»

«Io avrei preferito delle rose» disse Debbie.

Bill era seduto nella sala pesi a ignorare Bobby e pensare a Quinn. Ora che il campionato di baseball era finito poteva vederla più spesso, lavorare alla casa.

«Stupido caprone» gli disse Bobby dritto in faccia. «Non mi ascolti neanche. Ho mentito a un poliziotto per te e tu mi ringrazi facendo la peggior partita che si sia mai vista. Non siamo arrivati neanche alle regionali.»

«Lasciami stare, Bobby.» Bill si alzò. «Ho delle cose da fare.»

«Abbiamo perso la partita per causa tua» disse Bobby con rabbia. «L'hai mandata a puttane. È solo colpa tua.»

«Non mi importa.» Bill spense le luci della sala e andò verso la porta. «Cazzo, è solo baseball.»

«Solo baseball???» Il baby capo per poco non perse un polmone, tanto gridò forte, e Bill gli rise in faccia. Che cretino. Quinn aveva proprio ragione.

«Divertente, eh?» Bobby gli si avvicinò fino ad arrivare a pochi centimetri dalla sua faccia. «Ti dico io qualcosa di divertente. Ero qui l'altra sera per controllare la porta del teatro perché quella troia da cui sei tanto ossessionato è un'incompetente.» Si fermò, furente. «Mi ha minacciato ed è un'incompetente.»

«Non è incompetente» disse Bill. «A volte è un po' superficiale,» *ha lasciato che Nick la toccasse* «ma non è incompetente.»

«Ah sì?» Bobby gli girò intorno ridacchiando. «Be', sono tornato indietro per controllare la porta ieri sera, era aperta perché è incompetente e quando sono entrato l'ho vista. E sai cosa stava facendo?»

«Bobby, non mi interessa» disse Bill. «Togliti di mezzo.»

«Si stava scopando il meccanico.» Bill sobbalzò e la voce di Bobby si fece bassa e maligna. «In piedi contro il muro, come una puttana. Proprio sul palco. Li ho guardati. Mentre tu stavi fuori ad aspettarla da stupido caprone quale sei, quella puttana...»

Bill gli diede uno spintone. Era facile come cacciare una mosca, e quando Bobby non si alzò, Bill annuì e se ne andò.

Una cosa gliela doveva, pensò Bill mentre infilava i vestiti nel set di valigie in coordinato. Se quello che aveva detto Bobby era vero, e probabilmente non lo era, perché Quinn era una brava persona, non avrebbe fatto una cosa del genere, probabilmente stava solo baciando Nick, che era già grave abbastanza e poi Bobby era entrato, era contento di aver picchiato Bobby, se era vero, era proprio giunta l'ora di trasferirsi. Aveva già cominciato a lavorarci, portava le sue cose poco per volta nell'appartamento e lei non aveva fatto obiezioni, Quinn non era una che facesse storie, avrebbe portato anche i vestiti e, infine, i mobili.

Non capiva proprio perché non ci avesse pensato prima.

Ma quando fu sul portico e provò ad aprire la porta, non ci riuscì. La chiave girava nella toppa, ma la porta non si muoveva. E quando entrò nel cortile posteriore, si accorse che la finestra era stata riparata ed era coperta da un pezzo di legno, così che se anche l'avesse rotta di nuovo, ci sarebbe stato il legno a mantenerla chiusa.

Era come se Quinn stesse cercando di tenerlo fuori. Sentì la rabbia montare e cercò di calmarsi. Doveva esserci un errore. Quinn lo voleva a casa con lei. Una volta finito il trasloco, lo avrebbe capito anche lei.

Se riusciva a entrare.

Lasciò le valigie sul portico e andò alla porta sul retro, un po' preoccupato che, se avesse provato ad aprirla, il maledetto cane avrebbe cominciato ad abbaiare e avrebbe attirato tutto il vicinato e spaventato Quinn. Era in piedi nel cortile quando sentì aprire la doccia; la finestra del bagno era aperta, se non fosse stata al secondo piano avrebbe potuto arrampicarsi, ma si rese conto che almeno Quinn non avrebbe sentito né lui né il cane finché fosse stata sotto la doccia. Lei stava sempre tanto sotto la doccia. A volte rimaneva nel bagno solo per guardarla uscire dalla doccia, tamponarsi i capelli, così bella, così rotonda...

Bill prese un pezzo di cemento vicino allo scalino, la prima cosa che avrebbe fatto una volta finito il trasloco sarebbe stato mettere a posto quel cortile, era un disastro, e ruppe il vetro della porta sul retro. Poi infilò una mano e girò la chiave – *che sconsiderata a lasciare la chiave sulla porta* – e poi visto che la porta ancora non si apriva, infilò più in fondo il braccio e cercò a tentoni vicino alla serratura finché trovò il chiavistello. Stava cercando di tenerlo fuori. Stupida. Tirò il chiavistello e aprì la porta.

Il cane era dentro casa, ovviamente. Bill andò fino alla porta d'ingresso con quello stupido coso che gli saltellava intorno, la aprì girando la chiave e tirando il chiavistello che Quinn credeva lo avrebbe tenuto fuori, poi si girò e prese il bastardino prima che scappasse fuori, lo tenne a debita distanza mentre guaiva e pisciava e poi lo portò fuori e lo lanciò con tutta la forza che aveva nel cortile anteriore.

Rotolò per un po' e poi rimase steso immobile.

Che liberazione! Prese le valigie dal portico, le portò di sopra nella sua camera e cominciò a disfarle.

Il pomeriggio di Quinn dalla polizia non era stato per niente produttivo. Aveva sporto denuncia e spiegato cos'era successo a Frank Atchity che la guardava senza troppa comprensione ma anche senza ostilità. Solo i fatti, signora.

«Quello che vorrei fare è parlare di nuovo con Bill» aveva detto Frank. «Stasera quando torna dalla partita. E poi la chiamo.»

«Posso ottenere un'ordinanza restrittiva o qualcosa del genere fino ad allora?» disse Quinn. «Non voglio assolutamente che mi si avvicini.» Ripensò a Bill che incombeva sopra di lei la sera prima e rabbrividì. «È come se vivesse in un mondo parallelo. Crede davvero che torneremo insieme anche se continuo a dirgli che non succederà. Voglio dire, mi sono trasferita e ho comprato una casa. Cos'altro devo fare?»

Questa volta la voce di Frank tradiva un po' più di solidarietà. «Parlerò al giudice per l'ordinanza restrittiva. Vada a casa, e se si avvicina, non gli apra.»

«Sa come entrare» disse Quinn. «Non sappiamo come, probabilmente dalla cantina, ma è riuscito a entrare quando ha fatto tutti quei danni. Abbiamo messo dei nuovi chiavistelli, ma...»

«Si rilassi» disse Frank. «In un modo o nell'altro risolveremo tutto oggi pomeriggio. Stiamo parlando del coach.»

«So di chi stiamo parlando» disse Quinn. «È pericoloso.»

Quando Quinn arrivò a casa, era vuota. «Papà?» aveva urlato, ma arrivò solo Katie saltellando, eccitata come sempre e, per una volta, anche Quinn capì cosa volesse dire essere in ansia. Chiuse a chiave tutte le porte, tirò i chiavistelli, prima di sedersi in salotto e dirsi di non essere ridicola. Aveva un sacco di cose da fare, Frank Atchity avrebbe fermato Bill, suo padre sarebbe arrivato presto a casa e sarebbe andato tutto bene.

Aveva girovagato per casa a ricontrollare le finestre mentre Katie la seguiva; alla fine le venne in mente che se il cane non abbaiava, significava che andava tutto bene. Dal momento che Katie odiava Bill con tutta la forza del suo corpicino di cane, era l'allarme perfetto contro il suo ex. Se Katie era tranquilla, era al sicuro.

Era andata di sopra, aveva fatto il letto e aveva pensato a quando avrebbe rivisto Nick. Questa sera, aveva pensato. Sarebbe tornato quella sera. E poi tutte le altre sere, finché si sarebbe abituato a stare con lei e poi forse avrebbe voluto trasferirsi. Se anche non lo avesse fatto, sarebbero rimasti insieme, e quello era un pensiero proprio bello, cazzo. Poteva avvolgersi nella pellicola trasparente o mettersi quel coso da vedova allegra che Darla non voleva più vedere. Provò a immaginarsi con biancheria di pizzo nero. No, era più da raso rosso o viola. Andò in bagno per cercare fra la biancheria qualcosa di veramente eccessivo, qualcosa che Nick le avrebbe strappato di dosso e poi guardò l'orologio. Le quattro. Lui finiva alle cinque.

Le unghie di Katie avevano ticchettato nel corridoio fuori dal bagno, una camminata normale, nessun problema, così si era spogliata per fare una doccia. Con un po' di fortuna, Nick sarebbe arrivato prima di Joe, e avrebbero potuto fare tutto il rumore che volevano.

La doccia era un'ottima scelta, risvegliava tutti i nervi con cui Nick aveva giocato la sera prima e anche la mattina dopo, e Quinn fece dei pensieri osceni mentre si insaponava. Magari potevano farlo nella doccia. Quel pensiero le tenne la mente occupata finché non chiuse l'acqua e si scosse un po'. Sì, decisamente nella doccia. Aprì la tenda della doccia.

«Ciao Quinn» disse Bill.

Quando Nick aprì la porta di casa alle tre e mezza, Joe era in piedi davanti a lui con una tv portatile e un sacco della spazzatura.

«Mi trasferisco qui» disse Joe, passandogli davanti.

«Non credo proprio» disse Nick.

Joe lasciò cadere il sacco e si guardò intorno nell'appartamento. «Tutto qui?»

«È fin troppo grande per una persona sola.» Nick aprì la porta. «Grazie di essere passato.»

Joe scosse la testa. «Non ti rompo le palle, ho un appuntamento fra tre ore.» Gli fece l'occhiolino. «Porto Barbara all'Anchor Inn.»

«Barbara?»

«Prima lavoravo in banca e ci siamo messi a parlare.»

«Non mi stupisce.» Joe non si muoveva, così Nick chiuse la porta. «Perché non sei da Quinn?»

Joe fece una risatina. «Certo. E poi mi porto Barbara a casa di mia figlia.»

«Non la porterai neanche qui» disse Nick. «C'è solo un letto.»

Joe spostò dei libri e delle carte dal tavolino di Nick e ci appoggiò la tv. «Allora dovrai dormire da Quinn.» Fissò la tv di Nick. «Hai la tv via cavo?»

«Joe, non puoi restare qui» disse Nick, ma Joe stava già andando in cucina.

«Ho visto freezer più grandi di questo frigo» disse, quando tornò indietro con una birra. «Una volta che te ne sarai andato di qui, ne comprerò uno più grande.»

«Io non me ne vado» disse Nick.

Joe si bloccò mentre stava deglutendo e quasi si strozzò. «Cosa hai fatto?»

«Niente.» Nick si sedette, stanco di contraddire Joe, e pensò a Quinn. «Puoi rimanere fino alle sette, se stai zitto, ma non puoi dormire qui. Vai a casa di Barbara.»

«Lascerai Quinn sola con Bill in giro a piede libero?» Joe fece segno di no con la testa. «Credevo che fossi una persona migliore.»

«Joe, ci ho provato.» Nick si appoggiò allo schienale. «Le ho detto che dovevo rimanere da lei per proteggerla, ma ha detto che poteva badare da sola a sé stessa.»

«Indipendente. Ho tirato su entrambe le mie figlie in quel modo.» Joe sollevò la bottiglia in un brindisi a sé stesso e bevve. Poi si asciugò la bocca e disse: «Ma tu lo sai, certo.»

Nick strizzò gli occhi. «Non cominciare.»

«Ho cresciuto due donne perché te le sposassi e tu non mi fai neanche dormire a casa tua.» Joe scosse la testa. «Che ingrato. Certo, capisco che non fosse facile con Zoë, lei è complicata. Ma Quinn? È facilissimo vivere con lei. Una dolcezza. Non capisco proprio perché non sei rimasto con lei e non l'hai convinta.»

«Joe.»

Joe lo ignorò e si guardò intorno. «Dio, ma quanto avevi intenzione di continuare a vivere qui?»

«Per sempre» disse Nick con tono gelido. «Mi rimangio anche l'offerta di stare qui fino alle sette. Puoi andare...»

«Per sempre, eh?» disse Joe. «Hai un frigo che neanche in un camper, invece di una libreria hai dei blocchi di cemento e assi di legno, e non hai nemmeno la tv via cavo.» Incrociò gli occhi di Nick. «Il tuo 'per sempre' mi sembra piuttosto precario.»

«Che pensiero profondo, Joe» disse Nick. «Finisci la tua birra.»

Joe rise sotto i baffi e fece un giro in camera da letto, probabilmente stava ispezionando la stanza per usarla in futuro, e Nick guardò la libreria e pensò: forse dovrei costruirne una.

Quel pensiero non lo attirava. A ottant'anni avrebbe ancora avuto i libri su blocchi di cemento e assi legno, e allora? I libri li tenevano su lo stesso.

Peccato che non ci si immaginasse proprio, lì, a ottant'anni. Non lo aveva mai fatto. Joe aveva ragione: da qualche parte dentro di sé aveva sempre saputo che era una sistemazione temporanea. Suo padre e sua madre avevano vissuto lì appena dopo sposati, finché non si erano potuti permettere una vera casa; lì avevano vissuto anche Max e Darla all'inizio e, all'improvviso, si rese conto che anche lui aveva pensato che si sarebbe trasferito, prima o poi.

«Ho visto bagni più grandi sugli aerei» disse Joe quando uscì dalla camera da letto.

«Joe...»

«Eppure, con un'aggiustatina, può essere proprio un bell'appartamento da scapolo.»

«Mi fai venire da vomitare» disse Nick. «Questo non è un appartamento e tu non sei uno scapolo.»

«Neanche tu lo sei» disse Joe. «Sei solo troppo stupido per tornare indietro e chiedere a tua moglie di poter vivere con lei. Tanto la sposerai prima o poi.» Joe tornò in cucina mentre parlava, e cominciò ad aprire gli sportelli.

«A proposito di vivere con la moglie» disse Nick pungente «come sta Meggy?»

«Sta molto bene.» Joe tirò fuori un sacchetto di salatini e ne assaggiò uno. «Sono diventati molli. Dovresti prendere quelle chiusure per sacchetti che ha Quinn, tengono croccanti anche i cereali.» Si portò il sacchetto in salotto e si sedette.

«Vattene, Joe» disse Nick senza convinzione.

«Hai intenzione di startene qui seduto, allora?» Joe masticava i salatini. «La cosa migliore che ti sia mai capitata è a Apple Street, ma tu vuoi startene con il culo in questo schifo?»

Nick si alzò. «La porta è laggiù.»

«Cosa vuole che non puoi darle?» chiese Joe. «Perché ti ha buttato fuori?»

«Non mi ha buttato fuori.» Nick andò alla porta e la aprì. «Mi ha detto che dovevo andarmene finché non avessi preferito vivere lì invece che qui.»

Joe si guardò intorno. «Non sembra una richiesta molto difficile.»

«Fuori» disse Nick, e Joe posò i salatini.

«Sei stressato» disse. «Me ne vado.» Prese la tv e poi si chinò per raccogliere il sacco. «Ahi! Cazzo.» Si mise in piedi e sembrò sollevato. «Credo di aver preso uno strappo. Sarebbe proprio una fregatura con l'appuntamento di stasera.»

«Una tragedia» disse Nick. «Fai attenzione con le scale.»

Joe annuì e si diresse verso la porta.

«Allora, torni da Quinn?» chiese Nick, cercando di non sembrare troppo abbattuto.

«No, credo che andrò a casa.»

«Da Meggy?»

«Credo che Edie non resisterà ancora per molto» disse Joe. «Meggy va presa a piccole dosi se non ci sei abituato. E io ci sono abituato.»

«Non credo sarà così facile» disse Nick, e Joe scosse la testa, in piedi sulla porta.

«Non pensarci, figliolo» disse. «Quello non è un problema tuo. Tu segui i tuoi ormoni invece di pensare a quello che fai.» Joe si appoggiò allo stipite e cominciò a filosofeggiare, la tv ancora sotto il braccio. «Se ci pensi, i rapporti sono come le macchine.»

«Non credo» disse Nick.

«Quelli buoni sono fatti per reggere i colpi, sopportano bene gli shock, se capisci cosa voglio dire. Io e Meggy» Joe fece un ampio sorriso «abbiamo avuto i nostri shock.»

«Ho una notizia per te» disse Nick. «Meggy e Edie vanno a letto insieme.»

«Lo so.» Il sorriso di Joe si fece ancora più ampio.

«Lo sai?»

«Certo, per la miseria. Sono anni.» Joe scosse la testa con ammirazione. «Meggy è una donna emotiva. Le piace la varietà.»

«Non voglio saperlo» disse Nick.

«Come ho detto,» gli disse Joe mentre scendeva le scale «non pensi abbastanza.»

Nick chiuse la porta e si guardò intorno. Tappeto logoro, mobili di quarta mano, libreria di mattoni e assi; quel posto dava proprio un senso di abbandono. Forse perché in effetti non gli importava. Non era per sempre.

«Cazzo» disse. «Mi piace vivere da solo.» Si sedette nella sua poltrona e fece cadere la birra di Joe. Prese uno straccio in cucina, dio era piccola rispetto a quella di Quinn, e asciugò il pavimento, anche il pavimento era carino, proprio come quello di Quinn. Poi si sedette a leggere.

Quinn sarà arrivata a casa a quest'ora. Probabilmente stava riposando o lavorando a maglia o forse cazzeggiava in cucina, giocava con Katie, forse parlava al telefono con Darla. Se fosse stato da lei, Quinn gli avrebbe parlato in quel momento.

Ecco, vedi? Parlare. Come avrebbe fatto a leggere, se c'era Quinn che gli parlava?

Guardò il libro che non stava leggendo perché stava pensando a Quinn. Se voleva leggere, c'erano sei stanze dove poteva trovare la privacy necessaria. Sei stanze in cui poteva trovare anche Quinn.

Eppure, come poteva rinunciare a tutto questo? Si guardò intorno di nuovo e quello che vide era orrendo, freddo e brutto, niente luce, niente divano e niente Quinn.

«Sono felice da solo» disse a voce alta, e si ritrovò a guardare meccanicamente verso il basso per vedere se Katie inclinava la testa guardandolo, agitata da piccolo topo nervoso qual era.

Già, niente Katie.

Merda.

Avrebbe proprio dovuto essere là. Bill poteva essere ancora

lì intorno, se Quinn non aveva fatto la denuncia. In effetti, probabilmente, non aveva fatto la denuncia. Sarebbe stato da lei, non voleva creare problemi che poi doveva risolvere da sola. Era meglio che andasse a dare un'occhiata e ad assicurarsi che avesse sporto denuncia.

Posò il libro e si alzò per andare da Quinn. Non tornare se non torni perché lo vuoi tu, aveva detto.

Avrebbe mentito.

Si stava dirigendo alla porta quando il telefono squillò. Quando alzò il ricevitore, Patsy Brady disse: «Mi hai detto di chiamarti quando c'era qualcosa che non andava.»

Nick si sentì gelare. «Cosa?»

«Il cagnolino è fuori un'altra volta» disse Patsy. «Camminava in modo strano e piangeva, così l'ho fatto entrare nel cortile sul retro, cercava di entrare dalla porta ma non ci riusciva, così sono andata lì per farlo entrare...»

«Chiami il 911» disse Nick. «Arrivo.»

«...e il vetro della porta sul retro era rotto» finì Patsy. «Il povero cagnolino è corso proprio nel buco...»

«Cazzo!» Nick sbatté il ricevitore e corse alla porta.

L'urlo di Quinn riecheggiò nel piccolo bagno e Bill sorrise. «Ehi» disse. «Sono io.»

Quinn si coprì con la tenda della doccia e disse: «Vattene. Fuori di qui!»

«Ora calmati.» Bill sorrise di nuovo, cercando di rassicurarla. «Pensaci un attimo.»

«Bill...»

«So che sei arrabbiata adesso, ma ti passerà. Sapevi che saremmo tornati insieme prima o poi, e credo che ormai sia giunto il momento. Davvero, andrà tutto bene.»

Quinn strinse la tenda della doccia cercando di smettere di tremare, e lui le sorrise per tranquillizzarla. *Stai calma e si aggiusta tutto*. Okay, era fuori di testa ma non era violento.

Per il momento.

Il cuore di Quinn fece un balzo e lei strinse i denti. No, poteva risolvere tutto. Se non fosse stata nuda nella doccia sarebbe stato meglio. Sì, probabilmente era stato anche l'ultimo pensiero di Janet Leigh quando era entrato Anthony Perkins.

«Perché ti nascondi dietro la tenda, sciocca?» disse Bill, e Quinn si sforzò di sorridere.

«Mi hai spaventato» disse. «Non ti aspettavo. Mi passi l'asciugamano, per favore?»

Bill disse: «Oh, scusa.» Le passò l'asciugamano dal supporto dietro di lui.

«Grazie» disse lei, e vi si avvolse, sentendosi meno vulnerabile quando fu coperta. Non molto, ma un po'. Rimise la tenda della doccia al suo posto e uscì dalla vasca, i capelli fradici gocciolavano. «Vado a vestirmi un attimo e torno subito.» Lui disse: «Vengo con te, così parliamo.» E la seguì lungo il corridoio, aumentando il passo quando lo fece anche lei.

Quinn provò a chiudergli la porta della camera in faccia ma lui la fermò con il palmo della mano, così non le restò che ritirarsi dall'altra parte del letto, facendo cadere le valigie che Bill aveva impilato ai piedi del letto. Erano leggere, come se fossero vuote, e scivolarono una contro l'altra quando Quinn si mosse all'indietro e le guardò cadere.

«Scusa,» disse lui «le sistemerò in cantina più tardi.» Quinn aprì bruscamente il primo cassetto della toletta, cercando freneticamente i vestiti da infilarsi per cambiare qualsiasi piano avesse in mente Bill, per impiegare il tempo da quel momento al 'più tardi'.

La sua biancheria era sparita. Tutta. Al suo posto c'erano i vestiti di Bill, magliette, calzini.

«Dov'è la mia... roba?» disse, cercando di assumere un tono di voce neutro.

«Quella biancheria volgare non era da te» disse. «Tu non sei così.»

Sì, che lo sono. «Okay» disse, e afferrò una delle sue magliette dal cassetto. «Va bene.»

«Avremo molto più spazio, quando avremo finito i lavori di ampliamento» disse, schivando le valigie per sedersi sul letto. «Ho pensato che potremmo andare fuori a cena stasera e parlarne, così possiamo cominciare i lavori appena possibile.»

Quinn guardò la sua faccia calma e sicura e cercò di capire se si sarebbe trasformato in un folle omicida se gli avesse detto la verità. Forse il modo migliore di affrontare quella situazione era non contraddirlo, ignorare quello che diceva e basta. Infilò la maglietta dalla testa, odiava che fosse proprio la sua maglietta, ma non poteva certo mettersi a fare storie. Tenne l'asciugamano sotto la maglietta come un enorme pareo ingombrante anche se la maglietta le arrivava alle ginocchia. Più tessuto c'era fra loro, meglio era.

«Mio padre vive qui, sai» disse con noncuranza. «Dovrebbe arrivare da un momento all'altro.»

Bill fece segno di no con la testa. «Ne dubito. Edie è tornata a casa sua e lui probabilmente sarà tornato da tua madre.»

«Edie è tornata a casa sua?» Quinn era sbigottita e allarmata. Se suo padre non sarebbe tornato...

«Le mamme non parlavano d'altro alla partita» disse Bill. «Ho sentito che anche Darla è tornata con Max. È stato in quel momento che ho capito che era ora anche per noi.»

«Bill, non c'è nessun noi.» Quinn lo guardò di soppiatto per vedere se si era arrabbiato.

«Certo che c'è.» Bill scosse la testa, paziente come sempre. «Hai fatto così anche l'ultima volta che mi sono trasferito. Continuavo a proportelo e tu dicevi no, ma poi mi sono trasferito lo stesso e le cose sono andate bene. E con l'appartamento è stato lo stesso. Una volta che ci siamo trasferiti, poi, eri felice.» Si strinse nelle spalle. «A volte non sai cosa vuoi finché non te lo mostro io.»

Quinn aprì la bocca per protestare ma poi la richiuse. Aveva ragione. Bill non sapeva quello che voleva, ma lei aveva ceduto tutte le volte. Non era pazzo a credere che avrebbe funzionato anche questa volta.

Era pazzo e basta.

«Non volevo» disse lei con cautela, guardandolo negli occhi per vedere se era arrabbiato con lei. «Solo che non volevo creare problemi discutendo. Sono stata stupida ed è stato il mio comportamento che ci ha portato a questo casino, ma non volevo.»

«Siamo come siamo sempre stati» disse Bill, quasi a sé stesso. Quinn disse: «No, Bill, guardami. Io sono cambiata.»

Le sorrise. «Per me sei sempre la stessa. A volte dormivi con la mia maglietta, ti ricordi? È tutto come sempre.»

«Non è come sempre. Te l'ho detto, sono...»

«Le persone non cambiano» disse. «Credono di cambiare, ma in realtà non cambiano. Dentro di loro rimangono i soliti. Guarda Max e Darla. Tuo padre probabilmente tornerà con tua madre. Proprio come io sono tornato con te. La gente fa cose strane ma in realtà non cambia.»

«Be', io sì» disse Quinn. «E non ho intenzione...»

«Non è vero» disse Bill. «Ti sei tagliata i capelli, e allora? Ricrescono. A settembre ricomincerai l'anno scolastico con i capelli lunghi, come sempre. Sei sempre la stessa.» Fece un gesto ampio della mano indicando la stanza. «In questa camera ci sono gli stessi mobili che avevi prima, le stesse foto alle pareti. Hai appeso lo scolapasta in cucina nello stesso identico posto in cui lo avevi appeso in entrambi i nostri appartamenti. Non sei cambiata.»

Quinn sbatté le palpebre verso di lui. Aveva ragione.

«E lo so che sei convinta che io non debba vivere qui, ma aspetta.» Annuì verso di lei. «Tornerà tutto come prima.»

«Io amo Nick» disse senza riflettere, più che altro per dimostrare a sé stessa prima che a lui che era cambiata.

«No, gli vuoi bene» la corresse con gentilezza. «Gliene hai

sempre voluto. Hai solo confuso il tipo di sentimento che provi per lui perché non ero con te.»

«Vado a letto con lui» disse Quinn. «Ho piuttosto chiaro cosa provo per lui.»

«No» disse Bill, scuro in volto, e Quinn d'un tratto si ricordò dove si trovava e il pericolo che stava correndo. «Basterà che tu gli dica che non lo ami come pensa lui. Che è stato un errore, capirà. Conosci Nick, a lui non piace comunque essere coinvolto.»

«Okay, devi ascoltarmi» disse Quinn, più calma che poté. «Credo tu abbia ragione sul fatto che non sono cambiata,» Bill le sorrise «perché credo di aver sempre amato Nick.»

«No.»

«Credo che lo amassi già quando ho convinto Zoë a sposarlo, il giorno del matrimonio» disse lei, tenendo il tono più docile possibile. «Penso che non credessi di poterlo avere. È per questo che volevo essere Zoë, per riuscire ad averlo. Perché l'ho sempre amato.»

«No» disse Bill, alzandosi in piedi.

«E anche lui mi ha sempre amato.» Quinn fece un passo indietro, continuando a parlare con il tono da 'va tutto bene'. «E ora stiamo insieme, come avremmo dovuto fare da subito...»

«No!» disse Bill.

«...quindi devi andartene, ora.»

«È ridicolo» sbottò Bill. «Ho disfatto le valigie, i miei vestiti sono nei cassetti, non me ne vado.»

Quinn stava per controbattere, ma si sentì qualcuno colpire la porta sul retro ed entrambi si fermarono impietriti. Sentì le unghie di Katie sul pavimento della cucina, sentì Katie abbaiare e Bill disse: «Porca puttana, mi ero sbarazzato del cane. Chi cazzo...»

«Cosa hai fatto?» Quinn si precipitò sul pianerottolo mentre Katie saliva le scale, mugolando per la paura e il dolore. «Cosa le hai fatto?» urlò contro Bill prendendo in braccio Katie per coccolarla e capire dove fosse ferita.

«Quel cane deve sparire» disse Bill con la sua voce da capo dell'universo, e quando Quinn si voltò, lui si stava avvicinando.

«No!» disse, e corse giù per le scale, facendo gli scalini a due a due per mettere in salvo Katie.

«Porca miseria, Quinn» disse Bill dietro di lei, e Quinn arrivò in fondo alle scale proprio quando il piede di Bill si poggiava sul primo gradino. «Dammi quel maledetto bastardo» disse, e Quinn si voltò in tempo per vederlo perdere l'equilibrio e afferrare il corrimano che si staccò dal muro sotto il peso di Bill. Lui gridò e andò a sbattere contro la parete opposta mentre lei scappava in salotto con Katie tremante ancora stretta fra le braccia.

Lo sentì atterrare con un tonfo in fondo alle scale, ma era già alla porta d'ingresso e frugava in cerca della chiave quando lo sentì imprecare e provare ad alzarsi. Strinse Katie al petto mentre infilava la chiave nella serratura, la girò, aprì la porta e poi sentì le sue mani su di lei che le tiravano la maglietta, cercava di prendere Katie. Quinn cadde sulla porta mentre delle unghie le graffiavano la schiena, si trascinò sul portico, incespicò sugli scalini senza mollare Katie mentre si aggrappava al corrimano del portico che cedette sotto le sue mani; un pezzo si staccò e la lasciò cadere sull'erba. Lasciò andare Katie e gridò: «Corri Katie, corri.» Provò a rimettersi in piedi e guardare in faccia Bill, che corse giù per i due scalini, il volto sfigurato dalla furia, finché gli scalini cedettero sotto il suo peso. Si lanciò in avanti e cadde con forza imprecando mentre colpiva Katie con il pugno e Quinn gridò: «No!» Poi cadde sopra di lui per proteggere il cane.

«Lo ammazzo quel coso maledetto» disse Bill, e spinse Quinn con violenza per passare e rimettersi in piedi. Lei riuscì a fatica ad alzarsi e ad affrontarlo mettendosi davanti a Katie. «Smettila! Lasciala stare.» Lui le diede uno schiaffo, facendola cadere a terra.

«Te l'avevo detto» disse Bill, la voce calma e sicura. «Non puoi tenere quel cane.» La lasciò lì a terra e si avvicinò a Katie, che indietreggiava guaendo e tremando. Quinn afferrò il pezzo di legno rotto del portico dall'erba e lo colpì con forza dietro la testa.

Bill scosse la testa una volta, come un toro, e si girò verso di lei. «Dammelo.»

Quinn fece un passo indietro. «Ascoltami» disse sibilando. «Ti odio. Odio tutto di te. Ti voglio fuori dalla mia proprietà subito, altrimenti...»

Bill provò a prendere il bastone e Quinn lo colpì sulla mano, proprio sulle nocche, e lo fece imprecare.

«Fuori di qui» disse, lui la afferrò di nuovo e in quel momento Katie gli morse i jeans e tirò, cercando di farlo allontanare. Bill si voltò e la colpì con forza facendola guaire di nuovo. Quinn a quel punto perse il controllo e lo colpì la seconda volta dietro la testa con l'asse del portico.

Bill barcollò e incespicò, Quinn lo colpì una terza volta, dritto sull'orecchio. «Non ti permettere» *bam*, mentre cadeva scuotendo la testa «di avvicinarti» *bam*, sulla spalla «al mio cane» *swoosh*, mancato «o a me» *bam*, sul collo, facendolo cadere sulle ginocchia «mai più!»

Sollevò l'asse per colpirlo un'ultima volta, in mezzo agli occhi, al diavolo aggiustare le cose, ma qualcuno la afferrò da dietro e la trascinò via e Quinn stava per colpire anche questo qualcuno, finché non le tolse l'asse dalle mani e le disse, con il fiato corto: «Credo che abbia capito. Basta così.»

«Nick?» disse lei; Nick la tenne stretta un momento prima che riuscisse a liberarsi dalla sua presa e dicesse: «Katie.»

Si voltò e vide Katie che ringhiava contro un acciaccato Bill caduto a gambe all'aria sull'erba. Dietro di loro, arrivò la volante di Frank Atchity.

Frank attraversò il prato con il suo solito passo mentre Quinn lasciava cadere l'asse del portico e cercava di assumere un'aria innocente.

«Credo di capire come la pensi sul coach» le disse Frank

mentre guardava Bill. Scosse la testa. «Mi sa che non le piacciono i modi così bruschi, Bill.»

Bill lasciò cadere all'indietro la testa sanguinante e, mentre Frank gli leggeva i suoi diritti, Katie cominciò ad abbaiare.

«Mi trasferisco» le disse Nick, e Quinn lo guardò, sbigottita. «Per te. Ti amo. Ti ho sempre amato.» Abbassò lo sguardo su Bill. «E dormirò più tranquillo se so dov'è l'asse del portico. Dio, ci sei andata pesante. Credo che adesso abbia capito.»

Frank si interruppe nella lettura dei diritti e aggrottò le sopracciglia guardando Katie. «Zitto, cane, se non mi sente, non potrò dire di averlo avvertito.»

Si fermò ad accarezzare Katie per calmarla e il cane si accucciò e fece pipì accanto all'orecchio di Bill.

«Bene» disse Quinn, cercando di riportare il respiro a un ritmo normale, ancora terrorizzata per Katie. «Quel bastardo ha fatto male al mio cane.»

«È stato il primo errore» disse Nick. «Forza, andiamo a vestirci e portiamola dal veterinario.»

Quinn lanciò un ultimo sguardo a Bill, che incrociò i suoi occhi. Non c'era traccia della sua strafottenza. «Mai più» disse Quinn, e Bill distolse lo sguardo. «Vieni, Katie» disse, e Katie corse da lei, con il fiato corto per la foga con cui aveva abbaiato, senza più tremare.

Il drive in aprì il primo sabato di giugno e Quinn e Nick parcheggiarono nell'ultima fila, perché Quinn non c'era mai stata quando era a scuola. «Sono sempre uscita con ragazzi educati che non ci provavano mai» disse a Nick; lui rispose: «Be', quei giorni sono finiti.»

«Mi sono fermata da mia mamma oggi» disse, mentre il cartone, un vecchio cartone in bianco e nero di Picchiarello su una betoniera, andava avanti. Si sistemò contro la spalla di Nick.

Nick le offrì un po' di pop-corn e disse: «Ci sono novità?»

«La ditta della tv via cavo le aveva appena installato un

nuovo canale sportivo e uno di golf.» Quinn prese dei pop-corn mentre Katie faceva la sua migliore imitazione di un cane morto di fame. «Papà non esce più con Barbara perché faceva pressione per sistemarsi e lui le ha detto che è già sistemato con la mamma. La mamma e Edie sono uscite per i saldi.»

Nick rise.

«A proposito» disse Quinn, mettendosi a sedere. «Oggi ho visto Barbara e giuro che sembra la principessa Diana. Credi che abbia in mente di fare un viaggio in Inghilterra? Dovremmo avvertire Charles?»

«Non lo so e non lo voglio sapere.» Nick le si avvicinò e la attirò a sé. «Barbara non è un bel ricordo.»

«Per qualcuno, sì. Lois ha buttato fuori Matthew.» Quinn si rilassò contro di lui, felice come una pasqua. «Ha detto che preferiva vivere senza di lui e che non se ne sarebbe mai accorta se Barbara non glielo avesse rubato. Ha detto che la odia ancora, ma ha smesso di chiamarla la bancaria zoccola.»

«Non c'è niente di meglio di un lieto fine.» Nick guardò Katie, che si era arresa con i pop-corn e sbirciava fuori dal finestrino del passeggero aperto. Teneva d'occhio la situazione, sempre pronta a individuare un eventuale pericolo ma piuttosto calma, come se sapesse che Bill sarebbe stato alla larga per un periodo abbastanza lungo da coprire almeno la sua aspettativa di vita. «Non lasciare che Katie salti fuori dal finestrino. Abbiamo già pagato la nostra quota al veterinario quest'anno.»

Quinn accarezzò la schiena di Katie. «Non va da nessuna parte.»

Katie riportò la sua attenzione dal finestrino ai pop-corn. Fece un saltello zoppo vicino a loro sul sedile posteriore, gemendo pateticamente.

«Hai notato che il tuo cane adesso zoppica solo quando vuole qualcosa?» disse Nick. Quinn passò al cane un pop-corn e disse: «Sì, non è intelligente?»

«No» disse Nick e si chinò per aprire il cruscotto. «I popcorn fanno male ai cani. Dalle uno dei suoi biscotti.»

«Tieni i biscotti per cani nel cruscotto?»

«Non cominciare» disse Nick e cambiò argomento. «Allora, seriamente, come stanno tua mamma, Edie e tuo padre?»

«Be', da quello che so, Edie sembra sollevata, la mamma è compiaciuta e papà guarda la tv.» Quinn gli sorrise nel tramonto. «Sono abbastanza felici, credo. È come se tutto fosse tornato alla normalità dopo una bella vacanza. Oh, e Edie mi ha detto che il consiglio scolastico ha votato oggi pomeriggio per eleggere il nuovo preside, ed è Dennis Rule.»

«Povero vecchio baby capo» disse Nick. «Se solo Bill avesse vinto il girone...»

«Non sarebbe cambiato niente.» Quinn cercò di nascondere la soddisfazione, ma era difficile. «Si è fregato da solo. Quando il capo ha messo insieme il comitato per la scelta del preside, ha scelto persone che sapevano come funziona la scuola.»

«Quindi?»

«Quindi ha messo Greta nel comitato» disse Quinn, senza provare nemmeno a non sorridere. «Avrei pagato per vedere la faccia di Bobby quando lo ha saputo. Anche se non credo avrà potuto fare molte espressioni con la mandibola ridotta in quel modo.»

«Insomma siamo tutti felici» disse Nick. «Tutti tranne me.»

Quinn si sedette, il cuore perse un battito. «Tu non sei felice?»

Nick scosse la testa, ma anche nella penombra Quinn aveva capito che aveva in mente qualcosa.

«Stavo pensando che avremmo proprio bisogno di un cambiamento noi due» disse.

«Sei pazzo?» chiese Quinn. «La nostra vita è praticamente perfetta e tu vuoi...»

Si chinò verso di lei. «Letti, divani, il tavolo in cucina, il cortile sul retro, il bagno dell'officina.» Scosse la testa. «Soliti posti, solita storia. Stiamo diventando noiosi.»

Gli occhi di Nick erano intensi su di lei, il suo corpo era solido e caldo mentre le si avvicinava, e lui era sexy, affidabile, affettuoso ed era tutto quello che Quinn aveva sempre voluto. Quinn pensò: porca miseria, sono una donna fortunata; mantenne un tono indifferente e disse: «Cosa vuoi dire?»

Nick fece scivolare una mano sotto il maglione di Quinn, mentre si chinava su di lei per sussurrarle all'orecchio e lei rabbrividì e tutti i suoi nervi si accesero. «Hai mai gridato di piacere sul sedile di un pick-up in un drive in mentre tutta la città intorno a te sta guardando la brutta copia di un addio al celibato e il tuo cane mangia pop-corn?»

«È proprio ora di un cambiamento» disse Quinn, e si tolse il maglione.

Ringraziamenti

Questa è la mia opportunità per dimostrare, dopo tanto rimandare, la mia gratitudine al dipartimento di Scrittura creativa dell'Ohio e in particolare a Lee K. Abbott, Melanie Rae Thon, Lore Segal, Michelle Herman e Bill Roorbach per il loro sostegno, la loro guida e la loro competenza. Vorrei ringraziare, inoltre, Ron Carlson e Alice MacDermott, professori esterni, che mi hanno insegnato tantissimo in poco tempo, e Christopher Griffin e Cartha Sexton per essersi occupati della parte amministrativa della mia formazione e avermi permesso, così, di riuscire a finire il corso di studi. Devo ringraziare, infine, i miei compagni del corso di Scrittura creativa che mi hanno concesso il supremo onore di trattare il mio lavoro con rispetto e attenzione, e il loro incoraggiamento e la loro amicizia. Sono grata, in particolare, a Will Allison, Richard Ashbrook, Michael Azre, Michael Charlton, Jennifer Cognard-Black, Kristina Emick, Polly Farquhar, David Ferguson, Kathryn Flewellin, Steve Guinan, Vicki Henriksen, Michael Lohre, Jeff MacGregor, Bruce Machart, Susan McGowan, Susan Metcalfe, Tom Moss, Jason Nunemaker, Dan O'Dair, Bruce Ortquist, Todd Renger, Bonnie Riedinger, Vicki Schwab, John Shamlou, Deborah Sobeloff, Tamara Stevens, Laura Swenson, Mary Tabor, Rick Vartorella e Deborah Way. Mi scuso se ho dimenticato qualcuno.

Il romance nel catalogo One

One Love

On Fire di Sylvia Day
Attrazione profonda di Maya Banks
On Desire di Sylvia Day
Luci d'inverno di Nora Roberts
Beautiful Bitch di Christina Lauren
Il gioco dei sensi di Shiloh Walker
Heaven, Texas, un posto nel tuo cuore di Susan Elizabeth Phillips
Il bacio cremisi di Lara Adrian
Quattro cuori e un matrimonio di Stephanie Bond
Gioco pericoloso di Karin Tabke
Segreti di una notte d'estate di Lisa Kleypas
Un amore su misura di Sugar Jamison
E se fosse lui quello giusto? di Susan Elizabeth Phillips
Beautiful Bombshell di Christina Lauren
Intime promesse di Sherry Thomas
Temptation di Jennifer Crusie
Segreto inconfessabile di Shayla Black
Il giardino dei nuovi inizi di Nora Roberts
Amanti pericolosi di Lisa Marie Rice
Le coincidenze dell'amore di Colleen Hoover
Lezioni di seduzione di Emma Wildes
Il paradiso non può attendere di Pamela Clare
Il legame del drago di Thea Harrison
Sogno inconfessabile di Shayla Black
Beautiful Bastard di Christina Lauren
Corinna. La regina dei mari di Kathleen McGregor
Un piccolo sogno di Susan Elizabeth Phillips
La casa dei grandi incontri di Nora Roberts
Brivido inconfessabile di Shayla Black
La sposa in bianco di Nora Roberts
Innamorarsi a Manhattan di Kate Parker
Segreti pericolosi di Lisa Marie Rice
Roma 40 d.C. Destino d'amore di Adele Vieri Castellano
Accadde in autunno di Lisa Kleypas
Rossa d'Irlanda di Theresa Melville
Tentazioni deliziose di Sherry Thomas
Rischio letale di Pamela Clare
Le sintonie dell'amore di Colleen Hoover
Il lago dei desideri di Susan Elizabeth Phillips
L'ora della verità di Maya Banks
Il cuore della tempesta di Thea Harrison
Passione pericolosa di Lisa Marie Rice
Letto di rose di Nora Roberts

Ladra di cioccolato di Laura Florand
Una promessa d'amore di Mary Balogh
Beautiful Stranger di Christina Lauren
Ménage proibito di Lora Leigh
La meraviglia delle piccole cose di Dawn French
Scandalo in primavera di Lisa Kleypas
Proposta indecente di Emma Wildes
Colpevole d'amare J.R. Ward
Puzza di te di Jennifer Crusie

Dal catalogo Leggereditore

I love you, goodbye di Cynthia Rogerson
Legami pericolosi di Kate Brady
Letto di rose di Nora Roberts
La ragazza del libro dei fuochi di Jane Borodale
Intime promesse di Sherry Thomas
Il buongiorno del mattino di Diana Peterfreund
Passione contro il tempo di Suzanne Brockmann
Brivido eterno di Larissa Ione
Oogy di Larry Levin
Il profumo dell'oscurità di Emma Holly
Un'ombra dal passato di Nora Roberts
Lezioni di seduzione di Emma Wildes
Highlander: amori nel tempo di Karen Marie Moning
Passione Vintage di Isabel Wolff
Il bacio svelato di Lara Adrian
La confessione di Julie Garwood
Una scommessa per amore di Jennifer Crusie
Dark Night di Kresley Cole
L'anello di ferro di Ornella Albanese
Un cuore nelle tenebre di Roberta Ciuffi
Le streghe di East End di Melissa de la Cruz
Tentazioni deliziose di Sherry Thomas
La regina dei diamanti di Linda Howard
La concubina russa di Kate Furnivall
Desiderio eterno di Larissa Ione
Il bacio del demone di Eve Silver
Grida per me di Karen Rose
La cacciatrice di anime di Darinda Jones
Il bacio eterno di Lara Adrian
Il sapore della felicità di Nora Roberts
Corinna. La regina dei mari di Kathleen McGregor
La meraviglia delle piccole cose di Dawn French
L'ultima volta che ho visto Parigi di Lynn Sheene
Torna da me di Karen Marie Moning
Melodia al crepuscolo di Christine Feehan
Il richiamo dell'oscurità di Emma Holly
Dark Forever di Kresley Cole
Innamorarsi a Manhattan di Kate Parker
Proposta indecente di Emma Wildes
Venti d'amore e di guerra di Paola Picasso
Dark Desire di Kresley Cole
Il fuoco della tentazione di Lora Leigh
Il segreto del libro proibito di Karen Marie Moning
Il bacio oscuro di Lara Adrian
Passione eterna di Larissa Ione
Dark Dream di Kresley Cole

Il gioco della seduzione di Susan Elizabeth Phillips
Un amore per sempre di Nora Roberts
Le ombre del demone di Eve Silver
Il mistero del talismano perduto di Karen Marie Moning
Istinto animale di Lora Leigh
Amanti pericolosi di Lisa Marie Rice
Una donna indimenticabile di J.R. Ward
Temptation di Jennifer Crusie
La cacciatrice di anime. Il fascino del male di Darynda Jones
Uccidi per me di Karen Rose
La notte degli Angeli caduti di Heather Killough-Walden
Il bacio di fuoco di Lara Adrian
La pittrice di anime di Isabel Wolff
L'inganno dell'oscurità di Emma Holly
Roma 40 d.C. Destino d'amore di Adele Vieri Castellano
Highlander. L'ultimo dei Templari di Karen Marie Moning
Estasi eterna di Larissa Ione
I ricordi della casa sul lago di Rosie Thomas
Segreto inconfessabile di Shayla Black
Dark Whisper di Kresley Cole e Gena Showalter
La musica delle parole di Emily St. John Mandel
Un segno nelle tenebre di Roberta Ciuffi
La sposa spagnola di Kathleen McGregor
La maledizione della luna nera di Karen Marie Moning
Heaven, Texas, un posto nel tuo cuore di Susan Elizabeth Phillips
Il giardino dei nuovi inizi di Nora Roberts
La notte del vento e delle rose di Anna Bulgaris
Ladra di cioccolato di Laura Florand
Il bacio immortale di Lara Adrian
Peccato eterno di Larissa Ione
Danzando sui vetri rotti di Ka Hancock
Il patto di Julie Garwood
Il signore della vendetta di Lara Adrian
L'oscuro mosaico di Ornella Albanese
Il messaggero dell'angelo di Heather Killough-Walden
Il bacio dell'Highlander di Karen Marie Moning
Il bacio rubato di Lara Adrian
Segreti pericolosi di Lisa Marie Rice
Dark Prince di Kresley Cole
Piacere malizioso di Lora Leigh
Il bacio ribelle di Lara Adrian
Colpevole di amare di J.R. Ward
Il profumo dell'amore ritrovato di Eliselle
Roma 42 d.C. Cuore nemico di Adele Vieri Castellano
Dark Demon di Kresley Cole
Alla ricerca dell'ultima verità di Karen Marie Moning
E se fosse lui quello giusto? di Susan Elizabeth Phillips
Desiderio inconfessabile di Shayla Black
Un oscuro risveglio di Gena Showalter

Pazza di te di Jennifer Crusie
Easy di Tammara Webber
La signora della tentazione di Lara Adrian
Dimmi che ti dispiace di Dawn French
Poison Princess di Kresley Cole
La casa dei grandi incontri di Nora Roberts
A fior di pelle di Lauren Dane
L'angelo della morte di Heather Killough-Walden
Cuore pirata di Kathleen McGregor
La magia del cioccolato di Laura Florand
Un cuore d'oro di J.R. Ward
La fiamma della passione di Jessica Andersen
Sottomessa di Lora Leigh
Tuo per sempre di Lisa Kleypas
Amore eterno di Larissa Ione
Il bacio rivale di Lara Adrian
Roma 39 d.C. Marco Quinto Rufo di Adele Vieri Castellano
Dark Warrior di Kresley Cole
Una dolce scoperta di Nora Roberts
La rivelazione dell'antica carta di Karen Marie Moning
Il bacio della strega di Melissa de la Cruz
Un solo piacere di Lora Leigh
Un piccolo sogno di Susan Elizabeth Phillips
Segreti di una notte d'estate di Lisa Kleypas
Accadde in autunno di Lisa Kleypas
Un amore su misura di Sugar Jamison
Una passione pericolosa di Lisa Marie Rice
Un dono prezioso di Nora Roberts
Estasi infinita di Maya Banks
Appuntamento con l'amore di Jules Stanbridge
Il gioco dell'inganno di Adele Vieri Castellano
Le coincidenze dell'amore di Colleen Hoover
Il mistero del lago di Nora Roberts
Due vite in gioco di Nora Roberts
Il lago dei desideri di Susan Elizabeth Phillips
Beautiful Bastard di Christina Lauren
La sfida del cuore di J.R. Ward
Passione inconfessabile di Shayla Black
Un regalo d'amore di Lisa Kleypas
Una promessa d'amore di Mary Balogh
You & Me di Valentina F.
Il frutto proibito di S.C. Stephens
Piacere colpevole di Lora Leigh
Peccati d'inverno di Lisa Kleypas
Lothaire di Kresley Cole
L'ora della verità di Maya Banks
Seduzione deliziosa di Tara Sivec
La signora della passione di Lara Adrian
Il fuoco della notte di Larissa Ione

Piacere estremo di Georgia Cates
Rischio letale di Pamela Clare
Scandalo in primavera di Lisa Kleypas
Beautiful Stranger di Christina Lauren
Piacere pericoloso di Lora Leigh
Lady Cupido di Susan Elizabeth Phillips
L'eroe dimenticato di Suzanne Brockmann
Il richiamo dell'ombra di Kresley Cole
Tutti pazzi per Gaia di Stefania Nascimbeni
Nove regole da ignorare per farlo innamorare di Sarah MacLean
L'amore è come un film di Victoria Van Tiem
Brivido inconfessabile di Shayla Black
Prigioniera del tuo amore di J.C. Reed
L'irlandese di Kathleen McGregor
Nessuna via di fuga di Maya Banks
Un amore pericoloso di Nora Roberts
L'amore che viene di Lisa Kleypas
Sogno impossibile di Georgia Cates
Le sintonie dell'amore di Colleen Hoover
L'eroe ribelle di Suzanne Brockmann
Il gioco perfetto di Jaci Burton
Intrigo delizioso di Tara Sivec
La signora del coraggio di Lara Adrian
MacRieve di Kresley Cole
Angeli ribelli di Sylvia Day
Seduttore dalla nascita di Susan Elizabeth Phillips
Brucio d'amore di Darynda Jones
Dieci cose da seguire per non farselo sfuggire di Sarah MacLean
Magia di un amore di Lisa Kleypas
Il conte di Glencrae di Stephanie Laurens
La prova d'amore di S.C. Stephens
Il regalo più grande di Jenny Hale
Obiettivo pericoloso di Pamela Clare
Le parole infinite di Nora Roberts
Il desiderio della notte di Lara Adrian
Beautiful Player di Christina Lauren
Il canto del deserto di Adele Vieri Castellano
Ghiaccio nero di Anne Stuart
Odio quindi amo di Susan Elizabeth Phillips
Felicità perduta di Georgia Cates
Undici sfide da affrontare per domare il suo cuore di Sarah MacLean
Sublime di Christina Lauren
Forse un giorno di Colleen Hoover
Cuori selvaggi di Sylvia Day
Stregata dalla notte di Larissa Ione
Gioco senza regole di Jaci Burton
La ragazza dagli occhi scuri di Lisa Kleypas

Finito di stampare nell'aprile 2015 presso il
Nuovo Istituto Italiano d'Arti Grafiche – Bergamo
Printed in Italy